Lisa Marijke Gosink

Cinnamon Hearts
Die kleine Bäckerei in Cornwall

Über die Autorin:
Lisa Marijke Gosink wurde 1995 in der schönen Grafschaft Bentheim geboren. Im Rahmen ihrer Ausbildung zur Hotelfachfrau zog sie um die Welt. Inzwischen wohnt und arbeitet sie in Hannover, obwohl das Fernweh immer noch kitzelt und nur beim Schreiben verstummt.

Die Website der Autorin: www.lisagosink.de
Die Autorin auf Instagram: @schreibzeiten

Lisa Marijke Gosink

Cinnamon Hearts
Die kleine Bäckerei in Cornwall

Roman

dotbooks.

Druckausgabe 2025

Dieses Werk wurde vermittelt durch die Textbaby Medienagentur,
www.textbaby.de

Redaktion: Luisa Jann, dotbooks Lektorat
Korrektorat: Monia Pscherer
Umschlaggestaltung: Wildes Blut – Atelier für Gestaltung
Stephanie Weischer unter Verwendung eines Motives
von © Srisa/Adobe Stock sowie mehrerer Bildmotive von
© shutterstock

Printed in the EU

ISBN 978-3-69076-162-8

Kapitel 1

»Das gibt's ja nicht!«

Hollys überraschter Ausruf ließ mich zusammenzucken und meine sorgfältig arrangierten Creme-Brûlée-Donuts beinahe vom Teller stürzen. Ich folgte Hollys Blick und hielt verblüfft inne, als ich die Blumen entdeckte.

Zwar hatte sich auf der anderen Straßenseite – eingequetscht zwischen einem italienischen Restaurant und einem schmalen Buchladen – schon immer das kleine Blumengeschäft befunden, aber in den letzten Monaten waren die Pflanzen hinter den Schaufenstern verdorrt. Kein Wunder, dass die Farbenpracht, die dort wieder zu sehen war, Holly aus dem Konzept gebracht hatte. Vorsichtig platzierte ich die Donuts in der Auslage, bevor doch noch ein Unglück geschah. Meine Chefin starrte derweil weiter rüber zu *Daisy Dreams*. »Wusstest du, dass sie den Laden wieder aufmachen, Willow?«, fragte sie mich mit verschwörerischem Ton in der Stimme und ich schüttelte nur den Kopf. Pinecrest war nicht groß, aber besonders in unserer kleinen Straße kannte man die Ladenbesitzer und alle Mitarbeiter. Es war eine Straße wie in vielen Städten Cornwalls. Schiefe, kleine

Häuser mit farbenfroh getünchten Fassaden. Über das Kopfsteinpflaster zwischen den Ladenfronten liefen täglich Einwohner und Touristen, welche die bunten Blumenkästen und die Efeuranken an den Hauswänden bewunderten und sich von den Geschäftstreibenden ihren nächsten Stopp empfehlen ließen.

Die Leute in der West View Lane waren eine große Familie. Und dementsprechend schockiert waren wir alle gewesen, als Anne Burton vor einigen Monaten beim Einräumen von Kartons von der Leiter stürzte und einen schweren Beinbruch erlitt, sodass sie den Blumenladen auf unbestimmte Zeit schließen musste. Zum Glück war damals Holly kurz darauf in den Laden geschneit und so musste Anne nicht den ganzen Tag am Boden ihres Lagers ausharren. Die bunten Farben fehlten seitdem in der Straße und ohne ihr dröhnendes Lachen wurde die West View Lane ein wenig grauer.

»Ich dachte, Anne ist immer noch in Kur?«, fragte ich, während ich vergeblich versuchte, etwas in den Schaufenstern des Geschäfts gegenüber zu entdecken. Ich musterte meine Chefin von der Seite, die nachdenklich die Stirn in Falten gelegt hatte. Graue Haarsträhnen hatten sich aus ihrem Dutt gelöst, doch Holly schien es kaum zu bemerken.

»Die Croissants müssen aus dem Ofen«, sagte sie statt einer Antwort. Mit einem Seufzen ging ich nach hinten in die Backstube.

Holly hatte mir alles beigebracht, was sie wusste, als ich vor sechs Jahren bei ihr angefangen hatte. Doch inzwischen war ich oft diejenige, die unsere Rezepte veränderte oder neue Ideen in den Laden brachte. In Pinecrest war die *Sweet Tooth Bakery* dank mir berühmt für ihre kleinen Törtchen und ausgefallenen Leckereien. In der Auslage stand noch die Lavendeltorte, die ich gestern vor Feierabend gebacken hatte. Kleine, essbare Blumen verzierten die lila Buttercreme, die einen Kuchen mit Lavendel-Marmeladen-Füllung ummantelte.

Und trotzdem hielt sie das nicht auf, mich mit mürrischem Tonfall und liebevollem Blick daran zu erinnern, etwas aus dem Ofen zu nehmen.

Gerade als ich die Croissants herausnahm, kündigte die Klingel am Ladeneingang schon Kunden an. Teresa vom Bekleidungsgeschäft am Ende der Straße begrüßte meine Chefin lautstark, während ich das empfindliche Gebäck überprüfte. Es schien nicht unter der Ablenkung gelitten zu haben, also widmete ich mich wieder dem Teig für die Zimtschneckencupcakes. Gewissenhaft vermischte ich die trockenen Zutaten, aber konzentriertes Arbeiten war unmöglich, wenn man nebenbei lauschte, ob Teresa mehr über das Geschehen gegenüber wusste.

Obwohl ich Anne mochte, war es einer ihrer Söhne, an den ich in diesem Moment ununterbrochen denken musste. Wenn Anne selbst noch fort war, musste jemand anderes den Weg zurück nach Pinecrest gefunden haben. Jahrelang war ich bei den Burtons ein- und ausgegangen, war mit einem der Söhne befreundet gewesen, während mein jugendliches Herz für den anderen geschlagen hatte. Mich kitzelte die nervöse Aufregung bei dem Gedanken, dass er zurück sein könnte.

Zu gern wollte ich mir einfach einreden, dass mein Interesse an den Geschehnissen der West View Lane ganz normale Neugierde war. Aber es war Charlies Name, der meine Gedanken beherrschte.

»Annes Laden ist wieder offen«, sagte Teresa langsam, als Holly ihr den Kaffee über die Theke schob. Ich machte einen Schritt zurück, um besser durch die kleine Tür in den Laden vorne sehen zu können. Teresa hatte die Hände auf die Oberfläche der Theke aus Eichenmassivholz gestützt, während ihr Blick auf Holly lag, die sich auf die Auslage konzentrierte. Sie hatte die Glasabdeckung aufgeschoben, um nach Teresas üblichem Sandwich zu greifen. Teresa war vermutlich die Einzige in ganz Pinecrest, die sich nicht für unsere süßen Leckereien begeistern konnte. Ihr brünetter Long Bob war wieder einwandfrei gestylt und ich konnte mich nicht daran erinnern, Teresa jemals ohne ihren pinken Lippenstift gesehen zu haben.

Die Sonne fiel durch das Schaufenster in den kleinen Laden, tauchte die *shabby chic* Einrichtung in ein goldenes Licht.

»Das haben wir gesehen«, antwortete Holly mit gesenkter Stimme.

Die kleine Klingel über der Tür kündigte den alten Mann, der nun über die Schwelle stolperte, als neuen Kunden an. Alvin rümpfte seine rote Allergikernase und sah sich im Laden um. »Guten Morgen, die Damen. Wo ist Harry?«

»Nicht hier«, antwortete Holly das Offensichtliche und drehte sich zur Kaffeemaschine, um Alvins üblichen Cappuccino zuzubereiten.

»Immer ist er zu spät.«

Ich warf einen Blick auf die Uhr und schmunzelte. »Du bist selbst fünf Minuten zu spät.« Ich lehnte mich in die Tür zum Verkaufsraum und verschränkte die Arme vor der Brust.

»Du bist ein vorlautes Mädchen«, schimpfte Alvin, aber in seinen Augen blitzte der Schalk. Alvin wirkte mit der großen Brille und dem grauen, wuscheligen Haaren wie ein verstreuter Professor, wenn er so halbherzig meckerte. Drohend schwenkte er den Zeigefinger in meine Richtung und ignorierte mein Kichern.

Alvin und Harry waren jeden Morgen um neun Uhr verabredet und in all den Jahren, in denen ich schon in der *Sweet Tooth Bakery* arbeitete, waren sie noch nicht ein Mal pünktlich gewesen. Ungewiss war nur, wer von den beiden später kam.

»Danke, du bist ein Engel«, bedankte er sich artig bei Holly, als sie ihm sein Getränk über die Theke reichte. Grummelnd nahm er an einem der Tische direkt am Fenster Platz und blickte demonstrativ zur Tür, als könnte er Harry dadurch herbeizaubern. Ungeduldig zupfte er an einer der knallorangen Servietten, die ich bei der letzten Bestellung ausgesucht hatte. Zumindest ließ er die Trockenblumen in Frieden.

Ich ging wieder nach hinten an meine Arbeitsplatte und stellte eine Schüssel vor mir ab. Der Behälter mit dem Mehl lag schwer in meiner Hand, als ich die notwendige Menge abwog. Neben der Schüssel stand eine Schale mit Kardamom, meine Geheimzutat für alles, was mit Zimtschnecken zu tun hatte. Das Klingeln ertönte erneut und Harry wurde lautstark und vorwurfsvoll begrüßt. Ich musste keinen Blick in den kleinen Laden werfen, um zu wissen, dass auf seinem Kopf wieder eine Wollmütze saß. Selbst bei dem warmen Wetter konnte Harry sich nicht von der Kopfbedeckung trennen. Er sagte, es sei wegen des Seemanns in ihm. Alvin behauptete, es läge an seinem Haarausfall.

»Ihr Sohn ist da«, erzählte Teresa, als wieder Ruhe in den Laden einkehrte. Ruckartig lehnte ich mich nach hinten, um besser lauschen zu können. Die Schüssel glitt mir aus den Händen und fiel laut klappernd zu Boden. Alvin und Harry gackerten wie zwei Gänse über den Lärm in der Backstube und wären sie im gleichen Raum mit mir, hätte ich sie mit Mehl beworfen.

»Alles gut, Willow?«, rief Holly durch den Laden.

»Ja klar!« Entsetzt starrte ich auf das Chaos, das sich vor meinen Augen entfaltete. Der ganze Boden war mit Mehl bedeckt.

»Welcher der beiden?«, fragte Holly und richtete damit meine Aufmerksamkeit zurück auf das Gespräch, weg vom Anblick des verschneiten Fußbodens.

»Der Große. Charlie.«

Für einen Moment schloss ich die Augen. Mein Herz machte einen gewaltigen Satz, als würde es mir jede Sekunde aus dem Brustkorb springen. Obwohl ich auf seinen Namen gewartet und gehofft hatte, stockte mir der Atem. Und ich war nicht die Einzige, die an seine vergangenen Verfehlungen dachte, wenn ich Teresas Tonfall richtig deutete.

Gegen meinen Willen keimten die vielen kleinen Erinnerungen an Charlie auf, die ich in den letzten Jahren sorgsam in mir verschlossen hatte. Und die so gar nicht zu seinem schlechten Ruf passten.

Obwohl Charlie einige Jahre älter war als ich, hatte ich mich immer viel in seiner Nähe herumgedrückt. Man hatte den ältesten Burton-Bruder nur schwer ignorieren können. Aidan, sein jüngerer Bruder, war in meinem

Jahrgang gewesen, aber längst nicht so gut bei uns Mädchen angekommen.

Ich war froh darum, dass mich die anderen nicht sehen konnten. Der Gedanke an Charlie allein sorgte für glühende Hitze auf meiner Haut.

»Wie nett. Wie ist es ihm in London ergangen?«, fragte Holly.

Ich wagte wieder einen Blick in den Laden und sah dabei zu, wie Teresa genüsslich an ihrem Kaffee nippte. »Wie nett? Ich finde es ganz schön dreist.«

Es war kein Geheimnis, dass Charlie in Pinecrest und der West View Lane im Allgemeinen nicht gerade beliebt war. Nach der Trennung von Layla im letzten Jahr, die daraufhin ihren Süßigkeitenladen in der Straße aufgeben musste, hatte er sich nicht mehr in der Kleinstadt blicken lassen. Zurecht, denn Layla sorgte dafür, dass die Messer allzeit für seine Rückkehr gewetzt waren. Jedem, der es hören wollte, hatte sie brühwarm erzählt, dass er ihr Leben ruiniert hatte. Und in der West View Lane sorgte man dafür, dass niemand solch einen Verrat jemals vergaß.

»Und ich weiß nicht, wie es ihm geht«, fuhr Teresa fort. »Ich habe noch nicht mit ihm gesprochen.«

»Woher weißt du dann, dass es Charlie ist?«, fragte Holly irritiert.

»Ich hab durch das Schaufenster geschaut, auf dem Weg hierher.«

»Ich auch. Is' wirklich der Große!«, mischte sich Harry mit seinem breiten schottischen Dialekt ein.

Ich konnte nur Hollys Rücken sehen, aber das reichte, um zu wissen, dass sie mit den Augen rollte. Dann ertönte die

Klingel erneut. Neugierig lugte ich aus der Backstube in den Laden, um einen Blick auf den Neuankömmling zu erhaschen.

Für einen Moment erstarrte ich, ehe ich mich wieder hastig hinter der Wand versteckte. Charlie. Eine Gänsehaut kroch über meine Arme und ich schloss die Augen. Ich wollte nicht so auf diesen Lügner und Betrüger reagieren, aber mein Körper schien bei seinem Anblick in jugendliche Muster zurückzufallen.

Ich hatte die Burton-Brüder im letzten Jahr kaum gesehen. Beide waren nach dem Abschluss weggezogen und seit der Trennung ihrer Eltern im letzten Sommer hatten sie ihre Besuche in der Heimat fast komplett eingestellt.

Aber als Charlie eintrat, sah er noch genauso aus wie der junge Mann, für den mein Herz so lange geschlagen hatte. Während Aidan seiner brünetten, schmalen Mutter wie aus dem Gesicht geschnitten schien, glich Charlie seinem Vater. Er war groß, hatte mittellange dunkelblonde Haare und sein markantes Kinn war von Bartstoppeln übersät. »Hallo.«

Wieder wagte ich einen kurzen Blick, nur um zu sehen, wie er die anderen müde anlächelte.

»Schön dich wiederzusehen«, sagte Holly, während Teresa ihre Worte mit einem abwertenden Schnauben quittierte.

Er trat einige Schritte näher, während er die Auslage betrachtete. »Ich hab die stadtbekannten Kuchen einfach sehr vermisst, Holly«, antwortete er lächelnd und Holly lachte herzlich.

»Ja, so was Gutes gibt es in London nicht«, mischte sich Alvin altklug ein.

»In London gibt's alles«, widersprach Harry und lehnte sich auf seinem Stuhl zufrieden zurück. Der Fischer entdeckte mich im Türrahmen und zwinkerte mir über die Entfernung zu.

»Dann geh doch nach London«, brummte Alvin missmutig in seinen Kaffee. »Und den Burschen kannst du direkt mitnehmen.«

»Sei nicht so garstig, Alvin«, wies Holly ihn mit scharfer Stimme zurecht und Harry nickte zustimmend wie ein Kind, wenn die Mutter mit dem jüngeren Bruder schimpfte.

Teresa hielt sich zurück, aber beobachtete Charlie mit Argusaugen. Ich konnte auch kaum den Blick abwenden. Mir war es, als wäre er mit jedem Jahr nur attraktiver geworden. Mir wurde peinlich bewusst, dass ich mein schwarzes Haar in einem unordentlichen Pferdeschwanz trug und es heute Morgen nicht für nötig gehalten hatte, mich zu schminken. Die Flecken auf meinem T-Shirt und das Mehl auf meiner Kleidung war da nur die Kirsche auf der Sahnehaube. Toller Eindruck. Davon abgesehen stand ich halb versteckt hinter einer Wand und beobachtete ihn. Wieder brannten meine Wangen, aber ich konnte mich nicht dazu überreden, damit aufzuhören.

»Was darf es sein?«, fragte Holly lächelnd.

»Einen Kaffee bitte und ein Croissant. Darauf freue ich mich schon seit meiner Ankunft.«

»Sind gerade frisch fertig.« Sie ging zur Kaffeemaschine hinüber. »Die Croissants!«, rief sie, damit ich das Gebäck nach vorne brachte. Charlies Blick traf mich und ich zuckte zusammen, als hätte er mich bei etwas Ungehörigem erwischt. Für einen Augenblick starrten wir einander an. Erst Hollys Schnalzen riss mich aus meiner Bewegungslosigkeit und ich brach den Blickkontakt ab, um wieder gänzlich in die Backstube zu schlüpfen. Als ich wieder nach vorne trat, standen Teresa und Holly leicht abseits und redeten leise miteinander. Harry und Alvin diskutierten über irgendetwas im Hafen, aber ich konnte mich nicht auf ihre Stimmen konzentrieren. Charlie hatte seinen Kaffee bereits in der Hand und hielt in der anderen sein Handy.

»Ein Croissant?«, fragte ich leise, immer noch verlegen, weil er mich eben beim Starren erwischt hatte. Es sollte mir egal sein, was er von mir dachte, bei allem, was er Layla angetan hatte. Dennoch glühte mein Gesicht genug, um der Sonne Konkurrenz zu machen.

Überrascht hob er den Blick, dann huschte ein kurzes Schmunzeln über seine Lippen. »Ja, wie schon gesagt«, antwortete er amüsiert mit Blick auf den Korb in meinen Händen. Er beobachtete mich, während ich eine Tüte öffnete. Meine Finger zitterten leicht, da ich mir seiner Augen auf mir nur zu sehr bewusst war.

»Wie ist es in London?« Holly ergriff wieder das Gespräch und Teresa spitzte die Ohren. Ich war auch nicht gegen die Neugierde gefeit, doch Charlie schien kein Interesse an dieser Art von Unterhaltung zu haben. Und daran tat er äußerst gut, solange Teresa noch in der Nähe war. Andernfalls würden alle Einzelheiten in jedem anderen Laden an der Straße breitgetreten werden.

»Gut, ich vermisse die Stadt jetzt schon. Was schulde ich dir?«, fragte er an Holly gewandt. Zeitgleich nahm er mir die Tüte aus der Hand.

»Nichts. Herzlich willkommen zurück in der West View Lane«, sagte Holly, doch mehr als ein müdes Lächeln entlockte sie Charlie nicht. Er nickte in die Runde und ging zurück zur Tür.

»Einen schönen Tag noch«, sagte ich hastig und wollte mir im selben Moment den eigenen Mund zunähen.

Charlie warf einen Blick zurück zur Theke, an der ich mit Holly stand. Er hatte die Klinke bereits in der Hand, dann lächelte er. »Danke gleichfalls, Willow.«

Mein Herz rutschte mir in die Hose, mein Lächeln wurde ein wenig schwächer und dann war er fort. Ich hätte nicht gedacht, dass er sich an meinen Namen erinnerte. Natürlich war ich in der Schulzeit bekannt gewesen wie ein bunter Hund. Mit einer indischen Mutter in diesem verschlafenen Dorf war ich ein ›Unikat‹, ein ›Exot‹ oder all die anderen ›Komplimente‹, die man mir geschenkt hatte.

Aber das hier fühlte sich anders an.

»Ein hübscher Junge«, bemerkte Teresa abschließend. »Nur schade, dass er so einen verdorbenen Kern hat.«

»Alle Jungs dieser Generation haben einen verdorbenen Kern«, stimmte Alvin zu und stellte seine Tasse ab. »Der Burton-Junge ganz besonders.«

»Du bist alt und auch verdorben. Ich glaub' nicht, dass das ein Problem der jüngeren Generation ist«, kommentierte Harry, legte die Hände auf seinen Bierbauch und grinste Alvin breit an, als dieser empört schnaubte.

»Man sollte sich von ihm fernhalten.« Teresa sah zu mir und nickte bekräftigend.

Ich spürte, wie ich unter ihrem Blick errötete. Ihre Worte klangen wie eine Warnung. Ich sah Charlie durchs Schaufenster zum Blumenladen gehen. Er hatte den Blick längst wieder auf seinen Handybildschirm gesenkt.

»Hätte ich nicht gedacht, dass er sich noch einmal her traut, nach der ganzen Sache mit Layla damals. Hat er denn gar kein Schamgefühl? Erst mit ihrem Geld abhauen und sich jetzt wieder breitmachen.« Teresa beugte sich verschwörerisch vor, aber Holly machte eine abwinkende Handbewegung.

»Jetzt reicht es aber. Der Junge hat mit seiner kranken Mutter auch genügend Probleme, ohne dass du dir das Maul zerreißt!«

Teresa spitzte pikiert die Lippen, dann wandte sie sich ab und verließ den Laden. Dabei wussten wir alle, dass sie niemals lange beleidigt war.

»Lästertante«, kommentierte Alvin, als wäre er auch nur im Geringsten besser.

»Zurück an die Arbeit, Willow!«

Mit einem Grinsen auf den Lippen zog ich mich hastig zurück. Meine Spur der Verwüstung aufzuräumen hatte jetzt oberste Priorität.

Als ich die kleine Bäckerei am Abend verließ, waren die meisten Ladenfronten in der West View Lane bereits dunkel. Ich hatte wieder Stunden mit der Vorbereitung meiner Kreationen für den nächsten Tag verbracht. Nur im *Daisy Dreams* brannte immer noch Licht. In der Luft lagen der salzige Geruch des Meeres und eine Ankündigung von Sommerregen. Erdig, warm und ein bisschen feucht – mein absoluter Lieblingsgeruch im Sommer. Krächzend saß eine der Hafenmöwen auf dem Dach der Bäckerei, trippelte hin und her, als würde sie mich beobachten. Die Möwe legte den Kopf schief, während ich die Tür abschloss und die lauen Windstöße auf der Haut noch eine Sekunde länger genoss.

Ich drehte dem Laden den Rücken zu, um endlich nach Hause zu gehen. Die Lichterketten, die die Ladenbesitzer in der Straße angebracht hatten, strahlten mit dem goldroten Abendhimmel und beleuchteten meinen Heimweg. Ich zog mein Handy aus meiner Tasche, um meine Mutter anzurufen und sie über die neusten Entwicklungen in der West View Lane auf dem Laufenden zu halten, aber es nahm keiner zu Hause ab. Vermutlich verbrachten meine Eltern den lauen Sommerabend im Garten hinter dem Haus. Ich steckte das Handy zurück in die Tasche und ließ die *Sweet Tooth Bakery* hinter mir.

Normalerweise wechselte ich nie die Straßenseite, um nicht an dem Schaufenster des Buchladens stehen zu bleiben und mich selbst in Versuchung zu führen, aber dieses Mal galt meine Neugierde nicht den Büchern. Das Blumenmeer auf der Straße war gewichen und nur vereinzelte Erde und Blüten auf den Auslagen erinnerten an den prächtigen Anblick zuvor. Es war das Licht hinter der Fensterfront, das mich anzog wie eine Motte.

Leise Klavierklänge drangen durch die halb geöffnete Tür nach draußen und Charlie stand über den Tresen gebeugt. Vor ihm lag das dicke Auftragsbuch seiner Mutter und ein Stapel Bücher, die nach Uni aussahen, und sein Haar stand wild zu allen Seiten ab. Ich wollte mich bereits zwingen, weiterzugehen, als ich auf dem Boden zwei Pflanztöpfe entdeckte. Ich hob sie auf und stieß die Ladentür mit dem Fuß auf.

»Die haben versucht, sich aus dem Staub zu machen«, sagte ich, als er erschrocken aufsah.

»Danke schön.« Er trat um den Tresen herum und streckte die Hände nach den Töpfen aus. Die Bananenpflanzen darin zitterten, als sie den Träger tauschten. Dann blickte Charlie sich nachdenklich im Raum um. »Ich hab die Ordnung meiner Mutter noch nicht ganz durchschaut.«

»Vielleicht hatte sie keine Ordnung«, gab ich zu bedenken und deutete auf eine freie Stelle auf einem der kleinen Tische, auf dem er die Pflanzen abstellte.

»Das würde zu ihr passen«, stimmte er mir zu. Ich kam mir seltsam deplatziert vor, jetzt, wo ich die Hände frei hatte. Ich schob sie in meine Hosentaschen, aber meine Verlegenheit legte sich dadurch nicht.

»In welche Richtung musst du?«, fragte er, ohne mich anzusehen. Mit ruhigen Griffen räumte er das Auftragsbuch weg, schaltete die Musik ab und griff nach seiner Lederjacke.

»Finlay Road«, antwortete ich und musterte ihn verstohlen.

Erst zeigte er keine Reaktion, dann räusperte er sich. »Du läufst?«

Ich nickte ebenfalls und er griff zu seinem Schlüsselbund, schien meine deutliche Verwirrung gar nicht zu bemerken.

»Ich muss in die gleiche Richtung. Ich wohne derzeit im Haus meiner Mutter.«

Ich wusste, wo Anne wohnte. Nur ein paar Straßen von meiner kleinen Wohnung entfernt. Aber ich rührte mich nicht, auch dann nicht, als Charlie an mir vorbei zur Tür ging.

»Gehen wir zusammen?«, fragte er so selbstverständlich, als täten wir das immer.

Ich blinzelte ihn an, für einen Moment aus dem Konzept gerissen. »Äh, ja, klar.« Ich folgte ihm vor die Tür, die Hände immer noch fest in meinen Taschen vergraben. Sorgfältig schloss er ab, die Schlüssel klapperten dabei. Er erinnerte mich nur noch wenig an den Jungen, der mich stets geärgert hatte, wann immer ich in seinem Elternhaus mit seinem Bruder spielte. Da war immer noch der Schalk in seinen Augen, aber er wirkte jetzt viel ernster als damals. Ob ihm überhaupt bewusst war, wie sehr ich ihn angehimmelt hatte?

Charlie trat von der Tür weg und sah mich von der Seite her an, als wir schweigend losgingen. Neben uns schloss Mr. Williams seinen Buchladen ab, während er das Handy zwischen Wange und Schulter einklemmte. Er sprach mit leiser, hastiger Stimme in den Hörer und eilte in die andere Richtung davon, ohne uns zu bemerken.

Gwenna, die im kleinen Reisebüro auf der Ecke zur West View Lane arbeitete, wurde von ihrer riesigen Hündin Juno durch die Straße gezogen. Überrascht stolperte sie über ihre eigenen Füße, als sie Charlie erkannte, murmelte dann aber nur einen leisen Gruß, ehe ihr Hund weiter mit ihr spazieren ging.

Die Stille zwischen uns war nicht direkt unangenehm, allerdings beruhigte sie das Durcheinander in meinem Kopf auch nicht. Es war mir unangenehm, neben ihm durch die West View Lane zu laufen. Meine Gedanken kreisten die ganze Zeit um die Dinge, die er Layla angetan hatte und trotzdem lief ich neben ihm her, als ginge mich das alles nicht an. Das schlechte Gewissen in meinem Magen rumorte.

Vor dem kleinen, französisch angehauchten Bistro saß ein älteres Ehepaar auf einer wackeligen Bank. Zwischen ihnen stand eine vollgepackte Einkaufstasche, aber sie schienen es trotz allem nicht eilig zu haben. Die verliebten Blicke, die sie in der romantischen Location austauschten, ließen sie wie die Protagonisten in einem Liebesfilm wirken. Mein Blick wanderte zurück zu Charlie, der ebenfalls in Gedanken versunken zu sein schien.

»Wieso bist du eigentlich zurückgekommen?« Ich versuchte meine Nervosität zu überspielen, aber meine Stimme überschlug sich.

»Der Laden konnte nicht ewig geschlossen bleiben«, sagte er und für einen Augenblick glaubte ich der Beiläufigkeit in seiner Stimme.

»Und du? Bist du immer in Pinecrest geblieben?«, fragte er, immer noch ohne mich anzusehen. Die West View Lane traf auf eine breitere Straße und wir bogen links ab. Rechts führte der Weg direkt zum Hafen, an dem bunte Fischerboote und kleinere Segelschiffe vor Anker lagen. Die Farben glichen denen des Regenbogens und selbst bei Wind und Regen gab es kaum einen schöneren Ort auf der Welt als den kleinen Hafen von Pinecrest. Wenn abends die Fischer zurückkamen, lachend und lärmend die Kisten von den Booten trugen und die Musik aus den Lokalen direkt am Wasser sich mit ihren Stimmen vermischte, dann fühlte es sich an wie das Paradies auf Erden. An diesem Abend waren die Plätze an den Tischen vermutlich bis zum Letzten gefüllt und die Touristen genossen die verbleibenden Stunden des Tages mit einem Glas Wein oder Bier. Eine Möwe kreischte und der Wind trug den Geruch von Meer und gebackenem Fisch durch die Gassen.

»Ja, nach der Schule habe ich bei Holly angefangen, alles über das Backen zu lernen. Ich liebe es.« Es hatte mich nie in die große, weite Welt gezogen wie die anderen in meinem

Umfeld. Ich genoss Urlaube, aber keine Reise der Welt war vergleichbar mit dem großartigen Gefühl der Heimat, wenn das Ortsschild von Pinecrest vor mir auftauchte.

»Ich habe immer geglaubt, du würdest noch etwas anderes sehen wollen als Pinecrest. Du warst früher so neugierig.«

Mein Herz machte einen albernen Sprung. Ein wenig Aufmerksamkeit von Charlie Burton und ich verfiel in meine alte Schwärmerei. Trotz allem. »Das bin ich immer noch«, murmelte ich leise. Charlie quittierte meinen leisen Widerspruch mit einem amüsierten Schmunzeln, aber ich war noch nicht fertig, meine Ehre zu verteidigen. »Man kann auch neugierig sein und seine Heimat lieben.« Die Worte kamen mir etwas überhastet über die Lippen, aber das passierte, wann immer ich nervös war.

Wir näherten uns der Ecke, an der sich unsere Wege trennen würden. Ich konnte bereits das hellblaue Haus mit dem klitzekleinen Vorgarten sehen, in dem ich die obere Etage bewohnte. Meine Vermieter, die im Erdgeschoss wohnten, sorgten jedes Jahr dafür, dass ihr Garten vor lauter bunten Blumen förmlich ertrank. Man sah den gelben Briefkasten an der Hauswand hinter der Armee von Sonnenblumen kaum, die in der Abendsonne glühten. Jetzt wogten sie in dem sanften Wind.

Ich riss meinen Blick los und wagte einen Seitenblick zu Charlie. »Und du wirktest früher auch glücklich hier.«

Sein Lachen erstarb schlagartig und er richtete seinen Blick zum Boden. Ich räusperte mich, aber Charlies fröhliche Laune schien verloren. Wir erreichten die Kreuzung viel zu schnell.

»Tschüss, Charlie. Hab einen schönen Abend.«

Er blickte mich mit seinen hellbraunen Augen direkt an. »Bis morgen, Willow.«

»Bis morgen?«, fragte ich, dabei hatte er sich längst abgewandt.

»Ich habe ein Kaffeeproblem und ich muss mich doch durch dein berühmtes Gebäck probieren«, sagte er und für einen Augenblick hing sein Lachen in der Luft, was für eine Gänsehaut auf meinen Armen sorgte.

Kapitel 2

Trotz seiner Ankündigung bekam ich Charlie den ganzen Tag nicht zu Gesicht und obwohl es so besser war, hatte ich Mühe, die Enttäuschung herunterzuschlucken. Nach dem Andrang am Vormittag wurde es gegen Mittag ruhiger im Laden. Der Mehlstaub aus der Backstube tanzte in den Sonnenstrahlen, die durch die Fenster fielen und ich streckte mich ausgiebig.

In der *Sweet Tooth Bakery* hing der Duft von frischem Gebäck in der Luft und noch spürte man die Hitze der Öfen auf der Haut, obwohl ich sie bereits abgedreht hatte. Ich mochte diese Stunden am Tag, in denen alles so ruhig und beschaulich wirkte und man Holly gut gelaunt summen hörte. Am Nachmittag wurde es wieder voller, aber zu dieser Zeit wurde kein Gebäck mehr nachgebacken. Wir bemühten uns darum, dass alles am Ende des Tages verkauft war und das hieß, dass es keine endlose Auswahl gab. Auch wenn ich die enttäuschten Gesichter kaum ertrug, wenn ich nach bestimmten Kuchen gefragt wurde und nur den Kopf schütteln konnte. Dabei sollte es mich ehren, dass meine Rezepte die Leute anlockten.

Während sich Holly um den Verkaufsraum kümmerte, putzte ich die Backstube noch einmal gründlich. Zwar tat ich das immer nach dem Backen, aber vor dem Feierabend wollte ich noch einmal alles auf Hochglanz polieren. Manchmal war ich dabei geradezu pedantisch. Als ich durch die Tür zu Holly blickte, stand sie über eine Zeitschrift gebeugt und zupfte nachdenklich an ihrer Unterlippe.

»Du kannst ruhig schon gehen«, sagte ich ihr und meine Chefin sah ertappt auf und schmunzelte. »Wenn du drauf bestehst.« Sie griff nach ihrer Tasche und musterte mich noch einmal. »Hab ein schönes Wochenende.«

Ich arbeitete gern am Wochenende, da das Leben auf der West View Lane dann so entschleunigt wirkte, aber es war schön, an einem Freitag nach Hause zu gehen und zu wissen, dass die Arbeit erst am Montag wieder rief.

»Falls du doch noch Hilfe brauchst, ruf mich an«, sagte ich dennoch und Holly rollte mit den Augen. Ich hatte zwar Unmengen an Gebäck und Teig vorbereitet und eingefroren, damit mein Fehlen am Wochenende nicht so auffiel, aber ich hatte dennoch jedes Mal ein schlechtes Gewissen, wenn ich dem Laden ein ganzes Wochenende fernblieb.

Holly verabschiedete sich und ich putzte noch einmal gründlich alle Ablagen ab, ehe ich zufrieden war. Ich schlüpfte aus meiner Schürze und hängte sie in die Backstube. Mein T-Shirt war heute sauber geblieben, aber auch so konnte man unweigerlich riechen, dass ich den ganzen Tag gebacken hatte. Nach sechs Jahren in diesem Beruf hatte ich mich an den süßlichen Duft aus der Bäckerei gewöhnt.

Ich griff nach meiner Tüte mit Croissants und Muffins, die übrig geblieben waren, dann balancierte ich noch meinen vollen Kaffeebecher, um irgendwie eine Hand für den Ladenschlüssel frei zu haben. Zeitgleich, als ich aus der *Sweet Tooth Bakery* trat, öffnete sich auf der gegenüberliegenden Seite die Tür und Charlie kam heraus. Ich schloss eilig ab und wandte mich ihm wieder zu. Er zog eine Packung Zigaretten aus der Hosentasche und klaubte eine heraus. Ich schnitt eine Grimasse. »Du vergiftest deine Blumen.«

Ein Grinsen schlich sich auf seine Züge. Dann schob er die Zigarette zurück in die Packung. »Hey, wie geht's?«, fragte er mich, nachdem ich die Straße überquert hatte.

»Ganz gut, ich hab jetzt Feierabend. Ich hab dich heute gar nicht gesehen. Dein Kaffeeproblem scheint doch nicht so groß zu sein.«

»Ich hatte viel zu viel zu tun. Ich bin mit der Arbeit ein wenig überfordert.« Die Grimasse, die er zog, sollte sicher lustig wirken, aber sorgte eher für Mitleid.

»Du hast Kaffee«, bemerkte er neidisch, als ich direkt vor ihm stand und machte Anstalten, ihn mir abzunehmen.

»Das ist meiner«, sagte ich und zog den Becher zurück. Charlie zeigte keine Verlegenheit, sondern grinste ein wenig breiter.

»Hätte ja funktionieren können.«

Stattdessen hielt ich ihm die Tüte mit den Croissants hin. Mit einem tiefen, wohligen Seufzen griff er hinein. »Du bist ein Engel.«

»Ich weiß.«

Für einen Moment schloss er die Augen, als die Sonne zwischen den Wolken hervorbrach und uns wärmte. Seine Art wirkte so vertraut. Zwar kannten wir einander unser halbes Leben, aber ich hatte uns nie als Freunde gesehen. Und doch, wie er mich anlächelte, machte es mir leicht, mich in seiner Nähe wohlzufühlen. Wären da nicht die Geschichten über seine Trennung von Layla, die mich an diesem wohligen Gefühl zweifeln ließen. Jedes Lächeln von Charlie wirkte so echt und dann trübte die Vergangenheit das Strahlen auf seinen Lippen. Ich sollte einem Menschen wie Charlie misstrauen. Er schien so aufrichtig, aber ich kannte die Geschichten und langsam zweifelte ich an meinem eigenen Menschenverstand. Layla hatte ihm damals ihre Ersparnisse für das Studium geliehen, und als sie das Geld zurück brauchte, um ihren Laden halten zu können, hatte er sie fallen gelassen. Natürlich hatte er versprochen, ihr alles zurückzuzahlen, sobald er als Arzt arbeitete. Layla hatte ihm vertraut und ihre Ersparnisse in seine – in ihre gemeinsame – Zukunft investiert. Nur, dass Charlie sich mit besagtem Geld aus dem Staub gemacht hatte. Er hatte sich gegen das Leben entschieden, für das Laylas alles aufgegeben hatte. Und selbst als sie ihren Laden in der West View Lane verkaufen musste, hatte sich Charlies schlechtes Gewissen nicht geregt. Er hatte sie hängen lassen. Er hatte ihr die Ehe versprochen, ihre Zukunft in goldenen Farben gemalt, nur um dann alles hinter sich in Brand zu setzen. Und Layla hatte keine rechtliche Handhabe, um irgendetwas zurückzufordern. Man schien ihm nicht trauen zu können.

Und trotzdem ertappte ich mich dabei, wie ich ihn anlächelte. Ich zuckte zusammen, sah mich um und betete, dass niemand der anderen Ladenbesitzer das gesehen hatte. Doch mein Blick wurde von Harriet aufgefangen, die in der Tür des kleinen Weinladens neben der *Sweet Tooth Bakery* stand und die Nase rümpfte. Ich errötete und wandte mich in Charlies Richtung.

»Wie läuft es?«, fragte ich mit Blick auf den Eingang.

Charlie zuckte mit den Schultern, dann seufzte er schwer. »Es ist mehr Arbeit für mich allein, als ich gedacht habe.« Er biss vom Croissant ab und ließ die Zigarettenpackung gleichzeitig in die Hosentasche gleiten.

»Lauren hat hier gearbeitet«, sagte ich in die Stille und fast augenblicklich hörte Charlie auf zu kauen. »Vor Annes Unfall, meine ich.«

»Weißt du, ob sie noch Zeit und Lust hat?« Bis eben hatte er noch erschöpft und müde gewirkt, nun glänzten seine Augen.

»Ich denke, ich kann dir ihre Nummer geben, das ist sicher okay für sie.«

Hastig nickte er, zog sein Handy aus der hinteren Hosentasche und entsperrte es. Charlie nahm mir unbeholfen die Sachen ab, ehe er mir sein Handy reichte. Die plötzliche Aufregung, die ihn erfasste, brachte mich zum Schmunzeln. Ich zog mein eigenes Handy heraus, um die Nummer meiner besten Freundin einzutippen.

»Kannst du deine Nummer auch eingeben?«, fragte er und biss wieder von seinem Croissant ab.

Ich zog die Augenbrauen hoch, aber er ignorierte meinen fragenden Blick. Mein Herz schlug schneller, doch ich konnte noch nicht beurteilen, ob es ein gutes oder schlechtes Gefühl war.

»Klar, wieso nicht?«, gab ich mich bemüht lässig, aber man merkte mir die leichte Aufregung sicher an.

»Cool. Man kann immer Freunde gebrauchen«, sagte er mit einem Grinsen. In diesen wenigen Worten schwang so vieles mit. Vermutlich war ich eine der Wenigen, die ihm ohne offensichtliche Abneigung begegnete. Dass er sich daraufhin so um meine Nähe bemühte, zeigte nur, wie sehr er mit der Situation zu kämpfen hatte.

Ich lächelte schwach und reichte ihm sein Telefon zurück und nahm meine Sachen entgegen. Er drückte auf den grünen Hörer und kurz darauf vibrierte mein Handy in meiner Hosentasche. Mir war schwindelig. Es war, als würde ich unter seinem Blick in Flammen aufgehen und ich wollte hier weg. Und gleichzeitig wollte ich jede freie Sekunde genau hier verbringen. Aber das würde meinem klopfenden Herzen nicht helfen, also wählte ich die nächstbessere Lösung: Flucht.

»Ich muss los. Man sieht sich.«

»Warte!« Er drehte sich zu einer der Auslagen und als er sich wieder zu mir wandte, hatte er eine hübsche gelbe Schnittblume in der Hand. »Für das Croissant.«

Meine Finger zitterten kaum merklich, als ich die Blume entgegennahm. Meine Wangen brannten, aber Charlie hatte sich längst wieder seinem Croissant gewidmet und bemerkte meine Reaktion nicht.

*

Am nächsten Nachmittag ließ ich mich stöhnend auf den Rücken sinken. Das Gras kitzelte, aber spendete keine Linderung für mein pochendes Herz und meine rasselnden Lungen. Über uns reckten sich die Äste der alten Kiefer in den Himmel. Wäre meine Atmung nicht so furchtbar laut, würde ich das Meer hören können, das unweit von uns gegen die Küste brach. Hier oben an den kornischen Klippen konnte man die bunt getünchten Häuser von Pinecrest nur noch erahnen, wenn man in die Bucht blickte. Unweit von uns schlängelte sich der Start des Coast Walks an der Wiese vorbei und führte an den Klippen entlang nach Trevone. In den Ästen über uns saßen zwei Vögel, hüpften sorglos hin und her und unterhielten die Welt mit ihrem Zwitschern. Nicht genug, dass Valerie mich an meinem freien Tag zum Sport zwang, sie hatte die heutige Strecke auch noch hoch zu der alten Kiefer geplant, der Pinecrest seinen Namen verdankte, und mir alles abverlangt. Ich hatte das Training in den vergangenen Wochen schleifen lassen und das machte sich jetzt bemerkbar. Viel zu oft blieb ich auch nach Ladenschluss noch in der Bäckerei, um vorzubereiten und alles im Blick zu behalten.

»Du warst auch schon einmal fitter«, stichelte Valerie, die neben mir saß und so wirkte, als wäre unsere Laufrunde heute nicht mehr als ein kurzer Spaziergang gewesen. Sie hatte ihre langen, blonden Haare, die aktuell ausnahmsweise nicht gefärbt waren, zu einem Pferdeschwanz zusammengebunden, aber sah trotzdem noch furchtbar frisch aus. Auf ihrer blassen Haut waren die Sommersprossen präsenter als der Schweiß.

»So wird das nichts mit dem Marathon, Willow.« Valerie bohrte gnadenlos weiter und wäre ich nicht so erschöpft, würde ich sie jetzt schubsen. Stattdessen kniff ich die Augen zusammen und murrte.

»Hallo!« Lauren kam über die Wiese auf uns zu und warf uns beiden jeweils eine Flasche Wasser zu. Valerie fing sie gekonnt, aber ich griff daneben und mit einem dumpfen Laut schlug sie neben meinem Oberschenkel auf den Boden.

»Charlie Burton hat mir geschrieben«, erzählte Lauren, noch bevor sie sich setzte. »Er fragt, ob ich wieder im Laden anfangen will und meinte, dass Willow ihm meine Nummer gegeben hat.«

»Tut mir leid, falls das nicht in Ordnung war. Er meinte, dass er von der Arbeit überfordert ist … «

»Schon okay.« Lauren wirkte nicht genervt, aber dann glänzten ihre Augen und ließen mich Böses ahnen. »Wie schön, dass du ihm direkt zur Hilfe geeilt bist.« Sie zwinkerte mir übertrieben zu.

»Ich wollte nur nett sein!«, widersprach ich etwas heftiger als nötig.

»Oh, Will. Wird er deine Schwärmerei endlich erhören?«, fragte Valerie mit einem Grinsen. Ich bemühte mich, nicht rot anzulaufen, aber mein Körper war ein elender Verräter.

»Das ist so lange her, hört auf.« Die beiden grinsten breit, aber schluckten jede weitere Stichelei herunter. Dabei hatte Valerie ihn damals ebenso angehimmelt wie ich. Nur, dass die zwei jetzt einander hatten und gemeinsam auf mir herumhacken konnten. Lauren bettete ihren Kopf in Valeries Schoß und seufzte wohlig, als diese ihr durch das Haar strich.

»Nimmst du den Job denn an?«, fragte ich, in der Hoffnung, damit nicht in ein Wespennest zu stechen und wieder eine Diskussion über Charlie an die Oberfläche zu bringen.

»War mir erst unsicher. Wenn er nur halb so ätzend ist, wie Layla erzählt, habe ich da eigentlich echt keine Lust drauf. Aber ich kann Anne nicht hängen lassen und wenn Charlie Hilfe braucht, ist das eben so. Und ich kann das Geld gut gebrauchen. War ganz schön mies, als der Nebenjob plötzlich wegfiel.«

Valerie und Lauren planten seit einer Weile zusammenzuziehen, aber konnten sich noch nicht entscheiden, ob sie in Pinecrest bleiben oder nach Falmouth zur Uni ziehen sollten. Valerie würde auch dort einen Job als Krankenpflegerin finden, aber sie teilte meine Liebe zu unserer Heimat. Lauren wäre dagegen am liebsten für immer aus Cornwall verschwunden und war nur Valerie zuliebe zum Studium an der Falmouth geblieben.

Und ich konnte es mir ebenfalls nicht vorstellen, meine Freundinnen bald nicht mehr ständig um mich zu haben. Lauren und ich kannten uns schon unser ganzes Leben. Sie war eine der wenigen schwarzen Personen in Pinecrest, während ich die indischen Wurzeln auf einsamer Flur repräsentierte. Das hatte verbunden. Wenn Lauren gefragt wurde, ob man ihre Haare anfassen durfte, dann wusste ich, wie sich das anfühlte. Und wenn Leute dachten, dass ich zu Hause nur indisch aß, dann rollte Lauren mit mir gemeinsam die Augen und ging mit mir nach Schulschluss zum Diner für eine große Portion Pommes.

Valerie war in der siebten Klasse dazu gekommen und seitdem waren wir ein Dreiergespann, selbst dann, als Valerie und Lauren bemerkt hatten, dass ihre Zuneigung zueinander mehr war als nur Freundschaft.

»Wieso habe ich noch nichts davon gehört, dass Charlie wieder da ist? Der Buschfunk ist doch sonst besser.« Valerie zupfte bei ihren Worten an Laurens Ärmel, die abwehrend seufzte.

»Ich weiß es auch erst seit vorgestern und ich arbeite direkt gegenüber«, sagte ich. Ich blickte über die Grünfläche zu der kleinen Bucht, an der Pinecrest lag. Die Sonne ließ die Landschaft glühen und die endlosen, menschenleeren Sandstrände wie eine Postkarte der Karibik wirken. Der Wind strich durch das Gras, das mit dem Frühling in die Höhe schoss und das Rauschen der Wellen untermalte unser Gespräch. Ich liebte diesen Platz.

»Seit vorgestern und sie sagt uns nichts.« Beide stießen abfällige Laute aus und ich schmunzelte. Das Schöne an unserer Freundschaft war, dass wir uns alle im Thema Neugierde in nichts nachstanden.

»Spätestens wenn du Layla beim Einkaufen triffst, wird sie dir alles ganz genau berichten«, murrte ich.

»O Gott, das wird noch richtig unangenehm werden.« Valerie rieb sich über den Nasenrücken und sprach damit aus, was sich vermutlich ganz Pinecrest dachte.

»Sie wird ihm die Augen auskratzen. Und deshalb, liebe Kinder, hält man alles schriftlich fest, auch wenn man denkt, man liebt einander.« Lauren hob einen Zeigefinger, um ihre Worte zu unterstreichen.

Ich drehte die Wasserflasche auf, obwohl jeder Muskel meines Körpers protestierte. Ich hatte es mit der Bewegung heute eindeutig übertrieben und die Gespräche über Charlie bereiteten mir Bauchschmerzen. Ich fühlte mich schlecht, dass ich bislang so nett zu ihm gewesen war.

»Wieso wird Lauren eigentlich nicht zum Marathontraining gezwungen?«, wechselte ich das Thema und Valerie grinste.

»Weil ich Lauren liebe.«

»Autsch«, sagte ich dumpf.

»Weil ich nach zwei Metern sterben würde.«

»Aber ich sterbe auch gerade.« Ich liebte das Laufen, aber das Training nahm mit der Marathonteilnahme ungeahnte Ausmaße an.

Die beiden lachten und zeigten nicht einmal einen Hauch von Mitleid für mich. Das sollte mich zwar nicht weiter wundern, aber ich schob trotzdem die Unterlippe vor. Valerie tätschelte mir die Schulter und warf einen Blick auf ihre Armbanduhr.

»Ich will noch duschen, bevor wir ins *Ruby's* gehen.«

Wir hatten zwar abgesprochen, heute Abend ein paar Bier zu trinken, aber gerade wollte ich nur noch auf die Couch. Noch bevor ich diesen Vorschlag machen konnte, schenkte Lauren mir einen scharfen Blick. Ausreden waren zwecklos.

Ich streckte die Arme aus und ließ mir von den beiden aufhelfen, dann lockerte ich meine angespannten Muskeln. Mein Handy in der Tasche vibrierte.

> Was muss ich tun, damit ich morgen wieder ein Croissant bekomme? ;)

Ich hielt inne. Zwar hatte Charlie davon gesprochen, dass er hier Freunde brauchte, aber ich hatte nicht damit gerechnet, dass er mir wirklich schreiben würde. Scheinbar war er noch unbeliebter, als ich gedacht hatte. Und trotzdem fühlte ich mich nicht wohl dabei, seine Hand zu greifen, die er mir gerade symbolisch hinhielt. Da war zu viel, was mich beschäftigte. Stattdessen blieb ich bei einer unverfänglichen Antwort.

Ich hab morgen frei, du musst dir einen anderen Lieferanten suchen!

🙁

Montag wieder.

Versprochen?

Vielleicht 🙂

Lauren und Valerie hatten inzwischen bemerkt, dass ich ihnen nicht mehr folgte und waren stehen geblieben. »Mit wem schreibst du?«

Ich hatte das Handy längst wieder in der Tasche verstaut. Eigentlich wäre es leicht, ihnen von Charlie zu erzählen. Nur, dass er eindeutig einsam war und mich als Gesellschaft auserkoren hatte. Es wäre eine schlichte Information und mehr als ein paar Neckereien für eine vergangene Schwärmerei würde ich mir nicht einhandeln. Aber ich zögerte. Wegen der Geschichte mit Layla, aber vielleicht auch, weil mein Herz raste.

»Holly, wegen der Arbeit am Montag. Nichts Wichtiges.« Ich log und meine Freundinnen glaubten mir. Der Wind frischte auf, zerrte an meinen Kleidern und kühlte meine verschwitzte Haut. Ich sah hinaus zum Meer. Die Wellen tanzten auf der Oberfläche und die Gischt glänzte einladend im Sonnenschein. Obwohl der Sommer noch ein wenig auf sich warten ließ, schrie alles in mir danach, mich in die Fluten zu stürzen.

Es war ein komisches, befremdliches Gefühl, dass sich zwischen Charlie und mir eine Freundschaft aufbaute. Und dieses Gefühl gehörte mir allein.

Kapitel 3

Abends am Wochenende waren alle Bewohner und Touristen auf den Beinen. Die meisten zog es an den Hafen, um dort in den kleinen Restaurants und Pubs den Abend zu verbringen. Windschiefe Holzstühle standen auf dem unebenen Boden und oberhalb der Tische warteten Möwen darauf, dass man sein Essen unbeaufsichtigt ließ. Die Wellen schwappten gegen den Kai und auf dem blau glitzernden Wasser trieben zwei Enten, die sich liebend gern mit den Möwen um die Leckerbissen stritten, die sie im Hafen fanden. In der Luft lag der Geruch von Algen und den Fischbrötchen, von denen die Touristen sogar am Abend noch nicht genug hatten. Neben den Besuchern, die sich am Sonnenuntergang erfreuten, die Beine oberhalb des Wassers baumeln ließen und seufzend Fotos von Segelschiffen machten, sah man auch bekannte Gesichter in den Lokalen rund um den Hafen. Harry und Alvin, die der jüngeren Generation von Fischern erklären wollten, wie sie ihre Arbeit zu machen hatten. Teresa, die mit den älteren Damen der West View Lane an wackeligen Tischen saß und Wein trank. Harriet und ihre Schwester, die vor einem der Take-away-Fenster der Restaurants standen und sich nicht entscheiden konnten. Aber auch jene, die man nicht treffen wollte. Zumindest sah ich eine dieser Personen, als ich von der Toilette zurück durch das Gedränge im *Ruby's* zu unserem Tisch gehen wollte. Trotz seiner Lage in einer Seitenstraße des Hafens gehörte das *Ruby's* den Einheimischen. Touristen blieben zumeist im *White Seashell* direkt an der Uferpromenade hängen und tranken Aperol Spritz und bestellten teure Gerichte mit Avocado.

Das *Ruby's* war urig, an manchen Stellen ein wenig veraltet, aber von allen geliebt. Die Luft war erfüllt vom Duft nach Holz, Bier und einem Hauch von Tabak, der sich in die dunklen Balken an der Decke eingefressen hatte. Die Möbel waren schwer und dunkel, die Tische aus massivem Eichenholz, poliert von Jahrzehnten der Benutzung.

Der Tresen aus schwerem Mahagoni war das Herzstück der Kneipe, hinter dem Louis die Gläser spülte, während einheimische Fischer, Handwerker und alte Seebären an ihren Bierkrügen nippten und in gemächlichem Ton ihre Gespräche führten. Es war ein Ort, wo jeder jeden kannte, wo die Zeit langsamer zu laufen schien und wo man immer einen Platz fand.

Aber leider war das *Ruby's* nicht nur der Anlaufpunkt meiner Freunde und mir.

Oliver Fierly baute sich vor mir auf und grinste. Er war mein erster, einziger und letzter Match auf einer Dating-App gewesen, ehe ich beschlossen hatte, dass man solche Apps in kleinen Städten wie Pinecrest nicht nutzen sollte.

»Schön dich mal wieder zu sehen«, sagte er und ich gab mir nicht einmal die Mühe zu lächeln. Er ignorierte jede meiner

Abweisungen und langsam war ich mit meiner Geduld am Ende. »Können wir kurz reden?«

Gerne hätte ich Nein gesagt, aber ich wollte ihn auch nicht an unserem Tisch haben. Also nickte ich unwillig, in der Hoffnung, dass ich ihn so schneller loswerden würde. Kaum waren wir nach draußen getreten, legten sich seine Finger wie ein Schraubstock um mein Handgelenk. Ich zuckte überrascht zusammen und entzog ihm meinen Arm, doch er schien meine Reaktion gar nicht zu bemerken.

»Du hast ja jetzt endlich Zeit für mich, also können wir die Gelegenheit nutzen und uns ein wenig unterhalten.«

Seit Wochen versuchte ich ihm klarzumachen, dass ich nicht interessiert war. Aber wenn man seinen Worten lauschte, schien ich all die Zeit nur mit einer Wand zu reden. Oliver streckte die Hand erneut aus und wäre ich nicht hastig einen Schritt zurückgetreten, hätten seine Finger meine Wange berührt. Mit jedem Treffen wurde es unangenehmer und ich spürte, wie sich in meinem Magen ein ungutes Gefühl zusammenbraute.

»Ich habe kein Interesse, Oliver«, erklärte ich ihm müde, aber auch dieses Mal schien er nicht das zu hören, was ich tatsächlich sagte.

»Komm schon, Willow. Sonst hätten wir doch keinen Match gehabt«, flüsterte er eindringlich und legte seine Hand auf meine Hüfte. Ich erschauderte und schob sie weg, aber sie war sogleich wieder da. Damit hatte ich nicht gerechnet, als ich ihm nach draußen gefolgt war und ich spürte, wie mein eh schon kleines Selbstbewusstsein in sich zusammenbrach.

»Lass das«, bat ich, aber meine Stimme brach. Plötzlich kam ich mir ganz klein vor und ich wollte nichts lieber als mich verstecken. Sein Griff war schwer und ließ mich daran zweifeln, ob ich die falschen Signale sendete. Oliver war immer etwas nervig und penetrant, aber das war das erste Mal, dass ich mich in seiner Nähe fürchtete.

»Du musst dich nicht zieren.« Er zeigte einmal mehr, dass er völlig resistent gegen meine Reaktionen war. Ich blinzelte, denn ich wollte in dieser Situation auf gar keinen Fall weinen.

»Lass das«, sagte ich noch mal lauter, aber seine Hand blieb, wo sie war, selbst als ich erneut versuchte, sie wegzudrücken.

»Willow –«, begann Oliver wieder, aber dieses Mal wurde er unterbrochen.

»Hey!«

Es war Charlie, der jetzt neben Oliver auftauchte. Wie ein Ritter in einer strahlenden Rüstung, von dem ich nicht geglaubt hatte, dass ich ihn brauchte.

»Hallo.« Meine Stimme klang immer noch zittrig. Ich sah zum Pub, aber die Tür war geschlossen. Scheinbar hatten meine Freunde mein Verschwinden noch nicht bemerkt oder machten sich zumindest keine Sorgen.

Oliver drehte den Kopf und zog die Augenbrauen hoch. Charlies Blick wanderte von mir zu Oliver, dann auf die Hand an meiner Hüfte. Er blickte mir wieder ins Gesicht. »Alles in Ordnung?« Seine Stimme war nicht bedrohlicher als sonst, aber etwas in seiner Miene veränderte sich.

»Na ja …«, sagte ich und versuchte Olivers Finger einmal mehr beiseite zu wischen.

»Ich glaube, du solltest jetzt gehen«, sagte Charlie ruhig an Oliver gewandt, der aber gar nicht daran dachte, diesem Rat Folge zu leisten. Charlie stellte sich neben mich und zog mich an sich.

»Willow und ich haben uns gerade unterhalten«, sagte Oliver und besaß die Dreistigkeit zu lächeln.

»Ist das so?«, fragte Charlie und lenkte den Blick zu mir. Ich schüttelte heftig den Kopf und er nickte kurz.

»Ich glaube, Willow hat kein Interesse, sich mit dir zu unterhalten.« Charlie lächelte kühl.

Um ehrlich zu sein, hätte ich mich lieber mit einer toten Ratte im Hafenbecken unterhalten als mit Oliver.

»Aber mit dir, oder wie? Du bist eh das Letzte hier«, spuckte Oliver aus und ich wünschte so sehr, ich würde den Mut besitzen, ihm die Meinung zu sagen. Aber mein Mund war trocken und mein Herz schlug mir bis zum Hals, selbst Charlies beruhigende Berührung am Rücken konnte mein Unwohlsein nicht verscheuchen.

»Doch«, wisperte ich und drückte mich enger an Charlie, damit er bloß nicht auf die Idee kam, mich tatsächlich wieder mit Oliver allein zu lassen. »Doch, ich würde lieber mit Charlie reden.«

»Wir können ja wann anders weiterreden«, schlug Oliver vor und grinste mich breit an. Ich könnte kotzen, hier auf der Stelle, auf seine dämlichen Bootsschuhe.

»Nein«, sagte Charlie schlicht und ich spürte, wie seine Finger sanfte Kreise auf meinem Rücken malten. Er hatte längst bemerkt, wie sehr mich diese Situation verunsicherte.

»Das hast du nicht zu entscheiden.« Oliver drehte sich abwartend zu mir. Und auch Charlie sah mich wieder an. Aufmunternd hob er die Hand, als wolle er mich zum Sprechen animieren.

»Ich möchte nicht mit dir reden!«, sagte ich so nachdrücklich wie ich konnte.

»Das meinst du nicht so.«

Es war hoffnungslos.

»Nein heißt nein, Mann.« Charlie wirkte nun ehrlich gereizt und die sanften Berührungen stoppten abrupt. Ich spürte, wie er sich anspannte.

»Misch dich da nicht ein«, zischte Oliver wieder und ich schloss für einen Moment erschlagen die Augen.

»Lass meine Freundin in Ruhe«, sagte Charlie nun heftiger und zog mich noch enger an seine Brust. Und mir blieb die Luft weg, nicht, weil er mich grob anfasste. Seine Worte allein hatten diese Wirkung. »Lass die Finger von ihr. Sie ist mit mir zusammen und hat kein Interesse an dir.«

Olivers Blick glitt zu mir und ich glaubte, dass ich hier und jetzt einen Schlaganfall erleiden würde. »Ihr seid zusammen?«

Ich starrte Oliver an und spürte Charlies Seitenblick. Er bot mir einen Ausweg, so süß und leicht. Also nickte ich. Noch nie kam mir eine einfache Bewegung so schwer vor.

»Also verzieh dich und lass sie in Zukunft in Ruhe«, sagte Charlie noch einmal eindringlich, als Oliver nach meinem Nicken die Worte fehlten.

»Du hast nie gesagt, dass du einen Freund hast.«

»Ich … «, begann ich, aber der Versuch, Worte zu formen, schlug fehl und ich krächzte mehr, als dass ich sprach.

»Das sollte sie nicht müssen, damit du ihr Nein verstehst. Sie will nicht, weil sie kein Interesse an dir hat und du übergriffig bist und nicht, weil sie einen Freund hat.«

Oliver zuckte zurück und schob die Hände in die Taschen. »Ja, klar«, murmelte er undeutlich. »Man sieht sich.« Und damit trat Oliver Fierly den Rückzug an. Wäre mir doch nur früher bewusst gewesen, wie leicht es hätte sein können.

»Alles okay?« Charlie wirkte ernsthaft besorgt und nahm direkt die Hände von meinem Rücken. Sofort vermisste ich seine Wärme und den Halt, aber das konnte ich kaum laut sagen.

»Danke. Ich war irgendwie wie versteinert«, erklärte ich meine mangelnde Abwehr, doch Charlie zuckte nur mit den Schultern.

»Ich kann das verstehen«, sagte er schlicht und schenkte mir ein sanftes Lächeln. Mein Herz machte einen Salto und ich lächelte ebenfalls. Hastig drehte ich den Kopf weg, da meine Wangen zu brennen begannen. Stattdessen beobachtete ich, wie sich die Abendsonne rot glühend immer näher zum Wasser schob und den kleinen Hafen in einen goldenen Glanz tauchte. Das Rauschen der Wellen beruhigte mein Herzklopfen und für einen Moment war die Begegnung mit Oliver vergessen.

»Kann ich dich als Dank auf ein Bier einladen?«, fragte ich und grinste ihn an. Für einen Augenblick schien er zu überlegen, aber dann wirkte er überzeugt.

»Das habe ich mir als strahlender Held verdient.«

»Auf jeden Fall.« Mir gefiel der Gedanke, ihn noch ein wenig länger an meiner Seite zu haben. Und außerdem sollte die Abwesenheit meines angeblichen Freundes Oliver nicht auf dumme Ideen bringen.

Charlie hielt mir die Pubtür auf und sofort wurden wir wieder von der schweren, warmen Luft empfangen. Ich sah mich kurz im Pub um und bemerkte, dass er es mir gleichtat. Charlie wirkte angespannt, dabei hatte ich nicht das Gefühl, als würde man uns beobachten. Zumindest war ich dieser Meinung, bis mein Blick wieder Oliver streifte, der sich ausgerechnet mit Layla unterhielt. Ihr kastanienbraunes Haar fiel in großen, perfekt gestylten Wellen über ihre Schultern. Layla war bildschön. Sie hatte volle, geschwungene Lippen und glänzend blaue Augen, für die ich sie mehr als einmal in meinem Leben beneidet hatte.

Jetzt lag auf ihrer Miene Unglaube und ich machte mich instinktiv kleiner, weil das schlechte Gewissen mich packte.

Ich ließ sie hängen. Charlie hatte ihr so weh und ihr Unrecht getan und trotzdem war ich nett zu ihm. Ich drehte mich zu ihm, um mein Angebot zurückzunehmen, aber als ich das Lächeln auf seinen Lippen entdeckte, schwankte mein Entschluss. Er hatte mir geholfen. Ich schluckte das bittere Gefühl herunter und steuerte mit Charlie im Schlepptau unseren Ecktisch an. Valerie hatte die Ellenbogen auf dem Tisch abgestützt, während sie an Laurens Lippen hing, die mit den Händen fast das Bier vom Tisch fegte. Elias saß in der Ecke und beobachtete die beiden mit einem breiten Grinsen. Seit er mit Valerie zusammenarbeitete, war er öfter bei unseren Treffen dabei und inzwischen ein fester Bestandteil unserer kleinen Clique. Zum Glück, denn manchmal war das Geturtel von Lauren und Valerie allein kaum auszuhalten.

»Ich hatte gehofft, dass ich ihr noch etwas aus dem Weg gehen könnte.« Charlies Stimme war so leise, dass ich ihn über den allgemeinen Lärm des Pubs hinweg kaum hören konnte.

Ich riss den Blick von Layla los, die sich gedankenverloren durch die perfekten braunen Locken strich, während sie uns betrachtete. Charlie hatte die Lippen aufeinandergepresst und den Blick zu Boden gewandt.

»Alles okay?«, fragte ich, dabei wusste ich von der Geschichte.

Er sah überrascht aus. »Vielleicht sollte ich gehen. Man wird dir übel nehmen Zeit mit mir zu verbringen.«

»Du hast mir geholfen, Charlie. Bitte bleib.« Ich wusste nicht, was mich ritt, aber jemand, der mir so beistand, konnte nicht so ein furchtbarer Mensch sein, wie alle sagten. Ich blickte erneut zu Layla und das schlechte Gewissen bohrte sich in meine Magengrube. Trotzdem nickte ich nachdrücklich, als ich Charlie ansah.

In seinem Blick lag der Zweifel und er wirkte auf einmal zerbrechlich. Inzwischen hatte Layla auch ihre Freunde auf Charlie aufmerksam gemacht und die meisten Augen, die auf uns ruhten, waren nicht gerade begeistert. Harriets Blick streifte meinen für den Bruchteil einer Sekunde, dann sah sie hastig weg. Während der Schulzeit waren wir Freunde gewesen, doch seit ein paar Jahren hatten wir uns voneinander entfernt. Dass sie mir jetzt aber nicht einmal ein Lächeln schenkte, lag sicherlich an Charlie an meiner Seite. Ich straffte die Schultern, drehte mich zu meiner Begleitung und bemühte mich um ein Lächeln.

»Komm, wir trinken ein Bier.« Ich legte berührte sachte seinen Oberarm, um ihn aus seiner Erstarrung zu lösen.

»Ich wünschte, ich hätte damals etwas gesagt.« Seine Stimme brach zum Ende des Satzes ab, aber er hatte laut genug gesprochen, damit ich ihn verstehen konnte. Er wandte sich ab, hatte die Hände in die Taschen seiner Lederjacke gesteckt.

»Was meinst du damit?«

Er sah mich an, lange und ohne etwas zu sagen. Selbst die Geräusche im Pub schienen zu verstummen, als er nach Worten suchte. Dann schüttelte er den Kopf. »Ist egal. Ich bleibe eh nicht, das ist es nicht wert.« Dann schlich sich ein Lächeln zurück auf Charlies Lippen und wirkte dabei so täuschend echt, dass ich ihm fast glaubte. Erst wollte ich etwas sagen, aber dann tat ich ihm den Gefallen zu schweigen und folgte ihm.

Als wir an den Tisch traten, sahen meine drei Freunde auf und ihre Gesichtszüge entgleisten. »Charlie, was machst du denn hier?«, fragte Valerie mit gerunzelter Stirn und ich grinste verlegen.

»Charlie hat mich eben vor Oliver gerettet und ich wollte ihn zum Dank einladen.« Ich räusperte mich, um meine Unsicherheit zu überspielen und Valerie griff nach meiner Hand, da sie offensichtlich merkte, wie sehr mich die Situation aufgewühlt hatte. Dabei war es nicht nur die Begegnung mit Oliver, die mir in den Gliedern saß. Gerne wollte ich ihnen erzählen, wie mein Herz bei jeder Berührung von Charlie gepocht hatte, aber ich schwieg. Ich würde gern sagen, wie intim sich die kleine Unterhaltung inmitten des Pubs eben angefühlt hatte, aber auch das schluckte ich herunter.

Ich würde es nicht vor ihm sagen und auch nicht, wenn er wieder fort war. Es war albern und so kurzweilig gewesen, dass es den Atem kaum wert war. Und doch würde mich dieses Gefühl in meiner Brust wachhalten.

Louis, einer der Barkeeper, tauchte an unserem Tisch auf und grinste. »English Bitter?«, fragte er in Charlies Richtung und dieser nickte. Louis verschwand wieder, tauchte in der Menge der Gäste unter, als wäre es ein Meer.

»Es ist jedes Mal komisch, Louis hinter der Bar zu sehen. Er ist damals mit meinem kleinen Bruder in die Klasse gegangen.«

Ich runzelte die Stirn und verschränkte die Arme vor der Brust. »Wir waren alle bei deinem Bruder in der Klasse.«

Charlie lachte verlegen und rieb sich den Nacken. Louis tauchte schon nach kurzer Zeit wieder auf und stellte das Bier vor Charlie ab. Er zog fragend die Augenbrauen hoch, als ich für das Getränk bezahlte, aber zum Glück hielt unser ehemaliger Klassenclown den Mund. Andernfalls wäre ich vielleicht vor Scham gestorben.

»Ich hoffe, Oliver lässt dich jetzt endlich in Ruhe.« Elias prostete Charlie zu.

»Das hoffe ich auch«, stimmte ich zu.

»Ich verstehe immer noch nicht, wieso du diesen Typen überhaupt in Betracht gezogen hast.« Er hatte diesen Match von Anfang an verteufelt und ich gab es nur ungern zu, aber er hatte leider recht gehabt.

»Halt den Mund«, flüsterte ich, aber meine Wangen brannten bereits und ich musterte lieber die Tischplatte als irgendeine der Personen am Tisch.

Charlie lachte leise und zauberte mir eine sanfte Gänsehaut auf den Körper.

»Seit wann bist du wieder hier?«, wandte Elias sich an ihn.

»Seit drei Tagen. Reicht mir aber schon wieder.« Er grinste und die anderen lachten, aber ich hatte die Befürchtung, dass seine Worte ernst und nicht als Witz gemeint waren.

Charlie verabschiedete sich schon nach dem versprochenen Bier wieder und ich wollte ihn nicht aufhalten, obwohl ich es genoss, ihn neben mir am Tisch zu haben.

Er richtete sich auf, lächelte mich noch einmal an und warf einen Blick über die Schulter, aber von Layla und Oliver war keine Spur zu sehen. Seine angespannte Haltung lockerte sich sichtlich.

»Danke noch mal.« Ich hatte Schwierigkeiten, seinen Blick zu erwidern, als ich mich bedankte.

»Immer wieder gerne.« Dann verschwand er zwischen den anderen Menschen und für einen Moment erlaubte ich mir, ihm nachzusehen, mich an seine Wärme und den sanften Druck seiner Hände zu erinnern. Der Augenblick war verstrichen und ich sah wieder zu meinen Freunden, denen mehr als ein blöder Spruch auf den Lippen lag.

Kapitel 4

Die Vögel zwitscherten so laut, dass ich sie sogar durch die geschlossenen Fenster hören konnte. Der Sommer breitete sich über Pinecrest aus und löste den Frühling mit jedem Tag zunehmend ab. Noch fegte eine kühle Brise durch die Straßen und Gassen, sorgte dafür, dass sich der Strandhafer am Meer bog, aber die Luft wurde stetig etwas wärmer. Noch war es viel zu kalt, wenn man sich doch in die Brandung traute, aber schon bald würden die Wellen uns wieder zum Schwimmen locken. Dies war meine persönliche Lieblingszeit im Jahr, wenn sich Cornwall und Pinecrest auf den Sommeransturm vorbereiteten und man den Wechsel der Jahreszeiten mit bloßem Auge mitverfolgen konnte. Regenschirme wurden gegen bunt gemusterte Sonnenschirme ausgetauscht. In der Luft lag der Duft nach frisch gemähtem Gras und das Lachen der Nachbarskinder war eine Spur lauter und glücklicher.

Ich hatte mich auf einen Sofatag mit einem guten Buch gefreut, aber die Lichtstrahlen, die durch die Fenster in meine Wohnung fielen, lockten mich nach draußen. Mit nur einem kleinen, schlichten Schlafzimmer und einem Bad, bildete das Wohnzimmer das Herzstück meines Zuhauses. Rechts lud eine gemütliche Eckcouch zum Entspannen ein, vor allem nach einem langen Tag am Meer. Gegenüber der Couch an der Wand befand sich ein Bücherregal, das mit unzähligen Büchern gefüllt war. Die Küche lag zur linken Seite des Wohnbereiches. Sie war offen gestaltet, mit weißen Schränken und einem hellen, gefliesten Boden, der an die traditionellen Cottages der Region erinnerte. Die Fenster gaben den Blick nach vorne auf den kleinen Vorgarten meiner Vermieter Zelda und Petroc frei. Meine Wohnung war nicht groß, aber ich liebte jede Ecke.

Ich dehnte den Nacken, während ich in den Flur trat und die Wohnungstür hinter mir schloss. Vielleicht könnte ich ein wenig wandern gehen. So früh im Sommer waren die Touristenströme noch nicht sehr ausgeprägt und die vielen kleinen Highlights am Coast Walk nicht überlaufen.

Als ich den Fuß der Treppe, die zu meinem Apartment führte, erreichte, wurde die Tür der Erdgeschosswohnung im gleichen Atemzug geöffnet.

»Guten Morgen, Willow. Hast du heute frei?«, begrüßte mich Zelda mit einem strahlenden Lächeln. Ich nickte und sogleich hielt sie die Tür hinter sich etwas weiter auf. »Möchtest du einen Tee mit mir trinken?«

»Vielleicht ein andermal.« Ich lächelte entschuldigend. »Ich wollte raus, die Sonne genießen.«

»Ich hoffe, du hast dich eingecremt«, antwortete Zelda und klang dabei genauso wie meine Mutter.

Ich zog die Schultern hoch. »Natürlich.« Ich wusste, dass ich beim Lügen rot wurde, aber Zelda war so nett und überging mein Flunkern einfach.

»Dann wünsche ich dir einen schönen Tag!«

»Dir auch. Tschüss.« Ich schlüpfte aus dem Haus, ehe sie es sich anders überlegte und mir mit mehr Nachdruck Tee anbot. Ich mochte meine Vermieter sehr gern, aber ich hatte keine Lust den ganzen Vormittag in ihrer Küche zu verbringen.

Mein erster Halt war natürlich die West View Lane. Das bunte Treiben in der Straße nahm langsam zu und durch die Straße rannten Kinder, während ihre Eltern die Auslagen in den Schaufenstern betrachteten. Bei dem guten Wetter standen die Waren auch vor den Türen, verengten den Gehweg und luden zum Bummeln ein. *Daisy Dreams* brachte Farbe in das wirre Zusammenspiel aus Buchläden, Restaurants, Antiquitätenhandel und Bekleidungsgeschäften. Irgendwer hatte die Musik laut aufgedreht und die Jazztöne deuteten auf Mr. Williams als Ursprung hin. Ich blieb auf der Höhe von Teresas Laden stehen und lächelte. Die West View Lane war wie ein ewiges Straßenfest, das jeden Tag mit der Sonne erwachte und einschlief.

»Hallo Willow.« Harry stand vor mir, breit grinsend.

»Wo ist denn Alvin?«

Harry deutete mit dem Daumen irgendwo hinter sich. »Streitet sich mit Jack über ein Buch. Holly sagte, du hast heute frei.«

»Du weißt doch, dass ich euch nicht so lange allein lassen kann.«

Harry lachte dröhnend auf, ein Geräusch, was ihm jedes Jahr wieder den Job als Pinecrests Weihnachtsmann sicherte. Er fummelte an seiner Wollmütze herum, rückte sie zurecht. »Sag mal … bist du mit dem Burton-Jungen befreundet?«

Mir sackte der Magen in die Kniekehlen. Sofort keimte das schlechte Gewissen in mir auf, dass ich mich nicht von Charlie fernhielt. Ich schüttelte hastig den Kopf. »Würde ich so nicht sagen.«

»Hm.« Er grummelte.

»Wieso?«

»Ach, du kennst doch die Frauen. Die zerreißen sich wieder das Maul.«

Ich grinste verhalten. »Also alles wie immer.«

»Alles wie immer. Falls er mit dir befreundet ist, pass auf ihn auf. Die machen aus der West View Lane ein Haifischbecken.«

Ich verlagerte unbehaglich das Gewicht auf den anderen Fuß und wich Harrys Musterung aus. In den letzten Tagen fühlte ich mich mehr als nur hin- und hergerissen.

»Pass du doch auf ihn auf«, grätschte Alvin in das Gespräch, als er neben Harry trat.

»Ich pass schon drauf auf, dass du nichts Dummes anstellst, wofür deine Frau dich ins Grab bringen würde«, stellte Harry klar und klopfte seinem Kumpel auf die Schulter.

»Bis dann, Willow«, verabschiedeten sie sich unisono.

Ich sah ihnen einen Moment kopfschüttelnd nach, dann lief ich zur Bäckerei.

Das Klingeln kündigte mich in der *Sweet Tooth Bakery* an. Holly war nicht allein, auch Teresa und Gladys standen am Tresen.

»Guten Morgen!« Ich grüßte sie alle mit einem Lächeln, aber Holly zog nur fragend die Augenbrauen hoch und Teresa grinste, als hätte sie Geheimnisse vor mir.

»Was kann ich für dich tun, Willow?«, fragte Holly.

»Ich brauche Verpflegung«, antwortete ich. Meine Chefin rollte mit den Augen, aber griff im gleichen Moment nach einer Tüte.

»Sie will mich nur kontrollieren, ob ich ihre Rezepte ruiniere.«

»Gar nicht wahr«, sagte ich eilig.

Sie reichte mir die Tüte über den Tresen, dann räusperte sich Gladys. »Wie ist dein freies Wochenende bisher, Willow?« Etwas in ihrem Ton ließ mich stutzen. Er klang bohrend, fast als würde sie eine skandalöse Antwort erwarten.

»Gut, wir waren gestern im *Ruby's* und jetzt werde ich ein wenig wandern gehen.«

»Allein oder kommen deine Freundinnen mit?« Sie nippte an ihrem Kaffee, aber ließ mich über dem Rand der Tasse nicht aus den Augen. So kritisch betrachtete sie vermutlich ihre Schmuckstücke, die sie in Handarbeit in ihrem Laden fertigte und es fühlte sich nicht gut an.

»Allein, denk ich.« Langsam irritierten mich ihre Nachfragen, aber so waren die Ladenbesitzerinnen in der West View Lane: neugierig bis ins Blut. Ich hob zum Abschied die Hand und verließ die Bäckerei. Nach dem Kreuzverhör konnte ich mich nicht davon abhalten, über die Straße zu *Daisy Dreams* zu spähen und in diesem Moment kam mir ausgerechnet Charlie Burton entgegen. »Feierabend?«, fragte er lächelnd.

»Frei« korrigierte ich und ein verlegenes Lächeln breitete sich auf meinen Lippen aus. »Aber ich nutze es immer ein wenig aus, dass Holly mir kostenloses Essen zusteckt.« Zur Erklärung hielt ich meinen Proviant hoch. Ich spähte an ihm vorbei und rüber zum Blumenladen, vor dem Lauren mit Töpfen hantierte. »Wie läuft es bei euch?«

»Lauren hat mich rausgeschickt, damit sie den Laden ordnen kann. Sie sagt, ich verbreite Chaos.« Er zog eine Grimasse und ich kicherte.

»Also hast du auch frei«, fasste ich zusammen und er nickte. Dann glitt sein Blick zu dem Fenster hinter mir. »Teresa und Gladys beobachten uns«, bemerkte er, aber klang nicht überrascht. Er hatte lange genug in Pinecrest gelebt, um zu wissen, wie es hier lief. »Aber ja, ich habe frei. Was machst du?«

»Ich wollte den Coast Walk gehen.« Ich zog den Rucksack vom Rücken und legte die Tüte mit meiner Verpflegung vorsichtig hinein. Charlie hatte sich nicht wieder gerührt und ich sah ihn nachdenklich an.

»Kann ich mitkommen?« Er wich meinem Blick aus, als er das fragte und ich war froh darum, denn ich konnte nur erahnen, dass mein Lächeln für einen Moment verrutschte.

»Wenn du das möchtest.« Meine Antwort klang zögerlich, aber er strahlte dennoch. Unfreiwillig schoben sich wieder die Geschichten von ihm und Layla in meinen Kopf, aber für einen Rückzieher war es jetzt zu spät.

»Sehr gern! Ich sage nur eben Lauren Bescheid.« Er machte kehrt und eilte zurück zu *Daisy Dreams*. Ich folgte ihm langsam über das Kopfsteinpflaster. Schon hatte sich mein ruhiger Sonntag gewandelt. Denn so gern ich es abstreiten würde, mein Herz pochte vor Aufregung bei dem Gedanken, die nächsten Stunden mit ihm zu verbringen.

Mit einem Lederrucksack über der Schulter trat er wieder nach draußen.

»Los geht's!« Seine Motivation war ansteckend und selbst Lauren, die hinter ihm auf der Schwelle auftauchte und mich feixend ansah, konnte mein Lächeln nicht mildern.

Schweigend liefen wir nebeneinander her und ließen die Häuser Pinecrests hinter uns. Ich wusste nicht, was ich sagen sollte, aber während ich mit meiner Verlegenheit kämpfte, sah Charlie zufrieden aus, als ich ihn von der Seite her betrachtete. Er blickte den Kiesweg entlang, der sich an der Küste und den Stränden entlang schlängelte und mit jedem Schritt, den wir auf dem Coast Walk machten, fiel mir das Schweigen etwas leichter.

»Ich war ewig nicht mehr hier«, sagte er, als wir den Strand erreichten. »Also auf dem Coast Walk. Zuletzt irgendwann in meiner Schulzeit. Wir haben immer am St. George's Cove getrunken.«

Das war auch während meiner letzten Schuljahre noch ein beliebter Treffpunkt unter den Jugendlichen gewesen.

»Ja, ich weiß«, sagte ich und erinnerte mich an meine Schulzeit.

»Warst du etwa auch dabei?«, fragte Charlie neugierig und seine Hand streifte beim Gestikulieren meine.

»Doch, schon. Valerie und Lauren haben mich immer überredet.«

»Ich musste auch mitgehen.«

»Du musstest?«, wiederholte ich mit einem leisen Lachen.

»Ja, ich war damals Schulsprecher. Ich musste Wählerstimmen sammeln.«

»Oh, ich dachte schon, du warst hier zum Feiern, aber wenn es für den Wahlkampf war … « Ich verkniff mir ein Lächeln und war im Kopf wieder ganz ein Teenager.

»Echt?« Er wurde ein wenig rot und ich versuchte zu überspielen, wie verlegen es mich machte, dass meine Erinnerungen an ihn noch so taufrisch waren.

»Aidan hat sehr mit dir angegeben.« Das war nicht gelogen, aber eben nur ein Teil der Wahrheit. Aber für ihn schien diese Antwort gut genug zu sein.

»Seltsam wieder hier zu sein«, nuschelte Charlie. Zwei Hunde tollten über den Sandstrand von St. George's Cove, während ihre Besitzer sie beobachteten. Der Wind wirbelte den hellen Sand hoch, strich über den Strandhafer und zerrte an unserem Haar. Die Gischt auf den Wellen tanzte zu einer stillen Melodie, die nur die Natur selbst hörte. Ohne mein Zutun schlich sich ein Lächeln auf meine Lippen.

»Verstehe ich. Du hast dich verändert.« Ich musterte ihn nachdenklich. Das Profil mit der geraden, scharfen Nase und den langen Wimpern. »Seit du Schulsprecher warst, meine ich.« Ich lächelte verlegen.

»Findest du?« Er strich sich durch sein halblanges Haar. Einige Strähnen waren ihm in seine Stirn gefallen. Er hatte diesen typischen Surferlook, den ich früher schon an ihm gemocht hatte. »Du hast dich seitdem auch verändert«, sagte er, nachdem er den Blick vom Strand losgerissen hatte und weiter ging.

»Beruhigend, dass ich nicht mehr aussehe wie eine 15-Jährige«, witzelte ich ein wenig verlegen.

Sein Blick ruhte auf mir und ein warmes Lächeln legte sich auf seine Lippen. »Kein bisschen wie eine 15-Jährige.«

Dann schien er mit den Gedanken kurz woanders zu sein und erst als er blinzelte, fokussierte er mich wieder. »Wusstest du, dass wir uns getroffen haben, kurz nachdem ich mich von Layla getrennt hatte?«

Ich sah ihn überrascht an. Er grinste breit, aber seine Miene wirkte ein wenig zittrig, als müsste er mit sich kämpfen, das Lächeln aufrechtzuerhalten.

Ich antwortete nicht. Ich wagte es nicht, zu gestehen, dass jede unserer Begegnungen sich in meine Erinnerungen gebrannt hatten. Ich erinnerte mich an jedes Lächeln, jedes Wort. Aber ich wunderte mich, dass er sich an diesen Tag erinnerte.

»Ich saß oben am Georges Cove und hab geflennt.« Er zog eine Grimasse. Er hatte nicht wirklich geweint, aber er hatte unfassbar traurig ausgesehen.

»Du bist an mir vorbei gejoggt und hast mich angelächelt.«

Der Tag materialisierte sich vor meinem inneren Auge, so klar, als wäre er erst gestern passiert.

Ich hatte ihn schon von weitem erkannt. Er hatte auf einer Bank gesessen, den Blick auf seine Schuhe gerichtet, aber hatte aufgeblickt, als ich vorbeigelaufen war. Für eine Sekunde, die sich für mich wie eine Ewigkeit angefühlt hatte, hatten wir uns angelächelt. Ich hatte Charlies glasige Augen gesehen, seinen flachen Atem sogar über die Entfernung wahrgenommen und dann war ich schon an ihm vorbei.

»Du bist zurückgekommen. Du hast gefragt, ob du dich setzen dürftest und dann hast du neben mir gesessen.«

Damals hatte ich nicht gewusst, was ihn aufwühlte und ich hatte mich furchtbar deplatziert an seiner Seite gefühlt, aber sein Atem war ruhiger geworden. Erst am nächsten Tag hatte ich erfahren, dass er und Layla sich getrennt hatten und viel später von dem Gerücht über das Geld.

»Wir haben damals nicht geredet, aber du hast meinen Tag ein wenig besser gemacht. Ich wusste, dass es in der Beziehung meiner Eltern kriselt und ich hab mich sehr allein gefühlt.« Er zuckte mit den Schultern, als wäre es unbedeutend, als würde mein Herz bei dieser Erzählung nicht in tausend Einzelteile explodieren.

Er hatte mich damals irgendwann angesehen und gelächelt. »Danke. Hab noch einen schönen Tag.« Dann war er aufgestanden und gegangen und ich war wieder losgelaufen. Ich hatte diesen Tag nie vergessen, aber ich hatte nicht gewusst, dass er ihn ebenfalls noch im Herzen trug.

Ich wandte den Blick von Charlie ab, weil mir seine Musterung zu intensiv war, um nicht an Ort und Stelle über einen spontanen Ohnmachtsanfall nachzudenken. Über uns wogten die Blätter der Kiefer im Meereswind. Das Meer breitete sich vor uns bis zum Horizont aus und glitzerte unter der Einstrahlung der Sommersonne. Aber die Hitze, die aufgrund der Erinnerungen in meinem Körper brodelte, hatte nichts damit zu tun.

»Wie war es, nach London zu gehen?«, versuchte ich rasch das Thema zu wechseln und von meiner Verlegenheit abzulenken.

Charlie war zum Studium nach London gegangen, aber in den ersten Jahren kam er jedes Wochenende nach Hause. Er hatte mit Layla am Strand gesessen und bei seinen Eltern im Blumenladen ausgeholfen. Und ich hatte ihn aus der Ferne angehimmelt. Und jetzt himmelte ich ihn aus der Nähe an. Ich sah mich verstohlen um, das schlechte Gewissen fest im Magen verankert.

»Es war superaufregend. Spannend, eine neue Stadt zu entdecken. Und jetzt bin ich wieder hier.« Obwohl er sich um einen lockeren Ton bemühte, konnte ich die Bitterkeit heraushören.

»Aidan macht es richtig, indem er die Welt bereist.«

»Wieso reist du nicht um die Welt?«

»Ich kann nicht für längere Zeit aus London weg«, antwortete Charlie unverbindlich.

In diesem Moment wurde mir wieder bewusst, wie wenig ich Charlie kannte.

»Du klingst, als würdest du Pinecrest hassen.«

»Hassen nicht. Aber ich habe es auch nicht vermisst.« Eine verrückte Aussage, wenn der Wind einem im selben Moment in die Haare fuhr und über den Sand wirbelte. Die Wellen brachen an der Küste und ich konnte nicht verstehen, wie man diesen Ort verlassen wollte.

»Es ist auch nicht so, als wollte man mich hier haben«, flüsterte er. Charlie ballte zunächst kurz die Fäuste, spreizte dann die Finger und blickte zu Boden. Am liebsten hätte ich ihn in den Arm genommen.

»Es wird sich legen«, sagte ich, aber konnte mir dabei selbst kaum glauben.

Sein Lächeln war erschöpft und erreichte seine Augen nicht, dann schüttelte er langsam den Kopf. »Es ist nicht nur Layla. Ich fühle mich nicht wirklich wohl in meinem Elternhaus.«

Fast zeitgleich zu seiner Trennung hatten sich auch seine Eltern scheiden lassen und sein Vater war nach London gegangen. Aber in der brodelnden Gerüchteküche war das neben dem Drama um Charlie selbst beinahe untergegangen.

»Du fühlst dich nicht wohl?«

»Ist wie eine Reise in die Vergangenheit, von der man weiß, dass sie keine Zukunft hat. Die Scheidung hat viel verändert.«

Für eine ganze Weile standen wir einfach nur im Wind und lauschten den Möwen, dann gab ich mir einen Ruck. Ich machte einen Schritt zurück und räusperte mich.

»So was braucht seine Zeit.«

Wir standen am Gunver Head, einer Felsformation vor der Küste. Sie ragte dramatisch aus den steilen Klippen, ihre schroffen Felsen in flachen Schichten aufgebrochen, während die unaufhörlichen Wellen des Atlantiks gegen die rauen Ränder schlugen und die Luft mit salziger Frische füllten. Ich knabberte an meinem Croissant, während Charlie das Handy erhoben hatte, um Fotos zu schießen. Hier oben war der Wind immer etwas stärker, wie ein kleines Kind, das aufgeregt an deinem Ärmel zupfte. Ich band meine Haare zusammen und wagte mich einen Schritt näher an die Bruchkante heran. Die Steine der Klippe waren grünlich verfärbt, da sie den Wassermassen seit Jahrtausenden trotzten. Unweit von uns ragte eine alte Kiefer in die Höhe. Ihr majestätischer Stamm war ein beliebter Treffpunkt für junge Liebespaare und mehr als eine meiner Freundinnen hatte ihre Initialen mit denen ihres Schwarms in der Rinde verewigt. Ihre Nadeln wogten im Wind, doch mein Blick glitt wieder zum Meer, das fast hundert Meter unter meinen Füßen gegen das Gestein schlug.

»Fall nicht!«, rief Charlie mir über den Wind zu. Ich drehte mich in dem Moment in seine Richtung, in dem er mich fotografierte. Er sah auf den Bildschirm und zeigte es dann mir. »Hübsch.«

Meine Haare waren zu chaotisch und meine Nase so gerötet, als wäre ich Alvin, trotzdem lächelte ich.

»Gehen wir zurück?«

»Nein, wir laufen nach Trevone und von da zurück nach Pinecrest.« Ich deutete in die Richtung, in der Trevone sich vor unseren Blicken verbarg. Auf dem Weg dorthin würden wir noch am Round Hole vorbei kommen, einer meiner absoluten Lieblingsplätze hier in der Gegend. Am Fuße der Klippen hatte sich das Meerwasser einen Weg gesucht und trat bei Flut durch einen kleinen Tunnel in das Loch, das sich mitten auf der Wiese in den Grund gefressen hatte.

»Wie geht's Anne?«, fragte ich, nachdem wir einige Meter gegangen waren.

»Gut, jetzt, seit ich den Laden aufgemacht hab. Sie hatte Angst, dass ihr alle Kunden zum Blumenladen am Hafen weglaufen.«

Wir waren fast seit einer Stunde unterwegs und langsam lockerten sich meine Muskeln wieder, die von dem Training gestern immer noch litten. »Grüß sie bitte von mir.«

Er beobachtete mich und ich kam mir in dem Augenblick vor, als hätte ich etwas Lächerliches gesagt.

»Sie redet immer gut von dir, weißt du?«

Ich errötete und senkte den Kopf. Dennoch spürte ich seinen Blick, der immer noch auf mir ruhte. »Anne muss man mögen, da fällt es einem leicht, nett zu sein.«

Ich betrachtete die Wiesen um uns herum. Beige Sprenkel zogen in der Ferne über das Gras, aber über den Wind und das Meeresrauschen konnte man das Blöken der Schafe hier nicht hören.

Charlie schirmte mit einer Hand seine Augen vor der Sonne ab. »Crugmeer. Wohnen da immer noch Leute?« Er ließ den Namen des Weilers fast abschätzig fallen und ich seufzte tief.

Ein Weiler war nicht mehr als eine Ansammlung von wenigen Häusern und Höfen. Immer mehr Weiler in der Gegend wurden mit der Zeit verlassen, aber Crugmeer blieb bestehen. Ein zäher Weiler, voll mit Menschen, die diesen Ort liebten.

»Ja, meine Eltern zum Beispiel«, murrte ich und entlockte ihm ein verlegenes Lächeln.

»Ich wusste nicht, dass du aus Crugmeer kommst.«

Ich hatte auch meine halbe Jugend in Pinecrest verbracht. Hatte jeden Tag das Fahrrad genommen und war auf den schmalen Straßen entlang der Wiesen in die Kleinstadt gefahren. Selbst im Winter, wenn Schnee lag und die Reifen unter mir gefährlich schlingerten. Jede Sekunde in der Stadt, in der meine Freunde waren und das Leben tobte, hatte ich ausgenutzt und war oft erst in der Nacht heimgekommen. Die unzähligen Schafe rund um den Weiler hatten mich jedes Mal blökend begrüßt, wenn der zittrige Lichtkegel meines Fahrrads näher gekommen war und in der Küche hatte meistens meine Mutter mit Tee auf mich gewartet. Vielleicht wollte ich deshalb nie nach London. Für mich war der Sprung von Crugmeer nach Pinecrest schon eine Lebensveränderung

»Woher hättest du das auch wissen sollen?«

Charlie löste den Blick von den Häusern in der Ferne. »Ich hätte es wissen können. Aidan hat früher viel über dich geredet.« Ich runzelte die Stirn und er lachte wieder. »Ich glaube, er war mal etwas verschossen in dich.«

»Oh«, hauchte ich überrascht und nahezu augenblicklich brannten meine Wangen, dabei war es so furchtbar lange her. Und schließlich hatte ich das Auge immer auf den anderen Burton-Bruder geworfen.

»Meine Eltern haben unsere Scheune umgebaut zu einem Airbnb«, sagte ich, um das Thema zu wechseln, und setzte meinen Weg fort. »Sie haben jedes Jahr im Sommer so einen Typen zu Gast aus Wien. Der macht es anders als du. Er sucht die Ruhe.« Theo Jackson war Anfang dreißig und war von ihren Eltern wie ein Sohn aufgenommen worden. Er war begnadeter Geigenspieler und nutzte die Spielpause der Oper, um jedes Jahr wieder nach Cornwall zu reisen.

»Man hört sich in der Stille immer so gut selbst denken und meine Gedanken sind meistens nicht gerade geistreich«, sagte er abwehrend.

Ich konnte verstehen, warum er sich mit seiner Vergangenheit nicht mehr an diesem Ort wohlfühlte und obwohl er es nicht verdient hatte, spürte ich Mitleid für Charlie in mir aufkeimen. Ich kramte in meinem Rucksack nach der Tüte, die mir Holly mitgegeben hatte und reichte ihm ein Macaron.

»Oh, Mum schwärmt immer von denen.« Er drehte das orange Gebäck in den Händen und sah wieder zu mir. »Sie hat mir erzählt, dass du für die ausgefallenen Sachen zuständig bist. Und dass deine Macarons bald landesweit gefragt sind.«

Ich zuckte mit den Schultern und war froh, dass der Wind meine Wangen kühlte, die vor lauter Verlegenheit wieder glühten. »Das ist Orange-Schokolade. Nicht besonders ausgefallen«, wehrte ich ab.

»Sind Macarons nicht superanspruchsvoll?«

»Kann schon sein.«

Er biss die Hälfte ab und schloss für einen Moment die Augen. »Großartig! Kein Wunder, dass die Bäckerei so einen guten Ruf hat.«

Hastig wandte ich mich ab, damit er nicht sah, wie sehr mich sein Kompliment berührte. Einträchtig setzen wir unseren Weg fort und Charlie tat mir den Gefallen, beim nächsten Bissen nur verträumt zu seufzen.

Als wir die engen Straßen der Hafenstadt Trevone durchquerten, wurde Charlies Atem schwerer. Ich verkniff mir jede Bemerkung auf seinen Zigarettenkonsum, aber ich konnte mir ein schmales, schadenfrohes Grinsen nicht verkneifen.

»Du bist viel zu fit«, maulte er, gefolgt von einem Stöhnen.

»Ich trainiere viel. Valerie und ich wollen im Herbst einen Marathon in Trevone laufen.«

»Krass.« Er wirkte ehrlich beeindruckt.

»Das ist gar nicht so krass. Ich laufe gern, klärt den Kopf.« Ich hielt inne und wandte mich ihm zu. »Dann hört man seine wenig geistreichen Gedanken auch nicht mehr.«

»Ich sollte also anfangen zu laufen, solange ich hier bin?« Charlie legte bei den Worten den Arm um mich. Mein Herz explodierte wie das Feuerwerk zum Jahreswechsel und mir wurde schwindelig, während ich versuchte, cool zu wirken, trotz der Gänsehaut, die über meine Arme kroch.

»Bist du dann meine Trainerin?«

»Besser ich als Valerie. Die bringt mich immer schon ans Ende«, sagte ich mit tonloser Stimme, um von meiner Reaktion abzulenken. Er zog den Arm zurück und ich wünschte, der Moment wäre noch nicht vorbei.

»Sei sanft zu mir!« Er blickte mich nicht an, aber er hatte ein breites Grinsen auf den Lippen und seine braunen Augen glänzten vergnügt.

Ich zuckte mit den Achseln. »Vielleicht, mal sehen.« Ich hielt mich vage, aber das schien ihn nicht zu stören. »Es war nett, dass du mitgekommen bist. Ich hatte einen schönen Tag«, sagte ich. Zwar kämpfte ich noch immer mit dem schlechten Gewissen Layla gegenüber, aber ich fühlte mich in seiner Nähe so wohl, dass ich all die Geschichten verdrängen konnte.

Ein schiefes Grinsen schlich sich als Antwort auf seine Lippen, sodass mein Herz direkt wieder raste und mein Bauch Saltos schlug. Er sprach nicht, aber das musste er auch nicht, um mein Gehirn lahm zu legen.

In der Ferne konnte man Pinecrest bereits ausmachen. Nun ging es nur noch entlang einer schmalen Teerstraße bergab. Rechts und links von uns erstreckten sich die Wiesen, auf denen Schafe grasten und Kühe gemütlich ihre Runden zogen. Obwohl man das Meer von hier nicht mehr sehen konnte, hörte man das Rauschen der Wellen leise im Wind.

»Danke. Bei allem, was über mich gesagt wird, ist das keine Selbstverständlichkeit.«

»Stimmt es denn?«, fragte ich dann und überraschte mich glatt selbst damit.

»Was?« Seine Stimme war leise, kaum zu hören und trotzdem übertönte sie für mich jedes andere Geräusch.

Ich betrachtete die Schafe auf den Wiesen um uns herum, während ich nach den richtigen Worten suchte. »Alles? Hast du Layla ohne Grund verlassen? Hast du ihr das Geld nicht zurückgegeben?« Ich räusperte mich, weil meine Stimme ungewohnt hoch geworden war.

»Was ist, wenn ich ja sage?«

»Dann würde ich frage, warum du es getan hast und ob du es bereust.« Ich spürte seinen Blick auf mir, aber ich wagte es nicht, ihn zu erwidern.

»Nein«, sagte Charlie schließlich.

»Nein?«

»Ich hatte einen sehr guten Grund für die Trennung. Ich habe ihr auch kein Geld unterschlagen. Sie hat keinen Cent zu meinem Studium beigetragen. Das hat mein Vater gezahlt. Sie war in einer finanziellen Notlage, das stimmt. Aber das lag nicht an mir.«

Seine Worte wirbelten durch meinen Kopf und ich hatte Schwierigkeiten, ihren Sinn zu begreifen. Ich wollte ihm glauben, dringend und trotzdem konnte ich den leisen Zweifel nicht abstellen. Wenn er keine Schuld trug, wieso tat er dann nichts? Sein Schweigen wirkte wie das ultimative Schuldeingeständnis.

»Wieso wehrst du dich dann nicht?«

»Als ob mir hier irgendwer glauben würde. Je schlimmer das Gerücht, desto lieber glauben Menschen es. Alle sind so scharf auf das Drama.«

»Es gibt auch so viele Menschen, die auf deiner Seite sind. Holly zum Beispiel.« Ich holte tief Luft. »Und ich. Ich bin auch auf deiner Seite.« Trotz meinen Zweifeln war ich hier und verbrachte Zeit mit ihm. Weil ich glauben wollte, dass er mich nicht mit diesem warmherzigen Lächeln täuschte.

Ich drehte den Kopf und Charlie lächelte mich sanft an. »Danke, Willow.«

Ich erwiderte das Lächeln, ehe ich den Blick verlegen nach oben lenkte. Vor uns kreisten die Möwen am Himmel und der Wind trug den Duft von Meersalz durch die Straßen von Pinecrest, die wir jetzt erreichten.

Gerade wollte ich mich wieder zu Charlie drehen, um mich zu verabschieden. Zeldas kleines Haus war bereits in Sichtweite, doch die Wörter blieben mir im Hals stecken, als ich sah, wie seine Gesichtszüge entgleisten.

»Alles okay?«, fragte ich irritiert, aber sein Blick fixierte etwas hinter mir. Verwirrt wandte ich mich um, nur um Layla und ihren Freund David zu sehen, die auf uns zu schlenderten. David wirkte verlegen, wich meinem Blick aus, aber Layla hatte die Augenbrauen hochgezogen und musterte uns eindringlich.

»Hallo«, stotterte ich.

Einige Sekunden lang schien niemand sprechen zu wollen, dann biss sich Layla auf die Lippen. »Was machst du hier, Charlie?« Sie beachtete mich gar nicht. Ihre Stimme klang leise und vorsichtig und mein Herz krampfte sich zusammen vor lauter Schuldgefühlen.

Charlie antwortete nicht direkt und sie öffnete den Mund, um wieder etwas zu sagen, als David sie an der Schulter berührte.

Ich kam mir völlig deplatziert vor, wollte am liebsten gehen, aber konnte es nicht ertragen, Charlie einfach so stehen zu lassen.

»Es sind doch nur ein paar Monate.« Charlie klang kühl, aber nicht so unsicher wie erwartet. »Ich werde nichts sagen. Ich halte mich von dir fern«, versprach er.

Fast hektisch tastete Layla nach Davids Arm und zog ihn an sich, während sie Charlie weiter betrachtete. Mir war, als wäre ich Zuschauerin einer Sendung, nur dass ich erst in Staffel vier eingestiegen war.

»Komm«, wandte Charlie sich wieder an mich. »Ich bring dich nach Hause, Willow.«

Ich nickte hastig, folgte ihm und wagte es nicht zurückzublicken. Vielleicht bildete ich mir das Prickeln in meinem Nacken ein, aber ich war mir sicher, dass Layla uns hinterher starrte.

Erst am Gartentor blickte ich Charlie an und atmete tief durch. »Danke, dass du geblieben bist.« Er streckte die Hand nach meiner aus und drückte sie sanft. Das Kribbeln wanderte meinen Arm empor, schien meinen ganzen Körper elektrisch aufzuladen.

Hinter uns wurde ein Fenster geöffnet. »Willow, du bist ja zurück … Oh, hallo Charlie.« In Zeldas Stimme lag kein Hinweis darauf, ob sie Charlies Anwesenheit ebenso verurteilte wie einige andere in der Kleinstadt.

»Hallo Zelda«, begrüßte er sie freundlich, während ich mich nicht zu ihr umdrehte, sondern den Blick fest auf seine Brust geheftet hielt.

»Möchtest du heute Abend mit uns essen, Willow?«, wandte sich meine Vermieterin wieder an mich.

Ich schüttelte den Kopf und räusperte mich. »Nein, danke«, lehnte ich ab und meine Stimme klang wie das Krächzen eines Raben.

Charlie lächelte, drückte meine Hand noch einmal, die er bislang nicht losgelassen hatte. »Danke für den schönen Tag, ich hab die Wanderung sehr genossen.«

»Ich auch«, flüsterte ich und meine Stimme erstarb.

Kapitel 5

Obwohl das Brodeln der Gerüchteküche etwas Metaphorisches war, schien es an diesem Morgen ganz und gar greifbar. Als würde ich die Hitze des Kochtopfes auf meiner Haut spüren, während ich in die West View Lane einbog. Und ich war die Hauptzutat.

Ich schaffte nur wenige Meter, ehe eine Ladentür aufgerissen wurde und Teresa vor mir stand. Die Geschäfte hatten sich noch nicht auf den Strom der Touristen vorbereitet. Noch erschien die West View Lane wie eine kleine verschlafene Seitengasse, die man durch Zufall fand und an deren bunten Ladenfronten und Fensterläden man sich erfreuen konnte, ehe die Füße einen zu einem belebteren Ort trugen. Kein Vergleich zu dem Anblick, wenn die Stadt in wenigen Stunden aus ihrem Tiefschlaf erwachte.

»Guten Morgen!«, grüßte ich überrascht.

Anders als sonst erwiderte sie mein Lächeln nicht. »Du und Charlie also … «

»Bitte?« Ich verschränkte die Arme vor der Brust und wünschte mir plötzlich, ich hätte einen dicken Pullover statt einem T-Shirt angezogen. Teresa hatte nicht mehr als vier

Wörter gebraucht, damit ich fröstelte. Das konnte man fast als ihre Superkraft bezeichnen, wobei ›super‹ nicht unbedingt das Wort war, womit ich es beschreiben würde.

»Du solltest vorsichtig sein. Er ist nicht gut für dich.« Teresa tätschelte meinen Oberarm und ich rollte innerlich mit den Augen, während ich mich mit einem leichten Schaudern von ihrer Berührung löste. Ich wünschte, ich hätte den Mut, ihr zu sagen, sie solle sich um ihre eigenen Angelegenheiten kümmern, aber stattdessen zog ich die Schultern bis zu den Ohren hoch und hoffte, der Boden möge sich auftun. Der Knoten in meinem Magen zog sich fester zusammen und ich trat unbehaglich von einem Fuß auf den anderen.

»Wir sollten in der West View Lane zusammenhalten«, beschwor Teresa eindringlich und in mir regte sich ein Funken Widerstand. Nicht genug, um einen Waldbrand auszulösen, aber genug, damit mir ein wenig wärmer wurde.

Charlie gehörte genauso zur großen Familie der West View Lane wie Layla. Aber ich verstand, warum alle sauer auf ihn waren. Der ehemalige Süßigkeitenladen stand immer noch wie ein Mahnmal leer. Sich in Laylas altem Laden breitzumachen, würde an Grabschändung grenzen.

Teresa folgte meinem Blick und lächelte schmal, als sie sah, an was sie meine Aufmerksamkeit verloren hatte. Und es ärgerte mich, dass sie es direkt bemerkte.

Obwohl ich mir einredete, dass ich Charlie eine vorurteilsfreie Chance gab, war da auch dieses Bauchgefühl. Wie konnte man so zwiegespalten sein?

Dann war da noch die Nachricht auf Instagram, die mir Aiden gestern Abend geschickt hatte. Er hatte sich bei mir bedankt, dass ich Charlies Zeit in Pinecrest erträglicher machte und nicht auf die Gerüchte hörte. Seitdem wärmte der Gedanke, dass Charlie mit seinem Bruder über mich sprach, meinen Brustkorb.

»Du lässt es so klingen, als wäre ich eine Landesverräterin.« Ich versuchte mich an einem Witz, aber mit meiner leisen Stimme wirkte er nicht so überzeugend, wie ich es geplant hatte. Ich lachte, aber auch das klang hohl und unecht.

Mein Lächeln erstarb, als Teresa abschätzig mit der Zunge schnalzte. Stattdessen musterte ich den Efeu, der sich an den Häuserfassaden emporrankte und ich dachte an die Theorie der Kampf-oder-Flucht-Reaktion. »Ich muss zur Arbeit.« Ich wählte die Flucht.

»Denk drüber nach, Willow. Wir wollen ja nur das Beste für dich.« Wieder tätschelte sie meinen Oberarm und ich glaubte ihr kein Wort. Sie und Gladys hatten Layla schon vor Jahren unter ihre Fittiche genommen und nutzten jede Gelegenheit, um zu erzählen, wie schlecht Charlie sie behandelt hatte. Und ja, die Geschichte war fürchterlich, aber das gab ihnen kein Recht, sich einzumischen, mit wem ich meine Zeit verbrachte.

Es fiel mir schwer, keine Grimasse zu ziehen. »Ich weiß. Wir sehen uns, Teresa.«

Mit eiligen Schritten lief ich über die Pflastersteine, damit nicht noch einer auf die Idee kam, mich anzuhalten und mir einen Vortrag über Loyalität zu halten. Aber ich konnte es nicht verhindern, dass ich aus dem Augenwinkel Ausschau nach Charlie hielt. Bei mir war wirklich jegliche Hoffnung verloren.

Holly zog die Augenbrauen hoch, als ich endlich die Tür öffnete.

»Du bist zu spät.«

»Es ist genau sechs Uhr!«

Holly sah zur Uhr und schwieg, dann sprang der Minutenzeiger um. »Zu spät«, sagte sie wieder und deutete auf das verräterische Uhrwerk, aber sie grinste, als sie sich wieder zu mir drehte.

»Teresa hat mir aufgelauert«, erklärte ich mit einem Grinsen.

»Oh, ja. Die Charlie-Geschichte. Davon habe ich schon gehört. Ich wurde schon gefragt, ob bei euch was läuft.«

»Natürlich nicht!«

Holly grinste so breit, es war klar, dass sie mir kein Wort glaubte. Stöhnend legte ich den Kopf in den Nacken. Eigentlich liebte ich das Kleinstadtleben, aber in den letzten Tagen würde ich mich gern irgendwo verkriechen, um niemanden mehr sehen zu müssen. Es wäre vermutlich einfacher, mich von Charlie fernzuhalten, aber dann erschien der Abend im Pub vor meinem inneren Auge. Er hatte mir geholfen und war unter den Blicken der anderen derartig zusammengesunken, dass ich es nicht über mich brachte, mich fernzuhalten.

»Sag einfach nichts!«

Hollys Lachen verfolgte mich bis in die Backstube.

Die Stille im Laden wurde von dem leisen Bimmeln der Glocke über der Tür durchbrochen. Hastig trocknete ich mir die Hände ab, aber als ich aus der Backstube nach vorne trat, wünschte ich mir, ich hätte mir mehr Zeit gelassen.

»Layla.«

Sie strahlte, tat überrascht, als wüsste sie nicht ganz genau, dass sie hier auf mich treffen würde.

»Bist du allein, Willow?« Sie kramte in ihrer Handtasche, aber ich hatte den lauernden Ton in der beiläufigen Frage gehört.

»Ja, Holly ist zu Hause.« Da wäre ich gerade auch gern. Ich legte die Hände auf den Holztresen, aber es dauerte einen Moment, bis Layla endlich aufsah.

»Was kann ich für dich tun?« Meine Stimme kratzte über die Worte, als wären sie nicht für meine Stimmbänder gemacht.

»Ich hätte gern einen Flat White«, bestellte sie, legte den Kopf kokett schief und steuerte dann den kleinen Tisch an.

»Du bleibst?«, fragte ich und meine Stimme überschlug sich. Aber Layla ließ sich von meiner stimmlichen Entgleisung nicht aus der Ruhe bringen, sondern nickte gewissenhaft. Sie hatte also entschieden, mich zu quälen, aber sie ließ sich Zeit. Dabei wussten wir genau, dass der Grund ihres Besuches dunkelblond war und sich aktuell als Florist versuchte.

Hastig drehte ich mich zu der Kaffeemaschine, beschäftigte mich mit dem lärmenden Ungetüm, solange es mir irgendwie möglich war. Noch nie hatte ich mich so nach mehr Gästen gesehnt, aber die Tür blieb zu und die kleine Glocke still. Nicht einmal Harry und Alvin, die sich sonst zu den unpassendsten Momenten auftauchten, ließen sich blicken. Das Universum wollte mir keinen Ausweg für diese Situation schicken und so brachte ich ihr die Tasse zum Tisch und beglückwünschte mich innerlich selbst, dass meine Finger nicht zitterten.

»Setz dich doch. Wir quatschen so selten.«

Ich tat, was sie sagte, weil ich nicht wusste, wie ich mich ihr entziehen sollte. Mein Mund war staubtrocken, aber egal wie oft ich schluckte, es wurde nicht besser.

»Mir tut es immer leid, dass wir so wenig miteinander zu tun haben.«

»Wir sind uns ja nicht gerade ähnlich«, wehrte ich ab und Laylas Lächeln verrutschte für eine Sekunde.

»Wir sind schließlich beide mit Harriet befreundet«, gab sie zu bedenken, dabei würde ich Harriet längst nicht mehr als meine Freundin bezeichnen. Aber ich blieb stumm und Layla nutzte die Chance zu einem Todesstoß. »Und du bist meine inoffizielle Nachfolgerin.«

Meine Gedanken kreisten direkt wieder um Charlie, als ich sie anstarrte. »Wie bitte?«

»Ich war früher die Süßigkeitenkönigin!« Sie schenkte mir ein weiteres brillantes Lächeln. »Und jetzt bist du in ganz Pinecrest für deine Kreationen bekannt.«

»Na ja, das ist ja schon was anderes … « Ich wollte nicht zulassen, dass sie meine Rezepte mit ihrem Laden verglich, in dem damals nichts selbst gemacht war. Ich hatte mir meinen guten Ruf und meine Stammkundschaft hart erarbeitet. Ich wusste um mein Talent am Backofen.

Aber Layla gab nicht auf. Stattdessen setzte sie noch einen drauf. »Okay, ich bin ehrlich. Ich finde es nicht schön, dass du ständig mit Charlie rumhängst.« Sie garnierte den Vorwurf mit einem süßlichen Lächeln.

»Er ist schließlich Aidens Bruder.«

Layla spitzte die Lippen, musterte mich missbilligend und wischte meine Erwiderung dann vom Tisch, als wäre sie nicht mehr als eine lästige Fliege. »Was sollen denn die

Leute denken, wenn du dich in aller Öffentlichkeit mit ihm abgibst, Willow? Man wird noch schlecht von dir reden«, bemerkte Layla sanft, aber ich kaufte ihr ihre Besorgnis um mich nicht ab.

»Ich bin doch nur nett zu ihm, er hat es schwer genug, so wie ihm alle begegnen.« Kaum zu fassen, dass sie so egozentrisch war.

»Findest du nicht, dass er sich das selbst zuzuschreiben hat?«

Ich konnte nicht umhin daran zu denken, was Charlie gesagt hatte. Dass Layla log. Ich faltete die Hände auf den Tisch zwischen uns und schwieg.

»Ich mache mir einfach Sorgen. Charlie nutzt seine Mitmenschen aus. Ich weiß, dass man das erst nicht erwartet. Aber ich hab es selbst erlebt.« Layla räusperte sich und schlug die Augen nieder. Ich wusste, dass sie Mitleid erwecken wollte, aber das war nicht das Gefühl, das in meinem Magen brodelte.

»Ich hab alles verloren, Willow«, fuhr sie fort. »Ich möchte dich einfach nur schützen. Wenn es nach mir ginge, hätte er Pinecrest längst wieder verlassen.«

»Er hilft seiner Mutter.« Alle predigten immer, dass man in der West View Lane zusammenhalten musste, aber das schien nicht zu gelten, wenn man Charlie Burton war.

»Schau, Willow. Ich weiß, dass du Charlie schon immer gut fandest.« Layla lächelte, als würden wir über einen gemeinsamen Insider scherzen.

Mir schoss die Schamesröte in die Wangen, doch ich versuchte meine Verlegenheit zu verstecken. »Darum geht es hier gar nicht«, wehrte ich schwach ab.

»Willow, meine Süße«, sagte sie geduldig und ich schüttelte mich innerlich bei dem Kosenamen. »Er wird dich nicht plötzlich erhören, nur weil du jetzt nett zu ihm bist.« Layla neigte den Kopf, ihre Fingerspitzen glitten über den Rand der Tasse vor ihr.

Ich wollte etwas sagen, aber wusste nicht, wie ich darauf reagieren sollte.

»Du bist einfach nicht sein Typ. Ich muss es ja wissen. Egal, wie sehr du dich jetzt anbietest, er wird dir dein Herz brechen.« Sie sah mich so besorgt an, als würde ihr ernsthaft etwas an mir liegen. Fast hätte ich es glauben können. Fast.

»Ich glaube nicht, dass dich das überhaupt etwas angehen würde«, entgegnete ich leise, stolz darauf, dass es mir nicht länger die Sprache verschlug.

»Willow, ich will dich ja nur warnen. Er macht sich sicherlich über dich lustig, wenn du dich ihm so an den Hals wirfst, damit er dich endlich ansieht.« Layla spitzte die Lippen und der Blick in ihren Augen war deutlich kühler. »Es lachen eh längst alle über dich.«

Etwas in diesen Worten traf mich unvorbereitet. Ich fühlte mich unter ihrem Blick so klein wie noch nie zuvor. Ja, ich war eher schüchtern und ließ mir oft über den Mund fahren, aber in diesem Ausmaß hatte ich das noch nie erlebt. »Aber –«, setzte ich an.

»Mach dich nicht lächerlich, Willow. Denk an deinen Ruf. Du willst doch nicht dafür bekannt sein, dass du einem Mann hinterherrennst.« Unter ihrem Blick fühlte ich mich erbärmlich, als wäre ich eine Lachnummer in ihren Augen und sie gab sich nicht einmal mehr die Mühe, es zu verbergen.

»Charlie und ich sind zusammen«, platzte es aus mir heraus.

Layla erstarrte und ich fühlte mich, als würde mir mein Magen in die Kniekehle rutschen. Was hatte ich nur getan?

Sie lachte leise, aber es klang nicht amüsiert. Ihre Augen verengten sich leicht, als ihr Blick auf mir ruhte.

Ich zog die Augenbrauen hoch, versuchte mein Pokerface zu bewahren. Und ich hatte noch nie Poker gespielt.

»Das glaube ich dir nicht.« Sie schüttelte den Kopf, um ihre Worte zu unterstreichen und ihr Blick glitt zum Schaufenster, als würde sie nach Charlie suchen.

Ich schluckte schwer. »Es ist aber die Wahrheit«, sagte ich so überzeugend wie möglich und ignorierte mein pochendes Herz. »Frag Oliver Fierly.« Ich war selbst geschockt, wie abgebrüht ich war. Es kostete mich meine ganze Selbstbeherrschung, nicht dem Drang nachzugeben und zum Blumenladen zu schauen. Stattdessen sah ich Laylas Lächeln verblassen. Und das bereitete mir eine unheimliche Genugtuung. Ich schaufelte mein eigenes Grab und hatte auch noch Spaß dabei.

Das alles hier, dieser Versuch mich auf ihre Seite zu ziehen, fühlte sich falsch an. Sie machte sich über mich lustig, über meine frühere Schwärmerei und saß hier, um wieder einmal ihren Willen durchzusetzen. Bislang hatte ich geglaubt, dass sich Layla niemals so eine Lüge ausdenken würde, aber mit jeder Sekunde in diesem stillen Streit glaubte ich Charlies Aussagen mehr.

»Schau, ich würde dich gern zu meiner Verlobungsparty einladen.«

Ich blinzelte sie an. Einige Herzschläge lang versuchte ich den plötzlichen Themenwechsel zu begreifen, aber Laylas

Lächeln blieb oberflächlich ohne einen Hinweis auf ihre Gedankengänge. Ich hatte gehört, dass sie und David sich verlobt hatten. Reichlich früh, aber sie waren bereits kurz nach ihrer Trennung von Charlie zusammengekommen. Und es hatte nicht frisch gewirkt. Ein Schelm, wer dabei Böses dachte. Jedenfalls fütterte es nur meine Zweifel an ihren Worten, ließ die unbestimmte Wut in meinem Magen wachsen.

»Wieso?« Ich wollte nicht so abwehrend klingen.

»Es sind alle eingeladen. Ich fände es schön, wenn wir mehr Zeit miteinander verbringen würden. Lauren und Valerie kommen auch.« Valerie und Layla hatten für einige Monate zusammen im Medical Center gearbeitet, ehe Layla den Job im Supermarkt angenommen hatte.

»Und dann kannst du direkt ganz Pinecrest zeigen wie verliebt du und Charlie seid«, fügte sie hinzu und gab sich dieses Mal nicht einmal Mühe, die Kälte in ihrer Stimme hinter einem zuckersüßen Lächeln zu verstecken. Diese Situation war wie aus einem schlechten Highschool-Drama entsprungen.

»Ich weiß nicht, ob ihm das recht wäre«, erwiderte ich mit krächzender Stimme.

»Ich bestehe darauf, Willow. Wir wollen alle das glückliche Paar live erleben.«

»Ich –«, fing ich wieder an, doch Layla hatte sich gefangen und hatte die Kontrolle über das Gespräch zurückerlangt.

»Falls ihr nicht kommt, könnte man noch glauben, du würdest lügen, Willow.« Sie warf die braunen Haare zurück.

Ich ballte die Hände zu Fäusten, um das Zittern zu unterdrücken. Ich würde mich nie wieder blicken lassen können, wenn mir diese Lüge um die Ohren flog. Dafür würde Layla sorgen.

Sie stand ruckartig auf. »Was schulde ich dir?«

»Geht aufs Haus.«

Sie nickte steif und verließ den Laden. Sie hatten den Flat White nicht angerührt, aber ich wagte erst wieder zu atmen, als sie an *Daisy Dreams* vorbei war.

Charlie drehte sich überrascht zu mir um und blinzelte, als ich in den Laden stürmte. Ich hatte die Bäckerei nur kurz abgeschlossen und war dann, immer noch in meiner Schürze, hinüber geeilt. Er war zum Glück allein, denn ich besaß nicht genug Selbstbeherrschung, um meine Verzweiflung zu verbergen.

Also griff ich nach seinem Handgelenk und zerrte ihn hinter mir her in das Hinterzimmer, in dem es nach Blumenerde und Rost roch. Er stolperte über die Türschwelle. Ich wirbelte herum, zog die Tür zu.

»Willow? Was zur Hölle?«

Ja, das fragte ich mich auch. Ich blickte mich in dem Hinterzimmer um, damit ich ihn für einen Moment nicht ansehen musste. An den Wänden standen klobige Schränke und schiefe Regale, auf denen Vasen, Blumentöpfe und Gartenwerkzeuge unordentlich gestapelt waren. Die Mitte des Raumes nahm ein großer Holztisch ein, auf dem Drahtrollen und Bänder verstreut lagen, daneben ein Eimer voll bunter, frischer Schnittblumen.

Eine große, alte Lampe hing in der Mitte und spendete sanftes, gedämpftes Licht, welches meine Aufregung aber nicht beruhigen konnte.

Ich seufzte schwer und sah zu Charlie, der vor einer Schrankwand stand.

Charlie lächelte amüsiert, als er sich an einen Schrank lehnte.

»Ehm.« Ich fand keine Worte mehr.

Er zog die Augenbrauen hoch. »Du musst mit mir reden, sonst weiß ich nicht, was du willst.«

Die Arme vor der Brust verschränkt, sah er mich abwartend an. Eben hatte ich ihn noch am Handgelenk gepackt, jetzt überforderte mich sein Blick bereits. Ich schloss die Augen, versuchte, mich zu sammeln, und straffte die Schultern.

»Ich hab etwas sehr Dummes gemacht.« Ich schaute ihn vorsichtig an, um zu abzuschätzen, wie er reagieren würde.

»Erzählst du mir auch was?« Schmunzelnd sah er mir dabei zu, wie ich nervös an meinem Daumennagel knabberte und als es mir selbst auffiel, riss ich die Hand hastig nach unten.

Klar, dass ihn meine offensichtliche Krise amüsierte.

»Das ist so peinlich, Charlie!« Ich vergrub das Gesicht in den Händen.

»Spuck es aus, Willow.« Er griff nach meinen Händen und zog sie sanft herunter, aber seine Berührung half nicht, die nervöse Aufregung in meinem Inneren zu beruhigen.

»Du wirst mich auslachen.«

»Ich verspreche, dass ich nach lachen werde. Du kannst es mir sagen.« Er lächelte nicht, und ich wurde etwas ruhiger, als er mir in die Augen blickte.

»Komm, es wird nicht einfacher, umso länger du wartest.«

Er hatte recht, aber das sagte sich leicht. Ich schloss die Augen wieder, weil es einfacher war, ihm dabei nicht ins Gesicht blicken zu müssen.

»Ich hab Layla gesagt, dass wir ein Paar wären.«

»Was?« Seine Stimme war monoton und verriet mir nicht, was er dachte. Ich ließ die Augen geschlossen – wenn ich ihn jetzt ansah, würde ich sicher aus dem Laden fliehen.

»Sie war so herablassend und hat so schlecht über dich geredet und da wollte ich ihr eins auswischen. Und dann hat sie mich zu ihrer Party eingeladen.« Jetzt sah ich endlich auf und zuckte überrascht zusammen, als ich den vergnügten Ausdruck auf seinem Gesicht bemerkte.

Charlie grinste. »Deshalb hast du behauptet, wir wären ein Paar?«

Ich spürte die Röte auf meinen Wangen. Meine Gedanken drehten sich wie auf einem Karussell und ich wollte mich irgendwo festhalten, um auf den Beinen bleiben zu können.

»Ich sag ihr, dass es gelogen war«, flüsterte ich geschlagen und glaubte mir selbst kein Wort. »Charlie, ich weiß nicht, was ich tun soll. Wie kann ich sowas sagen?« Ich fuhr mir mit den Händen durch mein Haar und Charlie kicherte leise. Aber nicht einmal darüber konnte ich mich aufregen. Ich hatte diesen sozialen Selbstmord ganz allein begangen. Wie war ich auf die Idee gekommen, Layla zu erzählen, dass ich mit dem Staatsfeind Nummer eins zusammen war, nur um dann wieder zurückrudern zu müssen?

»Wann ist die Party?«

Ich riss den Kopf hoch und starrte Charlie an, aber er wirkte beeindruckend unbeeindruckt. »Samstag.« Meine Stimme war nicht mehr als ein Flüstern.

»Na dann, ich spiele gern deinen Freund. Du bist doch meine beste Freundin hier.« Er stieß mir gegen den Oberarm.

»Nur weil du keine anderen Freunde hier hast«, sagte ich verstimmt. »Und das ganze Dorf wird es dann mitbekommen.

Da kommst du nie wieder raus, bis du zurück nach London fährst.« Ich stöhnte leise.

»Du wärst mir trotzdem die Liebste! Und hey, ein paar Wochen Scharade, wieso nicht? Das könnte ganz lustig sein.« Charlie deutete eine alberne Verbeugung an und ich schwankte zwischen Weinen und Lachen. »Außerdem weiß ich, wie es ist, wenn man in diesem Ort das Gesicht verliert. Wenn ich verhindern kann, dass dir das passiert, dann bin ich gerne dein Freund. Das glaubt doch sowieso längst jeder.«

Fragend zog ich die Augenbrauen hoch und Charlie kratzte sich verlegen den Nacken. »Als ob dich noch niemand darauf angesprochen hat. Hier gehen den ganzen Tag die Leute ein und aus und fragen diskret nach dir.« Er deutete bei dem Wort ›diskret‹ Gänsefüßchen an. »Oliver hat es wohl jedem erzählt, der nicht bei drei auf dem Baum war.« Sein Grinsen wurde noch eine Spur breiter, wenn das überhaupt möglich war, während meine Wangen langsam Tomaten ähneln mussten. »Wir lassen es für ein paar Wochen laufen und dann trennen wir uns und bleiben Freunde und alles ist im grünen Bereich.« Charlie gab sich Mühe locker zu wirken, aber er hatte die Hände in die Hosentaschen geschoben und seine Schultern wirkten angespannt.

»Ehrlich?« Ich spürte, wie meine Lippen bebten, aber ich konnte es nicht unterdrücken.

Charlie griff nach meiner Hand und ahnte gar nicht, wie viele kleine Stromschläge er mir dabei durch den Körper sandte.

»Wir sind doch Freunde«, sagte er wieder und ich lächelte schwach.

»Also helfe ich dir natürlich, Willow. Und für mich ist es sicher auch nicht so schlecht, ständig mit dir gesehen zu werden.« Er neigte den Kopf, auf den Lippen ein strahlendes Lächeln, das mir jeden klaren Gedanken kurz aus dem Hirn pustete.

»O Gott, Charlie. Das … « Ich konnte nicht in Worte fassen, wie dankbar ich ihm für seine unkomplizierte Art war.

Er umarmte mich im gleichen Atemzug. Dicht an ihn gepresst, konnte ich sein rasendes Herz hören – endlich ein Beweis dafür, wie nervös diese Situation auch ihn machte. Erleichterung erfasste mich wie eine unerwartete Welle am Strand. Plötzlich fühlte ich mich schwach auf den Beinen und ich ließ mich nur zu gern für eine Sekunde gegen ihn sinken. Er rettete mir gerade wirklich den Hintern und das völlig selbstlos.

Als er sich von mir löste, atmete ich tief durch. »Das ist so merkwürdig«, sagte ich.

Lächelnd lehnte Charlie sich gegen die Tür zum Verkaufsraum. »Ich hatte noch nie eine Beziehung, in der man sich gleich gegen ein ganzes Dorf verschwört.«

Ich rollte innerlich mit den Augen über den flachen Witz. Meine Gedanken kreisten zwar immer noch um sich selbst, aber das flaue Bauchgefühl wurde schwächer. Charlie wirkte wie ein Beruhigungsmittel auf mich, obwohl er auch derjenige war, der mein Herz zum Rasen brachte.

»Also seit wann sind wir zusammen?«, fragte ich und sah wieder zu ihm auf. Charlie wirkte für einen Moment irritiert. »Wir müssen Samstag auf eine Party und es soll doch glaubwürdig sein«, sagte ich und ging unruhig auf und ab.

»Ich würde sagen, dass es ganz frisch ist. Sonst würde das keinen Sinn ergeben. Schließlich war ich kaum hier und du nie in London«, sagte er, als ich endlich innehielt.

»Du bist gerade erst wieder hier. Das ist doch viel zu schnell«, sagte ich leise. Ich wollte seinen Plan nicht auseinandernehmen, aber die Angst, dass uns alles um die Ohren fliegen würde, war zu groß. Was hatte ich uns nur angetan?

»Okay, wie wäre es damit … «, begann Charlie, aber verstummte dann zunächst. Er hatte selbst keine Idee, das wurde mit jeder Sekunde, die er länger schwieg, nur deutlicher.

»Wir haben uns getroffen, als ich letzte Weihnachten hier war und waren seitdem online in Kontakt? Und daraus haben sich Gefühle entwickelt?«

»Lauren und Valerie bringen mich um.«

»Wieso?« Er machte ein paar Schritte vor, stand ganz dicht vor mir, sodass ich wieder vergaß, wie man ruhig atmete.

»Wenn sie herausbekommen, dass wir schon die ganze Zeit im Kontakt stehen und ich ihnen nichts gesagt habe.« Ich zuckte mit den Schultern. »Ich verkaufe denen das schon irgendwie. Also okay. Es ist ganz frisch zwischen uns. Das ist gut.« Ich strich mir durch das Haar. »So ist es glaubhaft, dass wir nichts übereinander wissen.«

Wir tauschten ein Grinsen aus und die angespannte Stimmung zwischen uns löste sich fürs Erste wieder auf. Charlie rieb sich über den Bart, dann senkte er die Hände.

»Erzähl mir etwas über dich.«

Seine Aufforderung sollte mich nicht so sehr aus dem Konzept bringen, aber vermutlich konnte man mir meine Überraschung ansehen. Charlie lächelte unvermindert und wartete geduldig, bis ich sie überwunden hatte. »Was denn?«

»Etwas, was du nur jemandem verraten würdest, den du datest.«

Mein Herz schlug schneller. Es war wichtig, dass wir diese Dinge miteinander besprachen, aber es kam mir falsch vor die wirklich intimen Gedanken mit ihm zu teilen. Am Ende des Tages waren wir gerade erst am Anfang einer Freundschaft.

»Ich mag keinen Blumenkohl.«

Um seine Augen gruben sich tiefe Lachfalten, dann schüttelte er den Kopf. »Das meinte ich nicht.«

»Frag mich, wenn du etwas wissen willst«, forderte ich ihn auf und wandte ihm den Rücken zu, um in den Verkaufsraum zu gehen. Aber Charlie war von meiner Flucht weder beeindruckt noch abgeschreckt. Er folgte mir und lächelte, als ich wieder zu ihm sah.

»Irgendwelche Ex-Freunde, von denen ich wissen sollte?«

»Von allen Dingen, das ist das Erste?«, neckte ich ihn, doch Charlie errötete unter meiner Stichelei nicht, sondern sah mich unverändert an.

»Eric. Aus Trevone – wirst du nicht kennen.«

»Eric Ferris?« Charlie runzelte die Stirn. »Klar kenne ich den. Eric wollte früher immer alle dazu überreden, als Mutprobe eine Nacht auf dem Friedhof zu verbringen.«

Ich spürte, wie meine Wangen heiß wurden. Diese spezifische Abendgestaltung hatte er auch mal als Date vorgeschlagen.

»Das überrascht mich jetzt aber sehr, Willow. Eric war ein Querkopf. Ich habe dich für vernünftiger gehalten.« Charlie grinste breit.

»Und deine letzte Beziehung?«, wechselte ich hastig das Thema, um von meiner Vergangenheit abzulenken.

»Layla.«

Die Antwort war abzusehen gewesen und ich bereute es, dass ich überhaupt gefragt hatte.

»Scheinbar magst du Pinecrest Mädchen.« Mein Witz war nicht gut, aber er lachte trotzdem.

»Was war dein Lieblingsfach in der Schule?«

»Sport. Du stellst komische Fragen.«

»Finde ich nicht.«

Ich rollte mit den Augen. Das alles schien so unwirklich. Welchem Chaos hatte ich hier zugestimmt?

»Willst du heiraten?«

Diese Frage kam so aus heiterem Himmel, dass ich losprustete und ihm einen entsetzten Blick zuwarf. »Das ist wohl kaum eine Frage, die wir bei unserem Kennenlernen ausgetauscht haben.« Ich schüttelte den Kopf, aber Charlies Lächeln veränderte sich nicht. Seine Gelassenheit war furchtbar!

»Willst *du* heiraten?«, fragte ich im Gegenzug.

»Ja, vielleicht. Irgendwann.« Er sah mich weiter erwartungsvoll an, aber ich hatte nicht vor, das Thema Heirat noch einmal in den Mund zu nehmen.

»Nächste Frage«, wies ich ihn an. Kurz öffnete er den Mund, um etwas zu sagen, dann schluckte er es herunter und überlegte erneut.

Ein Funken Schalk blitzte in seinen Augen und auch ohne seine Frage zu hören, wusste ich jetzt schon, dass sie mir nicht gefallen würde. »Wann wusstest du, dass du auf mich stehst?«

Ich behielt recht. Allerdings erinnerte ich mich noch gut an den Moment, als mein zwölf-jähriges Herz durch Charlie etwas schneller geschlagen hatte. Wir hatten im Garten der

Burtons gesessen und Aidan hatte an meinem Pferdeschwanz gezogen. So fest, dass mir die Tränen in den Augen standen. Dann war Charlie nach draußen gekommen und hatte seinem kleinen Bruder angewiesen, mich in Ruhe zu lassen. Mein ganz persönlicher Ritter, ohne weißes Pferd.

Damals hatte er es sich nie nehmen lassen, mich selbst zu ärgern, also wartete ich nur darauf, dass er wieder anfangen würde, mich zu piesacken. Ich hatte geglaubt, dass er das tat, weil er mich mochte. Inzwischen wusste ich, wie furchtbar diese Entschuldigung für unangemessenes Verhalten der Jungs war. Charlie war erwachsener geworden und an einem Abend hatte er sich tatsächlich dafür entschuldigt, dass er mich immer geärgert hatte. Das hatte meine Schwärmerei für ihn aber nur verstärkt.

»Habe ich freie Wahl bei der Antwort?« Ich versuchte, mich von den Gedanken an die Vergangenheit loszureißen.

»Warum?« Nun wirkte er misstrauisch und das auch nicht zu Unrecht, schließlich konnte ich mir das Feixen kaum verkneifen.

»Vielleicht dichte ich dir eine große, romantische Geste an.« Ich zwinkerte ihm zu. Der Abstand zwischen uns blieb unverändert, aber dennoch fühlte sich Charlie jetzt näher an und ich hatte Mühe, mir meine anhaltende Nervosität nicht anmerken zu lassen.

»Ich sage zu allem Ja, was du behauptest«, versprach er.

»Das werde ich ausnutzen.« Mein Versprechen sollte wie eine Drohung klingen, aber Charlie ließ sich wieder nicht aus der Ruhe bringen. Mir wurde bewusst, dass ich dringend zurück zur Bäckerei gehen musste, um meine Arbeit wieder aufzunehmen.

»Vielleicht sage ich, dass es für mich Liebe auf den ersten Blick war.« Er blieb am Tresen stehen und lachte, als ich mich ruckartig wieder zu ihm drehte.

Ich runzelte die Stirn und schüttelte langsam den Kopf. »Daran glaube ich nicht.«

»Das wundert mich gar nicht. Können wir behaupten, du hättest mich in London besucht?«, fragte er und tastete nach seiner Zigarettenpackung.

»Ja, ich war vor ein paar Wochen ein langes Wochenende bei meiner Freundin Imogen in Exeter, ich sage einfach, das war eine Ausrede und ich hätte eigentlich dich besucht.«

Charlie grinste zufrieden. »Siehst du, wasserdicht!«

Ich lachte laut auf und schlug mir die Hand vor den Mund. »So wasserfest wie ein Sieb.«

»Das reicht mir fürs Erste. Bis dann, Schatz!«

»Du wirst mich nicht Schatz nennen!« Ich riss die Tür auf und trat hinaus auf die Straße. Was hatte ich da bloß angerichtet?

Kapitel 6

Manchmal wünschte ich mir, der Strom der Geheimnisse würde in Pinecrest etwas langsamer fließen. Ich hatte am Dienstagmorgen die *Sweet Tooth Bakery* noch nicht einmal erreicht, da stolperte Teresa bereits aus ihrem Laden, als hätte sie mir aufgelauert. »Wieso hast du denn nichts gesagt?« Sie ergriff meinen Unterarm, während die Neugierde in ihren Augen brannte. So musste sich ein Ritter im Angesicht eines Drachens fühlen. Und meine Rüstung war noch in der Wäsche.

»Was denn?«, fragte ich unschuldig, was mir genau zwei Wimpernschläge Zeit verschaffte, um mich aus Teresas Griff zu entziehen und einen Schritt zurückzumachen. Dann hatte sie sich wieder gefangen.

»Was wohl?!« Sie verschränkte die Arme vor der Brust und sah zu dem Blumenladen, der schon schwach beleuchtet war. Charlie war früh dran. »Du gehst mit dem Burton-Jungen aus?«

Das war genauso schnell gegangen, wie ich befürchtet hatte, aber es traf mich trotzdem unvorbereitet. Ich versuchte mich an einem Lächeln und verschränkte ebenfalls die Arme.

»Du hast nicht gefragt.« Nicht die beste Antwort, aber viel mehr konnte man von mir meistens nicht erwarten.

Teresa presste die Lippen aufeinander. »Ich hab Charlie gefragt, aber er hat kein Wort gesagt!«

Es war immer wieder beeindruckend, mit welcher Selbstsicherheit die Damen der West View Lane darauf bestanden, in jedes Geheimnis eingeweiht zu werden.

»Hallo!«

Korrektur: Die Herren waren genauso schlimm. Ich drehte den Kopf und sah Jack Williams aus dem Buchladen auf uns zu schlendern. Er behielt mich genau im Blick – ein Bluthund auf der Jagd nach Gerüchten.

Teresa übersprang den zeitraubenden Small Talk und stach direkt ins Wespennest. »Hast du schon gehört? Willow und Charlie sind ein Paar.« Mein Lächeln verrutschte. Ich sah mich auf der Straße um, aber es erschien niemand zu meiner Rettung.

»Das habe ich tatsächlich gehört«, brummte Mr. Williams und sah mich tadelnd an. »Aber ich konnte es nicht recht glauben. Du kennst doch die Geschichten, Willow.«

»Genau das habe ich auch gedacht, als Layla es mir erzählt hat. Ich konnte es nicht glauben, Jack!«

Aus Teresas Ton konnte ich nicht heraushören, wie ihr Urteil über mich ausfiel. Streute ich Salz in die Wunde oder kommunizierte ich offen und ehrlich? Da jede gute Gerüchteküche auch Gewürze brauchte, vermutete ich Ersteres.

Nun drehten sie ihre Köpfe wieder zu mir und sahen mich fragend an, obwohl keiner von ihnen eine Frage gestellt hatte. Seufzend ergab ich mich meinem Schicksal. »Wir sind schon länger im Kontakt und ich war in letzter Zeit auch bei ihm in London.«

»Und wieso habt ihr es geheim gehalten?«

Ich erinnerte mich an den ersten Tag in der Bäckerei, als mich sein Auftauchen noch völlig überrumpelt hatte. Und an die Blicke, die er zu ertragen hatte. Ich zuckte mit den Schultern. »Wir wollten es nicht an die große Glocke hängen, da er nicht mit offenen Armen empfangen wurde. Aber ihr wisst ja, wie Liebe ist.« Scheiße, ich kam mir so gestellt vor.

»Oh, das könnte alles noch so dramatisch werden! Willow, vielleicht stürzt du dich ins Verderben.« Teresa seufzte auf und fasste sich theatralisch an die Brust.

Ich schluckte eine patzige Antwort herunter.

»Dann bleibt er in Pinecrest?«, fragte Mr. Williams. Er zog die Augenbrauen hoch und es war deutlich, was er von diesem Gedanken hielt.

Er war nicht der einzige Neugierige, denn Gwenna blieb auf ihrer morgendlichen Runde ebenfalls in Hörweite stehen, obwohl ihre Hündin Juno sie weiterziehen wollte.

Ich schluckte. Gespräche über die Zukunft – jetzt schon? Ich versuchte, meine Unsicherheit mit einem Kichern zu überdecken, aber ich konnte keinen klaren Gedanken fassen. In meinem Kopf herrschte Leerlauf und ich hatte keine Ahnung, wie ich reagieren sollte.

Rettung nahte in der Form von Charlie. »Guten Morgen!« Er ging ganz selbstverständlich an Teresa und Jack Williams vorbei. Seine Hand legte sich auf meine Taille, ließ mich erstarren. Für einen Moment spürte ich Charlies Lippen an meiner Schläfe. Ein Kuss, der mein Herz erzittern ließ.

»Ich hab mich schon gewundert, wo du bleibst«, sagte er vergnügt und legte wie selbstverständlich seinen Arm um meine Schultern. Meine Wangen wurden heiß und ich benötigte einige Sekunden, um mich wieder zu sammeln. Er hatte die Berührung so beiläufig wirken lassen, aber das änderte nichts daran, dass sie mich aus der Fassung brachte. Selbst getrennt durch Lagen von Stoff schien ich zu glühen, wo er mich berührte.

»Oh, warst du auf dem Weg zu Charlie?«, fragte Teresa, begierig darauf, mehr Einzelheiten über das neue Paar zu erfahren. Sie hatte die Arme vor der Brust verschränkt, aber die Aussicht auf pikante Details schien alle bissigen Kommentare zu überlagern.

Während mein Gehirn immer noch eine Charlie-bedingte Auszeit machte, wirkte er selbst völlig entspannt. »Ich hab nur auf meinen Guten-Morgen-Kuss gewartet.« Seine Finger an meine Schulter malten kleine Kreise auf meiner Haut knapp unter dem Stoff meines T-Shirt-Ärmels. Jede Berührung schien eine brennende Spur zu hinterlassen. Dieses Schauspiel würde mein Untergang sein.

»Ich entführe Willow deshalb auch kurz, ehe Holly sie für sich beansprucht.«

»Vielleicht solltest du Willow in Ruhe lassen. Es reicht, dass du eines unserer Mädchen ruiniert hast.« Teresas Stimme glich einem Schwall Säure, die sich durch unsere Schutzhülle fraß. Meine Augen weiteten sich, und ein leises Keuchen entwich mir, während ich reflexartig einen Schritt zurücktrat. Charlies Arm rutschte von meiner Schulter, doch er war mir immer noch so nah, dass ich spürte, wie er sich versteifte. Wir waren beide ähnlich fassungslos über diesen offenen

Angriff und auch über Mr. Williams Gesicht huschte ein kurzer Schatten der Irritation.

Ich streckte die Hand nach seiner aus. Ich würde ihm helfen, er musste mich nur lassen. Und er ergriff meine Finger, wie ein Ertrinkender. Das wohlige Gefühl in meiner Brust breitete sich rasend schnell in meinem ganzen Körper aus.

»Layla sagt nicht die Wahrheit. Ich habe ihr kein Geld gestohlen, das würde ich niemals tun.« Seine Stimme war kratzig, berührte mich tief im Herzen, doch Teresa machte eine abwehrende Geste.

»Spar dir deine Lügen. Wenn deine Mutter wüsste, was du dir hier erlaubst … «

»Aber … « Charlie schluckte und brach ab, dann zog er mich sanft zu seinem Laden. Mit jedem Schritt, den wir uns von den anderen beiden entfernten, schien sich seine Anspannung zu lockern und vor dem Blumenladen wirkte er fast so gelassen und gut gelaunt wie zuvor. Dabei hatte er eben noch so mit sich kämpfen müssen.

Als wir den Blumenladen betraten, sah ich mich um. Neben mir auf einem Tisch stand neben unzähligen Pflanzen in Töpfen, eine halbe Tasse Kaffee, daneben lag die Packung Zigaretten. Für einen Moment dachte ich darüber nach, was meine Eltern davon halten würden, dass ich mit einem Raucher ausging.

Erst als Charlie die Tür hinter uns schloss, fand ich meine Stimme wieder. »Du hast mich geküsst?!« Ich wusste nicht, warum es gerade das war, was mir als Erstes über die Lippen kam, aber es brachte ihn zum Lachen und dafür würde ich jeden Tag wieder etwas Dummes sagen.

»Was?« Wieder lachte er und meine Wangen glühten.

»Das war kein Kuss«, gab er zurück und machte ein paar Schritte auf mich zu. »Soll ich dir zeigen, was ein richtiger Kuss ist?«, neckte er mich mit leiser Stimme.

Ich machte einen hastigen Schritt zurück, obwohl es mein Körper eigentlich in die entgegengesetzte Richtung zog.

»Sorry, ich wollte dich nicht ärgern.« Der amüsierte Ton in seiner Stimme verebbte und er zog die Augenbrauen hoch, als er meine Reaktion beobachtete.

»Hast du nicht«, sagte ich und hoffte, dass ich selbstbewusst klang und nicht so schwach, wie sich meine Knie anfühlten. Die Möglichkeit, dass er mich wirklich und wahrhaftig küssen würde, ließ mein Innerstes Achterbahn fahren. Wenn mich ein wenig Körperkontakt schon so aus der Fassung brachte, was würde ein richtiger Kuss auslösen?

»Tut mir leid, ich wollte wirklich nicht, dass dir das unangenehm ist. Ich wollte keine Grenze übertreten.«

Nun wirkte er ehrlich betroffen. Ich bemühte mich um ein hastiges Lächeln, um die Situation aufzulockern.

»Alles in Ordnung. Ich hab nur nicht damit gerechnet. Ich vertraue dir, Charlie.« Und das tat ich wirklich. Obwohl unsere Freundschaft noch ganz frisch war und getragen wurde von dieser abstrusen Lüge, fühlte ich mich in seiner Nähe wohl. Er erinnerte mich immer noch dunkel an den Jungen vor vielen Jahren, der mich bei einer Übernachtungsparty aufgemuntert hatte, wenn sein Bruder sich wieder mit Gruselgeschichten überschlug.

Das Lächeln auf seinen Lippen wurde wieder ein wenig breiter, aber er sagte nichts, sondern sah mich nur einen Moment lang an. Der Duft von Blumen und Erde lag mir in der Nase. Irgendwo summte eine verirrte Fliege im Laden. Ich fand das Chaos beruhigend, da ich mich so von seinem Blick ablenken konnte.

Ich lehnte mich an einen der Tische, auf denen die Töpfe standen und brach dann selbst wieder die Stille. »Danke für die Rettung. Ich bin ein wenig in Bedrängnis geraten. Jetzt kommst du aus der Sache nicht mehr raus. Ganz Pinecrest wird schon Bescheid wissen. Du musst es eine Weile mit mir aushalten, ehe du mich absägen kannst.«

»Ich werde mich nur noch unbeliebter machen«, stellte er lachend fest und rieb sich das Kinn. Ich neigte fragend den Kopf, aber er ließ sich Zeit, ehe er sich erklärte. »Wenn ich dir das Herz breche. Sie werden mich mit Fackeln und Mistgabeln aus der Stadt jagen.«

»Zu Recht«, sagte ich. Dann hielt ich inne und schüttelte den Kopf. »Nicht aus der Stadt, nur aus der West View Lane.«

»Dann kann mich Mum wenigstens nie wieder als Packesel im Laden missbrauchen.« Er grinste vergnügt, als würde sich all das hier dafür lohnen. Trotzdem kam es mir vor, als würde sich in seinen Augen für den Bruchteil einer Sekunde ein dunkler Schatten aufblitzen, aber dann war diese Andeutung mit dem nächsten Wimpernschlag wieder verschwunden.

»Du bist so faul.«

»Und stolz darauf«, gab er zu und zuckte mit den Achseln. »Aber joggen gehe ich vielleicht trotzdem mal mit dir. Ich muss nur vorher allein üben, damit ich erst nach zwanzig Metern schlapp mache und nicht schon nach zehn.«

»Du steckst dir hohe Ziele, das mag ich.«

Dann drehte ich den Kopf zu der großen, beigen Uhr an der Wand. Ich musste dringend zur Arbeit, ich konnte nicht ewig in diesem kleinen Blumenladen stehen und mich vor den anderen verstecken. »Kommst du mich auch vor Holly retten?«

Er hob abwehrend beide Hände und schüttelte den Kopf. »Im Leben nicht. Die bringt mich um, wenn ich sie bei ihrem Verhör störe.«

»Du kennst sie gut«, bemerkte ich ein wenig beeindruckt.

»Ich habe hier früher jeden Tag nach der Schule rumgehangen. Holly ist wie eine Tante für mich. Herzlich, aber gefährlich.«

Ich lachte auf. Sie schien alle jungen Menschen in der West View Lane früher oder später unter ihre strengen Fittiche zu nehmen.

»Ich komme trotzdem vorbei. Aber erst wenn das Verhör beendet ist und die ganze Straße nach Gebäck duftet.«

»Charlie, du hast ein Suchtproblem.« Ich versuchte unbeeindruckt zu klingen, aber es war ein schöner Gedanke, dass ich ihn in wenigen Stunden schon wiedersehen würde.

»Problem würde ich es nicht nennen«, widersprach er. »Was machst du heute Abend?«

Ich zuckte mit den Achseln. »Nichts.«

»Wollen wir einen Film schauen?« Als ich nicht sofort antwortete, sprach Charlie hastig weiter. »Du bist irgendwie meine einzige Freundin hier. Und aktuell meine *feste* Freundin. Du musst dafür sorgen, dass ich nicht einsam bin.«

Ich schnaubte belustigt. »Ich *muss*?!«

Er blinzelte mich aus großen Augen an und ich gab mich geschlagen.

»Na gut.« Ich seufzte und sah ihn stirnrunzelnd an. »Aber nur, damit nicht jetzt schon Gerüchte über Beziehungsprobleme die Runde machen. Du kannst um sieben heute Abend vorbeikommen. Ich muss jetzt los.«

»Du bist die Beste!«

»Ich weiß.« Ich öffnete die Tür, dann sah ich über die Schulter zu Charlie. »Du kannst mich übrigens richtig küssen. Ich werde in Zukunft darauf vorbereitet sein.«

Für einen Moment starrte er mich wortlos an, aber ehe er zu einer Antwort ansetzen konnte, hatte ich den Laden bereits verlassen.

Kapitel 7

Die größte Überraschung an diesem Tag war nicht das Theater, das ich mit meinem Jugendschwarm spielte. Oder, dass Holly sich nicht im Geringsten für diese Entwicklung interessierte und vom Kreuzverhör absah.

Es waren Harry und Alvin, die zum ersten Mal in ihrem Leben um Punkt neun durch die Ladentür stolperten.

Holly blickte alarmiert über den Tresen. »Was ist passiert?«

»Nichts, was soll sein?«, fragte Harry und ließ sich mit einem tiefen Stöhnen auf seinen Stammplatz fallen.

»Ihr seid pünktlich.« Holly verschränkte die Arme vor der Brust und deutete mir mit einem Nicken an, dass ich mich an ihre üblichen Getränke machen sollte.

»Entschuldige mal!«, krähte Alvin beleidigt. Sein Gesicht war genauso rot wie seine Weste, die er über einem grauen T-Shirt trug. »Wir sind immer pünktlich«, ließ er Holly hoheitsvoll wissen.

Meine Chefin prustete los, machte eine wegwerfende Handbewegung und schlüpfte aus ihrer Schürze. »Willow, pass bloß auf dich auf. Die beiden drehen völlig durch.«

Ich rollte mit den Augen und balancierte beide Tassen zu ihrem Tisch.

»Nun erzähl doch mal«, sagte Harry großväterlich, als die Tassen standen und ich zog eine Grimasse.

»Was denn?«, gab ich mich unwissend.

»Na, der Junge. Wirklich? Der?« Alvin schüttelte sich und obwohl mir die ewigen Nachfragen auf die Nerven gingen, musste ich dieses Mal grinsen.

»Wieso? Bist du eifersüchtig, Alvin?«

»Ich doch nicht!«, grummelte der alte Mann und sah zu Harry, der in seinen Bart kicherte.

»Jaja, lach du nur«, meckerte Alvin und hob drohend den Zeigefinger. Aber die einzige Reaktion, die er ihm entlockte, war nur noch mehr Lachen.

Harry kratzte an seiner Wollmütze, dann musterte er mich mit einem nachsichtigen Lächeln. »Wir machen uns nur ein wenig Sorgen um dich, Willow.«

»Nicht notwendig«, beruhigte ich die beiden.

»Bist du dir sicher? Man ist wegen der Liebe manchmal verblendet«, erklärte Alvin altklug.

»So wie die liebe Frankie, sonst wäre sie kaum seit 30 Jahren mit Alvin verheiratet«, mischte sich Harry erneut ein.

»Nimm nicht den Namen meiner Frau in den Mund!«

Ich schüttelte schmunzelnd den Kopf und tätschelte Alvins Schulter. »Ich passe auf mich auf«, versprach ich. Keiner der beiden wirkte überzeugt, aber da die Tür erneut aufging und ein Touristenpärchen eintrat, konnte ich einem weiteren Gespräch aus dem Weg gehen.

Charlie kam nicht um sieben Uhr bei mir zu Hause vorbei.

Stattdessen holte er mich um sechs vor der *Sweet Tooth Bakery* ab. Holly hatte sich nicht von der allgemeinen Unruhe bezüglich Charlie anstecken lassen und behandelte ihn mit derselben Unhöflichkeit wie mich oder jeden anderen Menschen in der West View Lane.

»Darf ich Willow entführen?«, fragte er mit einem breitesten Lächeln, das er ausgraben konnte. Sie stimmte zu und scheuchte mich mit einem finsteren Blick davon, damit ich endlich Zweisamkeit mit meinem Freund verbringen konnte.

Charlie griff nach meiner Hand, zog mich dicht an sich und grinste Holly zum Abschied an, ehe wir die Bäckerei verließen.

Es war albern, aber einen Augenblick lang hatte ich gehofft, dass er meine kleine Herausforderung vom Morgen annehmen und mich wirklich küssen würde. Vielleicht würde mein Herz bald nicht mehr rasen, wenn er diese Berührung suchte. Körperkontakt könnte zu einer Selbstverständlichkeit zwischen uns werden.

»Lauren weiß es übrigens«, sagte Charlie, als wir die Straße hinab gingen.

Ich sah zu ihm auf. »Was weiß sie?« Eine nervöse Vorahnung durchzuckte mich. Aber noch konnte ich mir einreden, dass ich meine Freundschaft zu Lauren und Valerie nicht mit in diese Lüge hineingezogen hatte.

»Dass wir einander daten.«

Ich wollte seine Hand loslassen, aber er hielt sie ein wenig fester. Sein Daumen streichelte über meine erhitzte Haut, doch trotz des nervösen Kribbelns, das jede Berührung in mir auslöste, beruhigte mich seine Nähe.

»War sie sehr sauer?«

»Ich hab ihr gesagt, dass es alles noch sehr frisch ist. Ich glaube, sie ist nur enttäuscht, dass sie es von Gladys erfahren hat.«

Ich blieb stehen und drehte mich in Charlies Richtung. »Sie wird mir den Hals umdrehen.« Ich hätte ihnen längst alles erzählen sollen. Aber anstatt die Wahrheit zu sagen, hatte ich mich nicht einmal getraut, ihnen die Lüge aufzutischen.

»Ich werde dich beschützen«, versprach mein falscher Freund und legte die Arme um mich. Einen Augenblick lang ließ ich mich von Charlie drücken.

»Das ist alles so verdreht.« Ich wollte Lauren und Valerie nicht mit reinziehen in die Gerüchte und Lügen. Sollte doch rauskommen, dass Charlie und ich nur so taten, dann wollte ich nicht, dass sie irgendwie daran beteiligt gewesen waren. Es reichte völlig, wenn ich mich allein zum Gespött der Kleinstadt machte.

Er wollte etwas erwidern, als wir auf Gladys und Teresa trafen, die aus Teresas Laden traten.

»Ihr solltet wirklich etwas diskreter sein.« Teresa schnaubte und Gladys musterte uns eindringlich.

Charlie zog mich weiter, bevor wir in ein neues Gespräch verwickelt wurden. Ich stolperte über die Pflastersteine hinter ihm her und war sehr froh, dass er mich immer noch festhielt. Meinen Wackelpuddingbeinen konnte ich längst nicht mehr vertrauen.

»Ich hoffe, du hast Schokolade zu Hause. Nach heute kann ich das wirklich gebrauchen.«

»Wir finden bestimmt ein wenig Essen für dich«, versprach ich und löste nun doch die Hand aus seiner Umklammerung.

Ich tastete nach meinem Handy in den Jackentaschen. Ich konnte mir denken, dass ich bereits an Mitteilungen von Lauren und Valerie erstickte.

Wir bogen in die Straße ein, an der meine Wohnung lag und Charlie räusperte sich verlegen. »Layla war heute im Laden.«

Ich erschauderte, aber er sah mich gar nicht an. Er hatte die Finger in den Stoff seines linken Ärmels gegraben, als suche er Halt. So leicht wäre es, wieder nach seiner Hand zu greifen und ihm beizustehen, aber ich brachte es nicht über mich, ihn zu berühren. »Sie hat mich nach dir gefragt.«

Layla glaubte mir also nicht. Aber trotz allem suchte sie seine Nähe. Wieso konnte sie ihn nicht einfach in Ruhe lassen?

»Wie geht's dir damit?«, fragte ich, um mich davon abzulenken, was das alles für mich bedeutete. Was hatte ich mir da nur eingebrockt?

Gerne würde ich den gemeinsamen Abend absagen und mich in meine Laufschuhe zwängen. Wenn die Lunge brannte und die Muskeln in den Beinen zerrten, dann wurden die Gedanken und Sorgen in meinem Kopf stiller und gerade war es viel zu laut in mir. Meine Schritte wurden langsamer, aber Charlie dachte gar nicht daran, den Abstand zwischen uns größer werden zu lassen.

»Es ist okay. Ist alles ein wenig aufwühlend, sie jetzt wiederzusehen. Ich hab nicht gedacht, dass es mich so aus der Fassung bringt.« Das Ende des Satzes hing zwischen uns.

Ich drückte mich an ihm vorbei und schloss die Tür auf. Der Wind drängte uns ins Treppenhaus. Charlies Körperwärme glühte auf meinen nackten Armen, als die Tür zufiel.

Er brachte mich aus dem Tritt, immer und immer wieder. Egal wie sicher ich war, dass ich meinen Stand wieder gefunden hatte, es benötigte nur einen Lufthauch und der Halt war verloren.

Ohne Aufforderung stieg Charlie die Treppe nach oben. In dem schmalen Flur hörte man die Platten, die Zelda und Petroc in der Erdgeschosswohnung jeden Abend auflegten. Normalerweise hielt ich inne und lauschte der Musik, stellte mir dabei vor, wie das alte Ehepaar durch die Küche tanzte, aber heute Abend war jeder meiner Sinne auf Charlie ausgerichtet. Auf der letzten Stufe streckte er die Hand nach meinem Schlüssel aus. Ich reichte ihm den Schlüsselbund und er schloss auf.

Ich genoss es, dass sich Lauren und Valerie in meiner Wohnung wie zu Hause fühlten. Dass Charlie bereits das gleiche Verhalten an den Tag legte, überraschte mich. »Du wirkst, als würdest du hier jeden Moment einziehen.«

Er ließ sich auf meine Couch fallen und grinste mich breit an. »Ich bin einfach allzeit in meiner Rolle.«

»Stimmt, vielleicht beobachtet uns mein schmutziges Geschirr und verrät jemandem, dass du gar nicht Hals über Kopf in mich verliebt bist.« Ich ließ ihn stehen und ging zu meiner Küche hinüber, um mein Schokoladenversprechen einzulösen. Wenn ich ehrlich war, konnte ich das nach dem Tag auch gut gebrauchen. Charlie hatte sich von meinem Sarkasmus nicht stoppen lassen und bereits den Fernseher angeschaltet.

»Hier!« Ich warf ihm die Tafel zu, die er mühelos fing und dabei auch noch unfassbar cool aussah. Es sollte verboten sein, so gut auszusehen, wenn man auf einer Couch lümmelte.

Die Glasflaschen im Kühlschrank klirrten leise, als ich die Tür öffnete. Mit den Limoflaschen und zwei Gläsern im Arm stand ich wieder vor Charlie, der mich aus müden Augen ansah. Er hatte den Kopf hinten auf die Lehne des Sofas gebettet und blinzelte mich an. Die Fernbedienung ruhte in seinem Schoß, aber er war gar nicht auf der Suche nach einem Film, stattdessen galt sein Blick allein mir.

»Wieso bist du Single, Willow?«, fragte er so unvermittelt, dass ich mich an meiner eigenen Spucke verschluckte. Ich hustete und meine Wangen begannen zu glühen.

»Weiß nicht, ist halt so.« Ein jämmerlicher Versuch, dem Thema zu entkommen. Charlie schwieg, aber starrte mich weiterhin an. Er wartete auf eine Antwort, die ich ihm nicht geben konnte.

»Ich bin nicht gerade gefragt«, sagte ich dann und versuchte, mit einem Schulterzucken von der leichten Bitterkeit abzulenken, die ich selbst in meiner Stimme hörte. Abgesehen von Oliver, der mehr als nur ein Fehlgriff war, hatte in den letzten Jahren kein Mann Interesse an mir gezeigt und ich wusste bis heute nicht, wieso. Charlie hatte den Finger sehr zielgerichtet in die nässende Wunde gelegt und sich dafür entschieden, darin herumzustochern.

»Das kann ich nicht glauben!«

Er meinte das vermutlich nett, aber mehr als ein spöttisches Schnauben brachte ich nicht heraus. »Ich glaube, ich bin eher der Kumpeltyp.« Wieder zuckte ich mit den Achseln, weil keine Worte dieser Welt angemessen beschreiben könnten, was mir gerade durch den Kopf ging. Also sagte ich lieber gar nichts. Den leichten Weg des Schweigens wählte ich öfter – weshalb Lauren und Valerie mich oft aus

Situationen wie mit Oliver retten mussten. Aber mir fiel es nicht immer leicht, laut auszusprechen, was mir auf der Zunge lag. Ein kalter, fester Knoten im Brustkorb hinderte mich daran.

»Das ist diese Kleinstadt. Wenn man ewig lange mit den Leuten aufwächst, fühlt sich jeder ein bisschen wie ein Geschwisterkind an.« Charlie stieß mir gegen den Oberarm. Eben war ich unter jeder seiner Berührungen erschaudert, jetzt wollte ich von ihm abrücken.

»Ich bin also wie deine kleine Schwester?«, fragte ich und rümpfte die Nase. Charlie lachte wieder. Dieser laute, einnehmende Ton.

»Quatsch, nein. Aber ich war in den letzten Jahren kaum hier. Ich meine die Typen, die man hier kennenlernen kann. Die kennen dich seit dem Sandkasten oder sind wie Oliver.«

Ich kicherte. Seine Antwort hatte mich ein wenig mit dieser merkwürdigen Situation versöhnt. Es sollte mir nicht so wichtig sein, was und wie er von mir dachte, aber abstellen konnte ich es schlichtweg nicht. Wer hätte gedacht, dass eine alte Schwärmerei so rasend schnell wieder an Substanz gewinnen würde?

Die bestellte Pizza auf dem Couchtisch war längst kalt. Wir hatten keinen Film geschaut. Stattdessen hatte Charlie mir von seinem Leben in London erzählt. Er plante nach dem Sommer in Pinecrest seine Assistenzarztzeit zu beginnen und ich konnte am Leuchten seiner Augen sehen, wie sehr er sich darauf freute. Aidan plante nach seinen Reisen ein Schauspielstudium zu beginnen, eine Leidenschaft, die er ebenfalls erst entdeckt hatte, nachdem er Pinecrest den Rücken gekehrt hatte. Menschen schienen neue Wege zu finden, wenn sie die bekannten Ufer verließen, und während des Gesprächs mit Charlie fragte ich mich mehr als einmal, ob ich das Falsche getan hatte. Vielleicht hätte ich mich auch einmal in das Ungewisse wagen sollen, aber jetzt war Pinecrest wohnlich und bequem und um ehrlich zu sein: Ich wollte nicht gehen. Keine Erfahrung der Welt, keine neuen Wege, die sich offenbarten, konnten verlockender sein als das Gefühl von Heimat in meiner Brust.

Ich beschrieb ihm ausgiebig neue Rezeptideen, die ich mir fortlaufend notierte. Aktuell geisterte mir zudem ein Mayonnaise-Schokoladenkuchen im Kopf herum, den ich in einer der vielen Backshows, die ich verfolgte, gesehen hatte. Davon, dass ich gern einen Hund hätte und dass ich für immer in der *Sweet Tooth Bakery* arbeiten wollte. Ich hatte ihm von meinen liebsten Büchern erzählt und er hatte gelacht und sich über das Glänzen in meinen Augen amüsiert.

Dann hatte er mir seine liebsten Orte in London beschrieben und davon, wie schwer die Trennung seiner Eltern immer noch auf seinem Vater, aber auch auf Charlie selbst lastete. In seinen Worten lag noch mehr, als das, was er tatsächlich aussprach, aber er wich meinem Blick aus.

Langsam nickend streckte ich die Hand nach ihm aus und drückte die seine für den Bruchteil einer Sekunde. Sein Blick traf mich und in seinen Augen glänzte ein Funkeln. Und obwohl die Berührung keinen romantischen Hintergrund hatte, begann mein Herz einmal mehr zu rasen.

Ich wünschte, ich könnte mich seiner Wirkung entziehen, aber ich musste mir wohl eingestehen, dass ich hoffnungslos in der alten Schwärmerei gefangen war. Und zu meinem eigenen Ärger gefiel es mir sogar ein wenig. Einen kindischen Moment lang konnte ich mich in meinem Tagtraum verlieren und mir vorstellen, wir wären ein Paar. Dabei wusste ich jetzt schon, dass es mir früher oder später das Herz brechen würde.

Kapitel 8

Die Tür zur Bäckerei flog auf und Charlie trat mit einem breiten Grinsen und etwas zu viel Schwung ein. »Das glaubst du nicht!«

Ich riss die Augen auf und stoppte ihn mit meinen Händen an seiner Brust, ehe noch etwas im Laden zu Bruch ging. Dann schüttelte ich missbilligend den Kopf und nahm zaghaft die Hände von seinem Körper. Ich hatte nicht erwartet, dass Charlie wie der Anführer der Lästergruppe selbst in den Laden stürmte, um ein Gerücht mit mir zu teilen. »Holly würde dir für den Auftritt die Ohren lang ziehen.« Mit einem tiefen Seufzen reichte ich ihm einen Cupcake.

In den letzten Tagen hatten wir uns eingespielt. Ich zuckte nicht mehr zusammen, wenn er mich berührte. Ich hatte ihn gern in meiner Nähe und Lauren war froh, wenn er ihr nicht im Weg herumstand und sie endlich die Ordnung im Blumenladen wiederherstellen konnte. Natürlich hatten wir dieses Gespräch erst führen können, nach einer kräftigen Standpauke, weil ich ihr nichts von meiner Beziehung erzählt hatte. Aber trotz seines Rufs waren meine Freundinnen nicht in Warnungen ausgebrochen.

»David und Layla haben ihre Verlobung aufgelöst.«

»Warte«, sagte ich verdattert und Charlie biss sichtlich zufrieden von seinem Cupcake ab. »Keine Party morgen?«, fragte ich dann zaghaft. Schließlich war die Gartenparty der Grund für unsere Lüge.

»Doch, so kurzfristig wollten sie nicht absagen. Ist aber keine Verlobungsparty mehr.« In seiner Stimme lag eindeutig zu viel Schadenfreude. Aber um ehrlich zu sein, ging es mir ähnlich. Laylas missbilligendes Schnalzen hatte mich die letzten Tage zur Weißglut getrieben. Ständig hatte ich sie in der West View Lane getroffen und während sie sich vor den anderen weiterhin als Opfer darstellte, traute ich ihr nach ihrem kleinen Auftritt in der *Sweet Tooth Bakery* nicht mehr über den Weg.

»Dann haben sie sich getrennt?«, fragte ich stattdessen und versuchte, nicht allzu interessiert zu klingen.

»Ne, nur die Verlobung ist scheinbar aufgelöst.« Er zuckte mit den Schultern und wirkte dabei wie ein Golden Retriever, der die Welt nicht verstand, es aber auch gar nicht erst versuchte.

»Du bist wirklich furchtbar«, maulte ich.

»Weil ich dir das brühwarm erzähle? Ja, das war wohl etwas … Pinecrest-mäßig«, gab er zerknirscht zu, doch ich schüttelte hastig den Kopf.

»Ne, weil du viel zu wenig Infos hast, Charlie«, beschwerte ich mich schmollend.

Er lachte schallend und schlang einen Arm um meinen Hals. »Du wirst eines Tages genauso schlimm wie Teresa!«

Ich versuchte gar nicht erst, die Prophezeiung abzustreiten oder seinen Arm abzuschütteln. Um ehrlich zu sein, fühlte ich mich pudelwohl in dieser halben Umarmung. Diese verwandelte sich aber rasch, als die Tür erneut aufging. Nun legte Charlie den zweiten Arm um meine Hüfte. Der Arm, der eben noch meinen Hals umschlungen hatte, wanderte herab und ich spürte seine Hände auf meinem Hintern. Dann löste er sich von mir, während mir die Knie weich wurden und sich die Hitze in meinem Magen ausbreitete.

»Hallo Jack.« Charlie grinste den Besitzer des Buchladens breit an und sah dann wieder zu mir. Ich spürte immer noch, wie meine Wangen brannten. Es half auch nicht, dass Charlie umso verschmitzter wirkte, als er meinen Gesichtsausdruck bemerkte. Jack Williams hatte nur einen abschätzigen Blick für Charlie übrig, aber dieser zuckte nicht einmal mit der Wimper.

»Mr. Williams. Was kann ich für sie tun?«, fragte ich, während ich innerlich immer noch nach Fassung rang. Ich trat eilig hinter die Auslage und vergrößerte damit den Abstand zwischen Charlie und mir.

»Nur ein Sandwich und einen schwarzen Tee, bitte. Und zum Mitnehmen. Meine Aushilfe hat sich krankgemeldet.«

Mr. Williams wirkte müde, aber er bemühte sich um ein Lächeln.

»Kann ich Ihnen irgendwie helfen, Jack?«, fragte Charlie.

Ich hatte Mr. Williams jahrelang als gutmütigen, alten Herren wahrgenommen, aber der Blick, den er Charlie zuwarf, war neu. Herablassend. »Nicht nötig.«

Ich reichte ihm seine Bestellung über den Tresen und er ließ einen Geldschein zurück. »Stimmt so.«

Wieder warf er Charlie einen langen Blick zu. »Ich hoffe, deine Mutter wird bald gesund.« Seiner Tonlage nach klang das nicht nach einem Wunsch für Annes baldige Genesung, sondern, als könnte er es kaum erwarten, Charlie wieder loszuwerden.

Ich trat um den Tresen herum, schlang einen Arm um Charlies Hüfte, als er unter dem kühlen Ton des Buchhändlers leicht zusammenzuckte. Er blickte mich an, ich drückte ihn und entlockte ihm damit ein Lächeln. Ein Lächeln, das mein Herz nur noch mehr anheizte. Wie selbstverständlich, als wären wir wirklich ein Paar, glitt meine Hand in die Hosentasche seiner Jeans und Charlie erschauderte.

Jack Williams schien von alledem nichts zu merken und verabschiedete sich. Die Tür schlug zu und trotz der Vögel vor dem Fenster und dem sanften Surren der Kühltheke war die Stille um uns beinahe greifbar. Dann, völlig unvermittelt, drehte Charlie sich in meine Richtung. Seine braunen Augen glänzten und er schüttelte quälend langsam den Kopf.

Er beugte sich leicht zu mir herab und ich konnte seinen Atem auf meiner erhitzten Haut spüren.

»Damit hab ich nicht gerechnet«, gab er zu und sorgte nur noch mehr für Kribbeln in meinem ganzen Körper.

Ein Teil in mir träumte davon, ihn zu küssen und dieser Anspannung und dem Verlangen, das sich mit jeder Berührung in mir aufbaute, nachzugeben. Aber ich machte stattdessen einen Schritt zurück und grinste. »Immer für eine Überraschung gut«, sagte ich und meinte es als Versprechen.

*

Der kleine Hafen lag idyllisch eingebettet zwischen schroffen Klippen und bunt getünchten Häusern. Das Wasser im

Hafenbecken schimmerte in einem tiefen Blau, ruhig und geschützt vor den wilden Wellen des Atlantiks. Fischerboote mit verblassten Farben und abblätternder Farbe schaukelten sanft an den alten Holzstegen. Der salzige Geruch von Meer und frisch gefangenem Fisch lag in der Luft, gemischt mit einem Hauch von Algen, der von den Wellen an die Kaimauern gespült wurde. Am Ufer tummelten sich Einheimische und Touristen, manche lehnten an den Brüstungen und blickten auf die weite See hinaus, während andere in den kleinen Cafés und Fischlokalen saßen, die den Hafen säumten. Der Rhythmus des Meeres bestimmte das Leben der Menschen. Mit den Gezeiten füllte und leerte sich der Platz vor dem Hafen, die Lautstärke nahm zu und ab, wie Wellen, die sich zurückzogen.

Ich hatte mich mit Lauren, Valerie und Elias in einem kleinen Café am Rand des Platzes getroffen. Ausnahmsweise hatten wir heute alle zeitgleich Feierabend und uns zum Kaffee trinken verabredet. Nur um dann doch alle etwas anderes zu wählen, weil es zu warm für heißen Kaffee war. Aber nach den Neuigkeiten über Layla und David würde ich jetzt auch einen Saunagang über mich ergehen lassen, um mit meinen Freunden darüber zu reden.

Lauren lehnte sich in der Sonne zurück, als Valerie die Getränke vor uns abstellte. Das Eis klimperte im Glas und die Wellen neben uns im Hafenbecken schwappten träge gegen den Stein. Geschäftiges Treiben beherrschte um diese Uhrzeit den Hafen. Wortfetzen wurden vom Wind in unsere Richtung getragen, während sich die Fischer Seile zuwarfen und einander halfen, die Boote zu vertäuen. Es war wunderbar warm und doch bereiteten Valeries nächste Worte mir eine unbehagliche Gänsehaut. »Ich hatte ein wenig gehofft, dass ich dich und Charlie mal in Aktion erlebe. Im Supermarkt zerreißen sich alle das Maul.« Valerie sah mich über ihre Sonnenbrille hinweg an und grinste, als ich mein Gesicht verzog. Elias, das Ehrenmitglied in unserer Frauenrunde, warf mir einen prüfenden Blick zu, ehe er wieder zu seinem Eistee hinab blickte.

Mir war klar, dass ganz Pinecrest über Charlie und mich als neues Paar sprach, aber dass wir zwischen Käse, Aufschnitt und Obst das Gesprächsthema Nummer eins waren, behagte mir nicht. »Ich wünschte, die Leute würden aufhören zu reden.« Ich streckte mich ausgiebig. Nach einigen angespannten Tagen hatten mir Valerie und Lauren verziehen, dass ich ihnen die ›Beziehung‹ zu Charlie verschwiegen hatte. Nur Elias stichelte nonstop per Textnachrichten. Inzwischen spielte ich mit dem Gedanken, ihn ins Hafenbecken zu stoßen. Und gleichzeitig kämpfte ich mit dem schlechten Gewissen, weil ich ihnen immer noch nicht die Wahrheit sagte.

»Du bist mit dem Teufel in Person zusammen. Layla hat sehr viel darüber zu sagen, dass er zurück ist.« Wieder betrachtete mich Valerie über den Tisch hinweg, als erwartete sie eine gewisse Reaktion. Sie griff nach Laurens Hand und ich zuckte mit den Schultern.

Layla arbeitete in einem der Supermärkte, seit sie den Job im Medical Center gekündigt hatte. Bislang hatte sich unsere Konversation auf ein Minimum beschränkt, aber nachdem ich ihr in der Bäckerei die Lüge aufgetischt hatte, nahm ich einen ganz schönen Umweg auf mich, um meinen Wocheneinkauf zu machen, was mir der Supermarktbesitzer, Fred, definitiv übelnahm – zumindest ließ seine ungewohnt kühle

Art beim nachmittäglichen Kuchenkauf darauf schließen. Aber ich war nicht scharf auf eine weitere Konfrontation.

»Fühlt sich an wie eine Hexenverfolgung. Und jetzt auch noch die abgesagte Verlobungsparty.« Ich versuchte, mich darauf zu konzentrieren, wie schön der Tag am Hafen war, statt mich auf die Gewitterwolken in meinen Gedanken zu konzentrieren.

Lauren horchte auf. »Ist da also etwas dran?«

»Auf jeden Fall. Ich hab gehört, dass sie seine Wäsche aus dem Fenster geworfen haben soll«, mischte sich Elias feixend ein.

»Zu mir hat Layla gesagt, sie seien noch nicht bereit zum Heiraten und hat dann etwas davon geredet, dass ihre Liebe davon nur gestärkt wird. Bullshit, wenn ihr mich fragt.« Valerie gab sich nicht einmal Mühe, schockiert zu wirken.

»Liegt bestimmt an Charlie«, mutmaßte Lauren und schenkte mir einen entschuldigenden Blick. »Sorry, Willow.«

»Macht nichts.« Bemüht, ihre Worte zu ignorieren, zuckte ich mit den Schultern.

»Ich hab das Gefühl, Layla existiert nur, um Charlie das Leben schwer zu machen. Und Teresa gibt ihm jetzt auch noch die Schuld für die Auflösung der Verlobung.« Elias tippte mit den Fingerspitzen gegen sein Glas und ließ seinen Blick wandern. Harry und Alvin standen neben einem großgewachsenen Mann an einem der Segelschiffe und lachten dröhnend.

»Dabei fand ich es immer schon merkwürdig, wie schnell Layla und David ein Paar geworden sind.« Valerie lief zur Hochform auf und vielleicht waren wir wirklich nicht besser als Teresa und Gladys.

»Oh«, murmelte ich gedehnt.

»Ich an seiner Stelle hätte ihr auch kein Geld zurückgegeben, wenn sie mich betrogen hätte«, sagte Lauren und dieses Mal zuckte ich wirklich getroffen zusammen.

»Er sagt, dass sie lügt.«

»Würde mich gar nicht so sehr wundern«, stimmte Valerie nachdenklich zu. Lauren griff über den Tisch, um meinen Arm zu tätscheln und stieß dabei beinahe mein Glas um, aber es tat trotzdem gut, ihre Wärme zu spüren. Tröstlich.

»Wir glauben ihm, sag ihm das ruhig«, tönte Elias mit einem breiten Grinsen. »Ich streite mich gern, wenn ihm jemand dumm kommt.«

Die Liebe für meine Freunde wurde übermächtig. Es war nicht selbstverständlich, dass sie Charlie und mir direkt so den Rücken freihielten. Dennoch konnte ich nicht verhindern, dass meine Gedanken zurück zu dem heutigen Morgen glitten und ich versuchte, jede Regung auf Charlies Gesicht nachträglich zu analysieren. Ich ertrank förmlich in all den Lügen und Gerüchten.

»Ihr geht morgen trotzdem noch zu der Party?«, fragte ich. Vielleicht würde ich mich den ganzen Nachmittag bei meinen besten Freundinnen verstecken und irgendwie ignorieren können, was diese Situation mit Charlie machte.

»Ja, wird sicher trotzdem eine gute Feier.« Lauren hatte den Kopf zum Hafen gedreht, während an unserem Tisch eine Familie vorbei schlenderte, aber Valerie hatte den Blick fest auf mich gerichtet, als könnte sie spüren, was mir durch den Kopf ging. Ich schlug die Augen nieder, aber das Prickeln meiner Haut verriet, dass sie sich nicht abwandte. Manchmal wünschte ich mir, dass Valerie ebenso leicht meine Gefühlsregungen übersah wie Lauren oder Elias. Aber scheinbar hatte mich das Universum zumindest mit einer überaufmerksamen Freundin bestraft.

»Es ist alles okay«, versprach ich und wollte es auch genauso meinen, aber meine Stimme zitterte dennoch. »Die Situation ist ein bisschen viel. Wir hatten nicht geplant, dass es so schnell die Runde macht. Nicht, bevor wir selber wissen, was wir wollen.« Ich kam mir so unendlich schäbig vor, ihnen ins Gesicht zu lügen und als Valerie und Lauren zeitgleich nach meinen Händen griffen, schossen mir die Tränen in die Augen.

»Das wird alles schon«, beruhigte Lauren mich sanft.

»Tut mir leid, dass ich euch nicht davon erzählt habe.«

»Schon okay, wir hätten uns eh nur lustig gemacht. Gerade in eurem Fall verstehe ich, dass man sich Zeit lässt. Und solche Dinge erzählt man, wenn man so weit ist.« Lauren lächelte mich sanft an und mein Herz schmerzte noch mehr. Ich hatte ihr Verständnis nicht verdient.

»Oder wenn die West View Lane den Buschfunk anwirft«, fügte ich düster hinzu. Gerne wollte ich mich damit beruhigen, dass dieses Theater bald ein Ende finden würde, aber das konnte mein geschundenes Herz nicht besänftigen.

»Nur fürs Protokoll: Ich nehme es dir übel«, mischte sich Elias ein und rutschte auf seinem Stuhl zurück, als Lauren ihn über den Tisch hinweg boxen wollte.

»Tust du nicht, Elias.« Dann drehte sie den Kopf in meine Richtung. »Wir müssen mal abends mit Charlie ausgehen. Wenn du mit ihm zusammen bist, wird er wohl mehr sein als nur ein kleiner Schönling.«

Dieses Mal musste ich lachen und schüttelte den Kopf. Mein Lächeln wurde weicher, als ich an ihn dachte. »Er ist auf jeden Fall mehr als das. Hast du das auf der Arbeit noch nicht bemerkt?«

»Doch, er ist eigentlich ziemlich lustig. Wenn er nicht so chaotisch wäre. Sieht Annes Haus jetzt auch so aus?«

Und so leicht löste sich die gelassene Stimmung in mir wieder auf. Ich grinste verlegen. »Großes Chaos, aber er räumt immer noch auf, wenn ich vorbeikomme. Das hilft.« Es war so anstrengend, sie ständig anlügen zu müssen. Kein Wunder, dass ich ihnen in den letzten Tagen immer wieder aus dem Weg gegangen war.

»Wie süß. Er gibt sich ja richtig Mühe.« Valerie seufzte verträumt. Dann drehte sie sich zu Lauren. »Du könntest dich auch mal wieder anstrengen.« Aber mehr als ein Lachen entlockte sie ihrer Freundin nicht.

Ich griff unterdessen nach meinem Handy und erstarrte noch im selben Augenblick. Die kleinen Benachrichtigungen auf dem Display zeigten mir verpasste Anrufe meiner Eltern an. Und eine Nachricht meiner Mutter.

Alles gut bei uns, keine Sorge. Haben von deinem Freund gehört. Kommt doch zum Sonntagsessen vorbei. Wir freuen uns!

›Keine Widerworte‹, um Mamas Nachricht zu übersetzen.

Ich schloss die Augen, während sich Valerie und Lauren auf der anderen Seite weiter neckten und Elias sich vorbeugte, um der Unterhaltung am Nebentisch zu lauschen. Aber selbst der Duft des Meeres und der Wind in meinem Haar, konnte mich dieses Mal nicht beruhigen. Ich hatte so sehr gehofft, meine Eltern aus dieser Lüge herauszuhalten. Ich wagte kaum, mir auszumalen, wie schwer mir dieses Sonntagsessen fallen würde. Ich öffnete den Chat mit Charlie. Zuletzt hatte er mir Kaffee-Emojis geschickt, aber keine Antwort erhalten.

Wir gehen Sonntag nach Crugmeer. Meine Eltern wollen dich kennenlernen. Zieh' dir was Vernünftiges an.

Seine Nachricht folgte prompt und ein Bild von ihm, gelangweilt im Blumenladen, schob sich vor mein inneres Auge.

Ich komme mit Krawatte!

Ich lächelte. Selbst dann noch, als ich das Handy wieder in meiner Tasche steckte und ein Kind kreischend am Hafenbecken vor einer Möwe flüchtete, die es auf sein Eis abgesehen hatte.

Kapitel 9

»Du siehst großartig aus«, bemerkte Charlie, während sein Blick einen Moment an mir hängen blieb. Damit hatte sich mein verzweifelter Kleiderwechsel heute Morgen wenigstens gelohnt. Jetzt lag auf meinem Bett ein riesiger Haufen mit Klamotten, die mir angezogen doch nicht mehr gefielen. Entschieden hatte ich mich schlussendlich für ein gelbes Sommerkleid, auf dessen Stoff unzählige Gänseblümchen gedruckt waren.

»Danke«, erwiderte ich verlegen. Er hatte mich abgeholt, wie versprochen, und reichte mir schon an der Haustür die Hand. Für einen Augenblick zögerte ich. Dann ergriff ich sie. Seltsam, wie vertraut sich Berührungen schon nach wenigen Tagen anfühlen konnten.

»Wie geht's euch?« Petrocs Stimme durchbrach den friedlichen Nachmittag und wir zuckten zusammen, als wären wir bei etwas Ungehörigem erwischt worden.

»Alles gut und bei euch?« Ich drehte mich leicht, aber als ich versuchte, mich von ihm zu lösen, hielt Charlie mich nur noch fester. Petroc hatte das Küchenfenster geöffnet, sich mit den Ellenbogen auf den Fenstersims gelehnt und beugte sich nun zu uns nach draußen in den Vorgarten. Er hatte die Ärmel seines karierten Hemds wegen der Hitze hochgekrempelt, doch trotzdem stand ihm der Schweiß auf der Stirn. Hinter ihm hörte man Zelda summen und in der Luft lag der Duft von Bratkartoffeln.

»Wir machen uns heute einen gemütlichen Tag. Wo geht es für euch hin?«

»Wir gehen zu Laylas Party«, antwortete Charlie an meiner Stelle und wir konnten dabei zusehen, wie sich dicke Sorgenfalten in Petrocs Stirn gruben.

Zelda tauchte neben ihrem Mann im Fenster auf und drängte ihn mit der Hüfte zur Seite. »Dahin geht ihr?« Sie klang alarmiert.

Ich zuckte unbeholfen mit den Schultern und konnte förmlich hören, wie sie darüber nachdachte, mich an den Ohren zurück in die Wohnung zu zerren.

»Passt bloß auf, dass diese Geier euch eure Beziehung nicht madigmachen«, warnte Petroc uns warmherzig und legte seiner Frau die Hand auf die Schultern.

»Wir passen auf«, versprach ich und verließ mit Charlie den Vorgarten.

Erst als wir Zelda und Petroc einige Meter hinter uns gelassen hatten, atmete er tief durch. »Sie hassen mich gar nicht.«

»Layla, Gladys und Teresa sind kein Querschnitt durch das gesamte Dorf. Du wirst nicht von allen verteufelt«, antwortete ich aufmunternd und lächelte.

Der Weg zu Davids Elternhaus, in dessen Garten die Party stattfinden sollte, war nicht lang genug. Ich war noch nicht darauf vorbereitet, diese Scharade vor allen für den ganzen

Nachmittag aufrechtzuerhalten. Es war, als würden mir die wichtigsten Antworten für einen Test fehlen und ich konnte den Fragebogen vor mir nur anstarren. Mein Kopf war leer und das Desaster vorprogrammiert.

»Das kriegen wir schon hin«, versprach Charlie sanft. Ich wusste nicht, ob er meine Nervosität gespürt hatte oder schlichtweg versuchte, sich selbst zu beruhigen. Wir bogen in die Straße ein und wurden von leiser Musik in Empfang genommen.

Ich wusste nicht, wie ich mir eine Verlobungsparty, die zur Gartenparty umfunktioniert wurde, vorgestellt hatte, aber als Charlie das Gartentor aufdrückte, saß David an einem Tisch mit seinen Freunden, während Layla die Gäste begrüßte. Zwar betonte sie immer wieder, dass sie nur noch etwas mit der Hochzeit warten wollten, aber dieses Bild schrie nicht gerade ›glückliches Pärchen‹.

Lichterketten wogten im Meereswind, der durch den Garten fegte und an den Ästen einiger Bäume hingen Windspiele aus Muscheln, welche die vertraute Melodie von Pinecrest klimperten. Ich selbst hatte viele Jahre genau so ein Windspiel vor dem Fenster meines Kinderzimmers gehabt. Zusammen mit der Musik und den murmelnden Gesprächen der Gäste war es, als würde ich in dem Rauschen einer riesigen Muschel lauschen.

Die Gäste hatten sich auf eine zusammengewürfelte Auswahl an Gartenmöbeln verteilt und zwei lange Tische dienten als behelfsmäßige Buffets. »Mir ist schlecht«, flüsterte ich, als Layla auf uns zusteuerte und Charlie lachte auf. Es erinnerte mich daran, dass er immer noch an meiner Seite war.

»Ihr seid auch da. Schön.« Sie gab sich nicht einmal Mühe, glaubhaft zu klingen. Dafür betrachtet sie unsere ineinander verschränkten Finger mehr als eingängig.

»Danke für die Einladung.« Sie überhörte mich und eisige Stille blieb zwischen uns hängen. Charlie trat unbehaglich von einem Fuß auf den anderen und ich hatte ebenfalls Schwierigkeiten, Layla anzuschauen. Stattdessen glitt mein Blick zu David, der sich zu uns umgedreht hatte und eine Grimasse zog. Hier war gar nichts okay.

Ich räusperte mich und spürte sofort Laylas Blick wieder auf mir.

»David und ich bemerken jeden Tag, dass es eine gute Entscheidung war, noch einmal einen Schritt zurückzugehen.«

Ich rümpfte die Nase und warf Charlie einen zweifelnden Blick zu, den er erwiderte. Er war genauso wenig überzeugt von der Aussage wie ich. Er drückte meine Hand etwas fester, ehe er wieder zu Layla blickte.

»Man muss ja nicht direkt heiraten, nur weil man verlobt ist«, sagte er mit leiser Stimme.

Ich sah zu ihm, seine Lippen waren fest aufeinandergepresst und Charlie war ungewohnt bleich. Ich hätte ihn nicht überreden sollen, hierher zu kommen.

Layla musterte ihn abschätzig. »Ich glaube kaum, dass du eine gesunde Beziehung einschätzen kannst.« Unvermittelt schoss ein ungewohnter Funke Wut durch meinen Körper, der mich innerlich aus dem Tritt brachte.

»Wir sollten Lauren und Valerie begrüßen«, murmelte ich, um uns einen Ausweg aus dieser unangenehmen Situation zu verschaffen.

Charlie nickte zustimmend. »Was möchtest du trinken?«, fragte er mit leiser Stimme, nachdem wir uns von Layla abgewandt hatten und auf meine Freundinnen zusteuerten, die an einem windschiefen Stehtisch standen und uns beobachteten.

»Ein Sekt wäre toll«, antwortete ich und atmete tief durch, um die Aufregung, die in mir tobte, zu vertreiben.

Charlie nickte und drehte zur Bar ab, während ich mit festen Schritten auf meinen sicheren Hafen zusteuerte.

»Süß seid ihr beide«, neckte Lauren mich, als sie mich mit einer Umarmung begrüßte.

Ich rollte mit den Augen und warf über die Schulter einen Blick zu Layla, die Charlie an die Bar gefolgt war.

»Der Arme«, kommentierte Valerie trocken, aber im gleichen Moment wandte Layla sich von ihm ab und steuerte uns an. Sie hielt ein Sektglas – ich ahnte Böses.

»Charlie sagte, du möchtest einen Sekt haben.« Sie reichte mir das Glas mit einem strahlenden Lächeln, ganz die vorbildliche Gastgeberin.

»Musst du denn gar keine Gäste mehr begrüßen?«, fragte Lauren mit einem betont freundlichen Augenaufschlag, aber Layla ignorierte die Frage. Stattdessen sah sie mich an.

»Ich hoffe, ihr beiden seid glücklich miteinander«, sagte sie und bei jedem anderen hätte das freundlich gewirkt. Bei ihr hörte es sich allerdings an, wie: ›Ihr verdient einander‹.

»Er hat einen sehr hübschen Hintern, sicherlich ist Willow glücklich«, bemerkte Valerie, die den Ellenbogen ihrer Freundin in die Seite und einen entsetzten Blick von mir bekam.

»Das ist diese merkwürdige Obsession mit Bad Boys. Die meisten Frauen wachsen nach der Schule aus so was raus.«

Laylas Stimme war so herablassend, dass mir schon wieder ganz flau im Magen wurde. Hatte sie mich gerade als kindlich bezeichnet? Konnte sie sich bitte andere Gesprächspartner suchen? Ganz weit weg von mir.

»Danke, dass du deine Weisheiten mit uns teilst«, mischte sich Elias ein, der soeben zu unserer kleinen Gruppe stieß.

Layla zog eine Grimasse, aber ging nicht auf ihn ein. »Ich hoffe sehr, dass du diese Beziehung nicht doch irgendwann bereust«, wandte sie sich wieder an mich und es klang aus ihrem Mund fast wie eine Drohung.

»Wie schön, dass du noch Zeit findest, dich um Willows Beziehung zu sorgen.« Valerie lächelte süßlich. »Man sollte meinen, dass dich diese Verlobungs-ohne-Verlobung-Party mehr als genug einspannt.«

»Ich tu, was ich kann«, gab Layla ebenso aufgesetzt zurück und das Lächeln, das die beiden austauschten, hätte eine neue Eiszeit hervorrufen müssen.

Zum Glück wurde Laylas Aufmerksamkeit von uns abgelenkt, als David ihren Namen rief und sie wandte sich ab.

»Ich will nach Hause«, jammerte ich und Lauren grinste verschmitzt. »Ach, komm schon. Du bist aus dem gleichen Grund wie wir alle hier. Um dir selbst ein Bild davon machen, wie verliebt die beiden wirklich noch sind.«

Ich nickte zaghaft, auch wenn das nicht ganz stimmte. Eigentlich wollte ich Layla meine dämliche Lüge über meine Beziehung zu Charlie verkaufen – und vielleicht war ich auch ein bisschen neugierig.

»Und ich bin auch hier, weil ich endlich mal live miterleben will, wie Charlie und du euch anschmachtet.« Elias grinste breit und nippte an seinem Getränk.

»Wir schmachten nicht«, widersprach ich und meine Freunde lachten gutmütig. Na gut, *ich* schmachtete ein wenig.

»Ist klar. Wir haben schon überlegt, ob du ihn mit dem Welpenblick rumbekommen hast«, neckte mich Elias weiter und Lauren versteckte ihr Grinsen hinter ihrem Sektglas.

»Ist dein Leben so langweilig, dass ihr über meine Beziehung reden musst?«, fragte ich gespielt verschnupft.

»Neue Beziehungen sind immer spannend. Selbst schuld, dass du es so lange vor uns verheimlicht hast.« Elias grinste und zeigte wirklich keinen Hauch von Mitleid.

»Ach. Ihr wusstet auch nichts davon?« Teresa tauchte unvermittelt wieder hinter Valerie auf und verschränkte die Arme vor der Brust. Sie war ein Bluthund, der auf eine Fährte gestoßen war.

»Ist ja noch ganz frisch«, sagte ich ausweichend und wünschte, der Boden unter mir würde sich in ein Moor verwandeln und mich verschlucken. Aber so großzügig war das Schicksal nicht mit mir.

»Aber nicht einmal mit deinen besten Freunden?«

»Wir sind ihr nicht böse. Willow macht so was lieber zunächst mit sich selbst aus«, erklärte Lauren mit einem betont beiläufigen Lächeln.

Dafür liebte ich sie. Sie neckten und ärgerten mich am laufenden Band, aber wenn jemand außer ihnen in die gleiche Kerbe schlug, entwickelten sie sich zu meinen größten Beschützern. Besonders Lauren und Valerie verteidigten mich stets mit ausgefahrenen Krallen. Sie waren wie die Schwestern, die ich nie hatte. Früher hatte ich mich nach Geschwister gesehnt, die wussten, wie es war, von jedem beobachtet zu werden, weil man anders aussah. Die verstanden, warum manche Komplimente sich nicht wie solche anfühlten. Und dann war Lauren in mein Leben getreten.

Layla hob abwehrend die Hände und wollte wieder etwas sagen, als ich über ihre Schulter hinweg Charlies Blick auffing.

»Bin sofort wieder da!« Fast so gut wie das Moor – ich würde die Chance zur Flucht nutzen. Ich hatte es sogar so eilig, dass ich mein fast leeres Glas auf dem Stehtisch zurückließ.

Ich steuerte Charlie an, der immer noch an der Bar stand und seufzte schwer. »Ich will nach Hause.«

Er sah mich grinsend an und legte den Arm um mich. »So schlimm?«, fragte er und sein Atem strich über meine Haut. So warm und verlockend.

Alkohol und die stetige Nähe zu Charlie waren wirklich keine gelungene Kombination. Jemand stellte ein Schnapsglas vor meiner Nase ab.

»Trinkst du mit uns, Willow?«, fragte der junge Mann neben Charlie.

Ich wollte den Kopf schütteln, da ich nicht wahnsinnig viel vertrug. Aufgrund des Lauftrainings trank ich nur selten, aber dann erwischte ich mich doch dabei, wie ich nickte. »Ja. Klingt gut.«

»Das ist übrigens Taylor«, stellte Charlie unsere Gesellschaft vor. Die beiden waren in einem Jahrgang in der Schule gewesen, doch mit Taylor hatte ich nie viel zu tun gehabt. Er war nur etwas größer als ich und hatte ebenso rabenschwarzes Haar. Ich meinte ihn seit der Schulzeit ein paar Mal im *Ruby's* oder am Pier gesehen zu haben – vielleicht auch auf der ein oder anderen Party.

Er grinste mich verschmitzt an, stellte dabei seine Grübchen zur Schau. »Ich hoffe, du sorgst dafür, dass Charlie wieder öfter nach Pinecrest kommt.«

Mein Lachen klang hohl und unecht.

Charlie fuhr mir währenddessen beim Reden ganz beiläufig durch die Haarspitzen und mir wurde warm im Magen. Kurz wandte ich den Kopf, aber als sich unsere Blicke trafen, drehte ich mich hastig wieder weg. Mein Herz flatterte und mein Atem wurde flacher. Was machte er nur mit mir?

Als wir anstießen, zitterte das Schnapsglas in meinen Fingern. Der Alkohol brannte in meinem Hals, lenkte mich für einen Augenblick von den rasenden Gedanken ab. Taylor schenkte nach und ich zögerte auch dieses Mal nicht. Dann ließ ich mir ein neues Sektglas geben.

»Alles okay? Wenn du wirklich gehen willst, können wir jederzeit abhauen«, flüsterte Charlie, doch nicht leise genug, um von Taylor ungehört zu bleiben.

»Ich hatte eigentlich auch keine Lust, aber als ich gehört habe, dass die beiden ihre Verlobung aufgelöst haben, wollte ich das Chaos mit eigenen Augen sehen.« Taylor grinste vergnügt und zeigte keine Verlegenheit für seine offene Neugierde. Dann wurde er von Davids Tante angesprochen und drehte uns für einen Moment den Rücken zu.

»Charlie?«, fragte ich und fasste mir ein Herz. Ich hob den Blick und sah ihn direkt an. Um seine Mundwinkel tanzte wieder das übliche Lächeln und die Schmetterlinge in meinem Magen schlugen Saltos. Er war so gut darin, zu wirken, als würde er seine Zuneigung wirklich ernst meinen und mein Körper war so naiv, dass er immer wieder darauf ansprang. Die angenehme Wärme in meinem Bauch schenkte mir den Mut, mich näher an ihn zu drücken.

»Was denn?«

»Vielleicht ist jetzt Zeit für einen Kuss«, schlug ich vor und grinste, als er überrascht zuckte.

»Du wolltest mir doch zeigen, wie es richtig geht. Und die Mädels zerreißen sich sicher gerade das Maul.« Mein Blick wanderte zu meinen Freunden, die uns – genauso wie Layla und ihre Freundinnen – anstarrten.

»Also willst du denen richtig was zum Reden geben?« Er machte sich über mich lustig, das wusste ich gut genug, aber obwohl mir die Nervosität die Luft abschnürte, konnte ich jetzt keinen Rückzieher machen. Und vielleicht war es auch der Alkohol, der mich auf diesen Teufelsritt schickte.

»Ja.«

»Ob das so eine gute Idee ist?«, fragte er zweifelnd und ich versuchte, mir nicht anmerken zu lassen, wie sehr mich dieser Korb traf.

Charlies Blick lag auf mir, während ich innerlich darum kämpfte, nicht vor Verlegenheit zu sterben.

»Ich glaube, ich sollte wieder … « Ich deutete irgendwo hinter mir und wollte mich abwenden, als Charlie nach meinem Handgelenk griff und mich zu sich zog. Er schlang seinen anderen Arm in einer fließenden Bewegung um meine Hüfte und seine Augen glänzten, als ich zu ihm empor sah.

»Allzeit bereit, hm?«, flüsterte er an meine Lippen, aber ehe ich die Chance hatte, zu einer Erwiderung anzusetzen, küsste er mich. Ich stieß einen überraschten Ton aus, doch er drückte mich nur fester an sich. Seine Finger wanderten über den dünnen Stoff meines Sommerkleides und seine Lippen waren so weich und drängend, dass ich im selben Moment jede Form von sinnvollen Gedanken verlor.

Ich streckte mich, bis ich auf Zehenspitzen balancierte, um ihm näher zu kommen. Dem drängenden Wunsch folgend, diesen Kuss auszukosten, von dem ich geglaubt hatte, dass ich ihn niemals erleben würde. Obwohl es nur ein Spiel war, nur ein weiterer Pfeiler unserer Lüge, fühlte es sich wahrhaftig an. Echt und monumental.

Ich legte die Hände in seinen Nacken und erwiderte den Kuss, drängte mich gegen ihn. Mein Körper hatte nicht vor, diese eine Chance Charlie Burton zu küssen, ungenutzt verstreichen zu lassen. Er öffnete den Mund, vertiefte den Kuss und hatte ich jemals geglaubt, dass er die Aussage ›richtiger‹ Kuss nicht ernst gemeint hatte, wurde ich eines Besseren belehrt. Die Schmetterlinge in meinem Magen schlugen Saltos und selbst beim Kuss, spürte ich, wie sich ein Lächeln auf meine Lippen kämpfte. Als Teenagerin hatte ich mir einen Moment wie diesen mehr als einmal ausgemalt und doch übertraf er meine wildesten Tagträume.

Seine Hände strichen über meine Hüften und obwohl mein Sommerkleid als Barriere zwischen uns lag, kroch eine süße, verheißungsvolle Gänsehaut über meinen Körper.

Seine Finger gruben sich in meine Taille, als er sich von mir löste und sein heißer Atem traf stoßweise auf meine Lippen.

»Das war auf jeden Fall ein richtiger Kuss«, bestätigte ich und hoffte, dass ich nicht rot wie eine Tomate war. Charlie zwinkerte mir zu. Mein ganzer Körper kribbelte und am liebsten hätte ich mich ihm wieder an den Hals geworfen. Kaum einer der anderen Gäste schenkte uns Aufmerksamkeit, aber als ich einen Blick über die Schulter warf, konnte ich Valeries und Laurens Grinsen sehen.

Ich legte eine Hand an seinen Oberarm, da ich es nicht ertrug, den Körperkontakt jetzt schon wieder aufzugeben und spürte, wie seine Finger kleine Kreise auf meine Hüfte malten. Und das einzige, woran ich denken konnte, war, dass ich alles Gebäck der Welt hergeben würde, damit er mich noch einmal so küsste.

Kapitel 10

Den ganzen Morgen nach der Gartenparty war mein Kopf voll gewesen mit Charlie. Mit seinem Lächeln, mit seiner Stimme und diesem Kuss. Immer wieder dieser verfluchte Kuss.

Ich hatte gehofft, dass es zu einem weiteren kommen würde, aber Charlie hatte nicht den Eindruck erweckt, dass dieser Kuss die gleichen Auswirkungen auf ihn hatte wie auf mich und so blieb mir nur die einzige Verdrängungstaktik, die ich kannte: Laufen gehen. Aber weder die rhythmische Bewegung noch der Anblick der Klippen, die sich über dem Meer auftürmten und sich dem chaotischen Wellengang entgegensetzten, konnte mich ablenken.

Also konzentrierte ich mich lieber darauf, das gemeinsame Abendessen mit meinen Eltern und meinem ›Freund‹ zu überstehen.

Und nun, eingebettet in die grünen Wiesen, die von den Klippen vom Meer abgeschnitten wurden, lagen die windschiefen Steinhäuser Crugmeers vor uns. In einem dieser Häuser lebte die Familie meines Vaters bereits seit Generationen und genauso wie die Efeuranken, die sich in die Furchen zwischen den Steinen gruben, hatten auch die Arscotts ihre Wurzeln in das Dorf gegraben.

Der Wind frischte auf, fegte begleitet von dem Geruch von Meer und frisch gemähten Gras über die Anhöhe. Die Silhouette der alten Kiefer ragte vor der Abendsonne auf und Charlie tastete einmal mehr nach meiner Hand.

»Ist Händchen halten jetzt unser Ding?«, fragte ich und könnte mir im gleichen Moment auf die Zunge beißen. Aber er ließ sich von meinem Necken nicht davon abhalten, meine Finger noch fester zu umschließen.

»Ich sorge nur dafür, dass du nicht schreiend wegrennst.«

»Schreien kann ich immer noch.«

Schalk blitzte in seinen Augen auf und er zog mich enger zu sich heran. »Küssen hilft ganz gut, damit du deinen Mund hältst.«

»Charlie!« Ich spürte, wie sich meine Wangen rot färbten. Mehr noch, mein ganzes Gesicht glühte wie Lava und ich bekam einen Schluckauf.

»Ich mach doch nur Spaß, Willow.«

Erst wollte ich beleidigt sein, aber als ich ihn ansah, um zu einer Beschwerde auszuholen, wirkte er so losgelöst und gut gelaunt, dass ich es nicht über mich brachte, etwas zu sagen. Zum Teil auch, weil ich wieder an den Kuss dachte.

Die Schafe auf den Wiesen blökten und einige neugierige Exemplare kamen an den Zaun, um uns zu betrachten. Ob sie mich erkannten? Ob sie unsere Lüge durchschauten?

Dabei durchschaute ich die Lüge selbst kaum noch, so echt und behaglich fühlte sich seine Nähe an.

Meine Eltern standen an der Haustür, als Charlie das Gartentor hinter uns schloss. Mein Herz schlug mir bis zum

Hals, aber noch bevor ich ein Wort herauswürgen konnte, hatte Charlie bereits zwei große Schritte an mir vorbei gemacht und die Hand ausgestreckt. »Charles Burton. Aber Charlie reicht völlig.«

»Freut uns wirklich sehr. Ich bin Samia«, stellte sich meine Mutter mit einem Strahlen vor und er hatte sie ebenso schnell um den Finger gewickelt wie mich. Sie schloss mich in die Arme, während mein Vater Charlie ebenfalls die Hand reichte. »Jowan. Willkommen in unserem Heim, Charlie.«

Ich genoss, dass sie ihm so vorteilsfrei begegneten. Sie hatten sicher von seiner Vergangenheit gehört, aber das Lächeln auf ihren Lippen war genauso herzlich, als würde es nur mir gelten.

»Guten Abend!«, tönte es hinter uns und als ich über die Schulter blickte, stand dort Theo.

»Charlie, das ist Theo. Unser Stammgast!«, stellte mein Vater den Touristen vor und Charlie nickte ihm grinsend zu.

»Theo, möchtest du nicht mit uns essen?«, fragte meine Mutter mit einem Strahlen.

»Sie nennen ihn ›Stammgast‹, aber sie meinen eigentlich: ›Adoptivsohn‹«, flüsterte ich Charlie zu, der versuchte, sein Lachen herunterzuschlucken.

»Nein, ich bin noch in Pinecrest verabredet, aber vielen Dank!« Theo lächelte höflich und winkte uns zum Abschied, ehe er aus dem Gartentor schlüpfte, durch das wir eben getreten waren.

»Hab einen schönen Abend!«, wünschte meine Mutter ihm und konzentrierte sich dann wieder auf uns. »Kommt rein!« Meine Mutter scheuchte uns ins Haus und ich war froh um die Eile, denn noch eine Minute länger vor der

Haustür und halb Crugmeer würde auf der Türschwelle erscheinen.

»Ich kann es nicht glauben, dass wir als Letztes von dir erfahren«, schimpfte meine Mutter und schenkte mir einen scharfen Blick über die Schulter. Augenblicklich hatte ich ein schlechtes Gewissen, allerdings war ich mir nicht sicher, welcher der vielen potenziellen Gründe schuld war.

»Wir hatten auch nicht vor, dass es alle vor euch erfahren. Aber hier bleibt ja wirklich nichts geheim.« Charlie zauberte eine Pralinenpackung hervor und spätestens jetzt war meine Mutter der größte Fan meines Fake-Freunds. Wir würden ihr bei der unvermeidlichen Trennung das Herz brechen.

»Habt ihr schon Hunger?«, fragte mein Vater eifrig. »Samia hat gekocht. Ich könnte einen Wein aufmachen.«

»Das klingt gut, Dad.« Mit schwitzenden Händen folgte ich ihnen zum Esstisch.

Innerhalb des kleinen Steinhäuschens hatte sich seit meinem Auszug kaum etwas verändert. An den weißen Wänden hingen immer noch Bilder aus meiner Kindheit und in den Glasschränken standen die gleichen Porzellanschafe wie vor zehn Jahren. Ein Besuch bei meinen Eltern war wie eine Zeitreise und das auf die bestmögliche Art und Weise.

Charlie sah sich aufmerksam um, verharrte für einen Moment, als er die Wand mit meinen Kinderfotos entdeckte. Ein Grinsen huschte über seine Miene und als ich mich räusperte, folgte er mir eilig zum Tisch. Aber sein Schmunzeln schien wie festgeklebt auf seinen Lippen. Er legte die Hand auf mein Schulterblatt, als ich mich setzte, während er mit meinem Vater über das neue Fischrestaurant in Pinecrest sprach. Ich füllte meinen Teller, während seine Körperwärme auf meinem Rücken brannte. Mum hatte klassisch indisch gekocht und ich hatte die Sonntage dafür immer geliebt – heute wollte sich das Hungergefühl aber nicht so richtig einstellen.

Mein Vater schenkte Wein aus und begann Charlie einem Kreuzverhör über das Studium und sein Leben in London zu unterziehen, während meine Mutter immer wieder mit Fragen nach Aiden unterbrach. Doch Charlie schlug sich gut. Er war charmant, lachte viel und besaß sogar die Größe, sich nur wenig über mich lustig zu machen, als meine Mutter das Fotoalbum mit den Kinderbildern auspackte.

»Mum«, jammerte ich gequält, als wir bei den Bildern aus meiner Teenagerzeit ankamen. Es war wirklich nicht nötig, Charlie daran zu erinnern, wie furchtbar ich damals ausgesehen hatte.

»Meine Bilder aus der Schulzeit sehen furchtbar aus«, erzählte Charlie freimütig und stupste mich an. Ich schenkte ihm ein Lächeln, doch meine Mutter gab nicht auf.

»Deine Abschlussbilder sind wunderschön«, widersprach sie und blätterte so hartnäckig um, dass sie fast ihren Teller zum Absturz brachte.

»Niemand sieht gut aus auf dem Abschlussball«, widersprach ich und biss mir von innen auf die Wangen, als Mum das Album drehte, um Charlie das Bild zu präsentieren.

»Ich finde, du siehst sehr süß aus!« Er lächelte mich an und ich spürte mein Herz wild pochen und die Schmetterlinge tanzen, als würden Komplimente wie diese sie für ein ganzes Jahr versorgen.

»Ich finde es ja zauberhaft, dass ihr jetzt ein Paar seid«, sagte meine Mutter und das hätte mich bereits warnen sollen, aber ich war so beschäftigt damit das Essen von einer Seite zur anderen zu schieben, dass ich meine Alarmglocken zu spät hörte.

»Wieso?«, fragte Charlie. Er legte den Arm über die Lehne meines Stuhls und beugte sich leicht vor, als er auf die Antwort meiner Mutter wartete.

»Sie war früher unfassbar verliebt in dich. Erinnerst du dich, Jowan?«

Ich erstarrte. »Mum!«

»Das muss dir doch nicht mehr peinlich sein. Ist doch schön, dass euch das Schicksal wieder zusammenführt.«

Ich wollte sterben. Im Boden versinken und nie wieder auftauchen. Und zu allem Überfluss brach Charlie in Gelächter aus. »Du warst verliebt in mich?«

»Für zwei Wochen ein bisschen verschossen«, verbesserte ich ihn düster und warf meiner Mutter einen Blick zu, damit sie den Mund hielt. Sie tat mir den Gefallen, aber ihr feixendes Grinsen sprach Bände, die auch Charlie zu lesen wusste.

»Ich fühle mich geehrt, Willow.«

»Ich hasse euch alle.« Ich stöhnte und legte die Hände auf mein Gesicht, aber das Lachen am Tisch wurde lauter und trotz der Scham fühlte sich dieser Moment nach zu Hause an.

»Sie hat früher auch viel Tagebuch geschrieben. Danach solltest du mal suchen.« Mein Vater zwinkerte Charlie über den Tisch hinweg zu und wieder begannen die beiden Männer zu lachen.

»Oh, ich glaube, ich muss deine Wohnung auseinandernehmen.«

»Wenn du dich traust … «, fing ich drohend an, doch Charlie beugte sich vor, drückte mir einen Kuss auf die Schläfe und sandte damit erneut eine Gänsehaut über meinen ganzen Körper und ließ mich vergessen, was ich sagen wollte. Ich musste aufhören, mir einzureden, dass ich eines Tages mit diesen Berührungen klarkommen würde.

»Ihr seid wirklich zauberhaft«, schwärmte meine Mutter und begann das Geschirr abzuräumen. Ich sprang eilig auf, um ihr zu helfen. Der Abstand von Charlie würde mir guttun. Die Unterhaltung der Männer wurde leiser als die Küchentür hinter uns schloss.

»Er wirkt wie ein netter Junge.«

»Das ist er.« Und das war das Problem, aber das konnte ich meiner Mutter nicht erzählen. Dabei hätte ich so gern jemanden, mit dem ich über diese verwirrenden Gefühle sprechen konnte.

»Wollt ihr hier schlafen?«, fragte meine Mutter, als sie die Teller in den Geschirrspüler räumte.

»Nein, danke!« Ich lachte, dabei wurden meine Wangen wieder rot, wenn ich an das schmale Bett in meinem alten Kinderzimmer dachte.

»Ich würde euch die Scheune anbieten, aber Theo ist heute bereits angereist.«

Theo – der Musiker aus Wien, der die Stille und Einsamkeit Cornwalls genoss, ehe es ihn zurück auf die großen Bühnen zog.

»Der Spaziergang wird uns guttun, ist ja nicht weit.« Ich lauschte Charlies Stimme durch die dünne Tür, konnte aber nichts verstehen.

»Die Nacht ist so schwarz und so schwer, doch Liebe erleuchtet das Dunkel«, sagte meine Mutter gedankenverloren. Ich rollte mit den Augen, aber konnte mir das Lächeln nicht verkneifen. Die indischen Weisheiten platzten manchmal aus ihr heraus, dann schenkte sie mir intensive Blicke, als hätte sie mich in ein Geheimnis eingeweiht, das ich nur selten begriff.

»Dann brauchen wir ja keine Taschenlampe auf dem Heimweg«, scherzte ich ironisch und wich kichernd aus, als sie ein Küchentuch nach mir schnalzte.

»Komm bald wieder vorbei. Und bring Charlie gerne mit!«

»Er hat keine andere Wahl, versprochen.«

Mum drückte mich erneut fest an sich. Sie ließ sich auch von Charlie noch drei Mal bestätigen, dass wir bald wieder kommen würden. Aber er sicherte ihr das nur zu gern zu, ehe wir aufbrachen.

Ich schwieg, bis das Haus meiner Eltern außer Hörweite war. »Du brichst ihnen das Herz, wenn du nie wieder auftauchst.« Ich hatte es lustig klingen lassen wollen, aber man konnte mir die Bitterkeit eindeutig anhören.

»Das Essen ist großartig gewesen. Wir sollten sie direkt nächste Woche wieder besuchen.«

Ich lachte heiser, aber eigentlich machte mir der Gedanke Angst, dass wir uns immer tiefer in dieser Scheinbeziehung verloren. Die Sommernacht war abgekühlt, während wir bei meinen Eltern waren. Dieses Mal hielt er meine Hand nicht und ich war mir der kühlen Nachtluft noch bewusster als sonst.

Ich sah über die Schulter zurück zu Crugmeer, das nicht mehr war als eine mickrige Ansammlung einer Handvoll Häuser und dennoch so viele Jahre meine ganze Welt gewesen war. Bröckelnde Steinwände, Efeu und windschiefe Zäune, die die Grundstücke eher symbolisch abgrenzten. Obwohl ich gern in Pinecrest lebte, war dieser Ort immer noch meine Heimat und jetzt hatte ich Charlie samt der Lüge genau dorthin gebracht.

»Kocht deine Mutter oft indisch?«, fragte er.

Ich zuckte mit den Schultern. »Mama war das immer wichtig, weil ich sonst schon so wenig von ihrer Kultur mitnehme.«

»Eigentlich schade oder nicht?«

»Weiß nicht. Ich bin Engländerin. Mama fühlt sich dem indischen Leben und den Traditionen verbunden. Für mich ist das irgendwie weit weg. Selbst mein indischer Zweitname fühlt sich wie ein Geheimnis zwischen mir und meiner Mutter an.«

»Indischer Zweitname?«

»Tamani.«

»Tamani«, wiederholte er langsam, als wäre es ein Gebet und nicht mein Name. »Klingt schön.«

Überrascht blinzelte ich ihn an und spürte meinen Herzschlag überdeutlich in meinem Brustkorb. »Danke. Aber wie gesagt, so nennt mich niemand außer meiner Mutter. Manchmal wünschte ich mir, ich hätte ein wenig mehr Interesse an ihrer Heimat.«

Charlie neigte den Kopf, ohne mich aus den Augen zu lassen. Keine Ahnung, ob er wirklich verstand, was ich sagen wollte, aber er widersprach auch nicht und das reichte mir für den Moment.

Wir wurden langsamer, als ein Schaf mit einem halbstarken Lamm zum Zaun kam. »Spätes Baby, hm?«, wisperte Charlie gedankenverloren.

»Du hast ja doch Dorfinstinkte«, witzelte ich und er zog eine Grimasse.

»Scheinbar kann man dem niemals ganz entfliehen.« Er sagte das, als wäre es etwas Schlechtes, dabei konnte ich mir nichts Schöneres als diesen Ort vorstellen. Die Wiesen leuchteten in den schönsten Farben, durch die Abendsonne beleuchtet und der Duft von Lavendel und Meer hing in der Luft. Die Möwen über uns kreischten und der Wind strich wie ein alter Bekannter sanft über unsere Haut.

»Vielleicht musst du aufhören, wegzurennen«, schlug ich vor. Halb im Ernst, halb um ihn zu necken. Aber Charlie reagierte nicht. Er hatte seinen Blick in die Ferne gerichtet, als könnte er dort Antworten finden.

»Wieso bist du geblieben, Willow?«, fragte er und ich zuckte mit den Schultern.

Ich hatte nie über das Wieso nachgedacht. Ich ließ meinen Blick über die vertraute Landschaft wandern und suchte nach einer Erklärung. »Ich liebe es hier. Ich bin glücklich. Und das reicht mir.«

Er antwortete zunächst nicht und im ersten Moment glaubte ich, dass er mich nicht gehört hatte. Aber sein Blick lag auf mir statt auf den Schafen. Er hatte die Lippen fest aufeinandergepresst. »Ich kann mir nicht vorstellen, jemals zurückzukommen. Nicht bei den Blicken und den Kommentaren, die mich hier verfolgen.« Er lehnte sich an den Holzzaun, der uns von den Schafen trennte.

Etwas in seinen Worten brach mir das Herz. Er würde nicht bleiben. Cornwall riss in seinem Inneren Wunden auf, die ich nicht flicken konnte. Gerne wollte ich ihn ermutigen, endlich die Wahrheit zu sagen, um sich das Leben zu erleichtern. Aber wenn ich ihn jetzt betrachtete, wurde mir klar, dass der Schaden längst zugefügt war.

Ich musste mich selbst daran erinnern, dass dieses sanfte Band zwischen uns zeitlich begrenzt war und sich mit dem Ende des Sommers zersetzen würde. Egal, wie sehr ich innerlich darum bettelte und flehte, dass er blieb und mich sah. Ich brauchte mir nicht einzubilden, dass ich etwas daran ändern könnte. Wir waren Freunde, die einander halfen.

Nur, dass ich mein Herz an ihn verlor.

Kapitel 11

Es war die richtige Situation für Eis, RomComs und ein geheultes: »Ich steh auf ihn, aber er nicht auf mich«. Das einzige Problem war, dass meine Freundinnen, die sich solche Episoden sonst von mir anhörten, nicht meine Anlaufstelle sein konnten. Denn keiner, wirklich keiner, würde verstehen, warum ich so elendig weinte, weil ich Gefühle für meinen ›Freund‹ entwickelte. Denn das, was ich inzwischen für Charlie fühlte, war mehr als nur eine Schwärmerei aus der Jugend. Die Schmetterlinge in meinem Bauch meinten es verflucht ernst.

Kaum hatte ich meine Wohnung betreten, hatte ich eine flauschige Decke um mich gewickelt. Jetzt starrte ich auf den flimmernden Bildschirm meines Fernsehers und versuchte, mich von der Romanze berieseln zu lassen, aber meine Gedanken wanderten immer wieder zurück zu unserem schweigenden Rückweg. Ich hatte mit einem schmerzenden Herzen gekämpft und Charlie vermutlich mit der Sehnsucht nach London. Ich konnte ihm nicht böse sein, aber das machte die Situation fast noch schwerer zu ertragen. Ich zog mir die Decke bis unters Kinn, obwohl es in meiner Wohnung bereits warm war. Aber die Hitze half bei dem Sturm an Gedanken, der in mir tobte und nicht zur Ruhe kam. Das Handy auf dem Polster neben mir vibrierte.

»Sorry für die miese Stimmung am Ende. Ich hatte aber einen wirklich schönen Tag.«

Ich würde Charlie blockieren müssen, wenn er es nicht unterließ, mir nach unseren Treffen noch Nachrichten zu schreiben. Wie sollte Frau da ihr Herz schützen? Ich legte das Handy zurück und schloss für einen Moment die Augen. Das Summen und die Musik, die aus meinem Fernseher plärrten, wurden lauter, aber nicht laut genug, um mich endlich ausreichend abzulenken.

Ich schälte mich aus meiner Decke und blickte zur Uhr. Es war mitten in der Nacht, aber die Wände meiner Wohnung engten mich auf einmal ein. Es gab nur einen Ort, der mich zur Ruhe bringen würde.

Obwohl der Tag vergangen war und die Nacht in der West View Lane lag, glänzten die bunten Häuserfassaden genauso einladend, wie sie es sonst am Tag taten. Eine Katze sprang leichtfüßig über das Kopfsteinpflaster und schlüpfte durch einen schmalen, windschiefen Zaun, der einen überwucherten Garten von der Gasse trennte. Ich hielt inne, schloss die Augen und atmete den Duft von Meer ein.

Der Schlüsselbund klapperte in meiner Hand und als ich die Tür aufschob, begrüßte mich tatsächlich der vertraute Duft von Zucker, Vanille und Kaffee. Es war nicht meine erste Nacht allein in der Bäckerei. Oft nutzte ich die Küche, um Holly am nächsten Morgen mit meinen neuen Experimenten zu überraschen und daher wusste ich auch, dass es ihr nichts ausmachte, wenn ich mich außerhalb der Öffnungszeiten im Laden herumtrieb. Obwohl sie mir jedes Mal eine Standpauke hielt, die wahrlich eindrucksvoll wäre, wenn sie sich nicht offensichtlich das Lächeln verkneifen müsste.

Mein Handy vibrierte in dem Moment, als ich über die Schwelle trat. Aber es war nicht Holly, die bereits im Schlaf ahnte, dass ich mir Zutritt zur Backstube verschaffte. Charlie hatte mir das Bild geschickt, das er bei unserer kleinen Wanderung an den Klippen von mir gemacht hatte. Für einen Moment hielt ich inne und versuchte, meinen eigenen Gesichtsausdruck zu ergründen, aber ich blieb mir selbst fremd.

Dann wagte ich einen Blick über die Schulter, aber der Blumenladen lag weiterhin im Dunkeln. Es hätte mich nicht überrascht, ihn am Fenster stehen zu sehen. Der Gedanke, dass er mein Bild angesehen hatte, während ich wegen ihm schlaflos durch die Kleinstadt wanderte, war überraschend intim – wie dieses Band, das ich inzwischen zwischen uns spürte und das sich mit jedem Tag weiter spannte. Gerne würde ich mir einreden, dass alles passierte, weil am Ende ein gemeinsames Ziel auf uns wartete.

Auf einmal erschien Charlies Gesicht auf meinem Bildschirm. Er zog auf dem Selfie einen Schmollmund und obwohl ich mir seit Stunden einredete, dass ich mich von ihm fernhalten musste, legte sich das Lächeln ganz allein auf meine Lippen.

Ich schloss die Tür hinter mir und trat in die Backstube, bevor ich das Licht anschaltete, dann hielt ich mein Handy selbst hoch und zog eine Grimasse. Das Bild war nicht schön, aber Charlies Reaktion folgte prompt.

Backst du?

Ne, ich bin schwimmen.

Was backst du?

Ich rollte mit den Augen. Dann aber gefror mir das Lächeln auf den Lippen. In solchen Momenten wurde mir immer wieder schmerzlich bewusst, dass ihn schon viel zu tief in mein Herz gelassen hatte. Und rausschmeißen konnte und wollte ich ihn nicht mehr.

Wer weiß.

Ich könnte vorbeikommen.

Drei Worte, die so viel in mir auslösten. Hoffnung, Vorfreude, Widerstand und das Kribbeln in meinem Magen.

Ich legte das Handy auf die Arbeitsfläche, ehe ich mich zu einer weiteren Antwort hinreißen ließ und zog meine Schürze über.

*

Ich hielt Lauren eine Box hin, als sie von dem Tresen aufsah.

»Suchst du nach Charlie?«, fragte sie neckend, aber griff trotzdem nach dem Gebäck. »Was ist das?« Sie begutachtete es kritisch, biss dann aber ohne meine Antwort abzuwarten hinein. »Hmmmh.«

»Macarons mit Birnenkompott.« Ich deutete auf die einzelnen Schichten. »Macarons mit Vanille und Schokoladensahne und in der Mitte das Birnenkompott. Wollte mal etwas anders ausprobieren.« Die Macarons waren nicht backfrisch, aber das machte sie nur noch besser. Sie hatten einen gewissen Zeitraum, in denen sie perfekt waren, ehe sie zu alt wurden.

»Ich bin so gern dein Versuchskaninchen. Kein Wunder, dass jeder von eurer Bäckerei schwärmt.« Lauren griff nach einem weiteren ›Burger‹. »Das ist Weltklasse, Willow! Ich sollte Elias anrufen, er würde für die Teile hier morden.«

Ich errötete. Holly sagte oft, dass meine Backkünste mit ein Grund für die Beliebtheit der Bäckerei waren, aber es freute mich doch jedes Mal wieder, wenn es jemand sagte. »Danke. Und ich wollte dich sehen, nicht Charlie.« Ich hatte sogar gehofft, dass Charlie noch nicht hier war.

»Ist was passiert?«, fragte Lauren, aber ihre Aufmerksamkeit lag in erster Linie auf dem Gebäck und erst in zweiter Instanz auf mir. Zum Glück, sonst könnte sie mir meine Gedanken sicher ansehen. Das Backen hatte mich zunächst beruhigt, aber jetzt gewann die Unruhe wieder die Oberhand und dabei in Charlies Laden zu stehen, machte es nicht besser.

»Ach, ist nur ein komischer Tag. Ich hab nicht geschlafen.«

Lauren schenkte mir nun doch einen eindringlichen Blick und verengte ihre Augen. Ich glaubte bereits, dass sie mein lächerliches Schauspiel durchschaute, aber dann schmunzelte sie.

»Du hast Mehl an der Wange!«

Ich hob grinsend die Hand und wischte es notdürftig fort. Jetzt sah ich mich in dem kleinen Laden um. Es war deutlich ordentlicher geworden, seit Lauren Charlie unterstützte.

»Hast du übermorgen immer noch frei?«, fragte Lauren, obwohl sie über dem Auftragsbuch gebeugt stand und ich bezweifelte, ob sie meine Antwort überhaupt hörte. »Wir wollen an den Stand. Es soll superwarm werden. Picknicken und so weiter. Du kommst doch mit, oder?« Ihre Stimme ließ kein Nein zu, aber auch unabhängig davon nickte ich sofort. Ein Strandtag mit meinen besten Freundinnen klang wirklich genau nach einer Unternehmung, die ich dringend brauchte. Ich sah auf die Uhr an der Wand. Dann fiel mein Blick auf die Sonnenblumen, die sich zum Schaufenster reckten, um die Strahlen von der Morgensonne aufzufangen.

»Ich muss los. Schreibst du mir, wann und wo wir uns treffen?« Ich stellte ihr ein weiteres Macaron auf die Ablage.

Sie strahlte mich mit blitzenden Augen an. »Wie könnte ich so Nein sagen?«

Ich wollte mich schon zum Gehen abwenden, dann stellte ich zwei weitere auf die Tischplatte. »Finger weg. Die sind für Charlie.«

Lauren hob abwehrend die Hände und kicherte. »Liebe geht durch den Magen, was?«

Ich zuckte zusammen und musste mich bemühen, mein Lächeln aufrechtzuerhalten. »Was glaubst du, warum er mich überhaupt datet«, warf ich mit einem bedeutungsschweren Blick auf die Box ein. Ich glaubte dem lockeren Ton in meiner Stimme selbst nicht, aber Lauren schien nicht alarmiert davon. Vielleicht war ich eine bessere Schauspielerin als bislang angenommen.

»Ich wünschte, Valerie könnte so backen.«

»Ich kann ihr ein paar Rezepte beibringen.« Mein Vorschlag traf direkt auf Begeisterung.

»Das schenke ich ihr zum Geburtstag. Sie wird mich hassen. Es wird großartig.« Lauren strahlte mich an und biss, wie um ihre Aussage zu unterstreichen, in den Macaron in ihrer Hand.

»Das muss dann wohl wahre Liebe sein«, kommentierte ich düster und zog eine Grimasse, als Lauren mich mit verschmiertem Mund angrinste.

»Da kommen Charlie und du sicherlich auch noch hin.«

Wohl kaum. Ich lachte wieder verhalten und hielt den Karton etwas fester. Mit jedem Tag, den ich in dieser Situation verbrachte, wollte ich weiter weglaufen. Jetzt kam es mir nicht mehr so unfassbar vor, dass man Pinecrest den Rücken kehren wollte.

Ich sah durch das Schaufenster auf die Straße hinaus. Eine Familie schlenderte über das Kopfsteinpflaster und auf der anderen Straßenseite stand Holly und unterhielt sich mit einem strahlenden Lächeln mit Mr. Williams. Die West View Lane war aus einem Bilderbuch entsprungen und doch färbte meine Lüge die Ränder grau. Da half weder die Sommerwärme noch das Kinderlachen, das vom Wind durch die kleine Küstenstadt getragen wurde – nichts davon war stärker als meine chaotischen Gedanken.

»Wir sehen uns morgen«, richtete ich mich ein letztes Mal an Lauren und verließ den Laden. Mit nur wenigen Schritten hatte ich mich an meiner Chefin vorbei in die Bäckerei geschoben.

Holly folgte mir in den Laden, nachdem sie sich von Mr. Williams verabschiedet hatte und schenkte mir einen langen, nachdenklichen Blick. Ihr lag etwas auf die Lippen, aber ehe sie es aussprechen konnte, wurde die Tür erneut geöffnet und Gwenna trat ein. An der Leine wie immer Juno, die allein in Größe eher einem Shetlandpony als einem Hund ähnelte.

»Hallöchen, ihr Lieben!« Gwenna strahlte. »Ich hätte gern zwei Stücke davon!« Sie zeigte mit ausgestrecktem Arm auf die Auslage und ich folgte ihrem Blick.

»Das ist eine *Himbeer*-Pistazien-Torte«, warnte ich sie. Diese war mir heute Nacht besonders gut gelungen, das Grün des Pistaziencreme-Frostings sah großartig zu den roten Himbeeren aus und trotzdem zog ich eine Grimasse.

»Na und?«

»Irgendwann bringst du dich noch um«, stöhnte Holly, gab aber nach und schnitt die Torte an. Gwenna hatte eine Pollenallergie, die auch damit einherging, dass sie eigentlich diverse Früchte nicht vertrug. Was sie nicht davon abhielt, eben jene Früchte trotzdem zu essen.

»Ich bin unschuldig, wenn du erstickst!«, stellte ich klar, während ich ihr zwei Stück Torte auf einen Pappteller hob.

Gwenna zwinkerte mir zu. »Du solltest lieber Angst haben, dass du erstickst, weil Layla dir was ins Essen mischt.«

»Plant sie schon meinen Mord?«, fragte ich und sah über Gwennas Schulter nach draußen – noch konnte ich meine neue Erzfeindin nirgends entdecken.

»Entweder dir oder Charlie.« Sie reichte Holly, die nur stumm den Kopf schüttelte, einen Geldschein.

»Ich wusste gar nicht, dass du auf Bad Boys stehst«, stichelte Gwenna mit einem Grinsen und lachte nur noch lauter, als ich die Augen verdrehte. »Hey, tu, was du nicht lassen kannst. Jeder muss seine eigenen Entscheidungen treffen.« Sie kraulte Junos Ohr, dann nahm sie das Paket mit dem Kuchen entgegen. »Schönen Tag noch – ich muss los, den Salon aufsperren!«

Ich starrte Gwenna nach und schüttelte den Kopf, als die Tür hinter ihr zu fiel. Ich sah zu Holly, die mich immer noch musterte und die Stirn runzelte.

»Geh nach Hause, Willow«, sagte sie mit sanfter Stimme und obwohl sie keine Ahnung hatte.

»Aber dann bist du ganz allein. Das Morgengeschäft … « Mein Widerspruch war lahm, eigentlich wollte ich zu gern nach Hause und mich in meinem Bett verkriechen. Heute Nacht hatte ich kein Auge zugemacht, aber jetzt könnte ich jede Sekunde im Stehen einschlafen.

»Du hast genug gebacken, damit ich den ganzen Tag keinen Finger rühren muss. Die Kunden kann ich allein bedienen. Hau schon ab.« Ihre Stimme klang zwar gereizt, aber sie meinte es nur gut mit mir. Ich drückte Holly einen Kuss auf die Wange. »Oh, und Willow? Könntest du morgen kurz reinkommen? Ich würde gern ein paar Sachen absprechen.«

»Wir können das auch jetzt machen.« Aber das Gähnen, das ich nicht unterdrücken konnte, machte meinen festen Ton zunichte.

Holly schmunzelte amüsiert und schüttelte den Kopf. »Wir sehen uns dann«, verabschiedete sie sich und tätschelte mir den Oberarm. Widerrede zwecklos. Ich ging zur Tür, aber nicht ohne ihr einen langen Blick zuzuwerfen. Holly beherrschte ihr Pokerface und ließ sich nicht entlocken, was ihr auf dem Herzen lag.

Warme Sonnenstrahlen begrüßten mich, als ich auf die Pflastersteine der West View Lane trat und obwohl ich die Müdigkeit in meinen Gliedern spürte, verharrte ich einen Augenblick und lauschte dem Zwitschern der Vögel auf den Dächern.

Kapitel 12

Auf der Kreuzung zur Finlay Road kam mir Charlie aus Richtung seines Elternhauses entgegen. Ich blickte hinüber zu dem kleinen Garten von Zelda und Petrocs Haus, dann zurück zu Charlie, der grüßend die Hand hob. Natürlich blieb ich stehen, wie könnte ich den aufgeregten Schmetterlingen in meinem Magen einen Moment mit Charlie auch schon verwehren?

»Ich war eben kurz im Laden und Lauren hat die Macarons mit mir geteilt.« Er strahlte mich an, als er mich erreichte. »Es war so lecker. Danke dir!«

»Gerne. Man probiert neue Rezepte am besten um drei Uhr morgens aus. Das Mondlicht ist die Geheimzutat.«

»Du wirkst noch echt fit, obwohl du dir die ganze Nacht um die Ohren geschlagen hast.«

Augenblicklich strich ich mir durchs Haar. Oft waren Kommentare zu meinem Aussehen für mich eher befremdlich. Doch Charlies Ton war immer so ehrlich, dass es sich anfühlte, als würde er mich in eine warme Decke hüllen. Schon wieder glühten meine Wangen.

»Ich bin supermüde, falls du das hören wolltest.« Ich grinste schief, doch Charlie schüttelte den Kopf.

»Wollte ich nicht hören. Wollte dich eigentlich anflehen, heute Abend mit mir ins *Wavelength* zu fahren.«

Das *Wavelength* war ein Drive-In-Kino, direkt an der Küste. Hinter der Leinwand fiel die Klippe ab zum Meer und wann immer es ganz still während eines Films wurde, konnte man das Rauschen der Wellen hören.

»Dafür bin ich wirklich zu erschöpft«, wehrte ich ausweichend ab. Die Idee war viel zu romantisch. Wie sollte ich das überstehen? Charlie zog eine Grimasse und schob die Unterlippe leicht vor. »Hör auf mit dem Hundeblick«, meckerte ich ihn halbherzig an, aber er blinzelte mich nur noch nachdrücklicher an.

»Das können wir am Wochenende machen«, hörte ich mich selbst sagen und zweifelte einmal mehr an meinem Verstand. Vielleicht war ich Masochistin.

Charlie reagierte genau gegensätzlich zu meinem innerlichen Schock. Er riss die Hände hoch und packte meine Schultern. Ehe ich mich versah, stand ich dicht an seine Brust gedrückt da und wünschte, ich hätte einen Fake-Freund gewählt, der ein bisschen seltener dafür sorgte, dass die Schmetterlinge in meinem Magen ausflippten. Doch zeitgleich breitete sich Mitleid in meinem Körper aus. Diese überschwängliche Reaktion war nur ein weiterer Hinweis darauf, wie einsam er tatsächlich war.

»Du bist die Beste!«

»Was läuft denn überhaupt?«, nuschelte ich an seine Brust, denn Charlie hatte sich immer noch nicht dazu entschieden, mich loszulassen. Nicht, dass ich mich darüber beschweren würde.

»Weiß ich nicht.« Er löste sich von mir und sein Lächeln war unverändert. Auch dann noch, als ich mit den Augen rollte. Er nahm mir die Irritation eh nie ab. »Wir lassen uns überraschen. Samstag dann? Ich lad dich ein.«

»Ich kann selbst zahlen!«

»Mum sagt, man lässt seine Freundin nicht zahlen.«

»Ich bin nicht wirklich deine Freundin, Charlie«, erinnerte ich ihn düster und merkte selbst, wie schnippisch meine Stimme klang. Aber er ließ sich davon nicht aus der Ruhe bringen.

»Pssssht«, wisperte er, beugte sich zu mir herab und raubte mir einmal mehr den Atem. Ob er überhaupt ahnte er, dass sich jedes Härchen meines Körpers aufstellte, wenn er die Hand nach mir ausstreckte? Wusste er, dass mein Magen sich anfühlte wie auf einer Achterbahn, wenn er mich mit diesem Lächeln bedachte?

»Ich möchte mir noch ein wenig einbilden, dass ich einen richtig guten Fang gemacht habe.« Er zwinkerte mir zu und obwohl ich wusste, dass er es als Witz gemeint hatte, breitete sich jetzt ein Lächeln auf meinen Lippen aus. Ich war Glas in seinen Händen und früher oder später würde er mich fallen lassen.

»Komm, ich bring dich nach Hause«, schlug er mit einem Lächeln vor. »Du musst ins Bett. Schlafentzug macht dich kratzbürstig.«

»Hey!«

Ich ließ zu, dass er den Arm um mich legte und kuschelte mich beim Gehen noch etwas dichter an ihn. Für einen

Moment erlaubte ich mir die Vorstellung, mich nicht verabschieden zu müssen und in seinem Arm einzuschlafen. Vor dem Gartentor angekommen, löste ich mich trotzdem von ihm, doch Charlie folgte mir vorbei an den Sonnenblumen und bis zur Haustür.

»Danke fürs Bringen«, sagte ich.

»Man lässt Frauen nicht allein nach Hause laufen.«

»Hat dir das auch deine Mum gesagt?«, fragte ich ihn neckend.

»Ja. Sie ist eine sehr weise Frau«, gab er grinsend zurück. »Bis morgen, Willow.« Er drehte sich weg.

»Warte!«, rief ich und wusste selbst nicht, was ich sagen wollte, aber als ich einen Schritt auf ihn zuging, drehte er sich auch schon um. Unverhofft standen wir dicht voreinander. Viel näher als eben noch. Da lag dieses Kribbeln in der Luft und mir schlug mein Herz augenblicklich wieder bis zum Hals, als ich seine Körperwärme auf meinen nackten Armen spürte.

»Hm?«, machte Charlie und sah zu mir herab. Sein Blick wanderte über mein Gesicht und für den Moment bildete ich mir ein, dass er an meinen Lippen hängenblieb.

»Ich glaube«, begann ich und meine Stimme klang etwas heiser. »Ich glaube, deine Mutter meinte, dass Frauen nicht im Dunkeln allein nach Hause gehen sollten.«

Ich sollte vermutlich zurücktreten. Stattdessen starrte ich ihm gebannt in die braunen Augen und presste die Lippen zusammen.

»Man kann nie vorsichtig genug sein«, sagte Charlie leise. Fast beiläufig strichen seine Finger über meinen Handrücken, dann schlangen sie sich um meine. »Außerdem verbringe ich gern Zeit mit dir, Willow.«

Ich seufzte tonlos bei diesen Worten. Charlie beugte sich leicht vor und jetzt spürte ich auch sein Atem auf meinen Lippen.

Mein Atem stockte und das Gefühl in meinem Magen erinnerte mich an den Moment in einer Achterbahn.

»Charlie?«, flüsterte ich, und zielstrebig kam er mir näher. Mein Kopf konnte noch nicht begreifen, was mein Körper längst wusste …

»Willow!« Wir schreckten auf. Gladys stand an meinem Gartenzaun. Meine Wangen brannten wie Feuer und auch Charlie war unnatürlich rot.

»Findet ihr es nicht unangemessen so übereinander herzufallen? In aller Öffentlichkeit?«, zeterte Gladys weiter. Ich erstarrte fast augenblicklich zu Eis und ließ Charlies Hand los.

»Ich wohne hier und kann machen, was ich möchte.« Meine Stimme klang flach und unsicher, aber es reichte, um Gladys Gesichtszüge entgleisen zu lassen.

Mein Blick glitt zu Charlie, der neben mir stand, die Hände in die Hosentaschen schob und ganz offensichtlich mit einem amüsierten Grinsen kämpfte. Wenigstens einer hatte in dieser Situation seinen Spaß.

»Er hat nicht gerade einen guten Einfluss auf dich. Du wirst schon merken, dass du dir den Teufel ins Haus holst.«

Charlie machte neben mir ein zustimmend-sarkastisches Geräusch, was mich in jedem anderen Moment vermutlich zum Lachen gebracht hätte.

Bevor ich widersprechen konnte, klapperte hinter mir ein Fensterladen auf. »Der Zaun ist frisch gestrichen, Gladys«, krähte Zelda und Gladys machte umgehend einen Satz nach hinten. Begleitet von Zeldas vergnügten Gackern, wandte Gladys sich ab und ließ uns stehen. Auch wenn meine Vermieterin uns genauso nachspioniert hatte wie Gladys, flammte augenblicklich Zuneigung in meinem Herzen auf und linderte meine glühende Scham ein wenig.

Ich drehte mich zu Charlie, dessen Aufmerksamkeit noch bei Zelda lag, die uns angrinste. Als er sich langsam in meine Richtung drehte, schienen seine Augen mein Gesicht zu scannen, nach etwas auf meinen Zügen zu suchen. Doch der Augenblick war vergangen. Die Chance auf einen echten, wahren Kuss mit Charlie war verstrichen.

*

Ich glaube, ich stockte. Grashalme kitzelten an meinen nackten Beinen und Lauren sah mich aufmerksam an.

Mit dem Beinahe-Kuss vor ein paar Stunden, der mir immer wieder vor das innere Auge huschte und den Schmetterlingen, die in meinem Magen einen äußerst unrhythmischen Tango tanzten, war an Schlaf nicht zu denken gewesen. Also hatte ich Lauren und Valerie angerufen.

Ich brauchte jetzt meine Freundinnen. Und nichts klärte meine Gedanken so gut wie dieser Platz an den Klippen, von dem aus man bis ans Ende der Welt blicken konnte und nur die Möwen allein wussten, was sich am Horizont verbarg.

»Ich glaube, dass es mir ernster ist als ihm.« Das war eine unverfängliche Beschreibung der Situation. Eine Möglichkeit, mit meinen Freundinnen darüber zu reden, ohne zuzugeben, was unsere Beziehung wirklich war. Eine Lüge.

»Was?« Valerie, die es sich bis eben im Gras gemütlich gemacht hatte, setzte sich ruckartig auf. »Das meinst du nicht so! Er himmelt dich an.«

Es war schön, so etwas zu hören, und gleichzeitig hätte sie mir auch einen Tritt geben können, der mich nicht weniger als ihre Worte aus dem Gleichgewicht gebracht hätte. Ich musterte die Grashalme, die ich mit den Fingern aus dem Boden zupfte. Dann seufzte ich. »Ich glaube, es ist nicht für immer. Und ich habe Angst vor dem Ende.« Ich bemühte mich um ein halbherziges Lächeln. Beide hatten ihre Stirn in Falten gelegt und schienen einen Moment länger zu brauchen, um meine Worte zu verarbeiten.

»Hast du mit ihm darüber geredet?«, fragte Valerie sanft und ich konnte ein trockenes Lachen nicht unterdrücken.

»Nein. Ich will die Antwort lieber nicht hören.« Der Beinahe-Kuss hatte nichts daran geändert, dass unsere Beziehung ein Haltbarkeitsdatum hatte.

Lauren schnaubte. »Du solltest ihm die Chance geben. Du solltest dir nicht ausdenken, was er denkt oder fühlt. Für uns als Außenstehende sieht es auf jeden Fall so aus, als wäre er dein größter Fan.«

Weil ich praktisch die Einzige war, die mit ihm redete. Mehr nicht. »Er wird hier nicht gerade mit offenen Armen empfangen, aber in deiner Nähe wirkt er glücklich.«

Ich würde gern mit ihnen darüber reden und ich hatte auch keine Sorge, dass sie es mir übel nehmen würden. Aber ich befürchtete, dass unsere Lüge auffliegen würde und dann wollte ich Lauren und Valerie nicht mit reinziehen.

Nachdenklich blickte ich an den beiden vorbei zum Meer, das sich vor uns ausbreitete. Bis zum Horizont war dort nichts als die dunkelblaue Tiefe, die nur von dem hellblauen Himmel abgelöst wurde. Unendlichkeit vor meinen Augen und trotzdem war ich eingesperrt in dem Gefängnis, das ich mir mit der Lüge selbst gebaut hatte.

Kapitel 13

Vor der Bäckerei kamen mir Alvin und Harry am nächsten Morgen entgegen. Sie mussten heute noch später als sonst gewesen sein, wenn sie erst um halb elf weiterzogen, und mein Auftauchen verzögerte ihre übliche Runde noch etwas weiter. Fraglich, ob die West View Lane es überstehen würde, wenn die beiden nicht ihre wachsamen Augen auf die Läden hielten.

»Willow, schön dich zu sehen!« Harry hob die Hand, legte sie sich dann auf den Bierbauch. Doch Alvin schien seine Freude nicht zu teilen.

»Du solltest deinen Eltern sagen, dass sie ihre Gäste besser auswählen sollten.«

»Wie bitte?« Irritiert hielt ich inne, dabei hatte ich mich an ihnen vorbei in den Laden drängen wollen.

»Dieser Geigen-Clown.« Alvin machte eine ungehaltene Geste und Harry kicherte wie ein Schulmädchen.

»Theo? Was ist mit ihm?«, fragte ich und runzelte die Stirn. Der Musiker war ein gern gesehener Gast im Sommer.

»Er hat die Dreistigkeit besessen, Alvin zu widersprechen«, gluckste Harry vergnügt.

»Ach, daher weht der Wind.«

»Darum geht es gar nicht. Er ist unhöflich. Theo ist fast so schlimm wie dein neuer Freund.« Alvin blähte die Backen auf und ähnelte einem Vogel, der sich aufplusterte. »Und dann taucht er jedes Jahr wieder auf und bemüht sich trotzdem nicht, Teil der Gemeinschaft zu werden.«

»Ich werde es meinen Eltern erzählen«, versprach ich ernsthaft, ignorierte die Spitze gegen Charlie und schob mich nun doch an ihnen vorbei in die Bäckerei. Holly wartete sicherlich schon auf mich und ihr Zorn machte mir wirklich Angst, während Alvin einfach nur amüsant war.

Doch Holly stand nicht wie üblich hinter der Theke. Irritiert hielt ich inne, bis ein dumpfer Knall aus der Backstube drang, gefolgt von dem unverkennbaren Fluchen meiner Chefin. Grinsend schlüpfte ich an der Auslage vorbei und trat durch die Tür in das Herz der Bäckerei, das üblicherweise mein Reich war. Sie stand an der Arbeitsfläche gelehnt und hatte die Hände in die Hüften gestemmt. Ihre Augen zuckten kurz zu mir, dann richteten sie sich wieder düster auf das Chaos am Boden. Holly machte einen Schritt vor und hielt sich den Rücken. »Ich werde zu alt für diesen Job.«

Ich runzelte die Stirn und bückte mich, um den Mehlsack aufzuheben. Ich legte ihn auf die Arbeitsplatte und sah sie nachdenklich an. Wären ihre grauen Haare nicht, könnte man ihr die fortgeschrittene sechzig im Leben nicht ansehen. Selbst jetzt wirkte sie eher wie Mitte fünfzig. Aber sie wirkte fahrig und angespannt. Ich war diejenige, die die Bäckerei mit Mehl einstaubte, während Holly immer alles im Griff hatte.

»Mir gelingt der Apple Pie nicht so wie dir«, schimpfte sie.

Ich versuchte, mein Grinsen zu unterdrücken, aber es ehrte mich, dass Holly durch die Blume zugab, dass ich etwas besser konnte als sie. Und doch, ihre übertriebene Selbstkritik war unüblich. Normalerweise bewunderte ich Hollys Selbstbewusstsein, was jetzt bröckelte.

»Ich backe gern gleich einen«, bot ich hastig an.

»Sei nicht albern«, murrte meine Chefin, also entschied ich mich für einen Themenwechsel.

»Du wolltest mit mir sprechen?«

Holly ging wortlos an mir vorbei und ich folgte ihr zurück in den Verkaufsraum. Dabei bemerkte ich, dass sie bei jedem Schritt ein wenig humpelte.

»Hast du dir wehgetan?«, fragte ich, erntete aber nicht mehr als ein Schnauben. Ich wartete geduldig ab und es dauerte nur einige Sekunden, ehe Holly sich doch zu einer Antwort herabließ.

»Die Hüfte macht Probleme. Was willst du trinken?«

»Ich brauch nichts.«

Aber das ließ sie mir nicht durchgehen. Mit einer grimmigen Miene deutete sie auf einen der Stühle und ich leistete Folge. Ich wusste es besser, als mich ihren stummen Anweisungen zu widersetzen. Die Kaffeemaschine rauschte und dröhnte, während der Kaffeeduft in der Luft sich intensivierte. Mein Blick glitt durch das Schaufenster auf die Straße und blieb an der Ladenfront von *Daisy Dreams* hängen. Kein Zeichen von Charlie, das war vermutlich auch besser, und doch wünschte ich mir, nur für einen Augenblick seinen Schatten zu sehen.

Seit gestern Vormittag hatte ich nichts mehr von ihm gehört und irrationalerweise vermisste ich ihn. Sein Lachen, oder auch nur seine Nachrichten auf meinem Handy. Ich sollte nicht so abhängig von ihm sein und doch saß ich hier und starrte den anderen Laden an, als würde er herauskommen, wenn es mir nur stark genug wünschte.

Holly stellte einen Latte macchiato vor mir ab und ließ sich dann mir gegenüber auf dem Stuhl nieder. Ihre Hände ruhten auf der Tischplatte und einen Augenblick lang schien sie nach Worten zu ringen. Ich hatte Holly nur selten sprachlos erlebt, und gerade deshalb wuchs die Aufregung in meinem Bauch. Mit jeder Sekunde, die schweigend verstrich, wurde ich mir sicherer, dass ich diese Unterhaltung nicht mögen würde.

»Ich wollte mit dir über die Zukunft sprechen.« Holly sah mich über den Tisch hinweg ernst an. Die Wärme, die von dem heißen Glas ausging, ließ meine Fingerspitzen kribbeln und schenkte mir Kraft.

»Kündigst du mir?«, fragte ich.

Hollys erschöpfter Blick lag auf mir. Generell schien Holly an Farbe verloren zu haben. Ihre Haare, einst kastanienbraun, waren inzwischen grau und es hatte eine Zeit gegeben, da hatten ihre Augen fast stechend blau gewirkt. Die Veränderung hatte sie schon seit einer Weile zu begleitet. Und doch war es jetzt wie ein Zaunpfahl, der mir zu verstehen gab, dass auch Holly abbaute. Egal, wie tough sie sich immer gab.

»Ich werde nicht jünger, Willow.« Sie sagte das wie eine müde Mutter, die ihre Kinder um einen Moment der Ruhe bat. Ich runzelte die Stirn. Obwohl sich in den Tiefen meines Kopfes bereits eine Befürchtung bildete, wollte ich sie noch nicht gänzlich begreifen. Stattdessen starrte ich Holly gespannt an, während sie nach Worten rang. »Ich kann den Laden nicht mehr viel länger führen. Ich schaffe das alles nicht mehr. Ich habe das Gefühl, dass der Tag zu wenig Stunden hat. Oder vielleicht werde ich einfach langsamer.« Holly lachte, aber ich konnte nicht mit einstimmen. Meine Welt geriet ins Trudeln.

Es sollte mich nicht so überraschen. Selbst in der West View Lane gehörte Holly bereits zum alten Eisen, aber ich hatte mich diesen Entwicklungen verschlossen, hatte sie nicht sehen wollen. Oder war ich einfach so mit mir selbst beschäftigt gewesen, dass ich Holly nicht mehr sah?

»Willst du das Geschäft aufgeben?«, fragte ich und nun zitterte meine Stimme. So wie Pinecrest meine Heimat war, lag ein großer Teil dieses Heimatgefühls in der *Sweet Tooth Bakery* und ich wollte diesen Teil nicht hergeben. Niemals.

»Ich habe keine Kinder und ich muss mir langsam überlegen, wie die nächsten Jahre aussehen sollen«, sagte sie und seufzte schwer, dann zog sie die Schultern hoch. »Es gibt verschiedene Möglichkeiten. Ich muss auch an meine finanzielle Situation denken. Wenn ich aufhöre und den Laden leer stehen lasse, fehlen mir die Einnahmen.«

Sie würde verkaufen.

Fast augenblicklich rauschten meine Gedanken zu meinen Ersparnissen, aber die würden niemals reichen. Und als mir bewusst wurde, dass wir auf das Ende zusteuerten, schossen mir die Tränen in die Augen. Ich wollte sie wegblinzeln, aber sie waren hartnäckig.

»Ich wollte es dir sagen, bevor wir vor vollendeten Tatsachen stehen. Wir haben noch Zeit«, versprach Holly und ich wusste, dass sie mich beruhigen wollte.

Es war nett von ihr, dass sie mir frühzeitig Bescheid gab. Aber ich würde mich niemals an diese Vorstellung gewöhnen können. Bei der Vorstellung, dass Holly nicht mehr jeden Tag an diesem Tresen stehen würde, oder ich gar woanders arbeiten müsste, wurde mir übel. Natürlich war mir rein logisch klar, dass Holly auf das Rentenalter zuging, doch nie zuvor hatte ich diese Gedanken zugelassen und jetzt raubte die Wucht, mit der sie auf mich einstürzten, den Atem. Ich schloss für einen Moment die Augen. Der Duft von Kaffee und Gebäck lag schwer in der Luft und das Summen der Kühltheke zauberte mir eine Gänsehaut auf die Arme.

»Soll ich mir einen neuen Job suchen?«, fragte ich, ohne die Kraft zu finden, sie direkt anzusehen. »Ich würde die *Sweet Tooth Bakery* ja kaufen, aber ich kann nicht.«

»Ich weiß«, hauchte Holly und klang dabei genauso traurig wie ich. Sie musste an ihre Zukunft denken, aber für einige Atemzüge lang gaben wir uns dem Tagtraum hin, wie es sein würde, wenn ich das nötige Geld hätte. Ich hatte mich für immer in der West View Lane gesehen. Doch manchmal gingen Lebensabschnitte zu Ende und rissen einen Teil deines Herzens mit dir.

»Such dir noch nichts anderes. Wenn ich jemanden finde, will er dich vielleicht übernehmen.«

Ich blinzelte sie an. Holly lächelte, wollte mir Kraft schenken. Aber vielleicht hatte die *Sweet Tooth Bakery* das Ende ihrer Geschichte erreicht. Eine Geschichte, von der ich geglaubt hatte, dass sie unendlich weitergehen würde.

»Ich würde es zur Klausel machen, dass sie dich übernehmen.«

Selbst jetzt passte Holly auf mich auf. Zaghaft nickend, kämpfte ich noch immer mit den Tränen. Bald würde ich mich an das Unausweichliche gewöhnen, aber jetzt war der

Schmerz in der Brust und der Nebel in meinem Kopf noch zu präsent. Zu umfassend, um ihn ignorieren zu können.

Holly griff über den Tisch und umfasste meine Hand. Wir klammerten uns aneinander wie Ertrinkende und ich konnte nur ahnen, dass diese bevorstehende Änderung Holly ebenso viel Angst machte wie mir. Aber dann bemerkte ich die Augenringe unter ihren Augen und ihre blassen Lippen und vielleicht war es die richtige Entscheidung. Und wie so oft mit richtigen Entscheidungen war sie schwer und tat weh, damit daraus etwas wachsen konnte. Das stoppte meine Tränen nicht, aber lockerten den Druck auf meiner Brust.

Holly wollte einmal mehr etwas sagen, da wurde die Tür aufgestoßen und wir wandten uns zeitgleich um. Die goldene Türklingel begleitete den Auftritt des einen Menschen, der mein Leben noch mehr ins Wanken brachte: Charlie.

»Alles okay?«, fragte er verdutzt in die Runde. Einstimmig schüttelten Holly und ich den Kopf.

»Willow, weinst du?« Er machte zwei Schritte von der Tür weg, in unsere Richtung. Im selben Moment rutschte ich auf meinen Platz zurück und löste meine Hände von Holly, um die Arme zu verschränken. Ich wollte mit Holly und diesem Ort allein sein und mich nicht wieder mit Charlie, meinen Gefühlen für ihn und den großen und kleinen Katastrophen beschäftigen. Nicht heute, nicht jetzt, nicht so.

Ich senkte den Blick, versteckte die Tränen hinter meinem langen, schwarzen Haar. Charlie blieb unschlüssig stehen.

Holly sah von ihm zu mir, dann räusperte sie sich. »Die Kaffeemaschine ist kaputt. Komm später wieder.« Als Charlie sich nicht sofort in Bewegung setzte, stand Holly auf und ging zielstrebig zum Tresen. Flink packte sie zwei Croissants und einen meiner Vanille-Cupcakes ein und drückte sie Charlie in die Hand. »Raus hier. Wir sind im Stress. Kann dich hier nicht gebrauchen.«

»Ich kann helfen«, sagte er eilig und ich blinzelte ihn durch meine Haarsträhnen an. Sein Blick lag auf mir und ich sah schnell wieder zu Boden.

»Raus hier, Burton. Privatgespräch.« Hollys Tonlage war fast mit einem Knurren zu vergleichen und jetzt bemerkte auch Charlie, dass er sie nicht weiter reizen sollte. Er ging rückwärts zur Tür und sah mich noch einmal durch den Raum hinweg an. Die Augenbrauen fragend hochgezogen, doch ich presste weiterhin die Lippen aufeinander, damit mir keiner dieser jämmerlichen Schluchzer entfloh.

Kaum war die Tür hinter ihm zugefallen, drehte sich Holly zu mir um.

»Tut mir leid, aber … « Meine Stimme war nicht mehr als ein Krächzen.

Mit kleinen Schritten kam sie wieder zum Tisch und setzte sich erneut. »Ganz ruhig, Willow.« Hollys Stimme war für ihre Verhältnisse sanft und beruhigend und das machte mir fast noch mehr Angst. »Weine nicht.«

Aber leider geschah häufig das Gegenteil, wenn man solche Anweisungen erhielt. Ich schluchzte auf und presste die Hand auf meinen Mund.

»Wir finden eine Lösung, Willow. Versprochen.«

Kapitel 14

»Wie geht's Charlie?«

Ich warf meiner Mutter einen genervten Blick zu, aber das schien sie kein bisschen zu stören. Wenn ich in ihrer Küche stand, wurde ich wieder zum kleinen Kind und sie ignorierte alle Teenageranwandlungen, die ich mit einem genervten Augenrollen wie jetzt an den Tag legte.

»Ihm geht's gut«, sagte ich und hörte selbst, wie abwehrend ich dabei klang, aber Mama hatte nur ein wissendes Lächeln auf den Lippen. Schon seit meiner Kindheit konnte sie aus jedem meiner Worte viel mehr heraushören, als ich eigentlich hatte sagen wollen. Sie behauptete, dass es an den Mutterinstinkten lag, aber ich hatte lange Zeit den Verdacht gehabt, dass sie mein Tagebuch las, anders konnte ich kaum erklären, dass sie mit einem Blick meine Gedanken lesen konnte.

Nur wohnte ich jetzt nicht mehr zu Hause und Tagebuch schrieb ich auch nicht mehr, seit ich das Laufen für mich entdeckt hatte. Und dennoch legte sie die Hand auf meine Schulter und drückte sanft zu. »Ganz normal, dass es manchmal schwieriger ist. Besonders am Anfang, wenn man einander noch kennenlernt.«

»Ich hasse es, wenn du meine Gedanken liest.« Ich warf ihr einen düsteren Blick zu und entlockte ihr ein helles, fröhliches Lachen. Sie wusste zwar nicht, was an der Beziehung zwischen mir und Charlie so schwierig war und dennoch fand sie die richtigen Worte.

»Du gönnst mir auch nichts, Tamani.« Ihre Stimme hatte immer diesen sanften Ton, wenn sie meinen Zweitnamen wie ein Kosewort benutzte. Auch heute glättete es meine Stirn und zauberte mir ebenfalls ein Lächeln auf die Lippen.

»Gar nichts, stimmt. Privatsphäre, Mum, bitte!«

»Kommt er einigermaßen klar? Man redet nicht gut über ihn.«

Bislang hatte ich nur wenig von den bissigen Kommentaren mitbekommen, aber selbst die reichten, dass mir unwohl wurde. Mit jedem Tag konnte ich ein bisschen besser verstehen, warum Charlie diesen Ort nicht mochte. Auch wenn das mein Leben und meine aufkeimenden Gefühle für ihn nicht erleichterte. »Vieles davon ist gelogen.«

Meine Mutter betrachtete mich eingängig. »Ich vertraue deinem Urteil, aber es muss schwer sein, wenn alle so schlecht über einen sprechen. Ich bin froh, dass er dich an seiner Seite hat, sonst würde er sich wohl sehr einsam fühlen.«

»Erzählst du mir noch mal, wie du Papa kennengelernt hast?«, fragte ich und wandte mich ihr zu. Sie sah nicht zu mir, hatte sich längst wieder der Suppe auf dem Herd gewidmet, aber ich konnte auch so sehen, dass sie für einen Moment innehielt. Erst glaubte ich, dass sie sich zu erinnern versuchte, aber als sie den Kopf leicht neigte, konnte ich das versonnene Lächeln auf ihren Lippen sehen. Das musste Liebe sein.

»Das ist schon eine Weile her«, sagte sie leise, eher zu sich selbst als zu mir, aber ich wagte nicht, sie zu unterbrechen, sondern wartete gespannt darauf, dass sie weitersprach. Sie hatte es mir sicherlich schon einmal erzählt, aber wie jede gute Tochter hörte ich meinen Eltern häufig nur mit einem Ohr zu, wenn sie in der Vergangenheit schwelgten.

»Auf einem Dorffest in Pinecrest. Meine Freundinnen und ich sind nur hingefahren, weil wir an dem Wochenende nichts Besseres zu tun hatten, und da habe ich ihn kennengelernt. Jowan hat an der Theke gearbeitet. Er hat mich damals auf ein Bier eingeladen und anstatt weiterzuarbeiten, hat er sich den ganzen Abend mit mir unterhalten. Mir hat damals gefallen, wie er mich angelächelt hat. Ich wurde früher oft angestarrt, aber bei ihm war es etwas anderes. Bei ihm hat es sich gut angefühlt.«

Ich konnte erahnen, wie es damals für sie gewesen war. Mama und ich teilten diese Erfahrung als indische Frauen in einer Kleinstadt. Sie war als Kind mit ihren Eltern nach England gekommen und hatte dieses Land neu entdecken müssen.

Ich verstand, was sie meinte, wenn sie einen Blick als anders beschrieb. Man suchte die Menschen, die einen ansahen, als könnten sie die Person erkennen, die man im Inneren war. Und mein Vater blickte meine Mutter immer noch genauso an. Dieser Umstand ließ einen hoffen, ließ einen glauben, dass dieses Glück nicht unmöglich zu finden war. Ein Teil von mir glaubte, dass Charlie mich auch so ansah.

»Am Ende des Abends, als wir gehen wollten, hat er mich gefragt, ob wir uns wiedersehen. Er kam nur eine

Woche später zu uns. Auf eine Limonade, weil er abends wieder nach Hause fahren musste. Die haben wir dann damals auf der Kuhwiese vom Bauern nebenan getrunken. Und furchtbar Ärger bekommen, weil wir über den Zaun gestiegen sind.« Sie wirkte verträumt, als sie sich an die Küchenanrichte lehnte und mich ansah. »Und dann haben wir uns ständig gesehen. Es war von Anfang an klar, dass wir einander mochten. Hat niemanden gewundert, als wir uns dann verlobt haben.« Sie drehte sich zum Kühlschrank und öffnete ihn. Für einen Moment schwieg sie und ich glaubte schon, dass die Geschichte vorbei war, aber dann räusperte sie sich einmal mehr.

»Es war am Anfang sehr einfach. Wir hatten Glück, aber Liebe ist nicht immer einfach. Jedes Paar kommt früher oder später an Hindernisse an und wenn man einander hilft, dann überwindet man sie. Selbst wenn es zuerst viel zu groß und furchtbar aussieht, aber wenn man einander vertraut, dann kann man sehr viel überwinden.« Sie zog eine Limonade aus dem Kühlschrank und stellte sie vor mir auf dem Küchentisch ab. »Oft hilft es, wenn man miteinander darüber redet, was einen beschäftigt.«

Ich zog eine Grimasse, während ich die Limoflasche aufdrehte. Bei Charlie und mir gab es einen großen, wichtigen Unterschied: Wir waren in keiner Beziehung und die Hindernisse, die es zu überwinden galt, waren meinen einseitigen Gefühlen geschuldet.

Mama verstand meinen Gesichtsausdruck natürlich nicht, sondern lachte leise und strich mir mit warmen, weichen Fingern über die Wange. Ein wenig blieb man für immer Kind.

»Ich wünschte, es wäre nicht immer so schwierig.«

»Wir sind hier für dich, wenn es zu schwierig wird.« Ihre Worte waren wie eine warme Umarmung, die nur mir bestimmt war.

Nach dem Mittagessen hatte ich mich mit einem Eiskaffee und einem Buch in den Garten vor dem Haus meiner Eltern gesetzt und hoffte, dass die Sonne auf meiner Haut die Kälte in mir vertreiben möge. Der Glasstrohhalm klirrte gegen den Rand des Glases, als ich umrührte. Obwohl mein Buch neben mir auf der Holzbank lag, hatte ich es noch keines Blickes gewürdigt, sondern beobachtete die ruhige Straße vor mir. Hier passierte selten etwas, aber ich fühlte mich trotzdem wie Teresa, als ich die Nachbarn in Crugmeer beobachtete, wie sie die Pflanzen gossen und sich über die Zäune hinweg unterhielten. Und zu meiner Schande musste ich gestehen, dass ich vermutlich genauso neugierig war wie die Lästerschwestern der West View Lane.

Ein kleiner Junge wurde von seinem Hund an unserem Vorgarten vorbeigezogen. Seine Füße tapsten laut über den Stein, dann verschwanden sie um die nächste Ecke und mit einem Mal war es leise. Ich hörte das Summen der Insekten in den Büschen und Blumen um mich herum. Durch das geöffnete Fenster hörte ich die Stimmen meiner Eltern in unregelmäßigen Abständen. Wenn man ganz genau lauschte, dann konnte man sogar die Wellen hören, die unweit von Crugmeer gegen die Klippen schlugen.

»Willow. Guten Tag!«

Ich riss den Kopf herum und entdeckte Theo, den Stammgast meiner Eltern, der auf mich zukam. Er lief barfuß durch das knöchelhohe Gras und trug einen Stapel Blätter in seiner Hand.

»Ein neues Stück«, fragte ich mit Blick auf die Noten, ohne seine Begrüßung zu erwidern. Er nickte, blieb aber neben der Bank stehen, statt sich zu mir zu setzen.

»Ich habe ab Herbst ein Engagement in London. Ich arbeite mich schon einmal durch die Stücke.«

»Ohne Geige?«, fragte ich amüsiert und nestelte an der Ecke meines Buches.

»Passiert alles hier oben«, gab er zurück und tippte sich grinsend an die Stirn. »Wie geht es dir?«

»Alles bestens«, log ich mit einem Stich im Herzen. Nichts war bestens. Mein Leben war gut, aber dennoch fühlte es sich an, als würden sich bei jedem Schritt Scherben in meine Fußsohlen bohren. Egal, wohin ich mich drehte, die Splitter trieben sich immer tiefer. Charlie, die Situation im Laden, das Gefühl, alle würden mein Leben beobachten und kommentieren.

Doch Theo bemerkte den Sturm in mir nicht. »Ich war heute in der Bäckerei und wollte ein Stück Kokos-Panna-Cotta-Tarte kaufen. Auf die freue ich mich das ganze Jahr.«

Ich zog eine Grimasse. »Es gab keine.« Ich hatte schließlich keine gemacht.

Theo nickte zustimmend und warf mir einen Blick zu, der mir mehr als bekannt war. Seufzend nickte ich. »Ich mach eine und bring sie meinen Eltern vorbei. Meine Mutter liebt sie auch.«

»Du bist meine Heldin, Willow!« Theo strahlte über das ganze Gesicht und legte dann einen Finger zum Abschied an die Stirn, ehe er mich zurückließ. Er lief durch den Garten, hin zu einer anderen Bank, die seit seinem ersten Besuch der Ort war, an dem er nahezu jeden Nachmittag verbrachte und seinen eigenen Gedanken nachhing.

Die Möwen über mir kreischten und kämpften gegen den Wind, das Meer rauschte und aus der Küche meiner Eltern drangen leise Stimmen.

Ich senkte den Blick und musterte die blaue Farbe der Bank, die bereits abblätterte und fühlte mich schrecklich allein.

Kapitel 15

Der Ball landete wenige Meter neben mir und ich quietsche protestierend, als der aufgewirbelte Sand an meine nackten Beine rieselte. Trotz des wunderschönen Wetters hatten wir den Strand fast für uns allein. Die meisten Touristen blieben in der Bucht, aber wir hatten den Weg zum Ende der Landzunge auf uns genommen. Hinter uns türmten sich die Klippen auf, an denen ich mit Charlie entlanggewandert war und vor uns lag nur noch der Ozean. Der helle Sandstrand machte den Bildern der Karibik Konkurrenz, die Gwenna in dem Schaufenster ihres Reisebüros ausstellte. In stetem Rhythmus schlugen die Wellen ans Ufer und zogen sich wieder vom hellen Sand zurück, nur um kurz darauf erneut angespült zu werden. In der Luft mischte sich der Duft von Meer und Sonnenlotion mit den Zimtschnecken, die ich als Stärkung mitgebracht hatte und die kleinen Sandkörner blieben kratzig auf meinen eingecremten Beinen kleben. Heute Abend würde ich den Sand überall finden und selbst eine Dusche würde mich nicht retten.

»Sorry!«, rief Elias von der Ferne und hob entschuldigend die Hand. Ich streckte mich nach dem Ball und warf ihn zurück, den er daraufhin zielsicher Valerie an den Kopf warf. Wer war bitte auf die Idee gekommen Elias einen Ball zu geben? Wenn er uns nicht gerade mit Bällen bewarf, war er eine tolle Begleitung. Nachdem ich allerdings zweimal gefährlichen Geschossen ausweichen musste, war ich wieder zu unseren Strandtüchern geflüchtet. Lauren hatte sich nicht einmal aufgesetzt, als Valerie und Elias uns zum Ballspiel aufgefordert hatten, und schlief jetzt selig unter ihrem Sonnenschirm. Ich wischte ein paar Sandkörner von meinen Beinen und streckte die müden Glieder aus.

Warme, weiche Hände schoben sich auf meine Schultern und drückten sanft zu. Irritiert zuckte ich zusammen, von der plötzlichen Berührung aufgeschreckt.

»Hast du mich vermisst?«, ertönte eine tiefe, viel zu bekannte Stimme an meinem Ohr und sein Atem kitzelte auf meiner Haut.

»Charlie«, sagte ich und konnte die Freude in meiner Stimme nicht unterdrücken, ehe ich mich zu ihm umdrehte und ihn anlächelte. Als er mein Grinsen erwiderte, glänzten seine Augen und mein Herz machte einen Satz.

»Alles okay?« Er breitete sein Handtuch direkt neben meinem aus. Dann griff er nach dem Saum seines T-Shirts und zog es sich über den Kopf. So beiläufig und mühelos, dass ich ihn nur sprachlos anstarrte. Um ehrlich zu sein, würde es mich nicht einmal mehr wundern, falls ich tatsächlich sabberte. Die Hitze kroch mir in die Wangen, doch Charlie grinste nur schelmisch und setzte sich neben mich. Meinem Geschmack nach viel zu nah nach dieser Vorstellung. Oder vielleicht auch nicht nah genug.

Lauren hielt die Augen nach wie vor geschlossen, aber das hier war nicht der richtige Ort für Gespräche darüber, wie ich mich wirklich fühlte. Als ich jedoch sein sanftes Lächeln sah, konnte ich nicht anders, als es zu erwidern. »Alles bestens. Was machst du denn hier?«

»Lauren hat mich eingeladen. Nachdem meine Freundin mich vergessen hat.« Er stieß mit seiner Schulter neckend an meine und entlockte mir ein trockenes Lachen.

»Was ist mit dem Laden?«

»Geschlossen«, erwiderte er zufrieden und schob sich die Sonnenbrille auf die Nase. Ich zog fragend die Augenbrauen hoch und es dauerte nur eine Sekunde, ehe er meinen zweifelnden Blick bemerkte.

»Keine Sorge. Mum meinte, ich solle die Zeit mit dir genießen. Sie lässt dich grüßen.« Er schlang den Arm um mich und zog mich dichter an seinen nackten Oberkörper. Ich spürte seine Berührung wie ein loderndes Feuer, obwohl ich noch ein T-Shirt trug. Ich wollte mir einreden, dass er es nicht nur tat, weil Valerie und Elias gerade wieder auf uns zuliefen. Plötzlich schien die Verlegenheit von mir abzufallen. Auch wenn seine körperliche Nähe eine Gratwanderung zwischen himmelhochjauchzend und zu Tode betrübt in mir auslöste, so war es zu schön, um es nicht zu genießen. Am Ende des Tages wollte ich ihn lieber rein freundschaftlich an meiner Seite wissen, als weiter meinen Tagträumen hinterherzujagen. Zumindest redete ich mir das ein.

Zaghaft legte ich meine Hand auf seinen Oberschenkel und versuchte, meine Gänsehaut zu verbergen, die sich auf meinem ganzen Körper ausbreitete, als er mir durch das Haar strich.

»Es ist so unfassbar warm und noch so früh«, stöhnte Valerie und stemmte die Hände in die Hüften. »Kommt ihr mit ins Wasser?«

Lauren grummelte etwas Unverständliches. Also hatte sie wirklich nicht geschlafen.

Elias war dagegen begeistert und schlüpfte bereits aus seinem T-Shirt.

»Ich bin auch dabei!« Ein wenig Abkühlung würde mir mehr als guttun. Die anderen liefen bereits zum Wasser, auch Charlie war ihnen einige Meter gefolgt, blieb dann aber stehen und wartete auf mich. Ich schlüpfte aus dem T-Shirt und zupfte verlegen an meinem weißen Bikini. Stumm wandte ich mich zu ihm und hoffte nur, dass meine Wangen nicht rot werden würden. Aber das ließ sich schlecht verhindern, denn Charlie machte sich nicht einmal die Mühe zu verbergen, dass er mich genau musterte. Zaghaft schloss ich zu ihm auf und lief an ihm vorbei. Erst da setzte er sich wieder in Bewegung.

»Der Bikini steht dir großartig!«

Bei seinem Grinsen machte mein Magen einmal mehr einen Salto. Oh, scheiße. Ich war auf dem besten Weg, mich in eine Vollkatastrophe zu manövrieren.

Das Wasser umspülte meine Füße und ich blieb stehen, während Valerie und Elias bereits hüfttief im kühlen Nass waren und sich gegenseitig mit Wasserfontänen bespritzten.

»Was ist?«, fragte Charlie.

Das Meer vor Pinecrest war niemals wirklich warm, aber so früh im Sommer fröstelte man ziemlich, wenn man sich hineinwagte. Nur war ich offensichtlich die Einzige, die es in dieser Intensität spürte.

»Es ist kalt.« Mein Versuch, mich zu erklären, wurde von Charlie nur mit einem Lachen quittiert. Ein schalkhafter Funke blitzte in seinen Augen auf und er machte durch das knöchelhohe Wasser einen Schritt auf mich zu. Ich versuchte auszuweichen, doch Widerstand war zwecklos. Schwungvoll zog er mich zu sich heran und ehe ich mich von so viel plötzlichen Körperkontakt erholen konnte, hatte er die Arme um meine Hüfte geschlungen und warf mich wie einen Kartoffelsack über die Schulter.

»Charlie! Nein!«, schrie ich, doch konnte ich ein überraschtes Lachen nicht unterdrücken. Während ich zappelte, watete er stoisch ins Wasser zu den anderen, die beim Anblick meiner misslichen Lage johlten und grölten.

»Schmeiß mich bloß nicht rein!«

»Was wenn doch?«, fragte er vergnügt und seine Hände rutschten bei diesen Worten etwas meine Oberschenkel hinauf.

»Dann mache ich Schluss.«

»Machst du nicht«, sagte er. »Luft anhalten!« Und als wollte er sich und mir beweisen, dass er recht hatte, ließ er sich ins Wasser fallen und zog mich mit sich. Das kalte Meer verschluckte uns und ich wand mich aus seinem Griff, als meine Füße den Grund ertasteten. Prustend drehte ich mich in seine Richtung und strich mir das nasse Haar aus dem Gesicht. »Ich hasse dich!«

»Tust du nicht«, gab er selbstsicher zurück.

Lauren war inzwischen ebenfalls ins Wasser gekommen und lachte laut auf, als sie mich so sah. Sie klopfte Charlie auf die Schulter.

Kalt war mir jetzt auf jeden Fall nicht mehr.

»Meine Haare«, maulte ich und schnitt eine Grimasse.

»Ich wasche sie dir gern heute Abend.« Er zwinkerte mir zu und die Hitze schoss augenblicklich durch meinen Körper. Ehe ich mich weiter in Verlegenheit brachte, wurde ich von Valerie abgelenkt, die eine ordentliche Ladung Wasser in meine Richtung beförderte. Zwar wurde ich durch Schocktherapie an die Kälte gewöhnt, aber ich stieß dennoch einen protestierenden Laut aus. Valerie warf beim Lachen den Kopf in den Nacken.

Charlie kam wieder näher, legte den Arm um meine Taille und zog mich zu sich heran. Es war nicht notwendig, dass er in diesem Moment Körperkontakt suchte und ich glaubte, das war ihm ebenso bewusst wie mir selbst. Aber ich hinderte ihn nicht daran. Seine Hände waren warm und weich. Der Abend, an dem er sich für mich stark machte, um Oliver loszuwerden, kroch wieder in meinen Kopf. Genauso wie er nicht gezögert hatte, um sich auf diese Lüge einzulassen. In einem Anflug von Dankbarkeit legte ich meinen Kopf an seine Schulter. Ich wünschte, das wäre das Ausmaß meiner Gefühle – es war längst viel mehr als das.

Als sich unsere Blicke trafen, flatterten die Schmetterlinge in meinem Magen, unbeeindruckt davon, wie unpraktisch meine Gefühle ihm gegenüber waren.

»Ihr seid so süß, ich sterbe.« Laurens Stimme übertönte den Wind und die Wellen nur schwer und ich wandte mich nicht von Charlie ab. Er beugte sich zu mir herab und küsste mich sanft auf die Schläfe.

Valerie kreischte in der Ferne, als Lauren sie mit einem Schwall Wasser traf und ich spürte seine Hand immer noch an meiner Hüfte. Der Wind frischte auf, doch meine Gänsehaut rührte nicht daher. Das Wasser um uns herum glitzerte einladend, Charlie lächelte mich an und für einen Moment konnte ich glauben, dass es echt war.

Kapitel 16

Die Abendsonne stand bereits tief über dem Wasser und tauchte alles in rötliches Licht, aber keiner von uns schien den Tag enden lassen zu wollen. Leise Musik spielte aus Valeries Box und untermalte unsere Gespräche. Inzwischen lehnte ich an Charlies Seite. Mit jeder Sekunde, die verstrich, wurde es einfacher. Natürlicher. Irgendwann hatte er den Arm um mich gelegt und seitdem wollte ich mich nie wieder bewegen.

Lauren kuschelte sich in Valeries Arme und Elias hatte die Augen geschlossen. Ich vermutete zunächst, dass er schlief, aber zwischendurch blinzelte er uns immer wieder träge an.

»Danke, dass ihr mich eingeladen habt«, wechselte Charlie das Thema und Lauren sah lächelnd auf.

»Wir freuen uns, dass wir ein wenig Zeit mit dir verbringen dürfen. Jetzt, wo sich Willow nicht mehr für dich schämt.«

Mit einem Schnauben kommentierte ich ihre Aussage, dabei konnte ich eigentlich froh sein, dass sie es mir nicht ernsthaft übel nahmen, dass ich meinen ›Freund‹ so lange vor ihnen versteckt hatte.

»Ich glaube, sie schämt sich immer noch«, erwiderte Charlie vergnügt und quälte mich noch ein wenig mehr, indem er mit den Fingern sanft über meinen nackten Oberarm strich. Es wurde mit jeder Minute frischer, aber noch weigerte ich mich etwas überzuziehen, ich wollte diese beiläufigen Liebkosungen nicht beenden. Seine Berührung hinterließ eine unsichtbare Spur der Hitze.

»Nur noch ein bisschen«, stimmte ich zu, während alle meine Sinne immer noch auf seine Fingerspitzen gerichtet waren, die beiläufige Formen auf meine Haut zeichneten. Für eine Sekunde presste ich die Lider zusammen, aber die Augen zu schließen, ließ mich seine Berührungen nur noch intensiver spüren.

»Ich brauch ein bisschen Bewegung, mein Bein ist eingeschlafen.« Ich sprang auf, aber dann besann ich mich. Um unseres Publikums willen, strich ich Charlie mit der Hand durchs Haar und hätte hier und jetzt schmelzen können. Die dunkelblonden Strähnen zwischen meinen Fingern waren unglaublich weich und am liebsten hätte ich die Hände für immer dort drin vergraben.

Dann löste ich mich und ging zum Wasser, während das Gespräch hinter mir zum nächsten Wochenende wanderte. Meine Bewegungen knirschten durch den Sand unter meinen Sohlen, genauso wie die Schritte der Person, die mir folgte. Doch ich hielt nicht an. Eigentlich war mir nicht danach zu reden. Ich blickte am Strand entlang zum Ende der Bucht, wo das Meer begann. Bald würde es dunkel werden und die Nacht erschien hier immer endlos. Früher hatte mir das Angst gemacht, jetzt genoss ich die tiefschwarze Dunkelheit, die uns die Chance gab, Sterne zu sehen.

»Du bist heute ziemlich nachdenklich.« Charlie schloss zu mir auf und obwohl ich es zu verhindern versuchte, legte sich augenblicklich ein Lächeln auf meine Lippen. »Den anderen den ganzen Tag etwas vorzuspielen, ist ganz schön anstrengend.«

»Danke, dass du mich ständig in deiner Nähe tolerierst und mir noch nicht den Hals umgedreht hast.« Charlie lachte verlegen auf und fuhr sich durchs Haar. Sofort erinnerte ich mich selbst an das Gefühl und wollte die Finger ausstrecken. »Bist du deshalb so still? Wegen der Lüge?« Er hatte den Blick auf den Boden gerichtet, also konnte ich ihn in Ruhe mustern. Er ahnte nicht, wie sehr ich seine Nähe genoss. Er ahnte nicht, wie glücklich mich jedes Lächeln seinerseits machte.

»Ich hab dich gern in meiner Nähe, Charlie.«

Sein Blick glitt zu mir und das Lächeln auf seinen Lippen wirkte zaghaft, als würde er meinen Worten nicht trauen. »Trotz allem?«

Und gerade deshalb.

Ich nickte langsam und streckte die Hand nach ihm aus. Er ergriff sie sofort. Niemand beobachtete uns, aber es schien, als bräuchten wir beide etwas zum Festhalten.

»Willst du mir erzählen, was gestern los war?«, bot er mit leiser Stimme an.

»Holly möchte die *Sweet Tooth Bakery* verkaufen.«

Er blickte mich an, die Augen geweitet und ich hatte allein bei der Erinnerung an gestern einmal mehr mit den Tränen zu kämpfen. »Als du reinkamst, hatte sie es mir gerade erzählt. Irgendwie ist alles gerade ziemlich scheiße.« Auch die Situation mit ihm, obwohl ich das gut ignorieren konnte, wenn er mich so berührte, wie er es jetzt tat. Jetzt, da die Sorgen ausgesprochen waren, fühlte sich mein Brustkorb leichter an.

»Ich kann sie nicht kaufen. Und ich weiß nicht, welche Veränderungen auf mich zukommen werden.«

Seine Schritte wurden langsamer und wir hielten inne. Er legte seine freie Hand in meinen Nacken. An der Geste war nichts Romantisches. Sie war eher tröstend und ich erlaubte mir, die Augen zu schließen.

»Nicht jede Veränderung ist schlecht«, sagte er, so leise, dass ich ihn über die Wellen hinweg kaum hören konnte.

»Das sagt sich so leicht. Aber ich hasse Veränderungen.« Vielleicht war das der eigentliche Grund, warum ich Pinecrest nie den Rücken gekehrt hatte. »Ich hab Angst«, gestand ich flüsternd und öffnete blinzelnd die Augen, um ihn anzusehen.

Sofort zog sich mein Magen wieder zusammen. Charlie war mir so nah und mein Körper hoffte wieder einmal auf einen Kuss. Er schien nicht zu lernen, dass er hier auf verlorenem Posten kämpfte. »Wie albern, vor so etwas Angst zu haben«, flüsterte ich mit einem Seufzen und Charlie zog die Hand wieder aus meinem Nacken, strich sich selbst damit über seinen Bart und runzelte die Stirn.

»Ich hatte Angst zurückzukommen«, gab Charlie unvermittelt zu. Langsam liefen wir an der Brandung den Strand hinab und ließen meine Freunde noch weiter hinter uns. »Ich hatte alle Brücken hierher abgebrochen und ich dachte, das würde der einsamste Sommer meines Lebens werden. Und ich habe schon einmal einen ganzen Sommer allein mit Mum und Aiden auf einer einsamen Berghütte verbracht!«

Sein Vergleich ließ mich den Kopf schütteln. »Also dachtest du dir, du hängst dich an meinen Rockzipfel?«

»Ganz genau.« Er grinste frech und strich sich das Haar, von dem Salzwasser ein wenig wellig, aus der Stirn. »Die

Umstände sind komisch, aber ich bin froh, dass wir so viel Zeit miteinander verbringen. Und ich finde es schön, dass mir deine Freunde so offen begegnen.«

»Erzähl mir von London«, wechselte ich schnell das Thema, denn mein Herz hatte sich wieder überschlagen. Er blinzelte mich überrascht an, doch dann erzählte er mir mit sanfter Stimme von seinen Unifreunden und seinem Stammcafé, in dem er für all seine Prüfungen gebüffelt hatte. Er grinste bei den Anekdoten, die er erzählte, runzelte immer wieder in Gedanken vertieft die Stirn. Seine Erzählungen waren meistens nicht stringent, aber ich genoss es dennoch, ihm zuzuhören. Wie er von seinem Umfeld sprach, machte deutlich, wie wohl er sich in London fühlte. Dann seufzte er. »Ich weiß nicht, ob ich nach London gegangen wäre, wenn alles ein bisschen anders gelaufen wäre«, sagte er nachdenklich und unsere Finger streiften sich.

»Mein Vater hat die Scheidung nicht gut weggesteckt.«

Ich strich mit dem Daumen über seinen Handrücken und einen Herzschlag lang, schien er den Atem anzuhalten. Dann sprach er weiter. »Er war so einsam und es kam mir richtig vor, bei ihm zu bleiben. Mum hatte Pinecrest, den Laden, die West View Lane und mein Vater hatte nichts. Und als alles mit Layla den Bach runterging, da hatte ich keinen wirklichen Grund zurückzukommen.«

Einige Meter lang war da nur das Rauschen des Wassers und unser Atem, dann räusperte er sich und ließ meine Hand los. Ich blieb stehen und sah ihn an. Charlie hatte rote Flecken auf dem Gesicht und dem Hals und wich meinem Blick aus. Mehr noch, er zupfte verlegen an seinem Oberteil, als müsste er sich richten. Eine Welle wagte sich weiter als die anderen vor und der Sand unter meinen Zehen wurde feucht. Über uns erstreckte sich der endlose Sternenhimmel, der funkelte und strahlte wie die mit Diamanten besetzten Kleider, die Stars bei den Verleihungen im Fernseher trugen und für mich stets wie eine unbegreifliche, andere Welt wirkten. Vereinzelte Wolken schoben sich über das Firmament, verdeckten Sternenbilder, nur um sie beim nächsten Herzschlag wieder freizugeben. Der Wind frischte auf, und als Charlie seine Stimme wiederfand, hallte sie so laut wie ein Kanonenschuss in meinen Ohren. »Layla hat mich damals betrogen. Mit David. Dann haben wir uns getrennt und ich war irgendwie erleichtert.« Er sah an mir vorbei zu den flackernden Lichtern der Kleinstadt, dann seufzte er schwer. Er schien nach Worten zu suchen, aber sie nicht zu finden. Ich vermisste sein schelmisches Grinsen schon nach wenigen Sekunden.

»Du warst erleichtert?«, fragte ich entsetzt und entlockte ihm einen kurzen, aber amüsierten Ton. Meinem Blick wich er dennoch weiterhin aus.

»Zwischen ihr und mir lief es schon länger nicht gut. Aber wir waren so lange zusammen und als es dann vorbei war, fühlte es sich an, als wäre es Zeit gewesen.« Nun flackerte doch wieder ein Lächeln über sein Gesicht. »Aber dann hatte sie finanzielle Probleme und ich bin zum ersten Mal nicht zu ihrer Rettung geeilt. Das hat sie mir nie verziehen. Auf einmal wollten alle von ihr wissen, warum wir uns getrennt haben und warum sie den Laden aufgeben musste. Da war es für sie wohl einfacher, mich als Sündenbock hinzustellen, als zuzugeben, dass sie selbst schuld ist.« Die Erinnerungen quälten ihn, es stand ihm ins Gesicht geschrieben.

Ich nahm wieder seine Hand. »Das tut mir leid, das klingt echt beschissen.« Wenn ich könnte, würde ich ihm den Schmerz gerne abnehmen.

»Erst hab ich gedacht, es ist okay. Ich war doch eh kaum hier. Ich habe Pinecrest immer geliebt, aber es fühlt sich nicht mehr nach Zuhause an. Es tut weh, dass die Menschen, die mich mein ganzes Leben lang kennen, ihr glauben.« Er sah zu mir herab, betrachtete unsere verschränkten Finger. »Obwohl es jetzt gerade echt ganz schön hier ist.«

Ich versuchte wirklich, mir nichts darauf einzubilden, aber es dauerte nur Sekunden, ehe ich errötete.

Sein Blick glitt in die Richtung von Pinecrest, das unberührt in der Abendsonne am Ende der Bucht lag. Steinhäuser, bunte Fassaden, Segelschiffe, die im Wind wogten und Fischerboote, auf denen Schemen die letzten Handgriffe taten. All das fühlte sich nach Heimat an, zauberte mir ein Lächeln auf die Lippen, aber ich versuchte es dieses Mal aus seinen Augen zu sehen. Und dann sah ich nicht die Schönheit, ich lauschte nicht dem Wind und den Möwen und ich roch nicht den Duft von Meer und Sommerregen.

Dann sah ich einen Ort, der sich fremd anfühlte.

»Das kann ich nachvollziehen.« Ich bemerkte seinen Blick. »Versteh mich nicht falsch, ich lebe gern hier. Aber manchmal hätte ich gern mehr Privatsphäre.«

»Hmmh«, machte Charlie und zog mich weiter den Strand hinab. Inzwischen hörte man nur noch manchmal die Stimmen der anderen, die durch den Wind zu uns herangetragen wurden. »Ich kenne niemanden, über den in Pinecrest so gut geredet wird wie über dich.«

»Du lügst«, wehrte ich ab.

Charlie grinste verschmitzt und zuckte mit den Achseln. »Ein bisschen. Aber du bist auf jeden Fall unter den Top zehn der Lieblinge.«

»Wundert dich das?«, fragte ich aufmüpfig, um zu verbergen, wie sehr mich seine Einschätzung freute.

»Absolut nicht. Bei mir stehst du bei den Top zehn auf jeden Fall ganz oben.«

»Wenigstens bemerkst du das jetzt. Besser spät als nie!« Ich lachte und stieß ihn mit den Schultern an, aber dieses Mal wirkte er seltsam ernst.

»Das wusste ich schon immer, Willow. Du warst schon früher unfassbar liebenswert.«

»Ich werde noch rot.« Gelogen. Ich war bereits feuerrot. »Ich finde mich eigentlich sehr unscheinbar«, sagte ich abwehrend. Seine Komplimente stiegen mir bereits zu Kopf.

»Du bist so unsicher«, wisperte er und ich entzog ihm meine Hand, um mir das Haar aus dem Gesicht zu streichen.

»Manchmal habe ich das Gefühl, ich würde Chancen verstreichen lassen, weil ich hier glücklich bin«, gab ich zu. »Als müsste ich etwas erleben, damit mein Leben einen Wert hat. So wie du in London.«

»Nur, weil London für mich die richtige Wahl war, heißt es nicht, dass es für jeden das Richtige ist. Und wie du schon sagtest. Du bist glücklich. Das ist das größte Ziel von allen. Du solltest deine Ziele und deinen Weg nicht kleinreden, nur weil du einen Teil schon erreicht hast.«

Ich zuckte wieder mit den Achseln. »Es fühlt sich so unbedeutend an.«

»Du bist vieles, aber ganz sicher nicht unbedeutend, Willow«, widersprach Charlie und traf mich damit direkt ins Herz. Ich hob den Blick und sah ihn an. Wir liefen so nah nebeneinander, ich konnte selbst im Mondlicht seine Augen gut erkennen. Wie Bernstein und sie lagen auf mir. Auf mir ganz allein, ohne irgendeine Ablenkung.

»Vielleicht müssen wir uns davon lösen, was wir Schlechtes von uns selbst denken und ein bisschen freundlicher zu uns sein«, schlug ich vor und erntete ein Lachen.

Die Dunkelheit hatte sich schützend um uns gelegt und dieser Kokon ließ auch die Unsicherheiten schrumpfen, die wie Schatten an uns klebten.

»Es tut mir leid, dass Pinecrest es dir so schwer macht«, sagte ich leise. Charlies Lächeln wirkte in der Nacht entrückt, aber er wandte den Blick nicht ab und das schenkte mir den Mut, weiterzusprechen. »Du bist mir wirklich wichtig und ich wünschte, ich könnte die Situation für dich leichter machen.«

Wir berührten uns nun nicht mehr, aber auch ohne den Körperkontakt fühlte ich mich ihm sehr nah.

»Ich glaube, du hilfst mir mehr als du denkst.« In seiner Stimme schwang etwas mit, das ich nicht zuordnen konnte. Für zwei Schritte betrachtete ich ihn, aber ich konnte den Ausdruck auf seinen Zügen nicht lesen. Immer wenn ich glaubte, dass Charlie Burton ein offenes Buch für mich war, wurde ich eines Besseren belehrt.

Dieser Moment war nicht perfekt. In einem perfekten Moment hätte er mir gesagt, dass er Gefühle für mich hatte. Oder ich wäre mutig gewesen und hätte es selbstständig angesprochen. Es fehlten viele Dinge, um es perfekt zu machen, aber um nichts auf der Welt hätte ich dieses Gespräch eintauschen wollen.

Es musste nicht perfekt sein, um Wert zu haben. Ich wusste nicht, worauf wir zusteuerten, aber ich konnte mir nicht vorstellen, jetzt noch den Kurs zu ändern. Vielleicht manövrierten wir uns in die falsche Richtung, aber auf Umwegen konnte man auch ein neues Ziel entdecken. Und mir gefiel das, was sich am Horizont abzeichnete.

Kapitel 17

Wäre da nicht das Lachen meiner Freunde gewesen, hätte ich mir fast einbilden können, dass wir allein am Strand waren. Stumm hatten wir uns dafür entschieden, die Zweisamkeit zu beenden. Auch wenn ich noch ewig mit ihm über den Strand hätte wandern können, sehnte ich mich nach meinem Bett.

»Da seid ihr ja!« Laurens Augen wirkten genauso müde, wie ich mich fühlte. Sie wurde von dem Schein einer kleinen Lampe beschienen, die zwischen ihnen auf den Handtüchern lag und Insekten anlockte. Valerie gähnte und packte alles in ihren kleinen roten Rucksack, dessen Farbe von der Nacht fast gänzlich verschluckt wurde. Elias müde Gesichtszüge wurde von dem Schein seines Handydisplays beleuchtet, während er ausgiebig gähnte.

»Lasst uns gehen. Ich bin hundemüde«, erklärte Valerie, die meinen Gesichtsausdruck richtig deutete und hob die Hände in die Luft. Lauren und Charlie halfen ihr beim Aufstehen.

Am Ende des Sandstrandes verabschiedeten wir uns von Lauren und Valerie, während Elias uns noch weiter begleitete.

»Geht ihr zu dir?«, fragte Elias und ich nickte, bis mir der Sinn seine Worte klar wurden. Er ging davon aus, dass Charlie und ich die Nacht gemeinsam verbringen würden. Natürlich. Aber ich hatte so weit nicht gedacht.

»Ja. Mein altes Kinderzimmer ist nicht gerade der beste Schlafplatz«, mischte Charlie sich ein. Wie unfassbar schnell er immer wieder in seine Rolle zurückfand. Wenn der Mediziner-Job sich am Ende als unpassend herausstellen würde, dann könnte er mit einem Augenaufschlag als Schauspieler anfangen. Aiden könnte sicher noch was von ihm lernen.

Elias grinste uns an. Ob ich mein Schauspiel wohl nur halb so überzeugend vorbrachte?

Elias und Charlie redeten darüber, wie furchtbar es war, noch einmal zurück ins Kinderzimmer zu ziehen, wenn man bereits seinen eigenen Haushalt geführt hatte, doch statt mich direkt am Gespräch zu beteiligen, lauschte ich ihren Stimmen lieber. Charlie verschränkte unsere Finger wieder miteinander und während wir durch die Straßen von Pinecrest liefen, die Dunkelheit nur teilweise von den Straßenlaternen unterbrochen, konzentrierte ich mich auf die kleinen Kreise, die er mit dem Daumen auf meinem Handrücken malte. Mein Herz klopfte immer schneller und ich versuchte verzweifelt das glückliche Grinsen von meinem Gesicht zu vertreiben, doch als ich aufsah und bemerkte, dass er mich anblickte, obwohl er in ein Gespräch mit Elias vertieft war, hatte ich den Kampf gegen das Lächeln verloren.

»Lauren hat mir erzählt, dass du und Val am Küsten-Marathon teilnehmen wollt?«, fragte Elias an mich gewandt. Ich brauchte eine Sekunde, um mich von Charlies Anblick und meinen sehnsüchtigen Gedanken loszureißen und räusperte mich.

»Ja, stimmt.« Ich streckte mich. Mein Rücken schmerzte von dem Tag am Strand und ich spürte den Sand an jeder Körperstelle.

»Ich hab auch überlegt mitzumachen.«

Elias lief ebenfalls, aber eher halbherzig. Die meiste Zeit versetzte er uns nach einer Woche und tauchte monatelang nicht mehr zu den gemeinsamen Laufrunden auf.

»Klar, ich schreib dir die Termine, an denen wir trainieren«, versprach ich und öffnete das Gartentor, hinter dem die Sonnenblumen auf meine Rückkehr warteten. »Schlaf gut, Elias!«

»Gute Nacht!«

»Bis dann.« Charlie grinste ihn an und folgte mir bis zur Haustür. Ich öffnete und trat ein, Charlie ebenfalls, ohne auch nur eine Sekunde zu zögern. Die Tür schlug hinter uns zu und wir fanden uns in der Sardinenbüchse von Flur wieder. Wir blinzelten uns an, zählten innerlich die Sekunden, die Elias brauchte, um meine Straße hinter sich zu lassen.

»Willst du noch mit hochkommen?«, fragte ich, ohne ihn anzusehen. Es fühlte sich an wie eine Bombe fallen zu lassen.

Charlie zögerte – und nickte.

Überrascht starrte ich ihn an und in diesem Moment löschte die Zeitschaltuhr das Flurlicht.

»Mist«, fluchte ich leise, um Zelda und Petroc nicht zu wecken und tastete nach dem Schalter. Nur um Charlies Hand zu finden.

Die Dunkelheit schien alles intensiver zu machen. Seine weiche Haut auf meiner und sein heißer, flacher Atem. Wieder breitete sich ein Kribbeln in mir aus, aber nicht eines der unschuldigen Natur.

»Charlie?« Meine Stimme klang kratzig und ich ließ meine Fingerüber seinen Arm, bis zu seinem Bizeps wandern.

»Willow?«

Ich würde alles geben, um diese heisere Stimme jeden Tag hören zu dürfen. Meine zweite Hand fand seinen anderen Oberarm.

»Weißt du, wo der Lichtschalter ist?«, fragte ich und er gluckste leise. Ich war selbst nicht auf der Suche nach dem Licht, diese Situation war zu verführerisch. Kaum hatte ich den Gedanken zu Ende gedacht, flammte die Glühbirne über uns wieder auf.

»Lass uns hochgehen. Ich brauche ein Wasser«, sagte Charlie leise und warf mir einen bedeutungsschweren Blick zu, der das Kribbeln nur zu einem neuen Höhepunkt trieb.

Er ging vor und verlangte oben wieder nach meinem Schlüssel. Hielt mir die Tür auf, aber machte kein Licht. Der Mond und die Straßenlaterne vor dem Fenster beleuchteten meine Wohnung schwach, aber es reichte, damit mir ganz heiß wurde, als sein Blick mich traf.

»Wasser?«, fragte ich und ging mit schwachen Beinen an ihm vorbei zur Küche. In der Luft lag der Duft von frisch gewaschener Wäsche und natürlich Vanille, dem ich nicht mehr entfliehen konnte. Er nahm mir die Gläser ab und stellte sie zur Seite. Einmal mehr fiel mir auf, was für schöne Hände er hatte. Statt uns jedoch Wasser einzuschenken, drehte er sich zu mir. Seine Fingerspitzen strichen über meine Wangen, hinterließen eine prickelnde, brennende Spur und zogen mich dann sanft an sich. Ganz von selbst streckte ich mich ihm entgegen und im Schein des Mondes wurde mein stummes Flehen endlich erhört. Ich schmeckte das salzige Meerwasser auf seinen Lippen, aber das war es nicht, was meinen Körper zum Erbeben brachte. Es war die nicht vorhandene Notwendigkeit für diesen Kuss. Wir waren allein. Dieser Kuss war echt. Er war für mich und für ihn, für keine anderen Augen bestimmt. Und allein deshalb war es der beste Kuss der Welt.

Ich seufzte an seine Lippen und augenblicklich festigte sich sein Griff. Sein rechter Arm schlang sich um meine Taille und presste mich dicht an ihn. Ich legte die Arme um seinen Hals, fuhr mit den Fingern in sein weiches Haar und hielt ihn fest. Der Kuss wurde verlangender, drängender. Dieses Mal war er es, der seufzte und mir einen heißen Schauder über den ganzen Körper jagte. Ich kratzte vorsichtig über seine Kopfhaut, während Charlie den Mund leicht öffnete.

Tage- und nächtelang hatte ich von diesem Kuss geträumt und jetzt war er endlich gekommen und war so viel besser, als ich ihn mir jemals ausgemalt hatte.

Er drängte mich zurück, bis ich an die Anrichte stieß. Mein Herz explodierte in meinem Brustkorb, während ich mich an ihm festhielt, damit mir dieser Moment nicht entwischte.

Mit einem Ruck hob Charlie mich auf die Küchenzeile und die Gläser wurden klirrend aneinandergeschoben. Es kümmerte mich nicht. Sollten sie zu Boden fallen und zerspringen. In diesem Moment hatte nichts Platz in meinem Kopf, als dieser Kuss, der so verheißungsvoll nach mehr schmeckte. Ich hatte meine Schwärmerei für nicht mehr als das gehalten und mit einem Mal, mitten in meiner Küche, schien jeder meiner Tagträume in Erfüllung zu gehen. Charlie wollte das hier genauso wie ich. Ein Kichern perlte von meinen Lippen, wurde aber von seinen wieder erstickt, auch wenn ich sein Grinsen an meinem spürte.

Seine Fingerkuppen strichen über meine erhitzte Wange, über meinen Hals bis hin zu dem Kragen des T-Shirts, das ich mir am Strand übergeworfen hatte.

Meine rechte Hand glitt aus seinen Haaren, hin zu seinem Oberkörper. Sein Herzschlag unter meiner Handfläche raste und ich lächelte sanft in den Kuss. Es war schön, den Beweis zu spüren, dass ich ihm genauso unter die Haut ging wie er mir.

»Was ist?«, flüsterte er und unterbrach damit seinen Kuss, aber er löste sich noch nicht gänzlich von mir. Seine Stirn blieb an meiner und seine Hände strichen sanft über meine Schultern.

»Nichts«, wisperte ich, weil ich meine Gefühle nicht in Worte fassen konnte. Ich öffnete blinzelnd die Augen, nur um zu sehen, dass er seine immer noch geschlossen hielt. Wir hatten jede Grenze überschritten, die wir uns stumm gesetzt hatten, aber noch wollte ich nicht darüber nachdenken. Also schloss ich wieder die Augen, streckte mich ihm entgegen und küsste ihn erneut. Seine Hände kamen an meinen Hüften zum Liegen, und er zog mich bis zur Kante der Arbeitsplatte vor. Mein Körper reagierte auf seine Nähe mit einer Gänsehaut, aber eine der guten Sorte. Obwohl ich die Aufregung in meinem Brustkorb spürte, überwog die Vorfreude auf den nächsten Kuss, auf die nächste Berührung.

»Ich sollte nach Hause gehen«, flüsterte er zwischen zwei Küssen und ich schüttelte heftig den Kopf. *Nein, noch nicht. Bleib.*

Charlie lachte leise und strich mir durchs Haar, dann machte er einen Schritt zurück und sofort fröstelte ich. Ich verschränkte die Arme vor der Brust, doch er war selbst noch nicht bereit, den Körperkontakt völlig aufzugeben. Seine Hände lagen auf meinen Oberschenkeln, während er mich musterte. Wie gern ich wüsste, was ihm nun durch seinen Kopf ging.

Dann löste er sich von mir und machte zwei weitere Schritte zurück, ohne den Blick von mir abzuwenden. Ich wollte ihn wieder an mich ziehen, ihn nicht gehen lassen, aber entweder konnte Charlie diesen Wunsch in meinen Augen nicht lesen oder er ignorierte ihn.

Ich rutschte von der Arbeitsplatte und folgte ihm durch meine Wohnung zurück zur Tür. Er hatte sie bereits geöffnet und stand auf der Schwelle, ehe er sich ein weiteres Mal zu mir umdrehte.

»Schlaf gut, Willow«, flüsterte er. Da war keine Verlegenheit, kein betretenes Schweigen und all das ließ die Hoffnung in mir aufflammen.

»Gute Nacht«, flüsterte ich mit belegter Stimme zurück, dabei gab es niemanden, der unser Gespräch belauschte.

Rückwärts trat Charlie durch die Tür und ich folgte ihm bis zur Schwelle, die uns jetzt trennte.

Er fuhr sich durchs Haar und einige Strähnen standen jetzt wild von seinem Kopf ab. Zaghaft streckte ich die Hand aus, um sie zu glätten, aber er fing sie mit seiner eigenen ab und zog mich über die Schwelle in seine Arme. Der Kuss war so sanft und federleicht, dass ich mir die Berührung auch hätte einbilden können, wären nicht alle meine Sinne auf ihn ausgerichtet gewesen.

»Wann gehst du morgen arbeiten?«, fragte er und sein Blick wanderte über mein Gesicht, als suche er darin etwas.

»Ich gehe hier um zehn vor sieben los.«

»Ich hol dich ab«, versprach er. Mein Herz machte einen Satz und ich konnte das Lächeln nicht aufhalten.

»Ach, tust du das? Solltest du das nicht lieber als Frage formulieren?«, fragte ich ihn neckend und strich über die kratzigen Bartstoppeln in seinem Gesicht. Ich wusste nicht, woher ich den Mut nahm, aber an seiner Seite fiel es mir leicht. Unter meinen Berührungen schlich sich ein amüsiertes Lächeln auf seine vollen Lippen.

»Ich lasse dir aber kein Nein durchgehen.«

»Ich dachte, nein heißt nein.«

»Würdest du denn Nein sagen?«, fragte er mit einem selbstsicheren Grinsen.

»Du bist eingebildeter als gut für dich ist.«

Er wirkte davon unbeeindruckt. »Wir sehen uns also morgen um zehn vor sieben?«

Ich stieß ein Seufzen aus. »Ich freue mich auf morgen«, sagte ich und sofort breitete sich wieder dieses wunderschöne Lächeln auf seinem Gesicht aus. Ein letztes Mal beugte er sich zu mir herunter und küsste mich, ehe er sich sichtlich mühsam losriss und die Treppe hinabstieg. Ich blieb mit wild klopfendem Herzen stehen, bis die Haustür unten zufiel.

Valerie hatte früher einmal gesagt, dass sie manche Momente gerne einfrieren würde. Damals hatte ich gelacht und an eine Tiefkühltruhe gedacht, in der kleine Eisblöcke mit all diesen Momenten lagen. Aber jetzt verstand ich es. Ich wollte mein Herzklopfen sichern. Ich wollte das Gefühl seiner Lippen nicht vergessen. Ich wollte mich für immer dran erinnern, wie er mich im Arm gehalten hatte und wie er mich zwischen den Küssen anlächelte.

*

Es war nur ein Arbeitsweg. Aber irgendwie auch mehr. Vor Aufregung konnte ich kaum schlafen und das Frühstück ließ ich ausfallen, um mich mit ungeschickten Fingern zu schminken. Was absolut keinen Sinn ergab, weil Charlie mich ständig ohne Make-up sah. Als ich am Fuße der Treppe ankam, tauchte dort Zelda auf. Mit gerunzelter Stirn und Händen in die Hüften gestemmt, musterte sie mich. »Hattest du gestern Abend Herrenbesuch, Willow?«

»Dir auch einen schönen Morgen«, gab ich verschnupft zurück, aber das kümmerte meine Vermieterin nicht im Geringsten.

»Ich dachte, ich hätte Charlies Stimme gehört.«

»Du lauschst also«, übersetzte ich ihren Satz und Zelda besaß tatsächlich die Dreistigkeit beleidigt auszusehen.

»Ihr wart laut«, gab sie hoheitsvoll zurück und wir wussten beide, dass sie log. Ich war oft lauter als beabsichtigt, wenn ich mitten in der Nacht die Treppe hoch fiel, aber gestern hatten wir uns alle Mühe gegeben, nicht zu stören.

»Nun, er holt mich gleich ab, damit wir gemeinsam zur Arbeit gehen können«, gab ich zurück, ohne auf ihren vielsagenden Blick einzugehen.

»Grüß ihn von mir«, krähte Zelda hinter mir her, als ich aus der Tür schlüpfte und ich konnte ein Grinsen nicht unterdrücken.

»Guten Morgen.« Charlie stand am Gartentor, strahlte über das ganze Gesicht wie ein Honigkuchenpferd und ich hatte Mühe, nicht zu rennen.

Mit klopfendem Herzen und glühenden Wangen kam ich ihm entgegen. »Hey!«

Schwungvoll öffnete er das schmale Tor für mich, verbeugte sich theatralisch vor mir und bot mir seinen Arm an, was mir ein verlegenes Kichern entlockte.

»Sind wir hier bei Bridgerton?«, fragte ich ihn grinsend.

»Ich habe leider keine Kutsche für etwas Privatsphäre«, gab er mit einem verschmitzten Grinsen zurück.

Da ich seinen angebotenen Arm nicht ergriff, reichte er mir die Hand und drückte sanft zu, als ich sie nahm. Ich genoss die Berührung und doch konnte ich nicht verhindern, mich wieder zu fragen, was hiervon echt oder Scharade für ihn war. Mein Herz gehörte längst ihm.

»Ich hab nachgedacht«, fing ich an und Charlie richtete erwartungsvoll seinen Blick auf mich, doch bevor ich weitersprechen konnte, trafen wir auf Gladys, die gerade aus ihrer Haustür trat.

Sie begrüßte uns mit einem verkniffenen Lächeln. »Wie geht es deiner Mutter, Charlie?«

»Schon sehr viel besser«, antwortete er höflich.

Gladys lächelte nun etwas entspannter. »Dann ist deine Zeit in Pinecrest also bald vorbei?«

»Mal sehen«, erwiderte er mit einem strahlenden Lächeln, als wäre er immun gegen ihre subtile Abneigung.

Mit einem unverständlichen Murren stapfte Gladys los und uns voraus gen West View Lane. Charlie warf mir einen amüsierten Blick zu und zuckte die Schultern, bevor wir ihr mit etwas Abstand folgten. Als wir das Reisebüro passierten, grüßten wir Gwenna, die mal wieder mit dem Schloss kämpfte. In wenigen Metern würden wir *Daisy Dreams* und die *Sweet Tooth Bakery* erreichen.

»Jetzt haben wir gar nicht darüber gesprochen«, murmelte ich. Mein Kopf drehte sich wie ein Karussell – genauso wie wir auch jedwede Reihenfolge des Datings durcheinanderwirbelten.

Charlie blickte zu der Tür des Blumenladens, der hinter den Scheiben noch dunkel da lag und dann die Straße hinab. Die Läden um uns herum wurden aufgeschlossen und die morgendlichen Begrüßungen begannen die Stille der Straße aufzulösen. Es roch nach Sommer – nach diesem Moment, bevor ein warmer Regen über einen niederging und man in der Luft spüren konnte, dass es ein guter Tag werden würde.

Charlie küsste mich auf die Stirn, legte die Hand an meine Wange, während ich immer noch nach den richtigen Worten suchte. »Vielleicht müssen wir auch gar nicht darüber reden, Willow.« Als wollte er seine Worte unterstreichen, beugte er sich vor und küsste mich sanft.

Für den Moment glaubte ich ihm. Für diesen einen Augenblick hielten wir an der Hoffnung fest, dass es manchmal auch leicht sein durfte.

Kapitel 18

Die kleine, goldene Türglocke der *Sweet Tooth Bakery* klingelte und ich sah auf. Fast war ich etwas enttäuscht, Lauren dieses Mal in der Tür zu entdecken, dabei war Charlie erst vor einer halben Stunde verschwunden. Schuld der rosaroten Brille.

»Ich brauche etwas zu essen.« Sie seufzte, richtete ihr schwarzes Haar und grinste mich schief an. »Nichts für ungut, aber Charlie macht mich fertig.«

Ich zuckte mit den Schultern und grinste ebenfalls. »Geht mir oft ähnlich. Was hat er angestellt?«

»Was hat er nicht angestellt?« Sie lächelte Holly an, die soeben aus der Backstube in den Verkaufsraum trat. Ich reichte Lauren währenddessen ein belegtes Sandwich. »Die letzten Tage hat er mich einfach machen lassen und heute ist er plötzlich so unfassbar übermotiviert, dass er alles umstellen will und neue Abläufe einführen möchte. Heute wollte er sogar, dass ich ihm beibringe, Sträuße zu binden«, beschwerte Lauren sich.

Sie riss mir das Sandwich aus der Hand und biss davon ab. Ich hatte noch nie jemanden empört kauen gesehen, aber bei diesem Anblick konnte ich froh sein, dass sie meine Finger drangelassen hatte. »Vielleicht solltest du ihn nachts einfach mehr beschäftigen, damit er nicht so ekelhaft ausgeschlafen ist«, schlug Lauren düster und mit vollem Mund vor.

Meine Wangen glühten und ich riss den Kopf herum, nur um zu sehen, wie meine Chefin, die süße, ältere Dame, die ich wie meine Tante liebte, schäbig grinste.

»Ihr seid echt unfassbar«, beschwerte ich mich verlegen und versuchte, meine Gedanken bloß nicht in diese Richtung abdriften zu lassen. Stattdessen sah ich durchs Schaufenster hinüber zum Blumenmeer vor *Daisy Dreams*. Dieser Anblick war inzwischen gleichbedeutend mit dem Gedanken an Charlie geworden.

»Ich wäre mir nicht so sicher, ob er unausgeschlafen ein besserer Chef ist«, gab ich zu bedenken und sah zu Lauren, die lieber weiterkaute, statt zu antworten. »Aber ich werde sehen, was ich tun kann.«

Dieses Mal war es Holly, die einen verblüfften Ton ausstieß, während Lauren in Gelächter ausbrach. »Mädchen! Ich höre euch zu!«

Ich war selbst überrascht von meinem lockeren Ton. »Jetzt tu nicht so unschuldig. Wir bekommen alle mit, dass du mit dem alten Williams vom Buchladen flirtest.«

Statt es abzustreiten, stemmte Holly die Hände in die Hüften. »Nenn ihn nicht alt. Dann wäre ich auch alt.«

Lauren grinste noch etwas breiter und ich konnte jetzt schon den Schalk in ihren Augen erkennen. »Bist du ja auch. Du hast dich nur gut gehalten.«

»Na, also jetzt hört mal zu!«, fing Holly an, aber noch bevor sie mit ihrer Schelte anfangen konnte, riss ich abwehrend die Arme hoch. »Ich hab nichts gemacht!« Aber ich konnte mir ein Lächeln nicht verkneifen. Wir wussten beide genau, dass sie Lauren, Valerie und mich liebte. Sie drückte es nur nicht über Worte, sondern mit Essen aus.

»Ich weiß auch gar nicht, warum du dich beschwerst. Charlie taucht ständig in *meinem* Laden auf, um Willow anzuhimmeln und steht mir im Weg rum«, meckerte Holly, jedoch ohne richtigen Biss in der Stimme.

»Ich habe auch gehofft, dass der Kitsch bald abnimmt, aber eigentlich wird es mit jedem Tag schlimmer«, stimmte Lauren mit einer Grimasse zu und ihre Worte wurden von dem erneuten Bimmeln der Glocke untermalt, als Alvin in den Laden trat.

»Ich bin sehr glücklich«, gab ich mit leiser Stimme zu und das Lächeln von Holly und Lauren wurde sanfter. »Ihr seid so ekelhaft verliebt.«, seufzte Lauren.

Alvin hinter ihr richtete sich auf. Er war relativ klein und schmal und scheiterte kläglich beim Versuch imposanter zu wirken. »Geht es immer noch um diesen Burton-Jungen? Der ist nicht gut genug für dich, Willow. Du kennst doch die Geschichten.«

Lauren rollte mit den Augen und ich stieß ein Stöhnen aus. Alvin meinte seine Sorge sicherlich gut, aber langsam konnte ich es nicht mehr hören.

»Alvin«, mischte sich Holly nun mit drohender Stimme ein, aber sie kam gar nicht dazu, dem alten Mann den Kopf zu waschen.

Harry kam in den Laden und sah verwundert von einem zum anderen. »Wieso stehst du denn hier rum? Du wolltest Kaffee holen.«

»Sie haben gerade über Charlie geredet«, informierte Alvin Harry hoheitsvoll, der genauso eine Grimasse wie wir anderen zog.

»Tut mir leid, Ladys. Ich sollte besser auf ihn aufpassen«, entschuldigte Harry sich in aller Höflichkeit bei uns und packte Alvin von hinten am Kragen. »Musst du dich immer einmischen?«

»Lass mich los, du bist nicht meine Mutter!«, krähte Alvin und die zwei älteren Herren knufften sich für einen Moment gegenseitig in die Seiten.

»Sei froh, dass deine Mutter nicht mehr hier ist, die würde dir die Ohren lang ziehen, weil du dich so in anderer Leute Sachen einmischt«, meckerte Harry und schob wie ein alter Seebär ein paar Flüche hinterher.

»Ich pass nur auf Willow auf!«

»Du bist eine Klatschtante. Das sagt deine Frau auch! Die übrigens draußen wartet«, meckerte Harry lautstark.

Alvin setzte gerade zu einer vermutlich genauso lärmenden Erwiderung an, doch nun mischte sich Holly ein. »Raus aus meinem Laden, sonst habt ihr Hausverbot!«

Unter Hollys strengem Blick schienen die beiden Männer zu schrumpfen und mit gemurmelten Entschuldigungen schlüpften sie nach draußen, wo Frankie ihren Mann bereits erwartete. Und sie sah nicht glücklich aus.

»Ich muss auch wieder los, bevor mein Boss den Laden anzündet«, erklärte Lauren und schlüpfte unter meinem Lachen nach draußen.

»Langweilig wird es hier wirklich nie«, kommentierte ich kopfschüttelnd, doch als ich zu Holly sah und sie die Lippen zusammenpresste, wanderten meine Gedanken wieder zu dem Fakt, dass es den Laden nicht mehr allzu lange geben würde.

Holly schien das Gleiche zu denken, denn sie fuhr mit den Händen über ihren Zopf, dann seufzte sie schwer. »Ich hab mit McColin gesprochen«, sagte sie. Erst wartete ich, ob noch mehr kommen würde, aber sie hatte den Blick auf ihre Fußspitzen gesenkt und zuckte mit den Schultern. Es kam selten vor, dass Holly verlegen wirkte oder mit den Worten rang. An jedem anderen Tag hätte ich jetzt einen Witz auf ihre Kosten gemacht, aber heute blieb ich still. Stumm, leise und ich wartete.

McColin war der Besitzer eines Cafés am Hafen, das für seinen hausgemachten Eistee bekannt war. Nicht verwunderlich, dass Holly ihn angesprochen hatte. Aber egal wie passend die Wahl vordergründig auch schien, er war eben nicht Holly und ohne sie gab es keine *Sweet Tooth Bakery*. In meinem Kopf geisterte seit einigen Tagen die unbestimmte Idee, dass ich die Geschäftsführung übernehmen könnte, aber mein Mund wurde allein bei dem Gedanken so trocken, dass ich das Sprechen verlernte. Ein eindeutiges Zeichen, dass ich einer solchen Verantwortung nicht gewachsen war.

»Ich bin aber noch nicht überzeugt. Wollte dich nur auf dem Laufenden halten.« Sie drehte sich zur Auslage und beendete damit das Gespräch. Ich trat den Rückzug in die Backstube an. Nichts, was mir auf der Zunge lag, wäre in dieser Situation angemessen gewesen.

Wir waren in unserer letzten Staffel und obwohl die Einschaltquoten gut waren, war die Geschichte zu Ende erzählt. Es blieb nur zu hoffen, dass die Drehbuchautoren es auf den letzten Metern nicht in den Sand setzten. Und wir wussten alle, wie oft das geschah.

Ich zog eine Schüssel aus dem Schrank und seufzte. Bei dem Gedanken an all das war in meinem Magen ein flaues Gefühl aufgekommen und nur eins konnte das stopfen: Kuchen.

Ich hatte zu viel Kuchen gebacken. Aber zum Glück kannte ich jemanden, der wahnsinnig auf meine Backkünste abfuhr. Und dementsprechend groß und glänzend wurden Charlies Augen, als ich durch die Tür trat und die halbe Himbeer-Pistazien-Torte mit Vanille-Ganache auf den Händen balancierte. Der gesamte Blumenladen war vollgestopft mit Vasen und Töpfen und Erdkrümel bedeckten den Boden. Anne wäre von dem Chaos sicherlich nicht begeistert.

»Ich wünschte, du würdest mich mal so anhimmeln wie den Kuchen«, beschwerte ich mich und augenblicklich legte sich ein ertappter Ausdruck auf seine Züge. »Schon okay. Ich weiß, dass ich großartig backen kann.«

»Ein Grund, warum ich dich so gern mag«, sagte er strahlend und hoffentlich nicht nur, weil Lauren im gleichen Raum stand und Pflanzen umtopfte.

»Lauren, ich hab Essen für dich!«

Sie richtete sich auf und bedachte ihren Chef mit einem grimmigen Blick. »Das ist auch das Mindeste.«

Charlie, der sich wohl keiner Schuld bewusst war, drehte mir den Rücken zu und Lauren und ich folgten ihm in das kleine Hinterzimmer, in dem in einer Ecke eine behelfsmäßige Teeküche aufgebaut war.

Charlie schnitt große Stücke von der Torte ab, verteilte sie auf den Tellern und reichte Lauren einen, den sie grinsend entgegennahm.

»Was macht ihr heute Abend?«, fragte Charlie zwischen zwei Gabeln Torte.

»Willow, Val und ich schauen einen Film«, antwortete Lauren mit vollem Mund und ich erstarrte. Scheiße, das hatte ich völlig vergessen.

»Was guckt ihr?«, fragte Charlie, aber sein Blick glitt kurz zu mir und ich meinte in seinen Augen die gleiche Enttäuschung herauszulesen, die ich selbst verspürte. Den ganzen Tag hatte ich davon geträumt, den Abend mit ihm zu verbringen, und jetzt war die Blase geplatzt.

»Wir machen jeden Monat einen Filmabend. Heute darf ich mir den Film aussuchen«, sagte Lauren und grinste vergnügt. »Aber welcher ist ein Geheimnis.« Sie zwinkerte mir zu und ich versuchte, ihr Lächeln zu erwidern. Das Ergebnis war recht halbherzig, aber es fiel ihr nicht auf. Lauren machte immer großes Aufheben um ihren ausgewählten Film und dann war es irgendein Retrostreifen wie *Police Academy* und ich verbrachte den Abend damit, mehr mein Handy zu betrachten als den Bildschirm.

Ich nahm nun selbst einen Bissen von der Schokoladentorte und ließ die Vanille-Ganache auf meiner Zunge zergehen. Gwenna hatte sich eben im Laden ebenfalls ein Stück gesichert und meinen Einwand bezüglich der Himbeeren mal wieder ignoriert. Irgendwann würde sie wegen mir an einem allergischen Schock sterben. Ob das wohl reichen würde Charlie seinen Platz als Erzfeind der West View Lane streitig zu machen? Bevor ich mir das beantworten konnte, hatte er sein Stück bereits verputzt und sah mich an. »Darf ich den Rest behalten?«

»Hey!«, protestierte Lauren mit vollem Mund, aber da hatte ich bereits genickt. Als könnte ich Charlie irgendetwas abschlagen.

»Du bist ein Engel«, sagte er und beugte sich vor. Wie etwas Alltägliches platzierte er einen Kuss auf meiner Schläfe und ich konnte nur hoffen, dass man mir nicht ansah, dass mein Herz stotterte. Ich war ein Wrack und mit jedem Kuss und jeder Berührung wackelte das Grundgerüst mehr. Aber den Abstand zwischen uns vergrößern? Das brachte ich nicht über mich.

»Hab einen schönen Abend«, verabschiedete ich mich verlegen. »Ich schreibe dir später«, versprach ich und wusste selbst nicht, wo diese Worte so plötzlich herkamen. Was sollte ich ihm schreiben? ›*Hallo Charlie. Ich denke die ganze Nacht an dich*‹ Wohl eher nicht.

»Ich freu mich schon«, sagte er und dieses Mal klang seine Stimme nicht neckend. Sie war tief und er sprach die Worte so leise, nur für mich bestimmt.

Seine Hand glitt zärtlich in meinen Nacken. Es sollte vermutlich ein einfacher Abschiedskuss werden, aber ich hatte nicht vor, ihn so leicht davonkommen zu lassen. Ich zog ihn an mich und versank für einen Augenblick in den Kuss, um dann …

Lauren räusperte sich und ich löste mich verlegen von Charlie.

»Du sollst ihn nachts ablenken. Nicht, wenn ich eigentlich Feierabend machen könnte.«

Charlie hob fragend die Augenbrauen.

»Vergiss es«, wehrte ich hastig ab und er lachte heiser auf. Vermutlich war ich mal wieder knallrot. Seine Finger fuhren beruhigend über meinen Nacken und erreichten damit die genau gegenteilige Wirkung. Meine Haut kribbelte und ich erschauderte mit einem Lächeln auf meinen Lippen.

»Viel Spaß bei dem Film«, wünschte er uns und ich nutzte den Moment zur Flucht. Ich nahm Laurens Hand und zog sie mit mir zum Eingang, aber an der Tür konnte ich dem Drang nicht mehr widerstehen und sah mich ein letztes Mal zu Charlie um.

Er blickte mir nach, auf seinen Lippen lag ein sanftes Lächeln und dieses Mal musste ich mir nichts einreden. Ich wusste, dass es allein mir galt.

King Kong stürzte in die Tiefe und damit fand unser Leid auch endlich ein Ende. Ich hatte bereits nach zehn der 200 Minuten der Extended Edition den Faden verloren.

»Können wir nicht einfach mal einen Liebesfilm sehen?«, fragte ich erneut, als die Endcredits über den Bildschirm flimmerten.

»Wenn es nach dir ginge, würden wir nur Liebesfilme anschauen«, gab Valerie zurück. Dabei hatte sie selbst nicht einmal Spaß an den Filmen, die ihre Freundin aussuchte. Letztes Mal war sie in der Mitte von *Police Academy* aufgestanden und hatte sich die Haare lila gefärbt. Vielleicht sollte ich mir beim nächsten Mal, wenn Lauren entscheiden durfte, ebenfalls Haarfarbe mitbringen – ob Pink mir wohl stehen würde?

»Ja, weil sie superverschossen in Charlie ist«, mischte sich Lauren ein.

Toll, erst musste ich mir das tausendste Remake von *King Kong* anschauen und jetzt wurden auch noch Witze auf meine Kosten gerissen. Ja, ich war verliebt. Aber ich konnte den beiden jetzt kaum erzählen, wie frisch alles noch war.

»Hab ich euch erzählt, dass Holly in Rente gehen will?«, versuchte ich mich an einem verzweifelten Themenwechsel.

Mit einem Mal war es, als könnte man in dem kleinen Wohnzimmer von Valerie eine Stecknadel fallen hören. Lauren, die eben noch einen wehleidigen Blick auf die Uhr geworfen hatte, wie immer, wenn sie am nächsten Morgen früh zur Uni fahren musste, hielt überrascht inne.

Ich sah zu meinen Händen und musterte meine Fingernägel, die Knöchel, gerötet nach einem langen Tag in der Backstube, und ballte die Hände zu Fäusten. Als ich die Blicke meiner besten Freundinnen auf mir spürte, war ich sprachlos. Da war keine Wut oder Traurigkeit, die ich packen und in Worte fassen konnte. Meine Glieder, mein Magen, all das fühlte sich taub an, als würde es längst nicht mehr zu mir gehören. Da war nicht außer der aufkeimenden Angst vor dem, was die Zukunft bringen könnte.

»Will sie verkaufen?«, fragte Valerie, doch bevor ich zu einer Antwort ansetzen konnte, schoss Lauren bereits los.

»Niemals! Die *Sweet Tooth Bakery* gehört zu Pinecrest wie der Hafen. Sicher wird Willow sie übernehmen.«

»Es steht alles noch in den Sternen«, sagte ich schnell und schluckte schwer, während ich mit einem Stich in meiner Brust kämpfte. Natürlich würde ich es lieben, die Bäckerei selbst weiterzuführen. Aber ich hatte weder das Geld, sie Holly abzukaufen, noch das Rückgrat, um eine Geschäftsfrau zu sein. »Aber ich wollte, dass ihr es wisst.«

Ich zuckte mit den Schultern und sie verstanden, dass unser Gespräch damit beendet war. Wir hätten noch Stunden über diese Situation reden können und am Ende wären wir doch keiner Lösung näher.

»Danke, dass du es uns erzählt hast«, sagte Valerie leise und zeitgleich griffen sie nach meinen Händen. Ich lächelte die beiden an und eine angenehme Wärme kroch in meinen Brustkorb. Es war schön, sie an meiner Seite zu wissen. Egal, was noch folgen würde. Sie würden mir den Rücken stärken. Und es war gut, wenigstens ein Geheimnis auszusprechen.

»Ich sollte gehen.«

»Du kannst noch bleiben«, sagte Lauren eilig, dabei wussten wir alle, dass sie dringend ins Bett musste.

»Mir geht es gut, Lauren. Ich halte euch auf dem Laufenden«, versprach ich und kam auf die Füße. Als ich wieder zu ihnen blickte, trugen sie beide das gleiche, zweifelnde Lächeln zur Schau. »Ihr Süßen, es ist wirklich alles okay. Schlaft gut!«

Lauren stand als Erste auf und umarmte mich, nur damit wir von Valerie beide aneinandergedrückt wurden.

»Gute Nacht, Willow! Wir lieben dich!«

Ich hätte gern über so viel Kitsch mit den Augen gerollt, aber es wärmte mir das Herz, auch dann noch, als ich die Wohnungstür hinter mir geschlossen hatte und in der lauen Sommernacht stand. Die Straßen waren feucht von einem warmen Schauer, der in der letzten Stunde über Pinecrest hinein gebrochen war. Jetzt roch es unverkennbar nach Sommerregen. Erdig lag mir der Geruch in der Nase und für einen Augenblick hielt ich inne und schloss genießerisch die Augen. Die Straßenlaternen flackerten und die Nacht war längst eingebrochen, aber in den Gärten tönte noch

Stimmgewirr und aus geöffneten Fenstern fand Musik ihren Weg nach draußen. Und ganz von selbst wanderten meine Gedanken von Holly und der Bäckerei zu Charlie. Mein Handy lag schwer in meiner Hand, als ich den Mut suchte, ihm tatsächlich wie versprochen zu schreiben. Doch dann fielen mir die Benachrichtigungen zu einem verpassten Anruf und einer Nachricht von Elias ins Auge.

Ruf mal kurz durch, wenn du das liest. xoxox
Daaaaaankeeeee xoxoxo

Mit gerunzelter Stirn wählte ich seine Nummer, doch es dauerte eine halbe Ewigkeit, bis er endlich abnahm.

»Elias? Alles okay?«

»Alles bestens. Ich bin im *Ruby's*. Charlie ist auch hier und echt besoffen und ich glaube, ihm ist sein Handy vorhin runtergefallen. Ich wollte nur nicht, dass du dir Sorgen machst.«

Irgendwer sprach im Hintergrund mit ihm und für einen Augenblick war er abgelenkt. Meine Gedanken rasten mit Sorge um Charlie und ich atmete einmal tief durch. Charlie war ein erwachsener Mann, er würde okay sein.

»Vielleicht solltest du ihn abholen. Er sieht ein bisschen grün um die Nase aus.«

»Oh«, rief ich und drehte abrupt um. »Ich bin gleich da.« Vermutlich würde ich aussehen wie die nervige, anhängliche Freundin, aber wenn Elias es für richtig hielt, mich anzurufen, würde ich Charlie nicht hängen lassen.

»Ich gehe mit ihm raus. Wir warten auf dich«, flötete er fröhlich ins Telefon. Ehe ich antworten konnte, hatte er das

Gespräch unterbrochen. Lächelnd schüttelte ich den Kopf. Elias war wirklich süß.

Ein Glück, dass Pinecrest nicht groß war. Schon nach wenigen Minuten konnte ich das *Ruby's* in der Ferne erkennen und der Anblick versetzte mich an den Anfang der Lüge zurück. Genau an der Wand, an der Charlie jetzt schwankend lehnte, hatte ich mit Oliver gestanden, als er mir zur Rettung geeilt war. Charlie hielt zwischen seinen Fingern eine halb gerauchte Zigarette, aber obwohl sie fröhlich vor sich hin glimmte, beachtete er sie kaum.

Elias stand tatsächlich noch neben ihm, war allerdings damit beschäftigt, eine Blondine zu küssen. Dem Outfit nach zu urteilen, eindeutig eine Touristin, der er den Aufenthalt in Pinecrest gerade deutlich versüßte. Aber wenigstens hatte er Charlie nicht allein gelassen.

»Danke fürs Bescheidgeben, Elias!«

Er löste sich von der jungen Frau und schob sie von sich, um ein paar Schritte auf mich zuzumachen. Die Frau stieß einen protestierenden Laut aus und verschränkte die Arme vor der Brust.

»Ist doch selbstverständlich.« Seinem leichten Seegang nach war Elias ebenfalls ordentlich angetrunken, aber hielt sich noch wacker auf den Beinen. Er fuhr sich durch das dunkelbraune Haar, das zu allen Seiten abstand.

»Alles gut bei dir?«

»Bei mir ist alles super. Kommt ihr klar?«

Ich blickte an ihm vorbei zu Charlie, der etwas geistesabwesend wirkte. »Ich hoffe. Danke, dass du angerufen hast.«

»Immer doch. Wir sehen uns!« Er drückte mir einen feuchten Kuss auf die Wange und folgte dann seiner neuen

Bekanntschaft ins Innere, während ich die letzten Schritte zu Charlie machte. Sein Blick klärte sich etwas, als er mich sah und er griff fast augenblicklich nach meinem Arm.

»Hey«, murmelte er in mein Haar und ich versuchte, den penetranten Alkoholgeruch zu ignorieren, weil seine Nähe mir so ein sanftes, warmes Prickeln im Bauch bescherte.

»Komm, wir gehen nach Hause, Charlie.«

Kapitel 19

Als er an der Kreuzung stehen blieb, war ich nah dran, die Geduld mit ihm zu verlieren. Immer wieder stoppte er seine Schritte, um mir etwas zu erzählen, aber aus den Geschichten, die ihm über die Lippen kamen, wurde ich nicht schlau. Seine Gedanken, zu hastig, um sie in Worte zu fassen, entglitten ihm, ehe er einen Satz beenden konnte. Und wenn er einen neuen begann, war schon der nächste in den Startlöchern. Immer, wenn ihm seine Verwirrung und die Sinnlosigkeit seiner Worte auffiel, wurde er rot und entlockte mir ein leises Lachen. Er war nicht übermäßig betrunken, aber genug, dass seine Schritte träge wurden.

Schlussendlich brauchten wir doppelt so lange wie üblich und uns fehlten immer noch zwei Straßen zu seinem Haus.

Wieder blieb er stehen und schüttelte den Kopf, dabei war unser Ziel wahrlich zum Greifen nah. Ich zupfte an dem Ärmel seines Shirts, aber Charlie ignorierte meine stumme Aufforderung. Stattdessen sah er mich an, blickte mir tief in die Augen und meine Atmung wurde augenblicklich zittriger.

»Ich möchte nicht nach Hause«, sagte er klar, seine Hände griffen nach meinen Hüften. Ich war mir unsicher, ob es dem

Alkohol geschuldet war oder ob Charlie meine Nähe suchte. »Ich möchte bei dir bleiben.«

Ein Schaudern glitt über meinen Körper und ich festigte meinen Griff an seinem Oberarm etwas, als könnten mir er und die Situation sonst wieder entgleiten.

»Du könntest bei mir schlafen«, schlug ich leise vor und glaubte zunächst, dass er meine unsicheren Worte gar nicht gehört hatte. Ich suchte seinen Blick, doch er sah an mir vorbei in die dunkle Straße, in der meine Wohnung lag. Dann schlich sich ein Grinsen auf seine Lippen. »Das würde ich gern.« Charlies Augen funkelten, als er mich wieder mit ihnen fixierte.

»Okay«, wisperte ich nahezu tonlos, weil mich die plötzliche Aufregung fest im Griff hatte. Ich spürte, wie seine Finger auf meiner Hüfte unruhig hin und her rutschten, ehe er sich mit einem Seufzen wieder fing.

»Okay«, sagte er auch, aber wir rührten uns nicht, sondern standen weiter an der Kreuzung und sahen uns an, während er mich näher zu sich zog.

»Wir sollten gehen.« Ich drückte ihn von mir und zog ihn dann zu dem kleinen Häuschen mit den Sonnenblumen. Die hellblaue Farbe der Fassade war durch die Dunkelheit kaum zu erkennen, aber trotzdem wirkte es mit einem Mal noch viel einladender als sonst schon.

Alle meine Sinne waren geschärft, als wir gemeinsam die Treppe nach oben schlichen und als ich die Wohnungstür aufschloss, spürte ich seinen schweren Atem in meinem Nacken. Ich wollte meinen Schlüssel auf die Kommode legen, aber er fiel klappernd zu Boden und ich dachte nicht einmal mehr daran, ihn aufzuheben.

»Weißt du, was ich auch gern tun würde?« Er stolperte an mir vorbei und entledigte sich in diesen zwei Schritten bereits von seiner schwarzen Jacke. Sie fiel zu Boden und ich hob sie auf, um sie aufs Sofa zu legen.

»Nein, was denn?«, fragte ich, während er schwankend mit seinen Schuhen kämpfte. Ich wusste nicht wie, aber er hielt sich auf den Beinen.

»Ich würde dich gern küssen.«

Ich lachte, um meine Sprachlosigkeit zu überspielen. Er ließ den zweiten Schuh zu Boden fallen und richtete sich wieder auf. Auf einmal war mir sehr bewusst, wie groß er war. Ich legte den Kopf in den Nacken, als er dicht an mich herantrat.

»Wieso tust du es dann nicht?«, fragte ich ihn flüsternd und er schob die Augenbrauen fragend zusammen.

»Was?« Seine Hände fanden wieder Halt an meiner Taille, auch wenn er jetzt nicht mehr unsicher auf den Beinen wirkte. Jeder Wimpernschlag, in dem wir uns nicht berührten, erschien wie eine Zeitverschwendung. Nie hätte ich mit dieser Wandlung gerechnet. Vor ein paar Tagen hatte mich Händchenhalten nervös gemacht. Jetzt konnte ich es nicht erwarten, dass er mich endlich küsste.

Ich versuchte, den Mut aufzubringen, um ihm in die Augen zu sehen, während ich meine Worte wiederholte. »Wieso tust du es dann nicht?«, fragte ich wieder, aber keine Spur deutlicher. Küsse im Tageslicht, daran hatte ich mich gewöhnt, damit konnte mein nervöses Herz umgehen. Aber jetzt wartete die Nacht vor den Fenstern meiner Wohnung und meine Stehlampe in der Ecke schenkte uns nur ein schummriges Licht, in dem man einander kaum betrachten konnte.

»Ich bin betrunken«, stellte er fest und küsste mich dennoch.

Von der Wucht des Kusses und meinen Gefühlen überrascht, stolperte ich einen Schritt zurück und stieß mit dem Rücken an die Tür. Zu einem anderen Zeitpunkt hätte ich mich eingeengt gefühlt, aber jetzt genoss ich diese Nähe zu Charlie, als seine Hände unter mein T-Shirt glitten. Der überraschte Ton kam mir ganz ohne mein Zutun über die Lippen und sofort zog er seine Hände zurück und unterbrach den Kuss. Er bewegte sich nicht von mir fort, aber den Abstand, den er aufbaute, reichte, dass ich die Lippen aufeinanderpresste. Ich wollte nicht, dass er den Kuss unterbrach, ich wollte, dass er weitermachte.

Aber ich wusste auch, dass er gerade nicht ganz bei sich war. »Charlie, du bist betrunken. Wir sollten schlafen gehen«, sagte ich sanft, auch wenn ich ihn lieber weiter küssen würde.

»O nein, so betrunken bin ich nicht. Aber ich würde dich lieber nüchtern küssen«, sagte er mit leiser Stimme und ich trat die Flucht ins Bad an.

Das Bett knarrte unter mir, als ich mich vorsichtig auf die Matratze setzte. Aber Charlie öffnete im gleichen Moment die Augen. Bis eben hatte ich noch gedacht, dass er schon schlief, jetzt bewies er mir das Gegenteil und ich wusste nicht, welche der beiden Optionen mir lieber gewesen wäre. Ich genoss es, wie er mich so träge anblinzelte, als versuchte er, sich im Dämmerlicht jede Unebenheit einzuprägen. Aber es machte auch nervös, ihn in meinem Bett zu wissen.

Meine Couch war nicht zum Schlafen gemacht, also hatte ich mich selbstbewusster, als ich tatsächlich war, gegeben und ihm gesagt, er solle sich in mein Bett legen.

Charlie schlug die dünne Decke zurück, damit ich darunter kriechen konnte. Üblicherweise fror ich schnell, praktisch im Sommer, wenn man sich dann trotzdem in die Decke kuscheln konnte, aber mit ihm in meinem Bett glühte jede Faser meines Körpers. Ich presste die Augenlider zusammen, in der Hoffnung, so mein klopfendes Herz beruhigen zu können, aber sein schwerer Atem machte mir einen Strich durch die Rechnung.

Er hatte kurz geduscht und mit einer Ersatzzahnbürste die Zähne geputzt, trotzdem hing zwischen dem Duft von meinem Duschgel und Pfefferminz immer noch der Alkoholgeruch in der Luft.

Das lenkte zumindest zum Teil davon ab, dass er nach mir roch. Versteckt durch die Dunkelheit, schmunzelte ich. Er duftete nach mir, lag in meinem Bett, meins. Ich drehte meinen Kopf in seine Richtung. Das weiche Kissen unter uns raschelte, als er es mir gleich tat und mich anblickte. Es war schwierig, seine Züge in der Nacht erkennen zu können, aber das wenige, was ich sah, reichte um mich um den Verstand zu bringen. Das hier war wie der Erfüllung meiner Teenagerträume und zu meiner Schande musste ich gestehen, dass sich an diesen Träumen nicht viel geändert hatte. Ich hatte jede erwachsene Zelle in meinem Körper verloren, war wieder ganz in mein jugendliches Ich abgetaucht.

All diese Dinge waren in meinen Gedanken so klar und greifbar, aber während Charlie träge blinzelte, blieb ich still.

Es wäre so leicht, endlich das Gespräch zu suchen, solange uns die Dunkelheit umgab und mir Mut schenkte. Es war zu spät, mein Herz zu schützen, hatte ich es doch unlängst an ihn verloren, auch wenn er von den Tiefen meiner Gefühle noch nichts ahnte.

Charlies Stimme zerriss die Stille und damit auch die quälenden Gedanken. »Du bist sehr hübsch.«

»Danke.«

Aber das reichte nicht. Ich hatte nicht vergessen, dass Charlie Pinecrest nichts abgewinnen konnte. Selbst wenn er mich anlächelte wie jetzt und mein Magen Saltos schlug, war dieses Wissen irgendwo in meinem Hinterkopf verankert. All das war ein Kartenhaus, das nur einen Flügelschlag eines Schmetterlings brauchte, um zusammenzustürzen.

»Weißt du, warum ich mich so betrunken habe?«, fragte er leise, kaum hörbar.

Ich schüttelte den Kopf und der Stoff raschelte erneut. »Nein«, krächzte ich heiser und atmetet so flach, dass ich beinahe die Luft anhielt, um seine Antwort zu hören.

»Ich wollte nur ein Bier trinken. Aber dann habe ich ein paar Leute aus der Schulzeit getroffen und sie haben mir mehr oder weniger gesagt, dass niemand einen Betrüger und Dieb hier haben will.« Seine Hand tastete nach meiner. »Manchmal glaube ich, dass sie recht haben. Weil ich Layla damals nicht geholfen habe. Dass ich es verdient habe, dass alle so schlecht von mir denken, weil sie den Laden ihrer Familie verloren hat, weil ich ihr nicht helfen wollte. Ich kannte ihre Großmutter … sie hat mir immer eine Gummischlange extra zugesteckt. Aber ich war so sauer und verletzt, dass sie für Geld wieder angekrochen kam. Jetzt schäme ich mich dafür. Wir waren so lange ein Paar, ich wusste, wie wichtig ihr das war.«

»Du bist ihr nichts schuldig, Charlie. Sie hat dich so schwer verletzt.« Ich hielt für einen Moment inne, festigte meinen Griff. »Du könntest die Wahrheit sagen.«

»Weiß nicht, ob das was bringt«, nuschelte er. Er rutschte etwas näher an mich heran, als würde er sein Gesicht in dem Stoff meines Shirts vergraben wollen, nur um es dann doch nicht zu tun. »Würde die Schuldgefühle gern loswerden.«

Ich drehte mich leicht und würde ein Monatsgehalt dafür geben, ihn jetzt vernünftig anblicken zu können. Aber vermutlich war es leichter, solche Dinge in der Dunkelheit auszusprechen.

»Aber Bier ist offensichtlich auch kein Heilmittel dagegen … Ich weiß nicht, was ich tun würde, wenn ich die Wahrheit sage und mir niemand glaubt … « Charlie räusperte sich und für einen Moment schwieg er, als müsste er seine Gedanken sammeln. »Wenn meine Mutter mir nicht glaubt, wenn sie auch nur das Schlechte in mir sieht … Was dann?«

Charlie drückte meine Hand, als könnte er sich an mir festhalten. Mein Herz rutschte mir in die Hose. Nicht einmal seine Mutter wusste die Wahrheit?

»Ich war so mies zu ihr, weil sie Abstand von Dad wollte. Obwohl es das Richtige für sie war … obwohl ich selbst Abstand von allem wollte … Sie muss mich doch für einen ziemlichen Arsch halten. Bestimmt glaubt sie Layla.«

Etwas in dem Tonfall seiner Stimme brach mir das Herz. Ich blinzelte in der Dunkelheit gegen die Tränen an. So gern wollte ich ihm helfen, ihm die Last abnehmen.

»Eigentlich ging es mir ziemlich beschissen. Aber dann warst du da.«

»Ich bin immer für dich da, wenn du das möchtest.« Meine Stimme brach und doch meinte ich jedes Wort ernst. Charlie schwieg, aber sein Daumen zeichnete nach wie vor süße Kreise auf meinen Handrücken, während sich wohlige Wärme in meiner Brust ausbreitete.

»Willow?«, flüsterte er in die Dunkelheit und richtete den Oberkörper leicht auf. Ich blieb still liegen, stieß nur ein Brummen aus, um ihm zu zeigen, dass ich noch wach war.

Charlie beugte sich über mich und zum gefühlt hundertsten Mal an diesem Abend küsste er mich. Süß und sanft. Ein Gute-Nacht-Kuss, wie ich ihn mir gewünscht hatte.

Kapitel 20

Die Sonnenstrahlen hinterließen auf meiner Haut ein zartes Kribbeln. Ich hatte gestern Abend nicht mehr daran gedacht, die Vorhänge zu schließen und eigentlich war es viel zu früh.

Ich wurde erst am Nachmittag in der Bäckerei erwartet, aber an Schlaf war nicht mehr zu denken. Die Müdigkeit war trotz der Glücksgefühle allgegenwärtig, dennoch konnte ich mich an keinen Morgen erinnern, der so vollkommen perfekt war.

Charlies Fingerspitzen fuhren über meine Wangen, in mein Haar, während sein warmer Atem mich kitzelte.

»Daran könnte ich mich gewöhnen«, flüsterte ich in die Stille zwischen uns, ohne meine Augen zu öffnen. Charlie lachte leise und die Gänsehaut breitete sich spielerisch auf meinem Körper aus. Behaglich schmiegte ich mich enger in seine Arme. In der Nacht hatte er mit dem Rücken zu mir gelegen und ich war diejenige gewesen, die ihre Arme um ihn geschlungen hatte. Jetzt hatte er sich gedreht und zog mich enger an sich heran.

»Du bist wach«, bemerkte er unnötigerweise, ehe ich ihn anblinzelte.

»Wer hat dir das verraten?«

»Ich bin ein beeindruckender Beobachter«, sagte er und lächelte mich an.

Bis zu dieser Sekunde war mir all das unwirklich vorgekommen, aber Charlie beugte sich vor und küsste die Zweifel fort.

Wie oft hatte ich in der letzten Zeit davon geträumt, neben ihm aufzuwachen, und jetzt, da es so weit war, fühlte es sich so richtig an. Unsere kleine Blase würde früher oder später platzen. Sobald einer das schützende Bett verlassen würde, konnte man das wahre Leben nicht länger fortschieben. Aber bis dahin wollte ich es auskosten, wollte mich in meinen Träumen und Hoffnungen verlieren, die nun zum ersten Mal möglich erschienen.

»Charlie?«, fragte ich, als müsste ich mich vergewissern, dass er die folgenden Wörter hörte. Für einen Augenblick genoss ich die Aufmerksamkeit aus dunkelbraunen Augen, die nur mich alleine im Blick hatten.

Seine Nähe war intensiver als alles andere, als jeder andere Mensch, den ich jemals kennengelernt hatte.

»Ich mag dich.« Obwohl ich geglaubt hatte, dass mich der Mut nicht wieder verlassen würde, so zitterte meine Stimme dabei. Seine Nasenspitze stupste gegen meine und ich musste wider Willen lächeln, so breit, dass es fast schmerzte. »Ich dich auch.«

»Gut«, hauchte ich und erlaubte mir, für eine Sekunde das Glücksgefühl in meinem Brustkorb auszukosten. Warm legte es sich um mein Herz, wie eine Decke und trotz der Müdigkeit wollte ich durch die Gegend springen und meiner Freude Luft machen. »Gut«, sagte ich wieder, während mein

Herz flatterte und ich das dämliche Grinsen nicht von den Lippen bekam. Selbst dann nicht, als Charlie sich erneut vorbeugte und mich abermals küsste. Die Küsse am gestrigen Abend hatte so viel mehr versprochen und doch waren es diese Art von Küssen, wie jene an diesem Morgen, die mir am besten gefielen. Sie waren sanft und zärtlich, als wäre ich das Kostbarste auf der Welt. Sie weckten die Schmetterlinge und zauberten mir ein Lächeln auf das Gesicht, weil jeder Kuss die Hoffnung auf den nächsten wachsen ließ.

Ich wollte ihn fragen, ob das zwischen uns etwas Langfristiges werden würde, aber er hatte sich schon wieder in das Kissen sinken lassen und die Augen geschlossen. Ich zögerte, aber wusste auch, dass ich dem nicht mehr für immer aus dem Weg gehen konnte. »Charlie?«

Dieses Mal sah er mich nicht direkt an. Er stieß ein Grummeln aus, während er die Augen weiterhin geschlossen hielt. Aber das machte es einfacher.

»Wo stehen wir?«, fragte ich und seine Hand hielt für einen Moment inne.

»Ich weiß es nicht.« Er versuchte, selbstsicher zu wirken, aber dieses Mal konnte man ihm die Unsicherheit in der Stimme anhören. Da war dieses Zittern, von dem ich geglaubt hatte, dass ich es für mich allein gepachtet hatte. Er wusste ebenso wenig, wohin wir uns bewegten, aber als er wieder anfing, Formen auf meine nackte Haut zu malen und sich an mich zu schmiegen, war mir das egal.

Fast hätte ich es geschafft, ihn zu überreden in meiner Wohnung zu bleiben, aber dann war Charlies schlechtes Gewissen zu laut geworden. Wenn Lauren in der Uni war, musste er den Laden öffnen. Nicht, dass ich mich über seine Begleitung jemals beschweren würde.

Und dennoch hätte ich ihn lieber länger in meinem Bett gewusst, als mich unter den Augen der West View Lane von ihm zu verabschieden. Als ich mich zur Bäckerei wandte, fühlte ich mich, als würde ich wie auf Wolken gehen. Mein Herz schlug mit jedem Schritt aufgeregt und ich erwischte mich selbst dabei, wie ich gut gelaunt summte. »Hallo Holly!«

»Du strahlst ja richtig«, bemerkte meine Chefin und mein Grinsen wurde noch eine Spur breiter, weil ich an den Mann dachte, der der Grund für meine gute Laune war.

Gwenna stand an der Theke und schien wieder mit Holly um ein Stück Gebäck zu verhandeln, welches sie potenziell töten könnte. Sie warf mir einen Blick über die Schulter zu und strahlte. »Guten Morgen, Willow! Hast du mein Schaufenster gesehen?«

Ich schüttelte irritiert den Kopf. Beim Weg hatte ich nur Augen für Charlie gehabt und die Schönheit der West View Lane war völlig an mir vorbeigegangen.

Gwenna schob die Unterlippe vor. »Charlie hat mir gestern so wundervolle Blumen zusammengestellt. Die musst du dir anschauen! Die schreien gerade nach Urlaub.«

»Charlie?«, sagte ich und zog die Augenbrauen hoch.

Gwenna wurde leicht rot und strich durch ihren Pony, als könnte das von ihrer Verlegenheit ablenken. »Ja, na ja. Ich dachte … « Sie stockte und zuckte mit den Schultern. »Mir geht das Geläster auf die Nerven und ich dachte, mir hat er nichts getan und seine Vergangenheit hat auch nichts mit Annes Laden oder den Blumen zu tun … «

Mein Herz machte einen Satz und am liebsten hätte ich Gwenna umarmt. Innerlich nahm ich mir vor, ihrer Juno die besten Hundekekse der Welt zu backen.

»Das ist eine tolle Einstellung. Danke, Gwenna.«

»Reichlich spät«, murmelte Holly angefressen, doch Gwenna ignorierte meine Chefin. Sie nahm die Kuchenbox von der Theke und schenkte mir ein Lächeln.

»Hab einen schönen Arbeitstag, Willow!«

»Danke, du auch.« Wenn doch nur alle in der West View Lane nicht so festgefahren wären. Ich sah Gwenna nach, als sie den Laden verließ, dann drehte ich mich zu meiner Chefin, die nach wie vor aussah, als hätte sie den schlimmsten Tag des Jahres.

»Ich dachte, du wärst schlechter gelaunt«, sagte Holly kaum hörbar.

Ich wusste, dass sie auf den drohenden Verkauf anspielte. Erst wollte ich mich beschweren, dass sie mir die gute Laune nicht gönnte. Dann bemerkte ich ihre roten Augen und die dunklen Augenringe darunter. Bisher hatte ich mich selbst bemitleidet, aber nun wurde mir schmerzlich bewusst, dass auch Holly damit zu kämpfen hatte, ihren Lebensinhalt aufzugeben. Selbst wenn sie es freiwillig tat, es war sicherlich nicht leicht.

Ich hatte bereits die Schürze von der Holzanrichte genommen, nur um sie jetzt wieder zurückgleiten zu lassen. Mit wenigen Schritten stand ich vor ihr und schlang die Arme um ihren Körper. Wann war sie so gebrechlich geworden? »Es tut mir leid, Holly.«

»Mir tut es leid«, flüsterte sie, ehe ich ein weiteres Wort herausbrachte. Und dann brach die alte Frau mir das Herz, weil sie bitterlich schluchzte. Ihre schmalen Schultern bebten in meiner Umarmung und ich hatte Mühe, nicht sofort mitzuweinen, denn so wie ich Holly kannte, hätte sie mich dafür gezwickt.

»Ich weiß doch nicht, was ich tun soll«, flüsterte meine Chefin, meine Freundin, meine Ersatz-Tante und obwohl mein Herz sich heute dank Charlie so vollständig anfühlte, war romantische Liebe nicht die einzige Macht, die ein Herz in zwei reißen konnte.

Es dauerte nicht lange, bis Holly zu ihrer alten Stärke zurückfand, aber lange genug, dass ich selbst mit den Tränen zu kämpfen hatte. Sie löste sich und entschuldigte sich kurz.

Mit einem Mal wurde es real. Das alles hier war echt und ich konnte die Veränderung nicht länger kleinreden. Aber jetzt ließ ich meinen Blick über die kleinen Stühle gleiten und strich mit den Fingern über die Theke.

Ich konnte mir einreden, dass sich nicht alles verändern würde, aber als die Tür hinter mir klapperte und Holly murmelte, wusste ich doch, dass ihre Abwesenheit entscheidend sein würde. Ich drehte mich zu ihr um und lächelte, obwohl mein Herz dabei schmerzte.

»Geh an die Arbeit«, erwiderte sie ruppig. Ich spürte ihren Blick auf mir, als ich mich abwandte und in die Backstube ging. Mit geübten Handgriffen zog ich die Töpfe und Dosen zu mir heran. Vorne im Laden schnurrte und zischte die Kaffeemaschine und der warme, vertraute Duft waberte durch den Laden. Einen Augenblick lang schloss ich die Augen und hielt mich an der Kante der Arbeitsfläche fest. Normalerweise beruhigte mich das warme, unnachgiebige Holz. Schließlich war dies auch der Ort, an den ich mich zurückzog, wann immer ich dem Chaos in meinem Kopf entgehen wollte. Aber nun erinnerte mich alles quälend daran, welche Veränderung mir unweigerlich bevorstand.

Die Weichen waren gestellt und ich konnte es nicht länger ignorieren, dass mein Plan für die Zukunft sich aufgelöst hatte. Jeder Bestandteil meines Lebens war in den letzten Wochen in Bewegung geraten. Für jemanden, der stets am gleichen Ort bleiben wollte, weil die große, weite Welt manchmal zu furchteinflößend wirkte, war das zu viel auf einmal.

Einen Finger nach dem anderen löste ich von der Arbeitsplatte, weil es doch nicht half, sich festzuhalten. Alles war bereits in Fahrt. Ich versuchte, die Schultern zu lockern, und öffnete die kleine Box, in der Notizzettel mit Rezeptideen lagen. Mit spitzen Fingern wühlte ich darin herum, konnte mich aber kaum auf meine schiefe, kaum leserliche Schrift konzentrieren. Obwohl ich es normalerweise liebte, mich beim Backen aus meiner Komfortzone zu wagen, glich dieser Tag jetzt schon einer einzigen Berg- und Talfahrt. Kaum der richtige Moment, um ein weiteres Abenteuer in der Küche zu starten.

Ich seufzte und klappte die Box wieder zu. Das war ein klarer Fall für Zimtschnecken.

Die seltsame Unruhe, die zuvor von mir Besitz ergriffen hatte, hatte sich gelegt. Der Duft von Kuchen und Kaffee in der West View Lane hatte heute viele Kunden angelockt und mich so weit beschäftigt, dass ich keine Zeit hatte, um mir den Kopf zu zerbrechen. Keines meiner Probleme löste sich dadurch in Wohlgefallen auf, aber die Stille in mir war eine willkommene Abwechslung.

Ich säuberte meine Backstube, während Holly draußen mit Teresa und Harry sprach. Es ging um den neusten Klatsch und Tratsch in der West View Lane. Zu meiner Überraschung waren Charlie und ich schon jetzt nicht mehr Gesprächsthema Nummer eins. Ich hatte noch nicht ganz heraushören können, was uns abgelöst hatte, aber es war ein schönes Gefühl, dass wir nicht mehr auf dem Präsentierteller saßen.

Vor wenigen Wochen hatte ich noch geglaubt, dass wir nun unsere Trennung einleiten würden. Doch von dem ursprünglichen Plan wollte mein Herzklopfen nichts mehr wissen.

Ich trat zu Holly an die Theke und Teresa strahlte mich an. »Willow! Hey! Hast du schon gehört?«

Ich schüttelte mäßig interessiert den Kopf, ehe mich ihre nächsten Worte eiskalt trafen.

»Valerie wurde beim Juwelier in Newquay gesehen. Sie hat sich Ringe angeschaut.«

»Was?!« Ich starrte Teresa an. Man konnte ihr deutlich ansehen, wie sehr es ihr gefiel, dass ich diese Neuigkeit noch nicht gehört hatte.

»Wer hat dir das erzählt?«, fragte ich sie, doch Teresa zuckte unschlüssig mit den Schultern.

»Du weißt doch, wie die Gerüchteküche ist. Vielleicht solltest du sie selbst fragen.« Teresa hatte diebische Freude an dieser Unterhaltung, das konnte man ihr deutlich ansehen.

Ich grummelte, doch sie hatte gerade erst angefangen, mir auf die Nerven zu fallen.

»Wundert mich, dass man dich mal ohne Charlie erwischt, ihr seid ja förmlich aneinandergewachsen.«

Ich wandte den Blick von Teresa ab, damit sie mein Augenrollen nicht sah. Dabei war dieser Spruch fast zahm.

»Ich finde die beiden sehr süß«, mischte sich Harry in seinem üblichen, gemütlichen Ton ein, aber so richtig hörte ihm keiner zu. Harry musterte mich und in seinem Blick war deutlich zu lesen, dass er sich Sorgen machte.

»Hat er dich schon nach Geld gefragt?«, fragte Teresa mich süffisant und ich erstarrte. Das konnte doch nicht ihr Ernst sein.

»Seit still!« Ich hatte nicht gewusst, dass meine Stimme zu dieser Tonlage fähig war. Überrascht zog Teresa die Augenbrauen hoch und in ihren Augen lag eine Spur von Irritation, als sie mich musterte. Harry und Holly grinsten dagegen zufrieden und nickten mir aufmunternd zu, wodurch ich neue Stärke fand. »Layla lügt. Er hat nie Geld von ihr bekommen.« Ich wusste nicht, woher meine plötzliche Courage kam, aber es war großartig, es endlich auszusprechen. Aber ich ertrug es nicht mehr, stumm zuzusehen, wie Charlie von allen verteufelt wurde.

Teresa lachte freudlos auf und Holly verschränkte die Arme vor der Brust. »Teresa«, warnte meine Chefin. Doch sie hörte nicht. Wie immer.

»Ja, das hat er auch schon versucht, Leuten zu erzählen. Fällt ihm reichlich spät auf. Ich hätte mehr von dir erwartet, Willow. Dass du diesem Dieb einfach glaubst!«

»Er hat Beweise!«

Teresa lachte wieder und hörte mir gar nicht zu. Ich ließ die Schultern hängen, während Holly ein Funkeln in den Augen hatte, was mich an Teresas Stelle um mein Leben fürchten lassen würde.

»Ich glaube, wir sollten jetzt gehen, Teresa. Du wolltest mir in deinem Laden doch etwas für Frankies Geburtstag zeigen.«

Harry legte seine Hand mit Nachdruck auf die Schulter der Frau und warf mir einen verzweifelten Blick zu. Ich bemühte mich um ein Lächeln, aber es verrutschte zu einer Grimasse.

»Vielleicht sollte ich auch was für Alvin kaufen, er hat sich sicher noch nicht drum gekümmert. Also komm.« Harry drückte Teresa von der Theke weg, an die ich mich klammerte und darüber nachdachte, Teresa hier und jetzt mit Zimt zu ersticken.

Teresa ließ sich von Harry zur Tür bugsieren, nicht ohne mir ein teuflisches Lächeln über die Schulter zuzuwerfen. »Erzähl mir gern, was Valerie gesagt hat, wenn du mit ihr gesprochen hast.«

Einen Teufel würde ich ihr erzählen. Mit Valerie musste ich trotzdem sprechen. Und zwar dringend!

Meine Aufmerksamkeit wurde aber schnell abgelenkt, weil Charlie auf der anderen Seite der Straße vor die Ladenfront trat. Seit unserer Verabschiedung am Morgen hatte ich ihn nicht mehr gesehen und jetzt reichte die Andeutung seiner Silhouette durch das Schaufenster aus, dass mein Kopf wieder leer war und mein Herz raste. Er schirmte mit seiner Hand die Sonne ab und sein Blick glitt im gleichen Augenblick zur Bäckerei. Ich machte einen zaghaften Schritt nach vorn und in dem Moment, als er mich hinter der Scheibe erkannte, legte sich ein Lächeln auf seine Lippen. Breit und strahlend wie immer und es galt nur mir.

Charlie warf mir einen Kussmund zu und ich warf ihm mein ganzes Herz zurück.

Kapitel 21

»Du!« Ich funkelte Valerie aus zusammengekniffenen Augen an in dem Moment, als sie mir ihre Wohnungstür öffnete. Eigentlich hatte ich laufen gehen und danach den Abend mit Charlie verbringen wollen. Aber nach Teresas Auftritt war daran wirklich nicht zu denken. »Ist Lauren hier?«, fragte ich und spähte durch die offene Tür ins Wohnzimmer. Eigentlich hatte Lauren ein Zimmer im Studentenwohnheim, aber wann immer es nicht unbedingt nötig war, verbrachte sie jede freie Sekunde in Pinecrest und bei Valerie.

»Nein. Sie ist in der Uni geblieben. Was ist denn los?«

Entweder war das Gerücht eine große Lüge oder Valerie hätte statt Krankenpflegerin lieber Schauspielerin werden sollen.

»Wie war es in Newquay?«, fragte ich langsam und verschränkte die Arme vor der Brust.

Valerie wurde rot und schluckte schwer. Erwischt. Ihr Blick glitt zu Boden und für einen Moment lag eine kribbelnde Anspannung in der Luft. »Weiß sie es?«, fragte sie vorsichtig, statt auf meine Frage einzugehen.

»So dämlich sind die Lästerschwestern auch wieder nicht. Also stimmt es?«

»Ja … « Die Röte kroch ihr nun bis fast unter den Haaransatz, aber ein breites, strahlendes Lächeln spielte um ihre Lippen. »Ich möchte ihr einen Antrag machen.«

»Ach du … «, stieß ich aus.

»Ich bin extra weggefahren, damit es hier nicht alle wissen. So eine Scheiße.« Sie rieb sich über die Stirn und lehnte sich mit geschlossenen Augen an die Wand, während sie tief seufzte.

»Dann musst du es wohl schnell machen, ehe Lauren doch etwas davon hört.«

Sie warf mir einen genervten Blick zu, doch ich konnte das Grinsen nicht mehr unterdrücken. Lauren und Valerie waren ein großartiges Paar. Es war nicht überraschend, dass sie den nächsten Schritt wagen wollten.

»Ich freue mich für euch«, sagte ich und streckte die Hand nach Valerie aus. Sie ließ die Berührung seufzend zu und grinste schief.

»Sag das nicht. Noch hat sie nicht ja gesagt!«

Lauren würde Ja sagen, aber Valerie wirkte trotz dieser Gewissheit wahnsinnig nervös. Mit einem resignierten Seufzer zog sie die oberste Schublade von der kleinen Kommode im Flur mit einem Ruck auf und wühlte in den Schals und Mützen, die dort den ganzen Sommer darauf warteten, wieder benutzt zu werden. Sie fand, was sie suchte, und reichte mir eine kleine dunkelblaue Samtbox. Ich wagte es kaum, danach zu greifen, doch Valerie hielt sie mir unverändert hin, also nahm ich sie entgegen und öffnete die Box. Der einfache silberne Ring hatte einen schlichten, aber eleganten Stein in der Mitte. »Er ist wunderschön.«

»Passt zu ihr, oder?« Valerie wirkte unschlüssig und zappelte nervös, während ich die Ringschachtel wieder schloss und ihr zurückgab.

»Perfekt«, versicherte ich ihr, doch Valerie wurde nicht ruhiger. Auch dann nicht, als sie den Ring wieder unter den Wintersachen verstaut hatte.

»Wenigstens kannst du dich jetzt nicht mehr beschweren, dass ich euch nichts von Charlie erzählt habe, wenn du mir so was verschweigst.«

Sie rollte mit den Augen, während ihre Finger nervös an dem Saum ihres T-Shirts spielten. »Ich mache es am Wochenende.«

»Ich wollte sie am Wochenende eh im Wohnheim besuchen, also überlege ich mir etwas Passendes.«

Ich drückte Valerie an mich und sie ließ die körperliche Liebesbekundung mit einem halbherzigen Seufzen über sich ergehen. »Danach rufst du mich sofort an!«, befahl ich ihr.

»Natürlich.« Sie stockte und warf mir einen nachdenklichen Blick zu. »Ich habe übrigens auch etwas von den Lästerschwestern gehört. Holly soll angeblich potenzielle Käufer eingeladen haben. Geht's dir gut damit?«

»Es ist nur ein Job«, sagte ich leichthin, aber weder Valerie noch ich selbst nahm mir das ab. Ich konnte es nicht ändern, dass mein Herz an dieser Bäckerei hing. Seit Tagen dachte ich über Möglichkeiten nach, wie ich die *Sweet Tooth Bakery* selbst übernehmen könnte. Aber Holly hatte nicht einmal angedeutet, dass sie diese Möglichkeit in Betracht zog. Vielleicht traute sie es mir einfach genauso wenig zu wie ich mir selbst.

»Du gehörst zu diesem Laden, Willow. Für die meisten hier bist du genauso Herz und Seele wie Holly. Und ohne deine Backkünste könnte sie eh zu machen!«

Ich wusste Valeries heftigen Widerspruch zu schätzen, aber er grub sich nur tief und schmerzhaft in mein Herz. »Hätte ich das Geld, würde ich ihn selbst kaufen.« Unschlüssig zuckte ich mit den Schultern. Valerie holte bereits Luft, um mir vermutlich einen gut gemeinten Tipp zu geben, als mein Handy um Aufmerksamkeit flehte.

»Das ist Charlie. Ich muss los.« Ich nutzte die Chance auf eine Flucht, ehe Valerie das Gespräch über die Bäckerei vertiefen konnte.

Bevor ich die Tür hinter mir schloss, grinste ich sie noch mal an. »Sie wird ja sagen, Val.«

Später am Tag stand ich auf nackten Fußsohlen auf meiner Türschwelle und sah Charlie dabei zu, wie er ungewohnt langsam die Treppen zu mir emporstieg. Die Umarmung, mit der er mich begrüßte, fühlte sich steifer an als sonst.

Er hatte mich am Telefon nur gefragt, ob ich heute Abend Zeit hätte und verträumt, wie ich war, hatte ich gehofft, dass wir uns einen ruhigen Abend mit Küssen auf dem Sofa machen würden. Aber als ich ihn anblickte, wich er meinem Blick aus. Schlagartig wurde mir kalt und ich verschränkte die Arme vor der Brust. »Alles okay?«, fragte ich leise.

Charlie bemühte sich um ein Lächeln, aber es wirkte halbherzig. »Wollen wir uns setzen?«, fragte er und deutete auf meine Couch. Wie betäubt nickte ich und ließ mich darauf sinken. Jede Faser meines Körpers schien zu zittern unter der ängstlichen Erwartung seiner nächsten Worte. Er würde das Ganze zwischen uns beenden. Ganz sicher. Ich presste die Handballen zusammen, während ich ihn anstarrte. Ich hatte gewusst, dass er mir früher oder später das Herz brechen würde.

»Ich hab über heute Morgen nachgedacht.«

Das war nicht gut. Rasend schnell ging ich in Gedanken jede Sekunde des heutigen Tages durch. Er hatte mich nicht geküsst, als er angekommen war. War das bereits das Zeichen, die Andeutung dafür, in welche Richtung sich das Gespräch entwickeln würde? Ich wollte die Hände auf meine Ohren pressen, um diese unliebsamen Worte auszusperren, denn wenn ich sie nicht hörte, so würde er mir nicht das Herz brechen können. Aber stattdessen starrte ich ihn aus großen Augen an und klebte an seinen Lippen. Sah dem Abgrund fast vorfreudig entgegen. Er hatte nun doch begriffen, dass ich ihm nichts bieten konnte.

Er knetete seine Hände, presste die Lippen hart aufeinander und schluckte schwer. Fast hätte ich nach ihm gegriffen, ihn darum gebeten, das Pflaster schnell abzureißen. Aber ich war wie versteinert.

»Also«, fing er an, nur um gleich darauf wieder die Stimme zu verlieren und auf den Boden zu starren. Obwohl ich mich vor dem fürchtete, was er nicht über die Lippen brachte, war das Mitleid jetzt stärker als die Angst.

»Schon okay, Charlie. Immer raus damit. Was liegt dir auf dem Herzen?«, fragte ich und über seine Züge flackerte ein Lächeln. Seine Augen trafen meine, ehe ich dieses Mal diejenige war, die dem Blick auswich.

»Okay. Das zwischen uns ist mehr als die Lüge.«

Er sah mich abwartend an, aber ich zog nur irritiert die Augenbrauen hoch.

»Ich hab nicht damit gerechnet, dass das passiert. Aber ich fühle mich sehr wohl in deiner Nähe.« Seine Stimme klang so gefasst dabei, während mein Herz raste und mir übel wurde.

»Ich mich auch in deiner.«

Er streckte die Hand nach meiner aus und holte Luft.

»Sag jetzt bloß nicht okay, Charlie!«, warnte ich ihn lachend.

Er grinste schief. »In Ordnung.«

Ich seufzte tief und er wirkte amüsiert.

»Ich würde gern gucken, wohin es geht. Das ist vielleicht supermerkwürdig, weil alle denken, wir wären bereits ein Paar, aber ich würde dich gern auf ein Date einladen.«

Eben hatte ich noch geglaubt, dass er mir das Herz brechen würde und jetzt hatte sich das Gespräch schlagartig in eine ganz andere Richtung gedreht. »Ein Date?« Zaghaft schob ich meine Finger zwischen seine.

»Ich dachte, unser Ausflug zum Wavelength Drive-In wäre ein schönes erstes Date, wenn du Lust hast?« Er wirkte immer noch etwas unsicher, als würde ein Teil von ihm wirklich glauben, ich könnte Nein sagen.

Dabei war ich ihm längst mit Leib und Seele verfallen. Selbst wenn ich es versucht hätte, wäre mir eine Ablehnung niemals über die Lippen gekommen.

»Das fände ich wirklich schön«, versicherte ich Charlie mit leiser Stimme und konnte dabei zusehen, wie sich die Anspannung von ihm löste und er mich anstrahlte.

»Zum Glück. Wäre echt peinlich gewesen, wenn mir meine Freundin einen Korb gibt.«

Lachend stieß ich ihm gegen den Oberarm.

»Eine Frage hätte ich noch«, begann Charlie, während unsere Finger sich immer wieder miteinander verflochten und lösten. Ich hob den Blick, aber es dauerte zwei weitere Wimpernschläge, ehe er seinen Satz fortsetzte. »Darf ich dich trotzdem weiterhin küssen oder gehört sich das nicht vor dem ersten Date?«

Ein angenehmes Kribbeln rieselte über meinen Körper und das Grinsen auf meinen Lippen machte vermutlich jedem Zirkusclown Konkurrenz, aber wie sollte ich nach diesen Worten auch nicht so reagieren? »Ich glaube, in unserem Fall herrscht eindeutig eine Ausnahmeregelung«, erwiderte ich mit ungewohntem Mut. Ich rutschte auf der Couch näher an ihn heran. Mein Knie stieß gegen seinen Oberschenkel und seine Hände fuhren im gleichen Moment in meinen Nacken.

Dieser Kuss war anders. Genauso gut, genauso verheißungsvoll, wie jeder Einzelne, den wir zuvor geteilt hatten. Aber er war auch der Startschuss von etwas, das großartig werden könnte.

Charlie zog sich vorsichtig zurück, ehe er sich einmal mehr vorbeugte und die Lippen wieder auf meine platzierte. Seine Finger fuhren durch mein Haar.

»Danke, Willow«, wisperte er an meine Lippen und hielt die Augen dabei geschlossen.

»Wofür?«, fragte ich genauso leise zurück und küsste ihn wieder, nur kurz und hauchzart. Wollte ihn, die Situation und das Glück in meinem Brustkorb festhalten.

»Für alles.« Er seufzte, aber es klang zufrieden. Mit sanftem Druck zog er mich noch enger an seinen Oberkörper. Sein

Herz pochte, schneller als vermutlich normal war und es ließ auch mein eigenes Herz rasen.

Eine Chance, eine Möglichkeit, ein großes *Vielleicht* für etwas Gemeinsames in der Zukunft. Es würde nicht unproblematisch werden, dafür sorgten die Umstände. Aber Charlie Burton war es wert mutig zu sein.

Kapitel 22

Der Sonnenuntergang tauchte das Meer hinter der Klippe in Orange- und Rottöne. Plötzlich war die Wasseroberfläche eins mit dem Horizont und ich konnte mich kaum auf die riesige Leinwand konzentrieren, die vor diesem Spektakel emporragte. Im Herbst konnte man von den Klippen und ihren Aussichtsplattformen manchmal Delfine entdecken und vielleicht tummelten sie sich bereits jetzt in den Wellen. Schäfchenwolken zogen über den Himmel und ließen das Bild nur noch perfekter erscheinen.

Noch hatte der Film nicht begonnen und wir waren überpünktlich im *Wavelength* Autokino angekommen. Im Radio besang Taylor Swift die Liebe und zwischen Charlie und mir in der Mittelkonsole lagen die selbst gebackenen Snacks, die ich mitgebracht hatte. Als Charlie mir eröffnet hatte, dass wir den Kinderfilm *Könige der Wellen* schauen würden, hatte ich ordentlich mit den Augen gerollt, aber selbst diese Reaktion konnte nicht darüber hinwegtäuschen, dass dieser Abend mein perfektes Date darstellte. Jahrelang hatte ich als Teenie davon geträumt, dass mich jemand ins *Wavelength* einladen würde und dass mir ausgerechnet Charlie Burton diesen Traum erfüllte, hätte ich mir in der Vergangenheit niemals geglaubt.

»Ich hab noch was für dich«, erklärte Charlie mit einem Mal und ich blickte auf. Sein Gesicht war zu einer Grimasse verzogen, ehe er halb auf den Rücksitz kletterte. Als er von diesem Versuch wieder auftauchte, hielt er in der Hand einen eingepackten Blumenstrauß, den er mir reichte.

»Blumen?«, sprach ich überrascht das Offensichtliche aus.

»Ich wollte dich damit überraschen, aber … « Er riss das braune Papier auf, in dem die Blumen eingeschlagen waren und offenbarte so den hässlichsten Blumenstrauß, den ich je in meinem Leben gesehen hatte. Er wirkte mehr wie eine Faust voller Gestrüpp, die jeden Moment auseinanderfallen konnte.

»Oh«, sagte ich und starrte das kümmerliche Gesteck in meinen Händen an.

»Ich hoffe wirklich, ich mache mich als Arzt besser. Ich bin ein furchtbarer Florist«, sagte Charlie gequält und ich kicherte.

»Der Gedanke zählt. Danke, Charlie.« Ich lächelte ihn über die Mittelkonsole an, obwohl der Blumenstrauß unfassbar hässlich war, sorgte er für ein warmes Gefühl in meinem Brustkorb. Ich war so unglaublich glücklich an seiner Seite.

»Meine Mutter wäre enttäuscht von mir«, fügte Charlie hinzu, nun deutlich besser gelaunt, als ich den Blumenstrauß vorsichtig in den Fußraum vor mir legte. Dabei sah er schon jetzt aus, als würde er die nächsten fünf Minuten nicht überstehen.

»Apropos meine Mutter. Ich würde sie gern besuchen fahren und sie hat gefragt, ob du vielleicht auch kommen würdest.« Ich wollte zu einer Antwort ansetzen, aber da sprach Charlie schon weiter. Seine Stimme klang hastig, ein wenig dünn, als müsste er sich überwinden zu fragen. »Ich weiß, dass alles noch frisch ist. Aber meine Beziehung zu ihr ist so angeschlagen und ich fände es schön, wenn du mitkommen würdest. Das würde es leichter machen –«

»Charlie«, unterbrach ich ihn sanft. »Ich würde sehr gern mit dir zu Anne fahren. Wirklich. Danke, dass du gefragt hast.«

Charlie schenkte mir ein sanftes Lächeln, für das ich allem zustimmen würde, nur um es noch einmal zu sehen. Ich griff über die Mittelkonsole hinweg nach seiner Hand. Ich konnte mich nicht erinnern, jemals bei einem Date gleich nach so viel Körperkontakt gesucht zu haben, aber mit Charlie war alles ein bisschen anders. Während die Sonne endgültig im Meer versank, stellte Charlie mit der freien Hand die richtige Radiosequenz ein, damit wir dem Film lauschen konnte, der auf der riesigen Leinwand nun startete. Als hätten wir Augen für etwas anderes als uns.

»Ich hatte überlegt, wir könnten Donnerstag zum Pubquiz gehen«, sagte Charlie und übertönte damit das Radio, aber mich kümmerte diese schlechte Kino-Etikette nicht. Das war der Vorteil, wenn man im Autokino in seiner ganz eigenen Blase war, in der man niemanden sonst stören konnte.

»Wer ist wir?« Ich musterte ihn von der Seite her, statt dem Film auf der Leinwand zu folgen.

»Wir beide. Deine Freunde.«

Ich gab einen betont empörten Laut von mir. »Ich wusste es, du Zecke willst doch nur an meine Freunde ran!«

»Vielleicht, aber dich finde ich auch ganz nett«, versicherte er mir mit einem Grinsen.

»Wir könnten Taylor einladen?«, schlug ich zögerlich vor und kurz verdüsterte sich sein Gesicht. Er hatte die Augenbrauen leicht zusammengezogen, doch ich konnte nicht ausmachen, ob er sich einfach auf den Film konzentrierte oder ob der Gedanke an Taylor etwas in ihm auslöste.

»Ja, vielleicht. Ich denke darüber nach.« Ein halbherziges Lächeln strich über seine Züge.

»Wenn du drüber reden möchtest, dann … «

»Nein«, unterbrach er mich bestimmt, aber freundlich. Er räusperte sich und mit einem Mal war die Luft zwischen uns unangenehm.

»Erzähl mir von deinem Studium«, wechselte ich das Thema. Für einen Moment wirkte er gedankenverloren. Einige Sekunden lang starrten wir beide auf die Leinwand.

»Nachdem ich das letzte Semester nun hinter mir habe, fängt jetzt das Foundation-Programm an. Ich werde es wohl etwas nach hinten schieben«, sagte er beiläufig und fast hätte ich ihm geglaubt.

»Weißt du schon, in welche Fachrichtung du gehen möchtest?«

»Erst mal muss ich die ersten Jahre in der Klinik überleben«, scherzte er, aber dann wurde er schlagartig ernst. »Ich finde es bewundernswert, dass du deinen Traumjob schon gefunden hast. Ich habe sechs Jahre studiert und weiß trotzdem nicht, ob ich gerne Arzt wäre.«

So viele Dinge lagen mir auf der Zunge. Ich konnte ihm nicht sagen, ob er den richtigen Weg eingeschlagen hatte. Durch dieses Labyrinth musste sich leider jeder für sich selbst durchschlagen. »Freust du dich auf die Assistenzzeit?«

»Sehr.« Er seufzte und lehnte den Kopf an seinen Sitz. »Aber jetzt haben meine Mutter und der Laden Priorität. Ich muss nur währenddessen fleißig weiterlernen.« Er zog eine Grimasse, aber dann grinste er wieder. Manchmal wüsste ich gern, was er hinter diesem Lächeln verbarg, und dann war ich doch wieder viel zu sehr davon fasziniert, um ernsthaft nachzubohren.

Unsere Finger verflochten sich, während ich nun doch langsam den Blick abwandte. Ich streifte die Schuhe ab und zog die Füße auf den Sitz, während ich dem Film folgte. Pinguine stürzten sich in die Wellen und ich wurde tatsächlich an manchen Stellen emotional. Dieser Film war eindeutig besser als jene, die Valerie für unsere Filmabende auswählte. Nicht, dass das schwer war.

Doch es war Charlies Lachen zwischendrin, dass in mein Herz einfiel und sich darin einnistete. Dieser Abend war perfekt. Wegen ihm.

Ich schloss die Augen, wollte dieses Gefühl in mir einfangen, damit ich es niemals vergaß. Denn egal, was in den nächsten Wochen folgen würde, dieses Date war auf seine eigene Art magisch.

»Ich glaube, ich habe den falschen Film ausgewählt«, sagte Charlie nach einer Weile und ich drehte den Kopf wieder in seine Richtung.

»Wieso?«

»Der macht mich traurig«, sagte er und deutete auf die Leinwand, wo alles gerade den Bach herunterging, während Gitarrenklänge die Handlung untermalten. »Ich kann doch nicht wegen Pinguinen heulen«, witzelte Charlie.

Mein Herz machte einen Satz und ich drückte seine Hand. »Ich finde es sympathisch«, flüsterte ich zurück und ein Glänzen trat in Charlies Augen.

»Das ist die Hauptsache«, flüsterte er zurück. Er beugte sich vor, seine Hände fuhren in meinen Nacken und dann zog er mich sanft zu sich heran. Für einen Wimpernschlag musste ich noch an die Leute, die in den anderen Autos um uns herumsaßen, denken. Dann drückte Charlie seine Lippen auf meine und meine Hände fanden ganz von selbst zu seinem Oberkörper.

Der Kuss wurde langsam intensiver und leidenschaftlicher. Zunächst wünschte ich mir, der Schaltknüppel, der mir unangenehm gegen die Hüfte drückte, würde verschwinden, aber dann reifte in meinem Kopf der Gedanke, dass wir den Film vergessen und zurück zu meiner Wohnung fahren könnten.

Seine Finger in meinem Haar, sein Atem auf meiner Haut und die vielen kleinen, liebevollen Küsse auf meinen Lippen, die länger und drängender wurden.

Obwohl das hier ein erstes Date war, fühlte es sich nach mehr an.

Kapitel 23

»Zündest du meine Bäckerei an?« Hollys Stimme polterte durch den Laden, während ich versuchte, meine Salted Caramel Cupcakes zu retten, die bereits gnadenlos verbrannt waren.

»Es tut mir leid. Dein Kaffee steht auf dem Tisch!«, rief ich zurück und setzte das Blech mit einem Seufzen auf der Arbeitsplatte ab. Fahrig wischte ich mir die Hände an einem Geschirrtuch ab und öffnete das Fenster der Backstube, um den Geruch meines Misserfolges nach draußen zu verscheuchen.

Holly saß an einem der Tische, als ich nach vorne trat. Sie hob den Blick, aber gab sich nicht die Mühe, den Missmut in ihrem Gesicht zu verbergen. »Jeder Interessent ist ein Trottel«, sagte sie und nahm einen Schluck von ihrem Kaffee.

»Dann kannst du wohl nicht verkaufen«, gab ich halb im Scherz und halb in ernsthafter Hoffnung zurück. Holly stieß ein Grummeln aus, als würde sie mich überhaupt nicht lustig finden. Verdenken konnte ich es ihr nicht. Diese Ungewissheit musste auch für sie anstrengend sein.

»Es ist dann eh nicht mehr dein Laden. Kannst du nicht einfach das kleinste Übel wählen?« Es tat weh, diese Worte auch nur auszusprechen. Es fühlte sich so an, als sollte die *Sweet Tooth Bakery* mir gehören. Aber vor Holly wagte ich es nicht, diese Spinnerei überhaupt auch nur auszusprechen.

»Sei nicht albern. Es wird immer mein Laden bleiben.« Holly lehnte sich zurück und verschränkte die Arme vor der Brust, doch bevor ich zu einer weiteren Erwiderung ansetzen konnte, wurde die Tür geöffnet und Theo trat ein. Ich begrüßte ihn lächelnd und wandte mich der Kuchentheke zu. Während er unsere Auslagen studierte, glitt mein Blick immer wieder zu der Frau, die sich in den letzten Jahren zu meinem Vorbild gemausert hatte und nun klein und zerbrechlich am Tisch saß. Sie rührte in ihrem Kaffee, ohne ein weiteres Mal zu trinken, und ich konnte nur raten, was hinter der missmutigen Miene für Gedanken tobten.

Theo deckte sich mit mehr Gebäck ein, als eine Person allein essen konnte, aber so wie ich ihn kannte, trug er die Hälfte davon in die Küche meiner Eltern. »Ich bin jetzt schon traurig, dass ich bald wieder fahren muss.«

»Von London aus hast du es nicht so weit. Kleiner Roadtrip für Kuchen klingt völlig nachvollziehbar. Dann wirst du Pinecrest Ehrenbürger«, witzelte ich und kassierte ab.

»Unbedingt, dann platzt Alvin noch irgendwann der Kragen, weil er mich nicht ausstehen kann.«

»Er ist eigentlich dein größter Fan«, gab ich zurück und Theo lachte trocken.

»Ich werde sogar sein miesepetriges Gesicht vermissen, wenn ich wieder in London bin und den ganzen Tag im Orchestergraben sitze.«

»Harry sollte Alvin mal zu einem Trip nach London überreden, dann können sie dich besuchen«, mischte sich Holly von ihrem Platz aus trocken ein. Theo und ich lachten zeitgleich über die absurde Vorstellung von Alvin in der Großstadt.

Theo verabschiedete sich abschließend mit einem Strahlen, das Holly nur halbherzig erwiderte. Dann war ich wieder allein mit meiner Chefin.

»Wenn ich dir irgendwie helfen kann, Holly, dann sag das bitte.«

Ich erwartete eine ruppige Antwort, schließlich kannte ich meine Chefin gut genug, um zu wissen, dass sie nur selten nach Hilfe fragte. Aber als sie aufblickte, konnte ich ihre geröteten Augen nicht übersehen.

»Es fühlt sich alles nicht richtig an, Willow. Dabei kannst du mir nicht helfen. Aber danke.«

»Wenn ich könnte, würde ich den Laden kaufen!« Ich versuchte es wie einen Scherz klingen zu lassen, aber ich wusste, dass mir mein Lächeln misslang.

Tränen schimmerten in ihren graublauen Augen, ehe sie sie weg blinzelte. Ich bewunderte Holly für die Kraft, ihre Emotionen herunter schlucken zu können, während ich stets ein offenes Buch für alle war.

»Wer sagt, dass ich dich nicht auch für einen Trottel halten würde?«, spottete sie dann mit einem schiefen Grinsen. Ich fasste mir empört an die Brust, während Holly zu lachen begann. Und für einen kleinen Augenblick waren die Zukunftssorgen verschwunden.

Ich ging zurück in die Backstube, um mich ein weiteres Mal an Cupcakes zu wagen. Beim ersten Versuch hatte ich in die Leere gestarrt, ohne einen klaren Gedanken zu fassen, aber mit Holly nebenan konnte ich mir diese Nachlässigkeit nicht erlauben, sonst würde sie den ganzen Tag auf meine Kosten sticheln. Es hatte etwas Beruhigendes, den Teig erneut anzurühren und als Holly im Verkaufsraum das Radio startete und Adele ihren Liebeskummer besang, löste sich die Schwere in meiner Brust und ich summte zufrieden mit. Normalerweise waren die Salted Caramel Cupcakes ein Rezept, das ich selbst im Schlaf backen konnte. Über die Jahre hatte ich den Teig und die luftige Buttercreme dazu perfektioniert. Ich wusste, wie lange man sie ruhen lassen musste, kannte mehr Tricks als meine eigene Chefin, aber heute drifteten meine Gedanken immer wieder ab.

Die Klingel tönte erneut durch den Laden.

»Nein, nein! Du bleibst hier, wo ich dich sehen kann. Willow hat schon etwas verbrannt heute. Das war sicher deine Schuld!«

»Ich war doch gar nicht hier«, beschwerte sich Charlies Stimme augenblicklich.

»Schlimm genug!« Dann zischte die Kaffeemaschine. »Was möchtest du haben, Junge?«

»Willow!«

»Halt den Mund.«

»Na gut, dann Kaffee und ein Croissant.«

Ich stellte die Schüssel ab und lugte aus der Tür. Sofort hellte sich Charlies Blick auf.

»So schnell gibst du auf?«, beschwerte ich mich, während Holly ihm seine Bestellung reichte und er ihr einen Schein auf die Theke legte.

»Der Drache, der dich beschützt, ist äußerst furchteinflößend und ich bin nur Übergangsflorist. Kein Ritter!«

»Oh, verschwinde«, drohte Holly ihm mit scharfer Stimme und Charlie trat augenblicklich die Flucht an.

»Hör auf meinem Freund Angst zu machen«, sagte ich und zum ersten Mal fühlte sich diese Bezeichnung nicht mehr wie eine Lüge an. Durch das Schaufenster hob Charlie noch grüßend die Hand, ehe er mit langen Schritten die Straße überquerte und wieder in seinem Blumenladen verschwand.

»Dein Lächeln widert mich an.«

Ich rollte mit den Augen. »Vielleicht solltest du wieder nach Hause gehen und Kinder anbrüllen, die zu lange an deinem Vorgarten stehen bleiben«, schlug ich vor und grinste, als Holly drohend den Finger hob.

»Ich geh nicht, weil du es gesagt hast«, brummte sie. »Ich muss einfach nur los. Stell nichts an und lass Charlie nicht wieder rein.«

»Ich werde die Tür verriegeln, wenn er auftaucht«, versprach ich amüsiert.

Holly hielt mit der Hand auf der Klinke inne und sah über die Schulter hinweg wieder zu mir. »Ich weiß, man kann Leuten immer nur vor den Kopf schauen, aber ich kann nicht fassen, dass alle Layla so blind glauben. Ich kann keinen bösen Knochen in ihm erkennen.«

Das Lächeln auf meinen Lippen zitterte, aber Holly wartete meine Antwort nicht ab, sondern verschwand. Sie hatte mir aus der Seele gesprochen. Warum vertrauten alle Laylas biestigen Kommentaren und sahen nicht sein goldenes Herz, sein warmes Lachen und die Fürsorge, die er ausstrahlte? Seufzend griff ich zu einem Messbecher und versuchte, die Gedanken zu verscheuchen. Es war seine Entscheidung, wenn er nicht mit dem Eindruck, den alle von ihm hatten, aufräumen wollte.

Ich sammelte Hollys Kaffeetasse ein und schob den neuen Versuch an Cupcakes in den Ofen. Dann begann ich im Verkaufsraum zu putzen und wurde regelmäßig von hungriger Kundschaft unterbrochen. Normalerweise ignorierte ich mein Handy auf der Arbeit, aber als Valeries Name aufleuchtete, riss ich es von dem Tresen und beinahe ebenso einen leeren Kuchenteller.

»Val?!«

»Sie hat Ja gesagt!« Valerie schrie so laut, dass ich vermutlich die Hälfte meines Hörvermögens einbüßte, aber ich sprang umgehend auf der Stelle auf und ab.

»Glückwunsch! Ich freue mich so!«

»Ich glaube, ich muss mich übergeben!«

Ich hielt überrascht inne. »Das klingt nicht positiv?«

»Nachwirkungen von der Aufregung«, erklärte Valerie endlich in einer normalen Lautstärke.

»Ihr werdet heiraten«, sprach ich noch einmal das Offensichtliche aus und ließ mich auf einen der hohen Hocker an der Theke sinken.

»Vielleicht überlassen Layla und David uns ihre Location, dann gehts ganz schnell«, witzelte Valerie. Ich kicherte.

»Das ist gemein«, beeilte ich mich zu sagen, aber Valerie schien diesen Einwand gar nicht zu hören.

»Ich freue mich so. Wir müssen das auf jeden Fall feiern, wenn Lauren und ich wieder in Pinecrest sind. Oh, und du musst natürlich unsere Hochzeitstorte backen, wenn es so weit ist!«

»Auf jeden … Scheiße! Meine Cupcakes!«, schrie ich dieses Mal in den Hörer. »Ich muss los. Lieb euch!« Ich legte auf und stolperte in die Backstube, aber der Geruch verriet mir bereits, dass ich zu spät war.

Kapitel 24

Die Teetasse wärmte meine kalten Hände, als ich auf nackten Sohlen die Treppe des Burton Hauses in den ersten Stock hinaufstieg. Es war seltsam, nach so vielen Jahren wieder das Innere des Burton-Hauses zu sehen. Die Dekoration hatte sich gewandelt, aber das Haus war mir seltsam vertraut wie eine verblasste Erinnerung im Hinterkopf, die man nicht gänzlich greifen konnte. An den Wänden hingen Bilder von Charlie und Aiden aus alten Zeiten, aber auch neuere. Aiden und Charlie in London. Eine hübsche Blondine an Aidens Seite vor einem See, der sicherlich nicht in England lag. Charlie auf einer Steinmauer, den Kopf schief gelegt und auf seinem Schoß lagen Bücher, die schwer nach Uni aussahen. Ihr Leben war eindeutig weiter gegangen, nachdem sie Pinecrest hinter sich gelassen hatten, und mir wurde wieder einmal bewusst, dass ich viele Teile und Facetten von Charlie nicht kannte.

In seinem Kinderzimmer schien die Welt allerdings stehen geblieben zu sein. An den Wänden hingen Poster von Bands und Filmen und neben seinem Bett strahlte mich eine junge Scarlett Johansson an.

»Ich bin wohl gar nicht dein Typ«, stellte ich nachdenklich mit Blick auf die blonde Schönheit fest.

Charlies Grinsen machte der Glühbirne über ihm Konkurrenz. Gerade saß er an seinem alten Schreibtisch und hatte bis eben die Nase in Unterlagen vergraben. »Jeder Junge stand damals auf sie. Aber für mich bist du schöner.« Dann erlosch sein Lächeln und er sah wieder auf die unzähligen Blätter.

»Was ist das?«, fragte ich neugierig und beugte mich über seine Schulter.

»Das ist der ursprüngliche Bescheid für meine Assistenzarztstelle. Man bewirbt sich für ein Gebiet und ich habe damals meine erste Wahl bekommen, aber als Mum sich das Bein gebrochen hat, habe ich meine Bewerbung zurückgezogen.«

Er schob die Papiere von sich und drehte sich auf dem Stuhl in meine Richtung. Ich trat näher und stellte die Teetasse schräg hinter ihm auf die Tischplatte. Seine Hände glitten an meine Oberschenkel und obwohl er lächelte, konnte ich ihm den Schmerz in den Augen ansehen. »Ich bewerbe mich dieses Jahr neu und muss dann die ganzen Abgaben und Tests noch mal machen.« Er wirkte müde. Bislang hatte man ihm nicht angemerkt, wie sehr es ihn belastete, dass er sein eigenes Leben für den Laden hintangestellt hatte, aber jetzt ließ es sich nicht länger ignorieren. Und trotzdem war er hier. Trotz allem war er hier, um seine Mutter glücklich zu machen. »Es ist anstrengend, weil man sich ein Jahr lang bewirbt, um nach dem sechsten Jahr starten zu können und ich stehe jetzt vor einem Jahr Leerlauf. Ich wollte mich nach dem Sommer um Praktika bemühen, aber es ist einfach nicht das Gleiche.«

»Wo wurdest du angenommen?«

»Ich wollte in der Nähe von London bleiben, damit mein Vater nicht völlig allein ist. Aber die Chance ist jetzt sowieso erst mal verpasst. Vielleicht im nächsten Jahr.«

Ich strich ihm durchs Haar und er lehnte die Stirn an meinen Bauch. Es war schwer, die Erschöpfung in seiner Miene zu ertragen. Wie gern wollte ich ihm helfen, obwohl ich natürlich wusste, dass ich nichts weiter tun konnte, als ihm zuzuhören. Meine Hände fuhren durch sein Haar, gruben sich in die dunkelblonden Strähnen. »Ich finde deinen Verzicht sehr beeindruckend.«

»Mir bleibt nichts anderes übrig«, sagte er dumpf in den Stoff meines Shirts.

»Du hättest nein sagen können«, widersprach ich sanft.

»Ich wollte Mum nicht noch mehr Sorgen machen und Aiden hat noch weniger Ahnung von Blumen als ich. Der soll seine Zeit im Ausland genießen.« Er lachte düster und löste sich von mir. Ich studierte sein Gesicht, aber aus seinen Augen war aller Schmerz verschwunden. Er gab sich alle Mühe, seine Regungen vor mir zu verbergen. Das zwischen uns war in so vielen Momenten so leicht, dass es mich überraschte, wann immer das Leben mir vor Augen führte, wie leicht er seine Gefühle vor mir verstecken konnte. »Du kannst jederzeit mit mir reden.«

Augenblicklich nickte er, aber ich wagte zu bezweifeln, dass er es ernst meinte. Charlie war in manchen Momenten immer noch ein Fremder für mich.

Er erhob sich vom Stuhl und zog mich an seine Brust. »Ich weiß, Willow.« Er küsste mein Haar, die Stirn und dann die Nasenspitze. Trotz der vielen Fragen, die immer noch zwischen uns waberten, fühlte ich mich in seinem Arm seltsam beschützt. Meine eigene kleine Blase, die ich nicht hinterfragen musste.

Ich hob den Kopf und erhaschte so einen kurzen Kuss auf die Lippen.

Seine Finger tanzten über meinen Hals und hinterließen eine wohlige Gänsehaut.

Seine Liebkosungen stoppten. »Ich würde dir gern etwas zeigen.«

»Eine Überraschung für mich?«, versuchte ich mich an einer albernen Frage.

»Nicht ganz.« Er zog ein paar Unterlagen hervor und rutschte bei Seite, damit ich einen Blick darauf werfen konnte. Ich schlug die Mappe auf, Kontoauszüge seines Vaters, Bescheinigungen der Uni, dass die Studiengebühren bezahlt worden waren und Kopien der Überweisungsträger. Sein Vater hatte die Zahlungen akribisch dokumentiert.

Meine Finger zitterten, als ich ein weiteres Blatt beiseiteschob und einen Ausdruck einer Mail entdeckte. Sie war von Layla, die sich für alles entschuldigte und ihn um Geld bat, damit sie ihr Geschäft nicht verlor.

»Hab das Ganze auch noch auf dem Laptop, falls du –«

»Ich glaube dir, Charlie«, unterbrach ich ihn sanft. »Das hab ich doch längst. Aber danke, dass du mir das gezeigt hast.«

»Ich hab auf die Mail geantwortet, dass ich ihr kein Geld geben werde. Daraufhin hat sie zurückgeschrieben, dass ich mich hier nie wieder blicken lassen sollte.«

Und dann hatten die Gerüchte begonnen. Layla hatte versucht, ihren eigenen Ruf zu wahren und hatte Charlie dafür geopfert.

»Du solltest sie endlich zur Rede stellen, Charlie.«

»Ja, du hast recht«, stimmte er mir zu meiner Überraschung zu.

»Ehrlich?«

»Ich hab immer noch Angst, dass sie mir nicht zuhören oder mir nicht glauben. Aber ich muss es versuchen. Für mich.«

»Ich bin stolz auf dich.«

Ein Lächeln blitzte in seinem Gesicht auf, so hell wie die Sterne am Himmel. »Danke, Willow.« Er küsste mich wieder. Sein Blick huschte wieder zu seinem Schreibtisch und obwohl seine Hände immer noch auf meinem Körper ruhten, entglitt er mir.

Seine Gedanken schienen bei einer Zukunft zu sein, die für ihn noch nicht zu fassen war. Auf seinem Schreibtisch lag das Diplom für sein Studium, das er erhalten haben musste, bevor er nach Pinecrest zurückkam. Hatte er es überhaupt richtig gefeiert oder hatte er diesen großen Schritt im Leben nur wie durch einen Nebel erlebt?

»Wir sollten schlafen gehen.«

Er griff zu meiner Hand und verjagte mit der Berührung die Gedanken, die sich sorgten.

*

Seine Finger strichen über meine Arme und zogen das Wechselspiel aus Licht und Schatten nach. Dann hielt er inne.

»Guten Morgen, Charlie«, flüsterte ich, doch er antwortete nicht. Ich hob den Blick und mein Haar schien ihn zu kitzeln, denn sein Arm zuckte kurz.

»Hast du gut geschlafen?«, fragte ich, obwohl die Augenringe unter seinen Augen eine andere Geschichte sprachen. Charlie bemühte sich um ein Lächeln, aber es erschien nicht echt.

»Hab was Seltsames geträumt.« Dann beugte er sich vor und küsste mich, als wollte er damit einen Themenwechsel anstoßen und ich ließ ihn. Vielleicht weil ich seine Stimmung respektieren wollte, aber zu einem großen Teil auch, weil es mir Angst machte, was sich offenbaren würde, wenn ich weiter fragte.

»Ich mach uns jetzt Waffeln zum Frühstück«, entschied ich und wollte mich aus seinen Armen befreien, aber Charlie dachte gar nicht daran, mich gehen zu lassen.

»Ich könnte Frühstück machen.« Seine Stimme war kaum mehr als ein Murmeln in meinem Haar und sein Atem kitzelte meine Haut. Ich hörte auf, mich gegen seine Nähe zu wehren, und erlaubte mir die Augen einen Moment länger zu schließen. »Meinst du, du könntest das besser als ich?«, fragte ich. Zunächst erkannte ich seine Bewegung nicht als Kopfschütteln, aber dann wurde mir bewusst, was er da tat.

»Ne, aber ich dachte, es würde dich vielleicht freuen. Muss dich doch an deine Arbeit erinnern.«

»Ich mache das gern. Das ist ja das Tolle an meiner Arbeit«, widersprach ich. Dann drehte ich den Kopf und drückte ihm einen hauchzarten Kuss auf die Nasenspitze. »Ich fände es schön, wenn wir zusammen Waffeln machen würden.«

Charlie strahlte über beide Wangen und löste sich von mir. Plötzlich schien er es eilig zu haben, aus dem Bett zu kommen und als ich ihm nicht schnell genug folgte, griff er nach meinen Händen, um mich mit sich zu ziehen.

Nur kurze Zeit später sah die Küche aus wie ein Schlachtfeld. Charlie gab sich zwar angeblich Mühe, hilfreich zu sein, aber ehrlicherweise tat er nicht mehr als Zutaten auf der Arbeitsfläche zu verteilen und mich mit Küssen so weit abzulenken, dass mir bereits zwei Waffeln rettungslos verbrannt waren.

»Kein Wunder, dass Holly dich nie im Laden haben will. Du bist ablenkend!« Er ignorierte den Vorwurf in meiner Stimme, aber hörte dennoch auf meinen Hals zu küssen. Er lehnte sich leicht zurück, ohne dass seine Hände sich von meinen Hüften lösten.

Ein Lächeln über Charlies Lippen, so warm und einnehmend, dass ich vergaß, worüber ich mich eben noch beschwert hatte. Ich konnte nicht anders, als sein sanftes Strahlen zu erwidern. Dann brachte mich das leise Zischen des Waffeleisens wieder auf den Boden der Tatsachen zurück.

Ich löste mich von ihm, rettete die Waffel, ehe ich eine weitere in den Müll befördern musste. Vorsichtig füllte ich neuen Teig hinein und hielt Charlie den Teller mit der Waffel hin.

»Danke«, sagte er, aber nahm ihn nicht.

Ich runzelte die Stirn, streckte ihm den Teller noch näher vors Gesicht, aber er beachtete es gar nicht. Dabei rochen sie wirklich verdammt gut und vermutlich schmeckten sie ebenso großartig. Ohne mich selbst loben zu wollen.

»Danke, dass du mir gestern zugehört hast und da warst. Ich hatte echt keinen guten Tag.« Jetzt zuckte wieder das bekannte schiefe Grinsen über Charlies Lippen. Er ließ immer alles so leicht und beiläufig wirken, dass mir gestern nicht bewusst gewesen war, wie sehr er meine Umarmungen gebraucht hatte.

Ich stellte den Teller wieder neben uns auf die Tischplatte und schlang die Arme um seinen Hals.

»Für dich immer«, wisperte ich in sein Ohr und spürte, wie er seinen Griff um meine Hüften ebenfalls verstärkte. Ich küsste ihn wieder, dieses Mal intensiver als eben noch. Sofort war da wieder die gleiche Leidenschaft wie gestern Abend. Seine Hand glitt unter das Shirt, das er mir zum Schlafen geliehen hatte, doch ehe ich mich gänzlich fallen lassen konnte, meldete sich ein Gedanke zurück.

»O scheiße, die Waffeln!«

Kapitel 25

Lauren drehte ihren Verlobungsring im einfallenden Licht des Ladens. Valerie grinste immer noch selbstzufrieden. Sie hatte auf jeden Fall die richtige Entscheidung getroffen.

»So schön!« Ich seufzte und musterte den Ring an dem Finger meiner besten Freundin versonnen.

Die Tür der Bäckerei schwang auf und Charlie trat mit Harriet im Schlepptau hinein. Er erschien immer im Raum, als hätte man auf ihn gewartet. Ich fand das bewundernswert, weil ich mich immer viel lieber in einer Ecke herumdrückte. Charlie dagegen war sofort der Mittelpunkt, nicht nur meiner Welt.

»Hey!« Er drückte mir einen Kuss auf die Wange und bemerkte erst dann Laurens hochgezogene Augenbraue. »Was denn?«

»Wer ist im Laden, wenn du hier bist?«

»Hab abgeschlossen. Ich mache Mittagspause. Vergiss nicht, dass ich der Boss bin und nicht du.«

»Das verrate ich Anne.«

Er warf Lauren einen düsteren Blick zu, aber sie starrte bereits wieder ihren Verlobungsring an. Selbst für freche

Kommentare reichte ihre Aufmerksamkeitsspanne kaum. Verlobt zu sein musste ein großartiges Gefühl sein.

Harriet begutachtete die Auslage, aber ich wurde das Gefühl nicht los, dass sie eigentlich unserer Unterhaltung lauschte.

»Ich wollte euch eigentlich zur Verlobung gratulieren, aber das spare ich mir, wenn du mich bei meiner Mutter verpetzt.«

Ich schlang einen Arm um Charlies Mitte und küsste seine Wange. »Fang keinen Streit mit Lauren an.«

Seine Bartstoppeln kratzen auf meinen Lippen, aber ich hatte mich so an dieses Gefühl gewöhnt, dass ich es zu lieben lernte.

»Was bekomme ich, wenn ich brav bin?«, fragte Charlie mich und sein Grinsen trieb mir die Röte in die Wangen. Seine Fingerspitzen glitten über mein Rückgrat, kitzelten etwas in mir.

»Was willst du?« Ich war selbst verwundert, wie sicher meine Stimme dabei klang und in seinen Augen blitzte ein bekanntes Funkeln auf, das mich an den Abend im Blumenladen erinnerte.

»Oh, nee. Aufhören!«, rief Valerie, ehe mich die Erinnerungen an diesen Abend völlig einnehmen konnte.

Charlie löste sein Blick von mir und sah zu meinen besten Freundinnen. »Ihr gönnt mir auch nichts.« Dann sah er wieder zu mir. »Bekomme ich was zu essen? Über die Belohnung kannst du den restlichen Arbeitstag nachdenken.« Er zwinkerte frech.

Ich hatte Schwierigkeiten zu atmen, aber irgendwie presste ich eine Antwort über meine Lippen. »Da fällt mir jetzt schon eine Menge ein.«

Er hielt überrascht inne, seine Lippen leicht geöffnet, während es dieses Mal an mir war, zu zwinkern. Dann wandte ich mich ab, um Harriet zu bedienen, die uns inzwischen unverhohlen anstarrte.

Kaum war ich allein in dem Laden, griff ich zu meinem Handy.

> Ich hoffe, du hast heute Abend nichts mehr vor. Eventuell müssen wir uns für die Belohnung die ganze Nacht nehmen.

Kurz zögerte ich, dann setzte ich ein Zwinkeremoji hinter die Nachricht und drückte auf Senden. Noch nie hatte ich viel oder gut über Nachrichten geflirtet, dafür fehlte mir der Mut und meiste Zeit dachte ich so lange über eine Nachricht nach, bis der Moment verflogen war.

Aber Charlie kitzelte etwas aus mir heraus, auch wenn ich das Handy mit einem Quietschen zur Seite legte, um dann doch gebannt auf seine Nachricht zu warten.

> Für dich nehme ich mir alle Zeit der Welt. Vor allem nach so einer Nachricht!

Charlie war immer schnell im Antworten, aber dieses Mal war es sogar für seine Verhältnisse zügig. Das Lächeln kletterte ganz von selbst auf meine Lippen. Mein Blick wanderte zum Schaufenster, doch statt über die Entfernung einen Blick auf Charlie zu erhaschen, konnte ich nur den Touristen beim Schlendern durch die West View Lane zusehen. Für einen Moment stellte ich mir vor, wie er im *Daisy Dreams* am Schaufenster stand und ebenso sehnsuchtsvoll zur *Sweet Tooth Bakery* hinüberblickte.

Na dann. Was hättest du gern zum Frühstück?

Seine Antwort folgte prompt in Form eines lachenden Emojis und eines Herzens, aber ich war noch nicht fertig. Gerade wollte ich wieder zum Handy greifen, als eine weitere Antwort seinerseits folgte.

Dich.

Ich stieß ein Quietschen aus und erstickte es mit meiner Handfläche. Das Blut rauschte in meinen Ohren. Ich konnte mir vorstellen, dass ich lauter panische rote Flecken auf Hals und Gesicht bekam.

Sehr unhygienisch auf dem Küchentisch. Da fallen mir bessere Orte ein.

Wollen wir nicht jetzt schon Feierabend machen?

Ich hoffe, du bist heute Abend ein wenig geduldiger.

Meine Wangen glühten. Zum Glück war ich allein im Laden, gerade könnte ich so niemanden unter die Augen treten.

Was soll das denn heißen?

Ich ließ mir Zeit mit der Antwort, sah zu, wie wieder drei kleine Punkte erschienen, die dann wieder verschwanden. Aber Charlie blieb online.

> Dass ich mir extra viel Zeit mit dir lassen werde, falls du ungeduldig bist.

Mein Herz schlug bis zum Hals. Zum Glück konnte man über Nachrichten nicht sehen, wie aufgeregt man nach einem einzigen Satz war.

Ehe ich auf eine weitere Nachricht von Charlie warten konnte, öffnete sich die Tür und Alvin und Harry traten ein. Sofort legte ich mein Handy weg, als hätte ich mich daran verbrannt. Hoffentlich glühte mein Gesicht nicht so rot wie es sich anfühlte.

»Hallo, Willow. Hast du schon von Gwennas neuer Schnapsidee gehört?« Alvin schüttelte missbilligend den Kopf.

»Nicht, das ich wüsste.«

Gwenna war zwar bekannt dafür, dass sie ständig neue Ideen rund um den Tourismus in Pinecrest hatte, aber ich hörte immer nur über fünf Ecken davon.

»Sie will im Hafen ein Bed and Breakfast auf einem Schiff aufmachen«, erklärte Harry.

»Schnapsidee«, sagte Alvin nachdrücklich. Seine Abneigung verstand ich nicht, schwieg aber und machte mich daran, ihren Kaffee zuzubereiten.

»Sie will ihn überreden, den grummeligen Kapitän zu mimen«, erklärte Harry glucksend.

»Grummelig?! Ich meine, dafür bin ich doch wirklich der Falsche«, krähte Alvin beleidigt und schniefte. Scheinbar setzte ihm die Allergie heute wieder besonders zu.

»Richtig, du bist ein kleiner Sonnenschein«, stimmte Harry schmunzelnd zu und legte seinem besten Freund die große Hand auf die Schulter.

Mein Handybildschirm leuchtete auf, aber Charlie musste noch etwas warten.

»Hey, Charlie.«

»Willow.« Er hielt mir verdutzt die Tür zu *Daisy Dreams* auf, als ich eintrat. Er sah nach Aufbruchsstimmung aus.

Aber das war nicht, was ich im Sinn hatte. Mit Schritten, die weitaus sicherer gelangen, als ich mich in Wirklichkeit fühlte, durchquerte ich den Raum.

Ich setzte mich auf den Tresen und lächelte ihn an. Charlie hielt inne. Sogar aus der Entfernung konnte ich sehen, wie sich die Muskeln in seinen Armen anspannten.

»Charlie?«, fragte ich lockend und er stieß einen Laut aus, den ich nicht einordnen konnte. Seine Finger glitten in seine Hosentasche, dann zog er den Schlüsselbund heraus und schloss die Tür ab.

Ich hob eine Augenbraue. »Ach so?«

Aber er reagierte nicht auf meine neckende Stimme, stattdessen kam er durch den Blumenladen auf mich zu.

Kurz bevor er mich erreichte, streckte ich den Fuß aus, um ihn auf Abstand zu halten. »Vielleicht solltest du das Licht ausmachen«, schlug ich vor und grinste, als er schlagartig innehielt.

»Du machst das schon den ganzen Tag«, sagte er, aber löschte das Licht, wie ich es vorgeschlagen hatte.

»Was mache ich?«, fragte ich im Gegenzug.

»Das weißt du genau.« Charlie hatte die Augenbrauen zusammengezogen und trat zwischen meine Knie. Seine

Finger glitten über meine nackten Oberschenkel, streiften den Saum meiner Shorts. Dabei sah er mir tief in die Augen.

In einem Anflug von Mut, der mir in Charlies Nähe immer so leichtfiel, grub ich meine Hände in sein Haar, um ihn an mich heranzuziehen.

»Wir könnten nach Hause gehen«, flüsterte er zwischen zwei Küssen, aber keiner von uns löste sich und setzte diesen Vorschlag in die Tat um. Seine Hände fanden den dünnen Streifen nackten Bauch zwischen meinen Shorts und dem Top und hinterließen ein Prickeln.

An dem Schaufenster, fast vollständig von den Pflanzen verdeckt, eilte jemand vorbei und wir hielten inne. Sie sah nicht hinein und hatte es vermutlich eilig nach Hause zu kommen, aber das Erscheinen der Gestalt erinnerte uns daran, wo wir hier waren.

Wir sollten wirklich gehen, dachte ich, aber zog Charlie stattdessen wieder zu mir. Als würde dieser Moment ungenutzt verstreichen, wenn wir ihn auf später verschoben.

Er zog mir das Top über den Kopf und dann folgte sein eigenes T-Shirt. Meine Finger glitten über seine feste Brust, zu seinem Bauch, bis hin zu dem Bund seiner Jeans, während er mein Schlüsselbein küsste. Mit seinen wandernden Händen schien sich auch das Kribbeln und das Glühen in meinem Körper auszubreiten. Sein Bart kratzte verheißungsvoll über meine erhitzte, empfindliche Haut. Ich zupfte an seiner Jeans, er rückte noch enger an mich und den Tresen heran.

Seine Nähe wirkte wie eine warme Umarmung auf mich. Obwohl an dieser Situation nichts süß oder unschuldig war, obwohl wir nahezu auf dem Präsentierteller saßen, fühlte ich mich sicher, als Charlie mit seinen Händen behutsam über meinen Körper fuhr. Ein Lächeln zupfte an meinen Lippen und als sich unsere Blicke trafen, erwiderte er es sanft.

Ich schlang meine Beine um seine Hüfte und legte den Kopf in den Nacken, um Charlie mehr Raum zum Küssen zu geben. Mein Herz raste, schlug Saltos und tanzte. Seine Hand wanderte wieder zu meinem BH und mit erstaunlichem Geschick öffnete er den Verschluss.

Für einen Moment erwartete ich, dass Scham einsetzen würde, als ich halb nackt vor ihm saß, aber der Blick, den er mir durch halb geöffnete Lider zuwarf, ließ mich meine Unsicherheit für den Moment vergessen. Charlie erreichte etwas, was ich bislang selten erlebt hatte. Ich fühlte mich gut in meinem eigenen Körper, sogar mein Kopf hatte das Zerdenken auf ein Minimum zurückgeschraubt. Am Ende würde ich diesen Abend aus verschiedenen Gründen rot im Kalender einkreisen müssen.

Seine Hände fuhren mit Nachdruck über meine nackten Brüste, dann wanderten seine Lippen von meinem Schlüsselbein hinab, während ich mich mit zittrigen Fingern an seinem Hosenknopf zu schaffen machte. Verflucht, so mutig kannte ich mich gar nicht.

Die Situation, diese Öffentlichkeit, jede seiner Berührungen ließ meinen Körper kribbeln wie ein elektrischer Stoß. Trotz meines benebelten Kopfs und der Aufregung, die seine Liebkosungen in mir auslösten, schaffte ich es, seine Jeans zu öffnen. Für einen Moment unterbrach er sein Tun und sah auf. Sein Blick traf meinen und seine Augen wanderten unruhig über meine Züge, als suche er in meinem Gesicht nach Zweifel, den ich nicht auszusprechen wagte.

»Wir könnten nach Hause gehen«, schlug er wieder vor und ignorierte dabei völlig den Fakt, dass ich ihm die schwere Jeans in dem Moment über den Hintern schob und sie an seinen Beinen zu Boden glitt.

»Ich glaube nicht«, sagte ich stattdessen und schloss die Beine noch fester um seine Hüften.

Ich beugte mich vor, küsste seinen Hals und lauschte den leisen Tönen, die er ausstieß, wann immer meine Lippen seine Haut berührten. Ein wohliger Schauer kroch über meinen Körper. Ich wollte mehr davon, mehr von seinem Seufzen, von der Gänsehaut und dem Herzrasen.

Seine Hände ließen von meinen Brüsten ab und wanderten zu meinen Shorts. Er war um einiges flinker als ich beim Öffnen. Mit den Händen auf dem Tresen stemmte ich mich etwas hoch, damit er sie mir ausziehen konnte, dann lag sie auf dem Boden.

Seine Finger glitten über den dünnen Stoff meines Slips, aber nicht weiter. Er hatte mich fest im Blick, als ich unter seinen Berührungen erschauderte. Mein Herz war so voll mit Gefühlen für ihn, dass ich nicht wusste, wie ich ihnen Luft machen konnte. Kein Wort dieser Welt könnte sie begreiflich machen.

»Du bist wunderschön, Willow.«

»Du musst mir keine Komplimente mehr machen, ich bin schon halb nackt.«

Er rollte mit den Augen, küsste mich aber sanft. »Manche Komplimente kann man auch einfach annehmen.«

Ich wollte etwas erwidern, aber dann schob er den Stoff der Unterhose beiseite und ließ mich vergessen. Meine Hände glitten wieder in sein Haar und als ich zupackte, stieß er ein Stöhnen aus. Sofort ließ ich los.

»Du musst nicht aufhören.« Charlie grinste mich an, während er auf die Knie ging. Seine Küsse, eben noch auf meine Brüste beschränkt, wanderten meine Oberschenkel hinauf, während ich versuchte, meinen Atem zu regulieren. Seine Hände griffen nach dem Stoff meiner Unterwäsche und zogen sie nach unten.

Ich wollte die Augen schließen, nur um die Intensität seiner Berührung zu spüren und den Moment zu genießen, aber gleichzeitig musste ich Charlie einfach ansehen.

Er hockte zwischen Blumen und Pflanzen in dem dunklen Laden vor mir und blickte mir in die Augen, während er seine Lippen wandern ließ.

Stöhnend ließ ich mich nach hinten sinken, stieß mit dem Rücken gegen die Kasse, die leise klirrte. Seine Nägel glitten kratzend über meine Beine und reizten mich mit jeder Sekunde mehr.

»Charlie«, flüsterte ich, doch er hörte nicht auf. Meine Hände tasteten nach seinen und er verschränkte unsere Finger, hielt mich fest. Die Gefühle brachen über mich hinein und jetzt musste ich doch die Augen schließen. Wenn das hier ein Traum war, dann wollte ich nie wieder aufwachen.

Charlie ließ von mir ab und ich riss die Augen auf und suchte seinen Blick. Es war dunkel geworden und ich hatte Mühe, die Regungen auf seinem Gesicht zu lesen, als er sich wieder aufrichtete. Hinter ihm zeichnete sich blass die West View Lane ab, ihr Anblick durch die Pflanzen im Schaufenster großflächig verdeckt. In Charlies Fingern glänzte eine silberne Kondomverpackung, als er sich zu mir beugte.

Sein Kuss war heftig und fahrig, als könnte er nicht genug von diesem Moment bekommen. Wieder glitten meine Hände über seinen Körper, zogen ihn dicht an mich heran.

Ich hatte mich nie wohl gefühlt, vor anderen Leuten nackt zu sein. Noch hatte ich jemals Sex an einem Ort außerhalb eines Schlafzimmers gehabt. Aber in diesem Moment war mir all das egal. Ich wollte das hier und kein schlechter Gedanke konnte diesen Wunsch übertönen. Keine Unsicherheit war stärker als das Feuer, das in meinem Brustkorb nur für ihn brannte.

Ich stöhnte, als er in mich eindrang und für einen Moment hielten wir beide inne. Charlies Blick fand meinen, während er tief einatmete. Seine Hand glitt in mein Haar, er küsste mich, während er sich wieder zu bewegen begann. Sein Kuss schien all die Dinge zu transportieren, die in ihm brannten, schien mein eigenes Beben und Brennen zu spiegeln.

Meine Hände glitten über seinen glühend heißen Oberkörper, sein Atem heiß auf meinem Hals.

»Charlie«, flüsterte ich und er drückte die Stirn gegen meine. Ganz nah fühlte ich mich ihm, als wir so ineinander verschlungen innehielten und uns betrachteten.

Er und ich.

Wir.

»Alles okay?«, flüsterte er.

Unsere Lippen fanden sich und einen atemlosen Kuss später nickte ich. »Mehr als okay«, versprach ich. Sein Mund hinterließ eine warme Spur auf meinem Hals, seine Hände stützten mich, als er mich noch enger an sich zog und mir ein Keuchen entlockte.

Wir fanden einen gemeinsamen Rhythmus. Ich hatte mir dieses erste Mal zwischen uns vorgestellt, mehr als einmal, aber keine dieser Fantasien konnte die Realität greifen.

Seine Finger umklammerten meine, als er schwerer atmete und ich spürte, wie sich das Feuer glühend heiß in mir ausbreitete.

Ich wollte diesen Moment wieder und wieder erleben, wollte, dass es ewig dauerte. Mein Körper dagegen gehorchte mir nicht, erzitterte unter seinen Küssen, seinen Berührungen. Sein Stöhnen fuhr mir ins Mark und Bein und als er schlussendlich innehielt, lagen mir Worte auf den Lippen, die ich nicht auszusprechen wagte. Aber Charlies Blick ließ mich vermuten, dass er längst wusste, wie viel er mir bedeutete, und in diesem Moment glaubte ich, dass er dasselbe für mich fühlte.

Kapitel 26

Charlie war für seine Verhältnisse seltsam still. Er setzte den Blinker, steuerte das Auto auf den Parkplatz, hielt und sprach dennoch kein Wort.

Ich ließ mir Zeit, während er aus dem Wagen sprang, als würde er brennen. Sorgsam verstaute ich mein Handy wieder in der Handtasche, warf einen letzten Blick in den kleinen Spiegel in der Sonnenblende und stieg dann ebenfalls aus.

Die Reha-Einrichtung war in einem beeindruckenden alten Herrenhaus unweit von Trevone untergebracht. Die steinernen Außenwände glänzten und rings herum lagen saftige, grüne Wiesen, so weit das Auge reichte. Durch den angrenzenden Garten schob ein Pfleger eine Dame im Rollstuhl und auf einer Parkbank saß ein älterer Herr, der sich mit einem Lächeln sonnte. Efeuranken wuchsen an den Mauern des Herrenhauses empor, gaben einem das Gefühl, man wäre in einen historischen Film gefallen. Wir waren relativ weit weg von den Küsten und so war der Geruch nach Meer nur noch eine leise Erinnerung in der Luft. Unweigerlich fragte ich mich, ob Anne den Geruch bei ihrer Genesung vermisste.

Ob sie ihn auch so sehr mit dem Gefühl nach Heimat verband wie ich selbst? Hier roch es eher nach Wald, frisch gemähten Gras und Wildblumen.

Charlie hatte sich nur einige Meter vom Auto entfernt und drehte eine Zigarette zwischen den Fingern. Er wirkte schon die ganze Fahrt nervös. Eigentlich hatte ich geglaubt, dass ich aufgeregt war. Aber seine Mutter zu sehen, schien ihn weit mehr aus der Fassung zu bringen als mich.

Diese unruhige Art war mir neu an ihm. Einen Wimpernschlag lang ruhten meine Hände auf dem Blech des Autos, während Charlie einen Kieselstein von sich kickte, und ich löste mich aus meiner Erstarrung. Erst als ich direkt vor ihm stand, hob Charlie den Blick und lächelte mich an. War mit einem Mal wieder in der Gegenwart angekommen.

»Tut mir leid.« Er hob zur Erklärung die Zigarette hoch, die leicht glühte.

»Ich hab nie gesagt, dass es mich stört.«

»Du bist Nichtraucherin«, sagte Charlie und zuckte mit den Schultern. Ihm waren einige Strähnen der dunkelblonden Haare ins Gesicht gefallen und ich hätte sie ihm gern aus der Stirn gestrichen.

»Es ist okay, du kannst ruhig rauchen.« Ich lachte leise auf, als er eine Grimasse zog.

»Also kann ich von dir nicht erwarten, dass du mir diese schlechte Angewohnheit austreibst?«

Ich griff nach seiner freien Hand und schüttelte den Kopf. »Nein, ich bin nicht deine Mutter.«

Charlies Lächeln gefror und er wurde blass. »O Gott. Mum weiß nicht, dass ich rauche. Sag ihr kein Wort!«

»Muss ich nicht. Sie wird es riechen können.«

In derselben Sekunde fiel die Zigarette zu Boden und Charlie trat sie hastig aus. »Sie wird mich umbringen.«

Ich kicherte und hob die Überreste der Zigarette auf und warf sie in den Mülleimer neben uns. Als ich mich umdrehte, lag auf seinen Zügen wieder dieser Schatten, der ihn in den letzten Tagen zu verfolgen schien.

»Ist alles okay?«

Charlie nickte. Dann schüttelte er mit dem Kopf.

Ich machte noch einen Schritt vor, schlang die Arme um seinen Hals. »Ich bin für dich da.«

»Ich bin ihr in den letzten Monaten so aus dem Weg gegangen. Sie weiß, dass ich ihr die Scheidung übel nehme.«

»Du darfst um deine heile Familie trauern.«

»Wer weiß, wann sie das letzte Mal glücklich waren.« Charlie seufzte tief. »Mein Vater hat Depressionen, weißt du? Es war schwer für Mum und ich kann verstehen, dass sie sich irgendwann für sich selbst entschieden hat.« Seine Finger tanzten über die nackte Haut meines Handrückens. Ruhelos. »Aber es hat ihn ziemlich kaputt gemacht. Ich mache mir Sorgen, dass er jetzt allein ist.«

»Geht er in eine Therapie? Hat er inzwischen ein soziales Umfeld in London?«, fragte ich vorsichtig, da ich mir nicht vorstellen konnte, dass Charlie der einzige Ankerpunkt seines Vaters war.

»Natürlich, aber ich fühle mich trotzdem verantwortlich.«

»Du bist ein guter Sohn.«

Charlie schüttelte den Kopf. »Mum weiß sicher, dass ich am liebsten nicht hier wäre.«

»Du bist sauer«, erinnerte ich ihn sanft. »Das darfst du sein.«

»Ich bin ein erwachsener Mann, ich sollte damit klarkommen.«

»Am Ende bleiben wir eben doch immer die Kinder unserer Eltern.«

Charlie lachte heiser. »Meinst du, sie nimmt es mir übel, dass ich mich für Dad entschieden hab?« Die Angst schwang in seiner Stimme so deutlich mit, dass es mir das Herz zerriss.

»Nein, das glaube ich nicht. Es geht schließlich auch nicht darum, sich für eine Seite zu entscheiden. Selbst wenn es sich manchmal so anfühlt.«

»Aber … «

Ich schüttelte den Kopf und griff nach seinen Händen. »Du bist hier, Charlie. Du kümmerst dich um den Laden, du besuchst sie in der Reha. Sie ist dir dankbar.« Das wusste ich, auch ohne vorher mit Anne darüber gesprochen zu haben.

»Wenn ich sie verliere, nur weil ich so ein Dickkopf war … «

»Verstehe ich, aber sie wird das auch verstehen.«

Charlie hob die Hand und ein schiefes Lächeln flackerte über seine Lippen. Seine Finger strichen durch mein Haar. Ich hatte mir den ganzen Morgen Mühe gegeben mit meinem Look, aber gerade konnte ich nicht daran denken, dass er meine Frisur durcheinanderbrachte. Es war sein Lächeln und das Glänzen in den Augen, das mich in diesem Moment gänzlich einnahm.

»Danke, Willow.«

Ich stieß ihm sanft gegen den Oberarm. Jetzt lockerte sich die Anspannung und Charlie blickte zu dem großen Gebäude empor.

»Du bist großartig«, flüsterte ich und bekam dafür einen Kuss geschenkt. Zeitgleich liefen wir in Richtung des großen Hauses. »Ich hab auch Angst.«

Unter seiner eindringlichen Musterung erschauderte ich unerwartet. »Wovor?«

»Vor allem. Ich bin ein ängstlicher Mensch.« Ich dachte an die Momente, in denen ich sprachlos war. An die Momente, in denen Menschen mir nicht zuhörten, egal wie laut ich sprach. An die Momente, in denen ich lieber schwieg, anstatt für mich selbst einzustehen und eine Diskussion anzufangen.

»Ich halte dich für sehr schlagfertig. Ich glaube einfach, du versuchst oft kein Aufsehen zu erregen.«

Es tat weh, wie recht er mit dieser Einschätzung hatte. Ich zuckte mit den Achseln, wich seinem Blick aus, aber Charlie zwang mich ein weiteres Mal innezuhalten. Mit sanften Händen griff er zu meinem Kinn, hob meinen Kopf und schenkte mir ein warmes Lächeln. Ein Lächeln, das die Welt erhellte.

»Es ist nicht schlimm, wenn man Angst hat, Willow.« Sein Lächeln zitterte. »Daran wächst man.«

Aus Charlies Mund klang so etwas wie ein Versprechen. An mich und an sich selbst. Ich lächelte, tapferer als ich mich fühlte. Vielleicht hatte er recht, vielleicht schlummerte der Mut irgendwo in mir.

»Ich hab den Laden wieder geöffnet, weil Mum Angst hat, dass ihr alle Kunden weglaufen. Ich hatte Angst, dass sie es wegen mir erst recht tun.« Ich sah ihn fragend an, aber Charlie hatte den Blick auf den Boden gerichtet. »Aber zum Glück ist dem nicht so. Ihre Verachtung mir gegenüber ist nicht so stark wie ihre Liebe für meine Mutter.« Sein Lächeln wirkte verzehrt und traurig. »Ich glaube, das hier ist mein

Versuch, meine Beziehung zu Mum zu retten«, flüsterte er in den Raum zwischen uns und mein Herz krampfte sich zusammen. »Und du machst mich mutig genug, um es zu versuchen.«

»Willow.« Anne strahlte. Ihr Lächeln glich dem von Charlie so sehr, dass ich mich direkt wohlfühlte.

Zögerlich löste ich meine Hand aus seiner und machte einen Schritt vor, weiter in den Raum hinein. »Hallo Anne, wie geht's dir?«

»Besser. Jetzt, wo ihr mich endlich besuchen kommt.«

»Es tut mir leid«, sagte Charlie ernsthaft, trat an mir vorbei und drückte seiner Mutter einen sanften Kuss auf die Wange.

»Charlie, ich bin dir mehr als dankbar. Hör auf dich zu entschuldigen.« Sie gab ihm einen Klaps auf den Oberarm. Ihr Bein steckte in einer bunten Schiene und als sie meine Musterung bemerkte, zog sie eine Grimasse. »Es verheilt nicht sonderlich gut. Aber dazu kann der angehende Arzt sicherlich mehr sagen als ich!« Sie bedachte Charlie mit einem stolzen Ausdruck in den Augen, der mehr als deutlich machte, dass seine Sorge unbegründet war. Er legte unbeholfen einen Arm um sie. Die Risse, die ihre Beziehung genommen hatte, konnte man nicht ungeschehen machen. Aber sie würden heilen.

Dann warf Anne Charlie einen scharfen Blick zu. Vermutlich hatte sie den Rauch der Zigarette in der Nase, aber sie sprach es nicht an. Stattdessen sah sie in meine Richtung und rollte kommentarlos mit den Augen.

Ich sah mich im Zimmer um. Es war hübsch, eindeutig eine Reha-Einrichtung, aber geschmackvoll eingerichtet. Ich vermutete, dass das ebenfalls ein Grund war, warum es für

Charlie so wichtig gewesen war, den Laden wieder zu öffnen. Wie sonst finanzierte man so etwas?

Auf ihrem Nachttisch standen zwei Fotos von Charlie und Aiden. Daneben lag ein kleiner, hellblauer Gedichtband. Obwohl alles so ruhig und einladend wirkte, fühlte ich mich wie ein Eindringling, der die Burtons bei einem Familientreffen störte.

»Freut mich wirklich, dich jetzt offiziell als Charlies Freundin vorgestellt zu bekommen.« Anne strahlte mich an und ich setzte mich eilig auf den freien Stuhl ihr gegenüber. Charlie schenkte uns gerade Tee ein, doch seine Mutter hatte nur Augen für mich.

»Wir kennen uns doch schon ewig, Anne, wich ich verlegen aus und spürte, wie mir die Hitze in die Wangen schoss.

»Das ist jetzt aber was anderes«, widersprach sie und warf ihrem Sohn ein nachsichtiges Lächeln zu. »Da kann Charlie wirklich von Glück sprechen, dass du dich mit ihm abgibst.«

»Mutter!« Charlie sah sie empört an, aber sie lachte nur auf. Ihr Lachen klang ein wenig anders als früher, ein wenig so, als würde sie dem Frieden zwischen Charlie und sich selbst nicht trauen. Und auch ihrem Sohn sah man die Anspannung deutlich an.

»Wie geht's dir, Anne?«, fragte ich und ließ zu, dass sie meine Hand nahm.

»Es ist ermüdend. Ich will nach Hause.«

Charlie stellte die Teetassen auf den kleinen Tisch neben den Stühlen und strich seiner Mutter aufmunternd über die Schulter.

»Dabei hatte ich Glück, ich hätte mir auch den Hals brechen können.«

»Du bist sicher bald wieder zu Hause und dann steigst du auf keine Leiter mehr«, richtete Charlie sich mit sanfter Stimme an seine Mutter. Dann setzte er sich und tastete nach meiner Hand. Eben noch hatte er mir anvertraut, wie sehr ihn das alles aufwühlte, aber im Umgang mit seiner Mutter war davon nichts zu spüren. Nur der zittrige Druck seiner Hand in meiner kollidierte mit seinem ruhigen Auftreten.

Manchmal war es schwierig, hinter Charlies Fassade zu blicken und den Mann dahinter zu erkennen. Jedes Mal, wenn er sich öffnete und mir diese Seiten an sich zeigte oder Halt bei mir suchte, berührte er damit mein Herz. Vertrauen schenkte man nicht leichtfertig und so saugte ich es in mir auf, als wäre ich ein Schwamm und er mein Wasser.

Ich drückte seine Finger und spürte seinen dankbaren Blick auf mir.

»Lasst uns über etwas anderes sprechen. Charlie hat erzählt, ihr trefft euch schon seit einer Weile?«

Mein Lächeln verrutschte etwas. In Pinecrest stellte niemand diese Fragen, da alle durch die Gerüchteküche unlängst glaubten, die Wahrheit zu kennen, aber Anne hatte all das nicht mitbekommen. Anne wollte die ganze wahre Geschichte, die es nicht gab.

Sicher, unsere Beziehung war nicht länger eine Lüge, aber wenn die Wahrheit aufflog, hatte ich den guten Ruf der Burton-Familie endgültig an die Wand gefahren.

»Wir haben uns letzte Weihnachten durch Zufall getroffen und sind danach im Kontakt geblieben. Sie war ein paar Mal bei mir in London und … « Charlie zuckte unbeholfen mit den Schultern.

»Dein Sohn kann sehr charmant sein«, sagte ich dann und entlockte Anne ein erneutes Lächeln.

»Das kann er wirklich. Lass dir bloß nicht zu viel gefallen.« Sie blinzelte und ich musste über ihren spitzzüngigen Rat lachen. Charlie war seiner Mutter unheimlich ähnlich. Ich wünschte, ich wäre nur halb so selbstbewusst und schlagfertig.

»Ich bin froh, dass er dich an seiner Seite hat. Ist sicherlich nicht immer leicht aktuell.« Anne lächelte mich an. Natürlich wusste sie von dem Ruf, den ihr Sohn in Pinecrest hatte. Die Sorge in ihren Augen war mehr als deutlich zu erkennen.

Ich drückte seine Hand etwas fester. Dieses Mal hielten wir einander fest.

»Charlie, du weißt, dass ich kein Wort davon glaube, oder?«, fragte seine Mutter unvermittelt und Charlie neben mir versteifte sich.

»Nicht?«, fragte er und seine Stimme kratzte rau über das Wort.

»Natürlich nicht. Ich kenne dich doch. Du bist ein guter Mensch«, sagte sie mit Nachdruck und obwohl sich das Schweigen, das sich nach ihren Worten ausbreitete, schwer anfühlte, schien Charlie sich endlich ein wenig zu entspannen.

Und dann holte Anne Luft, erzählte von dem Leben in der Klinik, von ihren Physiotherapiestunden und von den anderen Bewohnern.

Obwohl ich die neue Freundin an seiner Seite war, sorgte Anne dafür, dass es sich anfühlte, als wäre ich bereits ewig Teil dieser Runde. Tee trinkend, schwatzend und lachend.

Erst beim Abschied schlug das Klima in dem kleinen Zimmer noch mal um.

Anne hatte uns bereits liebevoll verabschiedet, aber an der Tür hielt Charlie noch einmal inne und drehte sich dann wieder zu seiner Mutter.

»Es tut mir leid.«

»Es ist okay, Charlie«, sagte sie sanft und schien sofort zu wissen, was er meinte. »Mir tut es leid.«

Charlie blinzelte, warf mir einen fragenden Blick zu und atmete tief durch, als ich ihn anlächelte. »Ich war so wütend und ich hab das Gefühl, ich müsste für Dad da sein. Aber das heißt nicht, dass ich … « Er stockte und schluckte schwer.

»Du darfst sauer sein, Charlie. Das ist dein gutes Recht. Ich liebe dich deshalb nicht weniger und sobald du dazu bereit bist, steht dir meine Tür jederzeit offen.«

Charlie schloss für einen Augenblick die Augen. »Danke. Ich glaube, ich brauche noch Zeit.«

»Ich warte«, versprach Anne und sie lächelte.

»Ich hab dich lieb, Mum.« Charlies Stimme zitterte, aber er erwiderte ihr Lächeln wie ein zaghaftes Friedensangebot.

»Deine Mutter ist großartig«, bemerkte ich, als wir auf den Schotterplatz vor dem Haus traten, ohne auf den Schritt der Versöhnung genauer einzugehen. Charlie würde mit mir reden, wenn er so weit war.

»Sie würde dich sofort adoptieren. Und mich dafür rauswerfen«, behauptete Charlie ernst.

»Dann musst du wohl nett zu mir sein«, neckte ich ihn und griff nach seinem Oberarm.

Arm in Arm näherten wir uns dem Auto, als Charlie sich räusperte. »Ich glaube, ich brauche eine Kippe.«

Er zog eine Packung aus der Lederjacke und drehte eine Zigarette zwischen den Fingern. Er steckte sie an, atmetet den Qualm ein und machte einen Schritt zurück.

»Schon okay, Charlie«, sagte ich mit leiser Stimme, aber er schien mir nicht zu glauben.

Mit der freien Hand strich er sich durch das blonde Haar und ließ die Schultern hängen. Drinnen war er so ruhig aufgetreten, jetzt rang er mit der Fassung.

»Es ist okay, sich überfordert zu fühlen«, wisperte ich leise und trat dicht an ihn heran. Zwar hatte ich den unangenehmen Rauch in der Nase, aber er lehnte sich an mich, als wäre ich der Halt, den er sonst mir schenkte.

»Ich wünschte, ich könnte genauso ruhig sein wie du«, murmelte er. »Nicht so nachtragend.«

»Sei froh, dass du laut und selbstbewusst bist. Das bewundere ich sehr an dir. Ich lasse mich zu oft herumschubsen.«

»Wenn du einmal zurückschubsen willst, dann bin ich da, um dir zu helfen«, versprach er und drückte mir einen Kuss auf die Stirn. Ich lächelte sanft, als meine Hände über seine Brust glitten. Seit ich ihn an meiner Seite wusste, fühlte ich mich mutiger, sicherer. Nun machte mir der Gedanke Angst, dass er irgendwann wieder aus meinem Leben verschwinden würde. Ich vertraue ihm so viel von mir an und sorgte mich um die Teile, die ich nicht zurückbekommen würde, falls er ging.

Charlie bedachte mich mit einem dankbaren Lächeln, das mein Herz ein wenig höherschlagen ließ und mir warme Vorfreude auf unseren Abend zu zweit schenkte. »Danke, dass du mit mir hier warst, das hat es einfacher gemacht.«

So richtig konnte ich ihm nicht glauben, weil er immer noch nervös an der Zigarette zog und seine Hände nicht so ruhig waren wie sonst.

»Immer«, versprach ich ihm dennoch mit fester Stimme und griff zu seiner freien Hand, die meine im selben Moment umklammerte.

Vielleicht waren wir nicht perfekt, hatten unsere Fehler. Aber vielleicht waren wir trotzdem genau richtig füreinander.

Die Zigarette war zu Ende geraucht, wanderte in den nächsten Mülleimer. Hand in Hand schlenderten wir zurück zu seinem Auto, aber er ließ mich nicht los, ging mit mir bis zur Beifahrertür, während sein Daumen kleine Kreise auf meine Haut malte.

Ich sah zu Charlie hoch, spürte das warme Glühen in meinem Herzen und wollte ihn am liebsten nie wieder loslassen. Im gleichen Augenblick beugte er sich vor, um mich zu küssen.

Ich lehnte mich weg und seine Lippen landeten auf meiner Wange. Er zog sich zurück, blickte mich irritiert an, die Augenbrauen fragend nach oben gezogen.

»Du stinkst nach Rauch«, erklärte ich mich und musste lachen, als seine Miene versteinerte.

»Ich muss doch damit aufhören.« Verzweifelt stöhnend öffnete er die Beifahrertür für mich.

Kapitel 27

Als ich ein Räuspern im Laden vernahm, stellte ich die Rührschüssel ab und trat aus der Backstube heraus. Und da stand David. Etwas verloren und ganz eindeutig verlegen.

»Kann ich dir helfen?«, fragte ich und sah mich unauffällig um, aber wir waren allein. Wenn die Gerüchte wahr waren, musste ich in seiner Nähe wenigstens nicht mehr nach Layla suchen. Angeblich hatten sie sich nun endgültig getrennt, andernfalls hätte er sich sicher nicht in die *Sweet Tooth Bakery* getraut.

»Ich weiß nicht.« Er schob wieder die Hände in die Hosentasche. Unschlüssig blieb ich am Tresen stehen und bettete meine Hände auf die Arbeitsplatte. Das Massivholz war warm und tröstlich unter den Fingerspitzen. Es schien unter meinen Händen lebendig zu werden und spendete mir die notwendige Ruhe.

Genau jene Ruhe, die ich bitternötig hatte, wenn ich mich einem Gespräch mit David stellen wollte. Aber er schien ebenso unschlüssig und nervös zu sein wie ich selbst.

Wir starrten einander durch den kleinen Raum hinweg an und warteten darauf, dass der jeweils andere diese unangenehme Situation rettete.

»Layla und ich haben uns getrennt.« Obwohl seine Stimme fest klang, waren seine Augen glasig.

Ich löste die Hände von der Arbeitsplatte und holte einen Haselnuss-Cupcake mit meiner besten Vanille Buttercreme heraus. Dann hielt ich ihm das gute Stück hin.

David kam zögerlich näher, wie ein scheues Wildtier und nahm mir das Gebäck aus der Hand. »Danke. Ich liebe deine Cupcakes, aber ich hab mich in den letzten Tagen nicht getraut herzukommen.«

»Ist doch logisch.« Herzschmerz war ätzend. Aber wenn eines half, dann waren es gebackene Süßigkeiten.

»Ich weiß nicht, warum ich mit dir darüber reden wollte, aber irgendwie fühlt es sich an, als wäre ich es dir schuldig … *euch* schuldig.«

Nervosität ballte sich in meinem Magen zu einem eiskalten Klumpen zusammen und ich wollte wieder nach dem Holz greifen, aber das würde nicht helfen. Diesem Gefühl musste ich mich stellen. Kein Verstecken.

»Ich wusste, dass sie lügt.«

Ich verschränkte die Arme vor der Brust und sah an ihm vorbei aus dem Schaufenster auf die West View Lane. Dort hinter den Blumen versteckte sich der Mann, an den ich mein Herz verloren hatte und dem seines durch Layla gebrochen worden war. Jetzt bereute ich es, dass ich David einen Trennungscupcake gegeben hatte.

»Warum hast du nichts gesagt?« Als ich aufblickte, konnte ich den Schmerz in seinen Augen lesen, der meine eigene Wut dämpfte.

»Ich fühle mich selbst nicht ganz unschuldig.« Gedankenverloren kaute er auf dem Cupcake herum. »Der ist gut«, lobte er dann mit vollem Mund, entlockte mir doch ein schiefes Grinsen.

»Ich wusste es damals nicht, weißt du?«

»Was?«, fragte ich und beugte mich vor.

»Dass sie noch zusammen waren, als ich angefangen habe, Layla zu daten. Ich war nie mit ihm befreundet und er war so selten hier. Und dann kam es raus und ich hatte ein furchtbar schlechtes Gewissen. Sie machten Schluss und dann hat sie mir erzählt, dass sie den Laden wegen ihm verlieren würde. Wegen des Geldes, was sie verliehen und er nie zurückgezahlt hat. Und es klang alles so komisch, aber … «

»Aber du hast sie geliebt.«

»Ja.« Er knüllte das Papier des Cupcakes in der Faust zusammen. »Sorry, dass ich dich damit nerve, aber ich muss mit irgendwem reden.«

»Ich bin seine Freundin«, erinnerte ich David mit einem schiefen Grinsen, auch wenn das Wort noch immer merkwürdig in meinen Ohren klang.

»Ja, aber vielleicht deshalb. Es sollte dich nicht betreffen und trotzdem hängst du in der Scheiße drin.«

Ich zog eine Grimasse. »Magst du einen Kaffee, David?«

Er nickte und trat einen Schritt näher an mich heran. »Ich glaube, wir wollten nie heiraten. Aber irgendwie wollten wir wohl den Betrug rechtfertigen. Als wäre es nicht ganz so schlimm, wenn es die große Liebe ist. Irgendwann hat sie mir gesagt, dass er ihr nie Geld gestohlen hat. Ich hätte es damals schon beenden sollen.«

Ich stockte und hatte Mühe, mich auf die Kaffeemaschine zu konzentrieren. Ich fand es furchtbar, was Layla und David

Charlie angetan hatten, aber als ich jetzt in Davids Gesicht blickte, wirkte er erschöpft.

»Und dann war er wieder da und ich glaube, Layla hat sich dran erinnert, dass sie mich nie auch nur angesehen hätte, wenn er nicht nach London gegangen wäre.«

»Sag das nicht«, widersprach ich mit sanfter Stimme.

»Was ist, wenn sie nur bei mir geblieben ist, weil sie sich einreden wollte, dass sie nicht ihre große Liebe betrogen hat? Sondern, weil sie ihr Glück finden wollte?« David strich sich über das Haar und wich meinem Blick aus. Trotz allem hätte ich ihn in dieser Sekunde gern umarmt und ihm ein klein wenig Ruhe geschenkt.

»Ich glaube nicht, dass es die eine große Liebe gibt«, sagte ich stattdessen und schob ihm den Kaffee zu. »Vielleicht wart ihr einmal die große Liebe und auch wenn der Betrug scheiße war, wart ihr füreinander in dem Moment perfekt. Menschen ändern sich, man entscheidet sich anders. Nur weil eine Trennung jetzt richtig war, heißt es nicht, dass eure ganze Beziehung es nicht wert war.«

»Danke, Willow.« In seinen Augen glänzten Tränen. »Entschuldige, dass ich meine Probleme bei dir ablade. Was ich eigentlich sagen wollte … « Er hielt inne und wühlte wieder mit den Händen durch das kurze Haar, bis es in alle Richtungen abstand. »Ich habe ihr gesagt, dass sie reinen Tisch machen soll, aber ich glaube, dass sie nicht auf mich hört.«

»Danke, David. Vielleicht solltest du denen, die schlecht über ihn reden, davon erzählen.«

Er wirkte nicht überzeugt, aber ich hatte auch nicht damit gerechnet, dass meine Worte auf Zustimmung treffen würden.

»Was schulde ich dir?«, fragte er und zückte einen Geldschein.

»Geht aufs Haus, alles gut.«

Verlegen zog er wieder die Schultern hoch und sah mit einem Mal wieder genauso verloren aus wie zu Beginn seines Besuches. Dann warf er einen Blick über die Schulter. Ich vermutete, dass er den Blumenladen betrachtete, aber sein Blick blieb unergründlich, als er sich zu mir drehte.

»David?«, durchbrach ich die Stille und er zog fragend die Augenbraue hoch.

»Du solltest es Charlie erzählen.«

»Alles?«, fragte er und man konnte das Entsetzen in seiner Stimme hören.

Ich stutzte. »Ja, alles. Er sollte wissen, dass es noch nette Seelen in Pinecrest gibt. Wenn du es schon sonst niemandem sagen willst«, sagte ich mit leiser Stimme und hoffte, dass ich keine Grenze übertrat. David zuckte getroffen zusammen, aber ich hatte kein schlechtes Gewissen. Er sollte die Dinge aussprechen und dafür sorgen, dass die Menschen Charlie wieder anständiger gegenübertraten. Eine Entschuldigung bei mir brachte niemandem etwas.

*

Die Musik im Rubys war kaum laut genug, um die Gespräche zu übertönen. Charlie und mir gegenüber saßen Taylor und Valerie, die sich über Rugby unterhielten. Bislang war mir nicht bewusst gewesen, dass sich Valerie für diesen Sport begeisterte, aber vermutlich konnte man auch an besten Freunden immer wieder Neues entdecken.

An der Theke stand Theo und unterhielt sich mit Gwenna, die immer noch rote Flecken im Gesicht hatte, von ihrem erhöhten Himbeerkonsum am Morgen. Louis wirbelte hinter der Bar umher, um dem Freitagabend-Ansturm gerecht zu werden. Die Lautstärke war in den letzten Minuten angeschwollen und jemand hatte die Tür geöffnet, damit frische Luft in die Bar strömen konnte. Auf der dunklen Tischplatte vor uns hatte sich die Feuchtigkeit in hellen Ringen eingegraben und die Polster der Bank, auf der ich saß, war zerschlissen. Das *Ruby's* hatte seine besten Jahre längst gesehen, aber obwohl es alt und irgendwie muffig war, zog es uns alle immer wieder dorthin.

Charlie drehte sich in meine Richtung, seine Hand ruhte auf meinem Oberschenkel. »David war vorhin im Laden.« Ich drehte den Kopf, versuchte in seinem Gesicht zu erkennen, wie er sich mit der Situation fühlte, aber ehe ich in unnötige Panik ausbrechen konnte, beruhigte er mich mit einem Grinsen.

»Er meinte, dass du ihm das geraten hast.«

»Ja«, sagte ich leise, fast zu leise mit all dem Lärm im Pub, aber ich wollte die anderen nicht mit der Nase auf unser Gespräch stoßen.

»Danke, Willow. Erst war ich sauer, weil er vor den anderen die Schnauze nicht aufbekommt. Aber es tut gut zu wissen, dass jemand die Wahrheit kennt.«

»Das ist gut«, sagte ich erleichtert und lehnte meinen Kopf für einen Moment gegen seine Schulter, während Valerie lautstark mit Taylor stritt. Offensichtlich hatten sie sehr unterschiedliche Meinungen zum letzten Spiel der *Cornish Pirates*.

»Ich habe aber lieber dich als Überraschungsbesuch bei mir im Laden als ihn.« Charlie zog meine Aufmerksamkeit wieder auf sich und seine Fingerspitzen malten Kreise auf meinen Oberschenkel.

»Hast du einen bestimmten Besuch im Sinn?«, fragte ich ihn neckend und drehte meinen Kopf, um ihn anzusehen.

Seine weichen Fingerkuppen fuhren über meine Wangenknochen, zu meinem Hals. »Ich glaube, wir denken an den gleichen Abend«, flüsterte er. In meinem Magen schwollen das Kribbeln und das unglaubliche Gefühl der Wärme an, als die Erinnerung an den Laden im Dämmerlicht wieder übermächtig wurde.

»Vielleicht hole ich dich bald wieder von der Arbeit ab«, erwiderte ich – und das in der Öffentlichkeit.

»Nehmt euch ein Zimmer«, mischte sich Valerie lautstark ein und Taylor lachte vergnügt, während ich rot anlief. Zeitgleich trat Louis an den Tisch und stellte ein Tablett mit Shotgläsern ab und grinste Taylor an. »Geht aufs Haus!« Damit verschwand der Barkeeper wieder im Gedränge.

»Ich wusste nicht, dass ihr beide so dicke seid«, sagte Charlie zu Taylor und folgte mit seinem Blick kurz Louis.

»Wir waren die letzten Monate öfter gemeinsam surfen.« Taylor grinste verschmitzt. »In meiner Welt sind wir jetzt also beste Freunde.« Er zwinkerte und strahlte noch etwas breiter, als wir lachten. Taylor nahm sich selbst kein Stück ernst und das war in dem Chaos der letzten Wochen mehr als erfrischend.

Es hatte mich verwundert, dass Charlie auf meinen Vorschlag eingegangen war und Taylor in den Pub eingeladen hatte. Und jetzt saß er auf Laurens angestammten Platz, während diese in ihrem kleinen WG-Zimmer für ihre letzten Prüfungen dieses Semester lernte.

Charlie griff unterm Tisch nach meiner Hand und ich rutschte näher an ihn heran, während Taylor unterdessen die Shotgläser verteilte. Er erntete von uns allen nur widerwilliges Stöhnen.

»Dafür bin ich zu alt«, protestierte Charlie und Valerie rückte ein wenig von ihm ab.

»Willow und ich müssen morgen früh trainieren, wir haben nicht mehr lang bis zum Marathon.«

»Das finde ich immer noch irre«, staunte Taylor, während er sich eine Handvoll Erdnüsse in den Mund warf. Eine oder zwei landeten auf der Tischplatte vor ihm. Valerie hob die Augenbrauen, aber ich musste grinsen.

»Ich auch, aber es macht Spaß.« Zumindest wenn man den inneren Schweinehund erst einmal überwunden hatte. Aber ich fühlte mich seit unserem Training so frisch und gesund wie lange nicht mehr. Ein gutes Gleichgewicht zu den vielen Kostproben, die mein Job verlangte – inzwischen machte mir die *Sweet Tooth Bakery* auf eine ganz andere Art Magenschmerzen.

Ich hatte mich immer noch nicht getraut, Holly auf meine Idee mit der Geschäftsführung anzusprechen. Stattdessen lauschte ich ihren Erzählungen über Verkaufsgespräche und ärgerte mich.

Charlie schien meine Abwesenheit zu bemerken. Seine Hand, eben noch in meiner, wanderte zu meinem Knie und drückte sanft zu, um mich an das Hier und Jetzt zu erinnern.

Ich blickte ihm in die braunen Augen, die mich so eindringlich musterten, als suchten sie in meinem Gesicht

Antwort auf Fragen, die er niemals gestellt hatte. »Alles gut«, sagte ich und lehnte mich an seine Schulter. »Ich hab nur an Holly gedacht.«

»Willst du drüber reden?«, fragte er leise, während sich seine Finger um mein Handgelenk legten und die empfindliche Haut dort streichelten. Ich schüttelte den Kopf, nur um dann kraftlos mit den Schultern zu zucken.

Charlie lachte und obwohl es im Pub wirklich laut war, schien der Laut mich überall zu erreichen. Ich liebte sein Lachen und die Falten, die sich um seine Augen gruben. Dann sah er immer älter und jünger zugleich aus. Wie eine Erinnerung an die Vergangenheit und ein Versprechen an die Zukunft. Ich drehte mich auf der Bank ihm zu und lächelte, als er beide Hände hob, um mir die Haare hinter die Ohren zu streichen. Bislang hatten wir diese körperliche Nähe in der Öffentlichkeit vermieden, aber jetzt wanderte sein Blick von meinen Augen zu meinen Lippen.

»Ich werde morgen mit ihr reden«, sagte ich und streckte mich ihm entgegen. Der Kuss war kurz, aber dennoch elektrisierend genug, dass ich uns weit fort von dem Pub in meine eigenen vier Wände wünschte.

»Aber du könntest zu Hause auf mich warten, falls ich danach Trost brauche«, flüsterte ich an seine Lippen und er grinste. Sein Griff in meinem Haar verstärkte sich, als er mich wieder zu sich zog und mir einen Vorgeschmack gab.

»Turteltauben.«

Ich zuckte zusammen und sah über den Tisch wieder zu Valerie, die sich breit grinsend vorgebeugt hatte. Sie hatte die Ellenbogen auf den Tisch gestützt und den Kopf in ihren Händen gebettet.

»Entschuldige«, sagte ich trotzdem und spürte, wie meine Wangen glühten. Aber Valerie winkte ab und Charlie schlang einen Arm um meine Schultern, drückte mich eng an sich.

Seine andere Hand ruhte wieder auf meinen Oberschenkel und ich spürte die Hitze in meinem ganzen Körper.

»Ich glaube, wir müssen nach Hause gehen.« Erneut schob ich ihn etwas von mir, wenn auch nur halbherzig und nur um mich nicht in Versuchung zu führen.

»Ich hätte nichts dagegen«, antwortete Charlie leise und küsste meine Wange. Er stand auf und zog mich unter den Buh-Rufen von Taylor hoch.

»Junge Liebe.« Valerie seufzte theatralisch, als wir uns verabschiedeten und den Ausgang ansteuerten. Charlie hatte meine Hand genommen und der sanfte Druck zauberte mir ein Lächeln auf die Lippen.

Wir traten auf die Straße hinaus, die Nacht war längst über Pinecrest hinein gebrochen, aber auf den Straßen waren nach wie vor viele Menschen unterwegs.

»Na toll«, murrte Charlie nach ein paar Schritten und wurde merklich langsamer.

Ich folgte seinem Blick neugierig. Nur um zu entdecken, was er längst vor mir gesehen hatte.

Layla.

Sie lief direkt auf uns zu, vermutlich steuerte sie das *Ruby's* an, doch gerade lag ihre Aufmerksamkeit noch auf ihrem Handy. Charlie neben mir spannte sich merklich an und als Layla uns entdeckte, zog sie eine Grimasse, die mehr als deutlich machte, dass sie auch nicht froh darum war, uns zu sehen.

Layla wollte einen Bogen um uns schlagen, aber mit Charlies Hand in meiner fand ich diesen kleinen Funken Mut in mir, der seit einiger Zeit immer stärker glühte.

»Hey, Layla! Könntest du für einen Moment stehen bleiben?«, bat ich sie und wusste nicht, wer von uns dreien von meiner Bitte überraschter wirkte.

»Was ist?« Ihr Ton war kühl und abweisend. Ihr Blick wanderte zum Pub hinter uns, dann wieder zu mir. Sie hatte die Lippen aufeinandergepresst, die Augen leicht verengt.

Ich glaubte, Charlies rasendes Herz hören zu können.

»Du solltest das alles richtigstellen.« Seine Stimme war überraschend gefasst und als ich ihn von der Seite her betrachtete, wirkte er nicht so angespannt, wie ich sein Klammergriff um meine Finger sich anfühlte.

Layla lachte und selbst die vertrauten Geräusche des Hafens konnte den Ton nicht schöner klingen lassen. »Einen Teufel werde ich tun. Du hättest mir damals helfen können, dann wären wir jetzt nicht in dieser Situation.«

Wut pochte in meinem Brustkorb, brachte mich beinahe dazu, Charlies Hand loszulassen und ihr stattdessen die Augen auszukratzen. Aber das war nicht mein Kampf.

Mit einem weiteren tiefen Atemzug sah Charlie ihr direkt in die Augen. »Es tut mir leid, dass du den Laden verloren hast, Layla. Aber damit habe ich nichts zu tun. Und ich will, dass du die Hetzkampagne gegen mich einstellst.«

Seine Finger legten sich etwas fester um meine und ich erwiderte den sanften Druck.

»Du weißt, dass du im Unrecht bist, Layla«, sagte ich an seiner Stelle.

Laylas Blick löste sich von ihm, glitt zu mir und ein gehässiges Lächeln flackerte auf ihren Lippen. »Ihr könnt mir gar nichts.« Dann machte sie rasch einen Bogen um uns und eilte davon. Etwas an ihren hastigen Schritten verriet, dass sie sich ihrer Worte nicht so sicher war.

Ich sah zu Charlie. Er grinste, ein wenig schmal, aber dennoch. »Na, das war ein erster Schritt.« Er beugte sich zu mir herab und küsste mich. Sein Dank, weil ich ihn nicht losgelassen hatte.

Als er sich löste, sah er mir tief in die Augen und ich spürte das altbekannte Kribbeln in meinem Magen und das Lächeln auf meinen Lippen.

»Ich hatte so Angst zurückzukommen, aber mit dir ist das alles gar nicht so furchtbar.«

Obwohl seine Worte so süß und verheißungsvoll klangen, bohrten sie sich wie kleine Scherben in mein Herz. Würde ich genug sein? War seine Zuneigung mir gegenüber stärker als das unangenehme Gefühl, dass Pinecrest in ihm auslöste? Konnte ich ihn die Sorge um seinen Vater vergessen lassen?

»Danke für den wunderschönen Sommer«, flüsterte ich und wurde dafür mit einem weiteren Kuss beschenkt. »Und vielleicht noch einen Herbst und einen Winter und … « Mutig ließ ich meine Fingerspitzen über den Kragen seines T-Shirts wandern. Eine Gänsehaut kroch über seinen Körper und ich wollte mir einreden, dass es eine der guten Sorte waren. Aber er antwortete nicht auf meine Worte, schien die Hoffnung nicht weiter füttern zu wollen, dass diese Beziehung ihr Verfallsdatum überschreiten würde.

In meinen Augen waren wir mehr als eine Sommerromanze, aber ich wollte es so gern aus seinem Mund hören. Ich hob den Blick, sah ihn an und er wich mir nicht aus.

Er und ich, das war etwas Größeres. Aber in seinen Augen stand der Zweifel. Also war die eigentliche Frage, ob ich ihn davon überzeugen konnte.

Und ob ich diese Art von Kampf austragen wollte.

»Danke für den Sommer«, sagte er und schenkte mir einen bittersüßen Kuss, während ein feiner Haarriss mein pochendes Herz durchzog.

Kapitel 28

Teresa und Gladys standen vor der Boutique und gaben sich alle Mühe, dass ich ihrer Unterhaltung im Vorbeigehen lauschen konnte.

»Ich finde es sehr schade, dass Layla sich kaum noch her traut, seit Charlie hier ist«, seufzte Teresa lautstark.

Ganz offensichtlich hatte Layla nichts aufgeklärt, denn die beiden verhielten sich, als würde Charlie jeden Moment den Laden verlassen, um einem Kind das Eis zu klauen und damit Möwen abzuwerfen. Aber statt einen Funken Mut in mir zu suchen, ging ich mit schnellen Schritten weiter. Keine Konfrontation, kein Wort. Das schlechte Gewissen köchelte nahezu augenblicklich in meinen Adern.

Mit diesem Gefühl im Bauch wirkte die West View Lane verändert. Das Kopfsteinpflaster unter meinen Füßen fühlte sich nicht mehr so vertraut an, und die bunt getünchten Häuser, die sonst im Licht glitzerten, wirkten trüber. Der Wind trug den Duft und das Rauschen des Meeres mit sich, aber heute fehlte die Leichtigkeit, die ich sonst so liebte. Ein Schatten lag über der Straße, kaum sichtbar, aber spürbar – ein Schatten, der mich verfolgte.

Alvin und Harry stolperten gerade aus der *Sweet Tooth Bakery*, als ich näherkam. In Harrys Schnauzer hing noch der Schaum seines geliebten Cappuccinos und zauberte mir trotz allem ein Lächeln auf die Lippen. Vielleicht war das doch noch die Straße, die ich kannte und liebte.

»Guten Morgen, Willow!« Alvin strahlte, die Nase nicht mehr ganz so rot. Umso weiter der Sommer voranschritt, desto leichter wurden seine Allergien, nur um im Frühling mit der gleichen Intensität zurückzukommen.

»Wie geht es euch?«

Harry rieb sich den Bauch und schmunzelte. »Holly hat uns gut gefüttert.«

Auf der anderen Straßenseite schob Jack Williams Kisten mit Büchern auf die Straße und warf uns einen Blick zu. Kurz glitt ein Grinsen über seine Lippen. Dann hob er grüßend die Hand und Harry und Alvin schmetterten ihm einen Gruß über die Straße hinweg zu.

»Ist der Burton-Junge nicht im Laden?«, fragte Alvin, seltsam verlegen.

Harry hüstelte und Alvin rollte mit den Augen. »Ist *Charlie* nicht im Laden?«

Ich schüttelte den Kopf, warf selbst einen Blick zum Laden, aber er war dunkel. »Nein, er hat einen Termin und Lauren keine Zeit, um auszuhelfen.«

Alvin warf Harry einen Blick zu, dann seufzte er. »Gut, danke.«

»Wieso?«, fragte ich lauernd, doch die beiden Männer winkten ab und verabschiedeten sich eilig. Mein Bauchgefühl wurde noch schlechter, wuchs zu einem großen, schweren Eisklotz heran.

Als ich in den Laden trat, saß Holly an einem der kleinen Tische am Fenster und hatte das Kinn auf ihre Hände gestützt.

»Was machst du denn hier?«, fragte Holly und warf mir einen genervten Blick zu.

»Ich freue mich auch, dich zu sehen«, erwiderte ich leicht pikiert und ging hinter den Tresen, um uns Getränke zu machen.

Holly schnaubte. »Ich musste mich heute schon mit Teresa auseinandersetzen, die mich dazu überreden wollte, Charlie den Zutritt zur Bäckerei zu verweigern. Ich habe keine Kraft, dich auch noch zu deinem freien Tag zu zwingen, Willow.«

Hastig riss ich den Kopf herum und mir rutschte beinahe die Tasse aus der Hand. »Was?!«

»Keine Sorge, dein Herzblatt ist hier immer noch willkommen. Aber das war ermüdend.« Sie hob einen Finger drohend in meine Richtung. »Und deshalb spar dir deine frechen Kommentare.«

Ich schnitt eine Grimasse, was Holly zum Glück von ihrem Standort aus nicht bemerkte, sonst hätte sie mich mit einem Schneebesen geschlagen, jede Wette.

Ich stellte die erste Tasse zur Seite und bereitete dann einen Tee für Holly zu. Ich arbeitete lange genug an ihrer Seite, um zu wissen, dass sie keinen Kaffee trank. Ganz die Engländerin, denn auf einen guten Tee konnte sie nicht verzichten. Meine Kaffeesucht bezeichnete sie dagegen gern als Verfall der Jugend.

Heute sparte sie sich diesen Running Gag, sondern lächelte mich dankbar an, als ich die Teetasse vor ihr abstellte und selbst an meinem Kaffee nippte. Meine Gedanken wirbelten noch um Teresa, Harry, Alvin, Charlie und Layla. Wir mussten diesem Drama endlich ein Ende setzen. Ich konnte nicht zulassen, dass Teresa durch die Gegend zog und Charlie das Leben noch weiter erschwerte. Nun wünschte ich mir noch mehr, ich wäre eben bei ihr stehen geblieben, um ihr endlich den Mund zu verbieten.

Holly räusperte sich und ich versuchte, meine Gedanken von Charlie zu lösen und mich stattdessen zu erinnern, warum ich eigentlich heute hier war. Wann war mein Leben zu einer großen Baustelle geworden?

»Ich bin aus einem bestimmten Grund hier«, begann ich, ehe ich wieder einmal den Mut verlor.

Holly runzelte fragend die Stirn und ich senkte den Blick und begutachtete die Tischplatte, um den Mut zu finden, den ich für den folgenden Vorschlag so dringend brauchte.

»Ich könnte den Laden übernehmen. Ich weiß, dass ich das Geld dafür nicht habe, aber … also … « Ich schluckte schwer. Ich hatte die halbe Nacht wach gelegen, um mich auf dieses Gespräch vorzubereiten, aber jetzt war alles, was ich mir zurechtgelegt hatte, vergessen. »Ich könnte die Geschäftsführerin werden, dann könntest du dich zurückziehen, aber die Bäckerei würde nach wie vor dir gehören.«

Ich sah auf und mein Blick traf Hollys. Ein leichtes Lächeln lag auf ihren Lippen, die Augenbrauen waren leicht nach oben gezogen. Aber sie schien meine Idee nicht abwegig zu finden und so fand ich den Mut weiterzusprechen. »Ich liebe den Laden, ich möchte ihn nicht aufgeben oder, dass er sich verändert. Ich weiß, dass ich noch nicht alles perfekt mache, und in dem Buchhaltungskram brauche ich sicher Hilfe, aber ich will es lernen.« Ich sah meine Chefin an, deren Lächeln sanfter wurde. »Wir können das sicher zusammen schaffen, Holly«, sagte ich und meine Stimme zitterte leicht vor Aufregung.

»Durchatmen, Willow«, sagte Holly mit einem Grinsen. »Ich finde die Idee toll und ich hatte sie auch schon selbst«, erklärte sie und musterte mich prüfend. »Ich hatte nur gedacht, dass du vielleicht mit Charlie zurück nach London gehen möchtest. Ich möchte dich nicht an den Laden binden, wenn du längst andere Pläne hast.«

Ich schüttelte den Kopf, aber dann hielt ich inne. Der Sommer würde enden. Die Blätter würden sich verfärben, Anne würde wieder fitter werden und Charlie würde eine Entscheidung treffen müssen. Ich liebte Pinecrest, so viel war sicher, aber genauso sehr, wie ich mir meiner Liebe gewiss war, wusste ich, dass Charlie es hasste. Aber würde er für mich bleiben?

»Ich werde nicht gehen«, versprach ich und klang sehr viel überzeugter, als ich mich in meinem Inneren fühlte.

»Sehr vernünftig.« Holly tätschelte meinen Arm. »Man sollte niemals wegen Männern auf etwas verzichten, was einen glücklich macht.«

Trotz des flauen Bauchgefühls musste ich lachen. Die Leute zerrissen sich immer wieder den Mund über Holly und dass sie seit Jahren allein war, aber das störte sie nicht. Diese Sprüche perlten stets an ihr ab und ich wünschte mir auch nur im Ansatz so eine dicke Haut.

Ich wollte etwas Lustiges sagen, wollte die Stimmung weiter auflockern, aber etwas gänzlich anderes kam mir über die Lippen. »Vielleicht macht er mich ja auch glücklich, Holly.«

Sie hielt inne und ihre Augenbrauen zogen sich zusammen. Sie wirkte fast erbost, als ihr Blick meinen fand, und ich erwartete bereits eine Triade darüber, dass eine Beziehung allein niemanden glücklich machte. Doch dann lockerten sich ihre Züge. »Ganz sicher tut er das, Willow. Hast du mal dein Strahlen gesehen, wenn er auftaucht?« Sie strich liebevoll über meine Hand und ich genoss diese seltene Zuneigung, die sie mir ohne jeglichen Sarkasmus entgegenbrachte. »Aber dein Glück ist weitreichender und komplexer als die Liebe. Deshalb muss man jeden Faktor im Kopf behalten.«

»Aber was wirkt stärker?«

»Das musst du leider ganz allein entscheiden. Deshalb lass dir gut durch den Kopf gehen, ob du den Job als Geschäftsführerin haben willst. Ich freue mich, dass du diese Idee hast. Aber ich möchte, dass du dir zu hundert Prozent sicher bist.«

Ich ließ meinen Blick durch die kleine Bäckerei wandern, über die wackeligen Tische, die kaum genutzt wurden, weil die meisten der Kunden immer auf dem Sprung waren. Vorbei an der Auslage mit den süßen Gebäckstücken und die Tafel an der Wand dahinter, auf der ich unsere Getränkeangebote geschrieben hatte. Es roch hier immer nach Teig, Kaffee und Vanille.

Aber mein Blick glitt auch zu dem Schaufenster, zu der anderen Straßenseite, an der die bunten Blumen standen.

»Nein«, sagte ich und Holly zuckte zusammen. »Ich muss mir das nicht überlegen. Ich will das hier.«

Die Bäckerei machte mich glücklich und ich wollte mir diese Chance nicht entgehen lassen und selbst, wenn Charlie zurück nach London ging, das war kein Hindernis. Es würde vielleicht schwierig werden, aber es war machbar.

»Das freut mich.« Der Stuhl kratzte in einem hellen, unschönen Ton über den Holzboden, als Holly aufstand.

»Mich auch.« Meine Stimme war nicht mehr als ein Krächzen. Das Vertrauen, das sie mir entgegenbrachte, ließ meinen Körper beben. Holly hatte nie mit Kritik gegeizt, auch wenn sie meine Arbeit offensichtlich schätzte, aber dieser Ritterschlag traf mich unvorbereitet. Zwar war die Idee von mir gekommen, aber das sie selbst auch schon darüber nachgedacht hatte, war das größte Kompliment.

Ich griff über dem Tisch nach ihrer Hand. »Wo kann ich unterschreiben?«

Hollys Lippen verzogen sich zu einem Lächeln. Genauso wie meine. Das Flattern in meinem Magen war den Schmetterlingen, die Charlie hervorrief, nicht unähnlich, aber doch gänzlich anders.

Geschäftsführerin der *Sweet Tooth Bakery*. Ich konnte es nicht erwarten, es allen zu erzählen. Manchmal lag Glück in einem einzigen Wort: Geschäftsführerin.

»Glaub bloß nicht, dass ich dir alles durchgehen lasse, wenn du den Vertrag unterschrieben hast.«

Da war Holly wieder, wie ich sie kannte und liebte.

Abwehrend hob ich die Hände und schüttelte den Kopf. »Würde mir im Traum nicht einfallen.«

»Richtig so. Ich habe hier immer noch die Hosen an!«, brummte sie, aber um ihre Augen gruben sich tiefe Lachfalten.

»Mir reicht der Titel. Jetzt kann ich endlich mit meiner Jobbezeichnung angeben.«

Holly rollte mit den Augen, aber als ich auf die Füße kam, nahm sie mich in den Arm und drückte mich. Es fühlte sich an wie der Start von etwas gänzlich Neuem.

Kapitel 29

Teresa trat über die Schwelle in den Laden und das Klingeln zerriss die Stille. Bislang hatte sich die Bäckerei wie unsere eigene kleine Blase angefühlt und ich war nicht darauf vorbereitet, jemand anderen wieder hineinzulassen. Vor allem nicht sie.

Mein Blick glitt zu Holly, die mich mit einem strahlenden Lächeln bedachte. So viel würde sich in der Zukunft ändern, aber ich hatte nicht den geringsten Zweifel, dass wir es gemeinsam schaffen würden.

Holly begrüßte Teresa, die uns mit Argusaugen musterte. Sie roch interessante Neuigkeiten auf einen Kilometer Entfernung, aber sowohl Holly als auch ich hielten den Mund. Diese Entwicklung sollten meine Familie und Freunde von mir selbst erfahren und nicht aus der Gerüchteküche serviert bekommen.

»Wie gehts dir, Teresa?«, fragte ich stattdessen, während ich nach einem Lappen griff, um die kleinen Tische abzuputzen und meine Anwesenheit wenigstens fadenscheinig zu erklären.

»Gut. Ich hab gehört, dass ihr Anne besuchen wart?«

Etwas in ihrer Stimme ließ mich aufhorchen, aber ich konnte die Falle nicht erkennen. Worauf wollte sie hinaus?

Ich zog fragend die Augenbrauen hoch. »Du bist gut informiert«, sagte ich und sah durch die Fenster zum Blumenladen, den Charlie soeben aufbaute.

Als hätte er meinen Blick gespürt, sah er auf und selbst über die Entfernung hinweg, brachte sein Lächeln mein Herz zum Glühen.

»Ich hab mich nur gefragt, wie es ihr geht.«

»Gut.«

»Dann kann Charlie ja bald zurück nach London.«

Ich versuchte, mir meine Ungeduld nicht ansehen zu lassen, als ich hinter den Tresen trat und nach der Schürze griff. Ich wollte fort von diesem Gespräch, fort von ihrem bohrenden Blick und mich hinten zwischen meinen Schüsseln und Kuchenformen verstecken. Teresa musste nicht wissen, dass heute eigentlich mein freier Tag war.

»Ich muss arbeiten, Teresa.« Meine Stimme klang scharf und ich zuckte überrascht zusammen. Holly neben mir kicherte leise und Teresa warf ihr einen wütenden Blick zu.

»Layla will noch mal das Gespräch mit ihm suchen und ihm nahelegen zu gehen. Was meiner Meinung nach dringend Zeit wird«, sagte Teresa und wirkte dabei unangenehm selbstzufrieden.

Sie war ein Biest. Es gefiel ihr, zu sehen, wie Leute unter ihren kleinen Bemerkungen zusammenschrumpften. Ich versuchte, aufrecht zu stehen, ihrem Blick zu begegnen, aber ich konnte nicht verhindern, dass ich zitterte.

»Was möchtest du?«, schaltete Holly sich ein und schob mich sanft gen Backstube. Ich nutzte die Chance zur Flucht nur zu gern.

»Ich ertrage nicht, wie ihr ihn ständig schützt. Er ist ein Mistkerl, du solltest Willow von ihm fernhalten. Er ist nur auf seinen eigenen Vorteil bedacht, das könnt ihr nach einem Jahr doch noch nicht vergessen haben. Sonst ist die *Sweet Tooth Bakery* sicherlich als Nächstes dran.«

Mein Magen drehte sich um, aber ich konnte mich nicht bewegen. Dachte Holly genauso? Würde ich die gleiche Befürchtung in ihren Augen lesen?

»Du solltest dich um deinen Laden kümmern«, schlug Holly mit eiskalter Stimme vor und ich konnte nur wieder bewundern, dass sich meine Chefin von dem Klatsch und Tratsch der West View Lane niemals aus der Ruhe bringen ließ.

Teresa räusperte sich und der Laut reichte aus, um mir eine erneute, unangenehme Gänsehaut über den Körper zu senden. »Ich wollte einen Kaffee.«

Ich schloss in der Backstube kurz die Augen, versuchte, all die Dinge herunterzuschlucken, die mir auf der Zunge lagen. Aber im Gegensatz zu mir, bemühte sich Holly nicht um den lieben Frieden.

»Die Kaffeemaschine ist kaputt, du kannst gehen.«

»Kaputt?«

»Ja.«

Ich grinste, ein Gefühl der Dankbarkeit durchflutete mich und wärmte mein Herz, das durch Teresa unschön aus dem Tritt gekommen war.

»Dann sehen wir uns später.« Die Lästerschwester Nummer eins klang unbekümmert, als käme ihr gar nicht in den Sinn, dass Holly gelogen hatte. Die Tür fiel zu und erst da traute ich mich wieder in den Verkaufsraum.

»Was für eine furchtbare Person«, meckerte Holly und ließ die Kaffeemaschine zischen. Sie warf mir über die Schulter ein Lächeln zu.

»Danke.«

Holly hielt inne in ihrer Bewegung. Auf ihre Stirn hatten sich tiefe Furchen gegraben, als sie mich musterte.

»Ich vertraue dir. Und wenn du Charlie vertraust, dann tue ich das auch. Hör nicht auf sie.«

»Tue ich nicht.« Meine Erwiderung kam eilig, aber ich hatte Schwierigkeiten, meinen eigenen Worten zu glauben. »Es ärgert mich nur, dass sie sich in mein Leben einmischt.« Mein Liebesleben war Gemeingut geworden, war Teil von ganz Pinecrest und dabei war es noch viel zu frisch und zerbrechlich, um es der ganzen Welt vorzuführen. Und Teresa trampelte darauf herum, versuchte Misstrauen zu säen, wann immer sie auftauchte.

»Danke, dass du ihr den Mund verboten hast.« Mein Lächeln zitterte auf meinen Lippen und Holly schien das auch zu merken.

»Selbstverständlich, Willow. Du bist Familie.«

Jetzt zitterte das Lächeln auf meinen Lippen erst recht, da ich zum wiederholten Mal am heutigen Tag mit den Tränen kämpfte. Was hatte Holly nur gefrühstückt, dass sie mich heute ständig zum Heulen brachte? »Ich hab dich lieb!«

»Nun werd nicht sentimental. Und nun raus mit dir, du hast hier an deinem freien Tag nichts zu suchen.« Holly scheuchte mich mit einer forschen Geste davon, aber ich kannte sie gut genug, um das Lächeln auf ihren Lippen zu bemerken. Auch wenn es nach einem Atemzug verschwunden war, wusste ich doch, dass dieser Tag sie ebenfalls emotional werden ließ. Sie reichte mir eine Box mit verschiedenen Leckereien, die ich gestern für den heutigen Tag vorbereitet hatte. Ich griff danach und für einen Moment sahen Holly und ich uns an, ein Lächeln auf den Lippen.

Ich wandte mich ab, um den Laden zu verlassen, auch wenn ich viel lieber weiter mit Holly über die Zukunft sprechen würde.

»Ich hab dich auch lieb, Willow.« Hollys Stimme war leise und wäre mir der täglichen Geräusche in der Bäckerei nicht so vertraut, dann wären ihre Worte leicht untergegangen. Ein warmes Kribbeln kroch in meinen Körper, als sich das Lächeln auf meinen Lippen festigte, aber als ich zu ihr sah, beschäftigte sie sich schon wieder mit der Kaffeemaschine.

Ich trat in den Sonnenschein, der die West View Lane wärmte und hielt inne, um ihn zu genießen. Die Sorgen, die mich in den letzten Tagen verfolgt hatten, die Zweifel, ob ich Holly meine Idee vortragen sollte, waren verschwunden. Die West View Lane strahlte eine gemütliche, märchenhafte Atmosphäre aus. Das leise Klappern von Geschirr und Lachen mischte sich mit dem Ruf der Möwen, die über der nahen Küste kreisten.

In meiner Hand hielt ich eine Box mit dem Kuchen, an dem ich mich gestern versucht hatte. Der Weg zum Blumenladen waren nur wenige Schritte weit, aber mit jedem Zentimeter, um den ich mich ihm näherte, schlug mein Herz vor Aufregung schneller.

Die kleine Glocke über der Tür kündigte mich an und fast augenblicklich tauchte Charlie hinter dem Tresen auf, dessen Anblick allein mir die Röte ins Gesicht trieb.

»Versteckst du dich?«, fragte ich, während ich auf Charlie zu ging.

»Ja, keine Lust auf Arbeit«, sagte er und küsste mich sanft, als ich nun endlich vor ihm stand. Blind tastete ich nach der Tischplatte und stellte den Kuchen ab, um meine Hände dann in sein Haar zu graben.

»Gut, dass ich zur Ablenkung da bin.« Ich grinste, als ich mich von ihm löste.

»Soll ich wieder die Tür abschließen?«, fragte er und zwinkerte mir bedeutungsschwer zu. Ich stieß ihm sanft in die Seite.

»Heute verführe ich dich nur zum Essen.« Ich griff nach der Box und öffnete den Deckel. »Ich hab mich gestern an einem neuen Schichtkuchen versucht.«

Ich hielt ihm einen Löffel hin.

»Willst du mich mästen?«, fragte Charlie, aber nahm mir das Besteck im gleichen Moment ab. »Was ist da drin?«

»Vanille-Mandel-Dacquoise, geröstetes Karamell-Brûlée, Vanille-Karamell-Chiffon und Vanille-Ganache.«

»Ich hab nur Vanille, Mandel und Karamell verstanden.« Er grinste schief und probierte einen Bissen. Abwartend starrte ich ihn an, während Charlie die Augen schloss und seufzte.

»Du bist viel zu gut für eine Bäckerei in Pinecrest.« Er seufzte genießerisch und nahm direkt den nächsten Bissen. »Deine Kuchen könnten auch das Highlight in einem überteuerten Londoner Restaurant sein.«

»Ich nehme das mal als Kompliment. Dazu wollte ich dir noch was erzählen!«

»Gib mir eine Sekunde, ich muss dem Kuchen noch meine ewige Liebe erklären.« Schwungvoll zog er die Box näher an sich heran.

Lachend verschränkte ich die Arme. »Lass dir Zeit.« Die Freude, dass ihm mein neuster Versuch so gut schmeckte, ließ meine eigentliche Ungeduld fast verstummen. Lieber betrachtete ich weiterhin, wie er jeden Bissen genoss und mir zwischendurch immer wieder diese begeisterten Blicke zuwarf. Es war nur Kuchen, aber Charlie ließ es wirken, als hätte ich soeben einen Nobelpreis gewonnen. Er nahm meine Leidenschaft ernst und fast war ich versucht, die Tür wieder abzuschließen und ihm meine Dankbarkeit zu zeigen.

»Also schmeckt er dir?«, fragte ich noch mal, um mich zu vergewissern.

Charlie stupste mit seinem Zeigefinger gegen meine Nase und ich kicherte verlegen. »Es schmeckt großartig! Möchtest du ein Stück?«

Ich schüttelte den Kopf, lächelte zufrieden und wartete, bis er aufgegessen hatte. Langsam wurde ich doch wieder ungeduldig und zappelte auf der Stelle.

Dann erst sah Charlie auf und strich sich durch die Bartstoppel. »Du wolltest mir etwas erzählen? Hast du mit Holly über den Laden gesprochen?«

»Ja! Wir bekommen keinen neuen Eigentümer.« Ich strahlte, aber Charlie sah mich nur abwartend an, schien auf das große Aber zu warten. Dieses Mal wollte ich seine Ungeduld reizen und zog die Kunstpause etwas länger als notwendig.

»Ich hab die letzten Tage viel drüber nachgedacht und ihr heute vorgeschlagen, dass ich Geschäftsführerin werden könnte. Und sie hat zugestimmt! Sie bleibt Inhaberin und verringerte ihre Stundenzahl nach und nach und wenn ich möchte, dann kann ich ihr den Laden auf lange Sicht abkaufen.« Ich sah ihn an, das Strahlen auf meinen Zügen schmerzte bereits auf meinen Wangen. Bislang hatte ich nicht mit Charlie über diese Idee gesprochen, aber nun fühlte es sich an, als könnte ich keine Sekunde länger warten, um ihm alles bis ins kleinste Detail zu erzählen. Ich würde der *Sweet Tooth Bakery* meinen Stempel aufdrücken und meinen eigenen Weg entdecken. Natürlich würde Holly mich bremsen, wenn ich mich verrannte, aber das ließ mich nur noch vorfreudiger werden. Ein Sicherheitsnetz, das mich auffangen würde, wenn alles schief gehen sollte. Was nicht passieren würde, denn Holly hatte recht: Ich hatte von der Besten gelernt.

Charlie blinzelte. »Oh, wow.« Für einen Moment schien er wie erstarrt, dann legte er die Gabel klappernd auf dem Tresen ab und zog mich in eine feste Umarmung. Er roch nach Blumenerde, herben Parfüm und Aftershave, eine Mischung, die mir in den letzten Wochen seltsam vertraut geworden war. Ich schmiegte mich an seine Brust, während Charlie mir durchs Haar fuhr.

»Glückwunsch, Willow. Das hast du dir mehr als verdient, Süße.« Seine Stimme klang belegt in meinem Haar und er drückte mich etwas fester an sich.

Kapitel 30

Das Treiben auf den Straßen war noch geschäftig und mir kamen viele bekannte Gesichter entgegen. Gladys lächelte und Mr. Williams hob in der Ferne grüßend den Arm. Vermutlich steuerten sie alle die Restaurants am Hafen an, um dort den Abend zu verbringen, aber mich zog es zu Charlie. Die Vögel in den Bäumen zwitscherten fröhlich und der Wind fegte den Duft des Meeres durch die Kleinstadt. Es war in den letzten Tagen unfassbar warm geworden, aber in diesem Moment kühlte der Wind meine Haut und ich erlaubte mir durchzuatmen.

Charlies Haustür stand offen. Er hatte seine Schuhe in den Rahmen gestellt, um die Tür daran zu hindern, wieder zuzufallen und ließ so die frische Abendluft ins Haus.

Ich schlüpfte im Flur aus meinen Schuhen und wollte gerade nach Charlie rufen, als leise Stimmen an mein Ohr drangen. Und eine zweite Stimme, die mir seltsam bekannt vorkam, doch trotz des unguten Bauchgefühls konnte ich sie nicht zuordnen. Mein Körper war plötzlich zum Zerreißen gespannt, als ich weiter in das Haus trat, hin zu dem Wohnzimmer und hielt den Atem an, um die leisen Worte verstehen zu können.

»Was willst du mir damit sagen?«, fragte Layla, als ich die Hand auf die Klinke legte.

»Dass du mich endlich in Ruhe lassen sollst.«

»Ich kann dir das Leben zur Hölle machen!« Ihre Stimme hatte einen unangenehmen hohen Ton angekommen, der mir durch Mark und Bein fuhr.

Charlie schwieg und ich musste meinen ganzen Mut zusammenkratzen, um die Tür aufzudrücken.

»Sei vernünftig, Charlie. Es wird nur schlimmer werden, wenn du nicht gehst … «, sagte Layla mit Übelkeit erregend süßer Stimme, doch die Drohung in ihren Worten war mehr als deutlich. Ich trat in den Raum und erblickte den blassen Charlie.

»Hallo«, unterbrach ich sie und die beiden zuckten zusammen. Ich räusperte mich, aber es änderte nichts an dem trockenen Gefühl in meinem Mund, während meine Gedanken wie ein Wirbelsturm durcheinandergerieten.

»Ich glaube, du solltest gehen, Layla.« Um Charlies Mund hatte sich ein harter Zug gebildet und seine Ex-Freundin besaß wenigstens genug Anstand, um ihm jetzt nicht zu widersprechen. Als sie sich an mir vorbeidrückte, sah sie mich nicht an.

Er saß wie ein Häufchen Elend auf der Couch und wich meinem Blick aus. Es zog mich zu ihm, aber gleichzeitig konnte ich mich auch nicht rühren.

»Charlie?« Meine Stimme zitterte. Er schien nicht ganz hier zu sein, mehr durch mich hindurchzusehen. Er kämpfte mit sich, mit den Emotionen, die auf seinen Zügen tobten. Seine hängenden Schultern ließen mich fürchten, dass er diesen inneren Kampf verlor.

Charlie trat Problemen mit einem Lächeln entgegengetreten, aber von dieser Energie war jetzt nichts mehr zu spüren.

Ich löste mich von der Tür, warf einen Blick in den Flur hinter mir, doch er war verlassen. Layla hatte sich verzogen und mir diesen Scherbenhaufen hinterlassen.

»Alles okay?«, fragte ich, dabei kannte ich die Antwort längst. Natürlich war nichts okay und als Charlie mich anblickte, las ich es nur allzu deutlich in seinen Augen.

»Was kann ich tun?«

Charlie blieb mir einer Antwort schuldig und kam auf die Füße. »Das Essen«, lenkte er monoton ab und wich meinem Blick einmal mehr aus.

Ich folgte ihm in die Küche. Er drehte die Herdplatten aus, schob die Töpfe auf dem Ceranfeld hin und her, nur um sich dann an die Anrichte zu lehnen und mich wieder anzusehen. Wirklich anzusehen. Ich würde mein ganzes Gehalt dafür geben, um nur zu ahnen, was er dabei dachte. Charlie hatte die Lippen fest aufeinandergepresst und die Schultern schützend hochgezogen. Aber seine Augen wirkten aufmerksamer, mehr in der Realität als vor wenigen Minuten.

Und dennoch fehlten mir die Worte. Sein Schweigen hatte mich verunsichert. Es war eine seltsame Sorge, die Angst vor etwas gänzlich Körperlosen, die Panik vor diesem Moment. Ich sah in seinen Augen, dass uns die Situation entglitt. Laylas Boshaftigkeit, die Sorge um seinen Vater, die Spannungen zwischen ihm und seiner Mutter – es war alles zu viel. Ich befürchtete, dass wir es nicht länger beiseiteschieben konnten. Nicht, wenn es eine Zukunft für uns geben sollte, die über diesen Sommer hinaus ging.

»Du musst endlich die Wahrheit auspacken, Charlie.« Ich hatte nicht damit gerechnet, dass meine Stimme so ernst und streng klingen würde. Er sprach nicht, wich meinem Blick wieder aus und starrte auf den Boden. In seinem Kopf musste das gleiche Chaos herrschen wie in meinem. Ich wollte die Hände nach ihm ausstrecken und ihn schütteln.

»Sie hat doch recht. Sie würden mir nicht glauben«, sagte Charlie schließlich. Er drehte sich zum Kühlschrank, öffnete die Tür und blinzelte in das kalte Licht. Ich wusste nicht, ob er etwas suchte oder mich nur nicht ansehen wollte.

»Das war's?«, fragte ich und musterte sein Profil.

Charlie schüttelte den Kopf, schloss dann den Kühlschrank unverrichteter Dinge. »Was soll ich noch sagen, Willow?«, fragte er und klang dabei, als hätte er einen schweren Kampf verloren.

»Irgendetwas«, erwiderte ich und hörte das Flehen in meiner Stimme. Da war das Beben meiner Lippen, das Zittern meines Atems. Ich brauchte irgendetwas aus seinem Mund, das meine Unsicherheit vertreiben würde. »Wenn es doch alles eine Lüge ist, dann sag doch endlich die Wahrheit und mach es für uns einfacher. Mach es für dich einfacher.« *Mach irgendwas, damit ich dich nicht verliere.* Ich hatte gehofft, gefleht. Aber ich war nicht genug. Ich hatte mich so bemüht, aber hätte ich jemals gegen die Schatten ankommen können, die für ihn über meiner geliebten Heimat lagen?

Charlie hatte die Arme um seinen Oberkörper geschlungen, um sich festzuhalten. Zum ersten Mal seit vielen Wochen suchte er keinen Halt bei mir. Er entglitt mir wie Sand zwischen den Fingern.

»*Wenn* es eine Lüge ist?«, wiederholte Charlie in einem schneidenden Ton, den ich bislang noch nicht gehört hatte. »*Wenn?!* Glaubst du mir jetzt auch nicht mehr?« Er starrte mich nieder. »Wenn du mir nicht glaubst, wer sollte es dann?« Seine Lippen zitterten, dann fuhr er sich mit der Hand hastig und ruppig mehrmals über die Bartstoppeln, als könnte er die Gefühle einfach fortwischen.

»Natürlich glaube ich dir. Aber ich verstehe einfach nicht, warum du das mit dir machen lässt.«

»Reicht es nicht, dass du die Wahrheit kennst? Du suchst nur nach der Zustimmung von ganz Pinecrest, damit niemand mehr denkt, dass du einen Fehler mit mir machst. Wir beide sollten in dieser Beziehung wichtig sein, nicht die komplette Stadt.«

Seine Worte bohrten sich schmerzhaft in mein Herz und ich schüttelte den Kopf. »So meinte ich das nicht. Aber wie sollen wir denn eine Chance haben, wenn du nie herkommen willst, weil du dich hier unwohl fühlst?« Die Verzweiflung in meiner Stimme war greifbar, aber ich schämte mich nicht dafür. »Oder ist es für dich einfach vorbei, wenn der Sommer endet?!«

Charlie stieß ein tiefes Seufzen aus und griff nach meiner Hand. »Darum geht es nicht, Willow. Ich könnte das alles hier aussitzen und irgendwann würden sie sich auf was Neues stürzen. Aber die Situation hier ist zermürbend und ich kann eh nicht bleiben.« Seine Finger glitten über meinen Handrücken und die Berührung, die ich sonst so genoss, schien mich zu verbrennen. Aber ich entzog mich ihm nicht, denn wir steuerten auf den Abgrund zu und ich wollte es genießen, bis zum bitteren Ende.

»Ich hab mit meinem Vater telefoniert und er … er hört sich nicht gut an. Ich mach mir Sorgen, dass er sich wieder von allem abschottet. Ich kann ihn nicht hängen lassen. Nicht für diesen Ort, der es mir sowieso so schwer macht. Das kann ich ihm nicht antun. Und für ein paar Tage im Jahr – Mums Geburtstag, Weihnachten – kann es mir egal sein, was Layla erzählt. Ich schulde niemandem außer mir selbst die Wahrheit.«

Meine Finger verkrampften sich in seinen. »Und was ist mit mir?«

Als Charlie den Kopf schüttelte, brach mein Herz in tausend Einzelteile, splitterte, wie Glas, das am Boden aufschlug. Ich reichte nicht aus, konnte nicht über die Wunden hinwegtrösten, die noch immer bluteten. Mehr noch: Ich war ein Anker an den Ort, den er mit so vielen schlechten Gefühlen verband.

»Mein Vater braucht mich, Willow.«

»Du bist nicht für deinen Vater verantwortlich«, versuchte ich es mit schwacher Stimme. Dabei würde ich vermutlich genauso entscheiden wie er, ginge es um meine Eltern.

»Er erwartet das auch nicht von mir. Aber ich will ihn nicht länger allein lassen. Das bringe ich nicht über mich.« Seine Hand glitt in sein Haar, raufte es und dann ließ er sie doch wieder kraftlos sinken.

Aber mich – mich konnte er allein lassen. Tränen traten in meine Augen, aber ich versuchte, sie fortzublinzeln.

»Du bist mir wichtig, das bist du wirklich.«

»Ich weiß«, sagte ich und presste die Lippen aufeinander. Ich wollte ihn von mir stoßen, ihn anschreien. Aber all das konnte ich nicht. »Ich könnte mit dir kommen«, schlug ich hastig vor, ohne darüber nachzudenken. Ich bereute es sofort, aber ich schaffte es, das Lächeln auf meinen Lippen zu halten. Ich wollte die Bäckerei und mein Leben hier nicht aufgeben. Aber wenn es die einzige Möglichkeit war, ihn nicht zu verlieren?

Charlie erstarrte. »Du würdest mich hassen, früher oder später. Das weißt du. Ich habe gerade erst begriffen, dass Mum sich trennen musste, um ihr eigenes Glück zu finden, auch wenn es Dad wehgetan hat. Ich lasse nicht zu, dass du deines für mich aufgibst.«

Ich erinnerte mich an all die Male, in denen er mir den Rücken gestärkt hatte, für mich gesprochen hatte, weil meine Angst zu übermächtig war. Jetzt spielte er wieder den Ritter und bewahrte mich davor, einen Fehler zu begehen. Er war der Drache und mein Held in einer Person und er ließ nicht zu, dass ich mich gefangen nehmen ließ.

»Ich wäre glücklich, wenn du dich für mich entscheiden würdest.«

»Ich entscheide mich nicht gegen dich. Nur gegen diesen Ort.«

»Danach fühlt es sich nicht an«, sagte ich bitter.

»Ich weiß.« Er lächelte traurig und ich verstand, dass es Wunden in seiner Seele gab, die ich bislang noch nicht gesehen hatte.

Ich schloss die Augen, die Welt drehte sich um mich, bis es plötzlich ganz ruhig in mir wurde und ich ihm endlich die Hand entzog. Ich konnte mich weiter an ihn klammern – oder uns beiden den Gefallen tun und endlich loslassen.

»Dann sollten wir das an dieser Stelle beenden.«

»Willow.« Es dauerte einige Herzschläge, ehe er weitersprach. »Wir können doch weiterhin Freunde sein.« Charlie räusperte sich, aber seine Stimme war trotzdem heiser und belegt, als er weitersprach. »Wir sind doch Freunde?«

Dieses Mal lächelte ich etwas echter und befeuchtete die Lippen. »Irgendwann sind wir sicher wieder Freunde, Charlie.« Ich machte einen Schritt zur Tür, sah aber wieder zurück zu Charlie. Um ihn herum das Essen, mit dem wir meine berufliche Zukunft hatten feiern wollen. Eine Zukunft für mich, die eine gemeinsame für uns unmöglich machte.

Und obwohl mein Herz blutete, war ich ihm nicht böse. Liebe heilte nicht – sie war mehr wie ein Pflaster, das die Wunde verdeckte.

»Wir waren ein großartiges falsches Paar«, flüsterte ich tonlos und dachte an die Tage, als wir mehr waren als das.

Charlie hob den Blick und ich konnte ihm ansehen, dass ihn dieser Moment ebenso zerriss wie mich. »Es ist nicht so, dass ich nicht will, Willow.«

Es war sein schlechtes Gewissen, das ihn daran hinderte, aus Pinecrest eine Heimat werden zu lassen. Es war die Vergangenheit, die die Zukunft verpestete. Und das Verantwortungsgefühl, das die Freiheit aussperrte.

»Ich weiß, Charlie.«

Kapitel 31

»Wir haben uns getrennt.« Es fühlte sich an, als würde eine Fremde diese Worte sagen. Es klang nicht nach mir und ich glich eher einem Schatten, als ich hinter die Kaffeemaschine schlüpfte, um der Umarmung zu entgehen, mit der Harriet mich trösten wollte. Ich glaubte ihr sogar, dass mein Herzschmerz ihr leidtat, aber wir waren uns längst nicht mehr so nah, als dass sie es wäre, bei der ich Trost suchen würde.

Jack Williams war schon fast über der Schwelle und hielt für eine Sekunde inne, um mich über die Schulter hinweg anzustarren. Eine Statue der Neugierde, die mit einem Räuspern wieder zum Leben erweckt wurde. Er schlüpfte aus der Tür, als würde er nicht für den Klatsch und Tratsch der West View Lane leben.

Eigentlich fand ich nicht, dass irgendjemand in der West View Lane das Recht hatte, von dieser Entwicklung zu erfahren, aber als Harriet wiederholt nach meinen und Charlies Plänen am Wochenende gefragt hatte, hatte ich mit der Wahrheit nicht mehr hinter den Berg halten können. Alles, was ich wollte, war Ruhe.

Holly riss den Kopf hoch und starrte mich an. Sie hatte meine schlechte Laune den ganzen Tag aushalten müssen und mit der Erklärung schienen sich die Puzzleteile von selbst zusammenzufügen. Ich trat die Flucht in die Backstube hinten an und zog die Muffins mit mehr Lärm als nötig aus dem Ofen.

Erlösend kündigte das Klingeln der Tür an, dass Harriet den Laden verlassen hatte. Die Schritte von Holly auf den Dielen waren zögerlich, aber sie näherten sich.

»Es geht mir gut«, versicherte ich hastig, unsicher, ob ich eher sie oder mich beruhigen wollte. Langsam hob ich den Kopf und sah sie an. Hollys Lächeln wurde etwas breiter. »Das weiß ich doch. Möchtest du nach Hause … «

»Schon okay«, widersprach ich und musste lachen, als Holly zu Widerworten ansetzte und sie dann doch herunterschluckte. Besser so. Wenn es darauf ankam, konnte ich genauso dickköpfig sein, wie es Holly selbst war.

»Ich hab dich lieb«, sagte meine Chefin und zog mich in eine ihrer seltenen Umarmungen und spätestens da wusste ich, dass ich beschissen aussah.

Ihre Wärme trieb mir einmal mehr die Tränen in die Augen und ich vergrub das Gesicht in ihrer Halsbeuge. Ihre Hand fuhr durch mein Haar, ihre Finger kratzen sanft über meine Kopfhaut und schenkten mir diesen dringend notwendigen Trost, vor dem ich mich bisher gesträubt hatte.

Dann lösten wir uns voneinander und ich versuchte, mir meine Emotionen nicht anmerken zu lassen, während Holly meine Tränen zum Glück ignorierte. Die Türklingel ging erneut und zwang Holly, mich allein zu lassen und ich war noch nie in meinem Leben so dankbar darum, allein in der Backstube zu sein.

Mit zittrigen Fingern griff ich zu einer Schüssel, um den nächsten Teig anzurühren. Meine Mutter hatte immer gesagt, dass es die Liebe war, die einen vergessen ließ, wie man kochte. In meinem Fall war es dieses taube Gefühl in meiner Brust, das mich vergessen ließ, wie man Mehl richtig abwog.

Statt mich auf meine Arbeit zu konzentrieren, wanderte meine Gedanken immer wieder zu Charlie.

Ich stellte mir vor, wie seine schlanken Finger um die Zigaretten tanzten und sie in meiner Nähe doch immer wieder zurück in die Packung schoben. Ich dachte daran, wie er sich durch den Drei-Tage-Bart strich und ich dachte daran, wie gern ich bei ihm sein wollte.

Aber ich liebte Pinecrest, diesen Ort, diese Straße, diesen Laden, auch wenn mir diese Gedanken jetzt ironisch vorkamen, als ich wieder einmal mit den Tränen kämpfte.

Es war nicht die Trennung, auch wenn sie nicht unschuldig an meinen Tränen war. Es war der Umstand, dass sich nichts zwischen uns geändert hatte. Wir mochten uns und doch stand ich hier ganz allein und dachte an ihn.

Zeit heilte alle Wunden, aber die Frage war, wie lange man warten musste, bis es nicht mehr brannte.

Ich hatte geglaubt, dass ich ein wenig Schonfrist von meinen Mitmenschen erwarten könnte, aber als ich mit dem letzten Kuchen in den Verkaufsraum trat, stand dort Gwenna mit Juno zu ihren Füßen. Und es war deutlich, dass sie auf mich wartete.

Man musste ihr zumindest zugutehalten, dass sie sich nicht mit Small Talk aufhielt. »Wann habt ihr euch getrennt?«, fragte Gwenna mitleidig und schob sich den Himbeerdonut in den Mund und ein gemeiner, verletzter Teil von mir wünschte sich, dass die allergische Reaktion auf die Beeren stärker als sonst ausfallen würde. Kein Ersticken, aber ich würde es ihr gönnen, dass es unangenehm werden würde. Gwenna kaute, schluckte herunter und kraulte dann Junos Ohren. Keine Atembeschwerden. Ich schüttelte den Kopf, um die fiesen Gedanken zu vertreiben.

»Gestern Abend«, erklärte ich lahm.

»Mach Feierabend«, herrschte Holly mich urplötzlich an, ehe Gwenna eine erneute Frage stellen konnte. Sowohl ich als auch Gwenna sahen überrascht zu Holly, die mich mit versteinerter Miene betrachtete.

»Was?! Hab ich was falsch gemacht?«

»Heute ist es sehr ruhig, mach Feierabend«, keifte Holly erneut.

Ich schluckte. Sie log, wir hatten seit Stunden nonstop zu tun, aber ich nickte, schlüpfte aus meiner Schürze. Als ich an ihr vorbeiging, griff meine Chefin nach meiner Hand und drückte sanft. Ich warf ihr einen Blick zu, erkannte in ihren Augen das stumme Mitleid und lächelte sanft.

»Danke«, flüsterte ich.

»Warte, Willow. Ich begleite dich, dann können wir noch ein wenig drüber reden«, sagte Gwenna eifrig und wollte nach der Leine von Juno greifen, aber Holly zeigte sich mal wieder von ihrer großzügigen Seite und rettete mich erneut.

»Warte, Gwenna. Ich wollte dich noch um etwas bitten!« Sie scheuchte mich zur Tür und ich nutzte den Moment zu Flucht.

Als ich die West View Lane hinunterging, spürte ich die Blicke der Leute auf mir. Vor dem Weinladen schienen die Gespräche an den kleinen, bunten Tischen abzuflauen, sobald ich vorbeikam. Bildete ich es mir ein, oder flüsterte Harriet tatsächlich hinter vorgehaltener Hand? Ein unbehagliches Prickeln breitete sich in meinem Nacken aus.

Es war, als ob sie alle Bescheid wüssten, als ob meine Trennung auf der Straße lag wie ein offenes Buch, in das jeder einen neugierigen Blick werfen konnte. Innerhalb von Sekunden war der Waldbrand gezündet worden und zerstörte jetzt die behagliche Ruhe in der Straße. Ich warf einen Blick über die Schulter zum Buchladen. Ich vermutete, Jack oder Harriet war der Grund, dass jeder davon wusste. Harriet senkte den Blick, als ich ihr Starren auffing und da wusste ich, dass ich es mir nicht nur einbildete. Hatten alle in dieser Straße eine Charlie-und-Willow-Update-WhatsApp-Gruppe?

Die Möwen kreischten über mir, als ob auch sie sich am Tratsch beteiligten. Die West View Lane, die ich als Zufluchtsort gesehen hatte und sich mehr nach Heimat anfühlte als meine eigene Wohnung, war plötzlich eng und beklemmend, als ob die Wände der niedrigen Häuschen näher rückten. Meine Schritte wurden eiliger und ich sah zu Boden, damit ich keine fragenden Gesichter oder *Daisy Dreams* anschauen musste.

Am Ende der Straße wandte ich mich zum Hafen, brauchte Platz zum Atmen, den ich in meiner Wohnung nicht finden würde. Mit jedem Schritt fühlte ich mich verfolgter, aber ich verbot es mir, mich umzudrehen und der Paranoia nachzugeben.

Erst als ich das Wasser sah, schien meine Lunge wieder zur vollen Kapazität fähig zu sein. Das Meer war heute recht aufgewühlt und jede Welle, die sich vor dem Hafen brach, hallte in meinem Brustkorb nach. Die weiße Gischt schäumte auf den Wellenkämmen und in der Ferne, außerhalb der Bucht schaukelten die Boote im Wind. Heute war es deutlich kühler als die letzten Tage und ich wollte mir einreden, dass das der einzige Grund für mein Frösteln war. Die dunklen Haare auf meinen Armen stellten sich auf, als der Wind zunahm und meinen Rock aufwirbelte. Heute kam mir der Geruch nach Meer und Algen fast störend vor.

Ich kratzte mit der Schuhspitze über die Steine am Boden, aber rührte mich nicht. Gerne hätte ich den ganzen Tag an der Kaimauer gesessen und meinen Gedanken nachgehangen, aber ich wusste auch, dass sie mit jeder Sekunde in Einsamkeit düsterer wurden. Das Holz der Anlegestelle knarzte unter den Kräften von Wasser und Wind.

»Hey!«

Ich zuckte zusammen und sah über die Schulter zu der Person, die sich gerade genähert hatte. Oliver grinste mich an und ich erschauderte im gleichen Augenblick.

»Was willst du?«, fragte ich.

»Ich hab gehört, dass ihr euch getrennt habt und … «

So schnell?

»Nein«, unterbrach ich ihn mit fester Stimme und war selbst überrascht davon. »Ich habe kein Interesse an dir, Oliver. Du bist übergriffig und verstehst kein Nein. Und dir scheint nicht einmal klar zu sein, wie unsensibel du gerade bist!« Ich verschränkte die Arme vor der Brust und bemerkte zufrieden, wie er in sich zusammenschrumpfte.

»Ich –«, begann er.

»Deine Ausreden sind mir egal! Ich hab dir oft genug gesagt, dass ich nicht mit dir ausgehen möchte und das ist immer noch so.«

Sein Mund klappte auf, dann wieder zu. Oliver zog die Schultern hoch. »Tut mir leid.«

Vermutlich waren seine Worte nicht ernst gemeint, aber es tat gut, sie aus seinem Mund zu hören. Dass ich endlich für mich selbst einstand, dass ich keinen Charlie brauchte, der mich rettete. Meine Stimme war klar und fest und ich wurde nicht länger unter Olivers Blick klein. Ich war nicht schutzlos. »Du solltest wirklich an dir arbeiten, Oliver. Das ist ein ätzendes Verhalten und ich kann nicht glauben, dass dir das noch nie jemand gesagt hat. Oder vielleicht wurde es dir bereits gesagt und du ignorierst es. Vielleicht ignorierst du das hier auch, aber quatsch mich nicht mehr an. Lass mich in Ruhe.«

Er schwieg, aber ich brauchte auch keine Bestätigung. Mit festen Schritten ließ ich den Hafen und Oliver Fierly hinter mir. Vielleicht hatte ich mit Herzschmerz zu kämpfen, aber ich hatte in den letzten Wochen auf jeden Fall eine ganze Menge gewonnen, was man mir nicht mehr nehmen konnte.

Kapitel 32

Rede mit uns, Willow.

Es hilft sicher darüber zu reden.

Es tut sicher weh. Du bist nicht allein.

Ich starrte auf die neuste Nachricht von Valerie:

Bitte, Willow.

Dann folgte eine weitere von Elias:

Wenn du uns nicht langsam antwortest, dann werde ich dich entführen und dich zwingen, zu reden.

Holly hatte mich gezwungen, ein paar Urlaubstage zu nehmen und seitdem hockte in der Wohnung, ging allen aus dem Weg und bemitleidete mich selbst. Und ich hasse mich dafür. Ich griff wieder zu meinem Handy, um meinen Freunden zu schreiben, und brachte es dann doch nicht über mich. Ich wäre längst in meinem Selbstmitleid verhungert, wenn Zelda nicht täglich Tupperdosen mit Unmengen an Essen vor meine Wohnungstür stellen würde. Sie tat alles, damit ich den Herzschmerz überlebte.

Die Türklingel lenkte mich von meinem Handy ab und ich ließ es auf das Couchpolster fallen und schloss die Augen. Egal, wer da unten stand, ich wollte heute Abend niemand mehr sehen. Es war schwierig genug gewesen, in der Öffentlichkeit das Lächeln auf den Lippen zu halten, damit die Kleinstadt nicht tatsächlich noch mit Fackeln loszog und Charlie verjagte. Aber mein ungebetener Besuch ließ sich nicht ignorieren. Wieder tönte die Klingel durch meine kleine Wohnung und ich kam auf die Beine.

Ich konnte jeden meiner Schritte überdeutlich in meinen Ohren hören, als ich statt zur Tür in die Küche wanderte. Ich hatte die Fenster geöffnet, um den Wind hineinzulassen, der in den Abendstunden vom Meer her durch die Stadt fegte und ein wenig Abkühlung brachte. Zelda und Petroc hatten im Vorgarten zu Abend gegessen und auch wenn ich allen aus dem Weg ging, war es schön gewesen, ihren Gesprächsfetzen zu lauschen. Ein kleiner Moment, in dem ich mich nicht allein gefühlt hatte.

Nun, als ich in den Garten spähte, konnte ich eine Gestalt unten an der Tür ausmachen. Ich lehnte mich leise nach vorne, nur um dort neben den Sonnenblumen Charlie zu entdecken. Die Fensterbank drückte in meine Handflächen, aber ich konnte mich nicht losreißen. Er hatte die Arme vor der Brust verschränkt und die Spannung in seinen Schultern glich meiner.

Er sah hoch und ich zuckte zurück, hielt den Atem an, als könnte er mich sonst hören.

Charlie räusperte sich. »Willow? Ich weiß, dass du da bist.«

Aber ich rührte mich nicht. Mehr noch, ich lehnte mich an die Wand neben dem Fenster und presste die Lippen zusammen, atmetet so flach, wie es mir möglich war.

»Willow, bitte.« Der Wind trug seine Stimme hoch in meine Wohnung, obwohl Charlie nicht einmal laut sprach. Für einige Wimpernschläge verharrte ein jeder von uns an seinem Platz. Was würde ich dafür geben, seine Gedanken lesen zu können, dabei konnte ich meine eigenen nicht greifen. In mir tobte ein Sturm, einer, den ich zu Beginn selbst heraufbeschworen hatte. Ich hätte ahnen müssen, dass mich die Nähe zu ihm zerstören würde und dennoch hatte ich mich darauf eingelassen. Stets auf mein eigenes Märchen gehofft und jetzt stand ich hier und versteckte mich.

Kies knirschte unter meinem Fenster und seine Schritte entfernten sich. Ich beugte mich wieder vor, beobachtete ihn aus dem Fenster heraus. Das Abendlicht brachte sein dunkelblondes Haar zum Glühen und seine Silhouette zeichnete sich unübersehbar in meinem kleinen Vorgarten ab. Die Sonne blendete mich, aber ich konnte den Blick nicht abwenden. Charlie drehte sich wieder zum Haus hin. Ich konnte sein Gesicht nicht erkennen, aber ich wusste auch so, dass er mich in diesem Moment direkt anblickte. Dieses Mal versteckte ich mich nicht.

Ich verharrte in meinen Bewegungen und für einige Wimpernschläge lang gab es nur uns auf dieser Welt. Dann ging ein Ruck durch seinen Körper und er wandte sich ab.

Er sah sich nicht wieder um, als er erst den Vorgarten und dann die Straße verließ.

*

Falls ich geglaubt hatte, dass es nicht schlimmer werden konnte, so hatte ich mich geirrt.

Als ich an diesem Morgen zur Arbeit ging und sich die Tür zum Blumenladen öffnete, rechnete ich fest damit, dass mir wieder Charlie gegenüberstehen würde. Aber es war nicht Charlie, der mich mit gerunzelter Stirn ansah. »Aiden?« Ich hielt inne und starrte ihn an.

Verlegen kratzte er sich den Hinterkopf. »Hallo Willow!«

»Was machst du hier?« Ich hatte es nicht so entsetzt klingen lassen wollen, aber mein Körper war schon jetzt zum Zerreißen gespannt und ich versuchte, hinter ihm die Gestalt seines Bruders zu entdecken.

»Ich bin gerade aus Frankreich zurück und bis zum Semesterstart wollte ich Mum ein wenig unter die Arme greifen. Charlie ist ja schon gefahren.«

Aidens Worte hingen schwer und anklagend zwischen uns. Ich schluckte und er schob seine Hände in die Hosentaschen, ein deutliches Anzeichen, dass ihm diese Situation genauso unangenehm war.

»Freut mich, dich mal wieder zu sehen«, sagte ich mit schwacher Stimme und kam mir unfassbar verlogen vor.

»Ich soll dich von Charlie grüßen. Es tut ihm leid, dass er sich nicht richtig verabschieden konnte.«

Ich verriet ihm nicht, dass ich mich dem Abschied selbst verweigert hatte. Unwissentlich, aber ich war selbst schuld.

Zaghaft zog ich die Schultern hoch. Plötzlich fand ich mich auf einem Präsentierteller wieder und mein Herz raste.

»Wie geht's dir sonst so?«, fragte ich Aiden. Wir hatten seit dem Ende der Schule nicht mehr miteinander gesprochen, dabei waren wir viele Jahre so gut befreundet gewesen. Aber manchmal veränderten sich diese Dinge und plötzlich waren einstige Freunde nicht mehr als lose Bekannte. Harriet und mich hatte ein ähnliches Schicksal getroffen.

»Mir geht's wirklich gut. Ich freue mich, mit dem Studium anzufangen. Ich hab in den letzten Jahren oft in Laientheatern gespielt, aber ich würde gern weiterkommen ... « Aiden zuckte mit den Schultern und seine Nervosität schien sich zu legen. »Meine Freundin kommt vielleicht für ein paar Tage her. Dann kann ich ihr endlich mal Pinecrest zeigen. Wir haben uns in Paris kennengelernt und jetzt ist sie mit mir zurück nach England gekommen, obwohl sie lieber noch nach Peru fliegen würde ... «

»Wie schön.« Ich versuchte den Anflug an Eifersucht herunterzuschlucken. Aiden hatte jemand, der sich für ihn und damit auch für Pinecrest entschied.

Ich verschränkte die Arme vor der Brust, aber die Berührung konnte mein Herz nicht vom Brechen abhalten. Ich atmete tief durch und kämpfte wieder das Lächeln auf meine Lippen.

Die Tür von Mr. Williams Buchladen ging auf und mit ihm trat Holly nach draußen. Sie hielten inne und obwohl ich schnell wieder Aiden ansah, wusste ich, dass sie mich beobachteten.

Mein Lächeln zitterte, aber Aiden tat, als würde er meinen inneren Sturm nicht sehen. Er schob die Hände in die Hosentaschen, zog sie wieder heraus, fuhr sich durchs Haar und verschränkte sie dann selbst vor der Brust.

»Wie geht's Anne?«, fragte ich in die angespannte Stille zwischen uns und auf seinem Gesicht breitete sich ein sanftes Lächeln aus, welches dem von Charlie so ähnlich war und doch ganz anders. Bedachter, kleiner. Charlie war eine Naturgewalt und Aiden wirkte dagegen fast still.

»Gut. Sie ist fit genug, um mir ständig zu sagen, was ich zu tun habe und über Charlies *Ordnung* zu fluchen. Sie hat heute Morgen schon mit ihm geschimpft und sich seine Sauklaue erklären lassen. Aber sie ist glücklich, dass sie wieder hier ist.«

Ich nickte. All seine Worte kamen in meinem Kopf an und trotzdem hatte ich Schwierigkeiten, den Sinn zu begreifen.

Ich dachte an Charlies Lächeln, an seine Art zu erzählen. Wie er hier stehen würde und nach der Zigarettenschachtel tasten würde.

Er hatte in den Wochen so viel von meinem Herzen eingenommen, beherrschte auch jetzt noch meine Gedanken, wenn ich seinen Bruder anblickte.

Die Tür des Blumenladens hinter Aiden öffnete sich mit einem leisen Quietschen, und Anne trat hinaus auf das Kopfsteinpflaster. Ihre grau-blonden Haare waren locker zu einem Dutt gebunden, und sie trug eine abgenutzte, blumengemusterte Schürze, an der ein paar Blütenblätter hingen. In der rechten Hand hielt sie einen kleinen Strauß frischer Lilien, als wollte sie gerade einem Kunden nachlaufen.

»Willow!« Sie breitete die Arme aus, ignorierte völlig, dass ich nicht länger die Schwiegertochter in spe war. Ich erwiderte die Umarmung, ihr sanfter Druck war genau das, wonach ich mich seit Stunden sehnte.

»Es freut mich, dass du wieder da bist«, sagte ich und meinte jedes Wort ernst.

Anne lächelte verhalten und sah zu Aiden. »Ohne meine Söhne würde ich das noch nicht schaffen.«

Ich war ihr dankbar, dass sie Charlies Namen nicht aussprach, aber mein Herz brach dennoch. Natürlich wollte ich etwas erwidern, aber ich schaffte es nicht, sinnvolle Worte zu formen und so zuckte ich nur wieder mit den Schultern.

Anne blieb still, doch es war offensichtlich, dass sie meinen inneren Zwiespalt spürte. Einen Moment lang schien die Zeit in der West View Lane stillzustehen. »Ich komme später in der Bäckerei vorbei«, versprach Anne und verschwand wieder ins Innere des Ladens, den Lillienstrauß noch immer in der Hand, als hätte sie es sich anders überlegt.

Aiden räusperte sich. »Weißt du ... ich bin ja bald auch in London für die Uni. Vielleicht hilft es, wenn Dad nicht mehr allein dort wäre, falls es ... « Er schluckte und wich meinem Blick aus. » ... Falls es Charlie woanders hinziehen sollte.«

Ich wusste, dass er diese Andeutung nett meinte, aber ich spürte, wie mir die Tränen in die Augen stiegen. »Ich muss dann auch los. Bis dann«, verabschiedete ich mich mit leiser Stimme. Unsicher, ob ich ihn oder mich mit dieser Flucht erlösen wollte. Mit hastigen Schritten ging ich auf die *Sweet Tooth Bakery* zu. Holly erreichte die Tür zeitgleich mit mir und trat hinter mir ein, aber schwieg, bis die Tür zufiel und ich mich zu ihr umgewandt hatte.

»Er ist weg.«

»Ich weiß.«

Ganz allein fand mein Blick den Blumenladen auf der anderen Seite der Fensterscheibe. Es war gefühlt ein ganzes

Leben vergangen seit dem Morgen, als dort wieder überraschend Blumen gestanden hatten. Jetzt standen dort Alvin und Harry, die mit Theo diskutierten, während Aiden kopfschüttelnd ins Innere des Ladens flüchtete. Theo lachte und Alvins Kopf wurde mit jeder Sekunde röter und sah aus, als würde er gleich platzen, während Harry verwundert zwischen den beiden hin und her sah. Ein seltsamer Anblick vor dem Hintergrund der Blumen.

Holly folgte meinem Blick nach draußen und schnalzte missbilligend mit der Zunge.

»Ich mag nicht, wie die Blumen geordnet sind. Das hat Charlie schöner gemacht.«

Ich lachte ungläubig auf und ihre Lippen verzogen sich zu einem frechen Grinsen. Ich schüttelte den Kopf. »Findest du? Eigentlich hat Lauren die Blumen immer rausgestellt.«

Holly zuckte wieder mit den Achseln und grinste noch eine Spur breiter. »Ich mag Charlie trotzdem lieber als den Rest der Burtons, der weiß unser Gebäck mehr zu würdigen.«

»Damit stehst du in dieser Stadt wohl ziemlich allein da.«

»Ich glaube Layla kein Wort.« Holly zuckte mit den Achseln und deutete auf ihre eigenen Augen. »Böse Augen hat das Mädchen. Also mag ich Charlie, ja.«

»Obwohl er mir das Herz gebrochen hat?«

Sie winkte ab. »Irgendwann reißt ihr beide euch schon wieder zusammen.«

So schnell, wie die leichte, alberne Stimmung gekommen war, genauso schnell verpuffte sie wieder. Zurück blieb sie nur wie eine Ahnung, genauso wie der Duft nach Vanille und Teig in der Bäckerei am Ende eines Tages.

»Das glaube ich nicht«, widersprach ich. Aber Holly schien mich gar nicht zu hören. Sie warf mir diesen Blick zu, den ältere Damen hatten, als wüssten sie all die Geheimnisse des Universums, die dem Rest der Menschheit verborgen blieben.

Wie gern würde ich ihr glauben, Hoffnung aus dem wissenden Lächeln schöpfen, doch ich wusste auch, dass mir das nicht guttun würde.

»Ich vermisse ihn«, sagte ich.

»Ich weiß.« Holly breitete die Arme aus, als ich auf sie zu stolperte. Mir war es egal, dass uns vermutlich alle durch das Schaufenster sahen. Mir war es egal, dass ich keine Tränen mehr zulassen wollte. Manchmal musste man endgültige Enden beweinen. Auch oder gerade, wenn man geglaubt hatte, dass man sich längst damit abgefunden hatte. Man konnte sich nicht gegen die Hoffnung wehren. Die Hoffnung, dass es doch alles wieder funktionieren würde.

Die Märchen meiner Kindheit hatten mir beigebracht, dass man stets ein Happy End bekam, aber das hier fühlte sich nicht glücklich an. Nur nach einem Ende einer gemeinsamen Geschichte, die viel zu kurz gewesen war.

Kapitel 33

Beim Laufen war meine Atmung zu laut, mein Herz raste und der Wind fuhr durch mein Haar. Beim Laufen war alles andere lauter als meine Gedanken. Jeder Schritt übertönte seinen Namen, jeder Meter trieb die Zweifel aus meinem Kopf. Für einen Moment war ich allein mit mir und wollte nicht weinen. Er hatte dann keinen Platz in meinem Kopf und damit wurde das Laufen für mich noch wichtiger als zuvor.

Kaum zu glauben, dass ich Frieden in dem Brennen meines Brustkorbs finden konnte.

Ich spürte Valeries Seitenblick, aber sie fand keine Luft zum Sprechen und wann immer sie es versuchte, legte ich einen Zahn zu. Ich wollte nicht reden, wollte meine Gefühle nicht in Worte fassen. Ich wollte einfach nur laufen, bis der Gedanke an Charlie nicht mehr weh tat. Und wenn ich dafür bis ans Ende der Welt rennen musste. Das leise Rauschen der Wellen und das ferne Kreischen der Möwen füllten den Raum zwischen uns. Dass ich mich mit Valerie zum Training verabredet hatte, war mein erster Versuch, mein Leben wieder in geordnete Bahnen zu bringen, aber Charlie hatte eine Explosion hinterlassen, deren Spuren man nicht einfach ausmerzen konnte.

Unsere Schritte hallten in meinem Kopf, gruben sich in meinen Körper mit jedem Meter, den wir zurücklegten. Ich wünschte, ich könnte für immer das Ziehen meiner Muskeln spüren, könnte für immer das Rauschen in meinen Ohren halten. Aber ich wusste, dass meine Gedanken zurück zu ihm wandern würden, sobald wir stoppten. Selbst jetzt schob sich der Gedanke immer wieder in meinen Kopf, egal wie sehr ich das Tempo anzog.

Ich hatte mich verliebt. Wider besseres Wissen. Ich hatte geahnt, dass es nicht glücklich enden würde und dennoch war ich in die Falle gestolpert. Jetzt gab es kein Zurück mehr, jetzt musste ich mit den Folgen meines Fehlers leben.

Ich wurde langsamer und Valerie kopierte mich, hielt neben mir an, während ich auf den Boden unter uns starrte und wieder einmal mit den Tränen kämpfte.

Ein paar Augenblicke lang sagten wir nichts, beide in unsere eigenen Gedanken versunken. Die frische Meeresbrise strich durch mein Haar, und als ich tief durchatmete, strömte die kühle Luft in meine Lungen.

»Ich bin nur erschöpft«, sagte ich, um das Glänzen in meinen Augen zu erklären, als ich wieder aufsah. Valerie stieß einen zustimmenden Ton aus, dabei versuchte ich mich zu überzeugen und nicht sie.

»Ist schon okay, Willow. Niemand verurteilt Tränen.«

Doch, wollte ich widersprechen. Ich verurteilte meine Tränen. Ich hätte es besser wissen müssen.

Valerie zog mich in ihre Arme, sie ignorierte den Schweiß auf unserer Haut, grub ihre Nase in mein Haar und ich ließ mich gegen sie sinken. Sie fing mich auf, so wie es unsere Freundschaft schon seit Jahren tat. Wir waren unser Sicherheitsnetz, wenn alles andere riss. Sie, Lauren und ich. Und Elias, wenn er mir nicht gerade mit Entführung drohte.

»Danke, Val.«

»Immer, Willow. Du weißt doch, ich liebe dich.« Ihre Lippen berührten meine Wange so sanft wie der Wind, der über die Bucht zog. Ich schloss die Augen und lauschte den Möwen über uns. Roch den Sommer, der nach frisch gemähtem Gras und Blumen duftete. Der Tag war wunderschön und passte nicht zu dem inneren Sturm, der in mir wütete. Ich wollte schreien, wollte schweigen. Ich wollte Regen, um meine Tränen zu verbergen, und ich wollte, dass die Sonne für immer schien, um den Schatten fernzuhalten, der mich verfolgte.

»Es darf wehtun«, flüsterte Valerie. Ich erlaubte mir für einen Moment, dem hinterher zu trauern, was hätte sein können. Dann löste ich mich von ihr und rieb mir über die Augen. Das Lächeln, an dem ich mich versuchte, war wackelig, aber es reichte. Es erinnerte mich daran, dass eine verlorene Liebe nicht das Ende der Welt war.

»Ich bin okay«, versprach ich und legte meine Hand auf ihren Oberarm.

Ich würde okay sein, früher oder später. Irgendwann würden die Erinnerungen an Charlie von neuen überlagert werden und dann wäre da nichts weiter als ein wehmütiges Ziehen in meiner Brust.

»Wir haben eine Überraschung für dich«, verkündete Valerie und nahm meine Hand. Ihre Finger glitten zwischen meine, als sie mich in Richtung der alten Kiefer zog.

Manchmal fragte ich mich, wie ich diese Menschen in meinem Leben verdient hatte. Lauren saß auf einer karierten Decke, die sie mit Elias auf der Wiese unterhalb der Kiefer am Rand der Klippe ausgebreitet hatte. Mit einem tiefen Seufzen ließ ich mich neben meine besten Freunde fallen und könnte schon wieder weinen. Zumindest bis Elias mir einen tadelnden Blick zuwarf und mir überraschenderweise eher nach Lachen zumute war.

»Du hast mich ewig ignoriert«, beschwerte Elias sich anklagend.

»Es tut mir leid!«

»Ich verzeihe dir«, sagte er gönnerhaft und reichte mir ebenfalls ein Stück Kuchen, den eindeutig Holly gebacken hatte, das wusste ich, ohne auch nur fragen zu müssen.

Das Gras unter meinen Fingern war weich und die leichte Brise trug den Duft des Meeres zu uns herüber. Die Möwen kreisten über dem Wasser, und am Fuß der Klippe glitzerte der Ozean in tiefem Blau, als würde er mich einladen, all meine Sorgen darin aufzulösen.

Das Lachen und die Gespräche meiner Freunde vermischten sich mit dem ewigen Rauschen der Wellen.

Es war eine seltsame Form von Ruhe, die sich um uns ausgebreitet hatte und sich wie eine Decke über mich legte. Ich wollte ihnen wieder sagen, dass ich in Ordnung war, dass mich der Herzschmerz nicht in die Knie zwang. Ich wollte ihnen sagen, dass ich längst nicht so verliebt war, wie sie vielleicht glaubten.

Ich wollte mir selbst sagen, dass all das nicht so tief war, wie es sich anfühlte. Dass es nur eine oberflächliche Wunde war, die schon bald wieder verheilen würde.

Aber egal wie oft ich all diese Dinge laut oder in Gedanken aussprach, sie wurden nicht wahrer. Charlie hatte mein Herz gestohlen und es würde eine Weile dauern, bis ich mich nicht mehr nach ihm sehnte.

»Ich liebe euch, Leute«, flüsterte ich. Zunächst reagierte keiner, aber es ging mir auch nicht darum, dass sie es hörten, sondern dass ich meine Gefühle für sie in Worte fassen konnte.

»Wir dich auch.« Laurens Stimme war zittrig. »Ohne euch wäre das Leben ganz schön beschissen.«

Ich wusste, was sie meinte. Wir hatten uns durch schwierige Zeit geholfen. Wir hatten die schönsten Tage und die furchtbarsten miteinander geteilt und das würden wir auch weiterhin tun. Umso stärker wog das schlechte Gewissen auf meiner Brust, dass ich sie anlog.

Hier fühlte ich mich sicher. Geborgen, behütet, geliebt. Und gerade deshalb traten mir wieder die Tränen in die Augen.

Laurens Blick glühte, als ich aufsah und erst da bemerkte ich, dass ich ihnen nicht zugehört hatte.

»Hm?« Ich kaute eifriger, damit ich herunterschlucken konnte.

»Sollen wir sein Haus anzünden?«, fragte Lauren noch mal. »Oder soll ich ihm ein paar Haare ausrupfen und wir machen eine Voodoopuppe?«

»Ich wusste nicht, dass du dich mit Voodoo auskennst. Funktioniert das echt?« Elias verzog das Gesicht zu einer Grimasse und brachte mich trotz allem zum Lachen.

»Natürlich nicht«, maulte Valerie gereizt und tätschelte mir einmal mehr die Schulter.

»Ich vermisse ihn«, gab ich mit leiser Stimme zu. Lauren griff nach meiner Hand und drückte sie sanft. Ich sah zu der Picknickdecke, auf der wir saßen und stellte meinen Kuchenteller vor mir auf dem Stoff ab.

»Möchtest du uns erzählen, was passiert ist?« Elias Stimme war ungewohnt sanft und vorsichtig.

Ja und Nein. Da war so viel, was mir auf der Seele lag, aber da waren auch immer noch die Geheimnisse und Lügen, die unumgänglich mit dieser Geschichte verwoben waren.

»Wir waren nie zusammen«, sagte ich und hob den Blick. Die Verwirrung in ihren Gesichtern war mehr als deutlich.

»Also schon zum Ende hin, irgendwie. Da haben wir gedatet. Aber eigentlich war alles eine Lüge.«

»Was?« Valerie blinzelte mich an und strich sich das Haar aus dem Gesicht. Lauren rappelte sich auf und kniff die Augen zusammen.

Also erzählte ich.

Es war verlogen, ihnen von meinem Liebeskummer zu erzählen, solange sie nur die Spitze des Eisberges kannten. Es war mir egal, halb Pinecrest anzulügen, aber meine Freunde hatten das nicht verdient. Ich rechnete fest damit, dass sie wütend sein würden und als ich endlich von meinen Händen aufblickte, die sich Halt suchend ins Gras gekrallt hatten, wirkten ihre Gesichter leer.

»Es tut mir leid.«

»Wieso hast du es uns nicht früher erzählt?«, fragte Lauren und schlang die Arme um ihren Oberkörper. Sie und ich hatten schon immer alles miteinander geteilt, hatten einander gestärkt und gehalten. Ihre Enttäuschung tat weh, aber ich hatte selbst dafür gesorgt, dass sich mein Herz jetzt einmal mehr anfühlte, als wäre es in zwei gerissen worden.

»Ich weiß nicht. Es ist nicht, dass ich euch nicht vertraue, aber irgendwie kam ich mir erst albern vor und dann war es zu spät und wir steckten schon drin. Ich wollte nicht, dass ihr in dieses Drama reingezogen werdet, wenn alles auffliegt. Aber jetzt ist es sowieso egal.«

»Eigentlich hättest du es verdient, dass ich dich boxe«, sagte Valerie düster und legte einen Arm um Lauren.

»Nicht nur eigentlich.«

»Dein Glück, dass ich nicht gewalttätig bin.«

»Ich gleich schon«, sagte Elias ebenso düster.

Die Stille war unangenehm, quälend und schlug mir auf den Magen. Vielleicht würde ich mich hier und jetzt übergeben müssen, wenn sie weiter schwiegen. Und trotzdem wagte ich nicht, etwas zu sagen. Alles, was mir auf der Zunge lag, klang so platt, nicht ausreichend, um diese Situation zu retten.

Ich hatte das Vertrauen missbraucht, welches sie mir stets uneingeschränkt entgegengebracht hatten. Ich wusste nicht, ob wir in der Vergangenheit jemals mit ähnlichen Problemen zu kämpfen hatten. Was sollte ich sagen, um meine Lüge ungeschehen zu machen?

Und so schwieg ich klein und ängstlich und wagte es nicht, den Blick zu heben, um den liebsten Menschen dieser Welt in die Augen zu schauen. Eine Ewigkeit später räusperte sich Elias. »Ich bin verdammt sauer, Willow. Aber weil es dir eh scheiße geht, werde ich nicht drauf rumreiten.«

Ich sah ruckartig aus. Seine Lippen waren zusammengepresst, aber er versuchte sich an einem sanften Lächeln, welches die Panik in meinem Inneren linderte.

»Das habe ich nicht verdient«, flüsterte ich und der Wind, der vom Meer her über uns hinwegfegte, übertönte mich beinahe.

»Hast du nicht«, bestätigte Elias und sein Lächeln schwankte etwas. »Aber dass es dir jetzt beschissen geht, ist sicher Karma und deshalb bin ich zufrieden.« Er streckte sich und nahm mich vorsichtig in die Arme. Ich wagte kaum mich zu rühren, sondern schloss die Augen, saugte diese unerwartete Berührung in mich auf.

»Wieso hast du uns denn nicht davon erzählt, dann hätten wir dir doch viel besser beistehen können.« Lauren klang nicht vorwurfsvoll, aber mein schlechtes Gewissen meldete sich dennoch. Jetzt erschien es mir selbst unlogisch, dass ich geschwiegen hatte, aber hinterher war man leider immer schlauer.

Ich legte den Kopf in den Nacken und sah den weißen Wolken dabei zu, wie sie über den blauen Himmel zogen. Wie all die Antworten in meinem Kopf, die sich dann doch nicht von mir greifen ließen. Stattdessen zuckte ich mit den Achseln und kämpfte einmal mehr mit dem Tränen. Das musste wirklich aufhören.

Ruppig rieb ich mir mit den Handballen über die Augen und seufzte leise.

Lauren strich mir über das Haar. »Ich hab dich lieb, Willow. Daran ändert keine Lüge etwas. Wir beide gegen den Rest der Welt«, flüsterte sie. Die Erinnerung an unsere Kindheit wärmte mein Herz. Wir hatten einander immer den Rücken gestärkt, hatten uns gegen die homogene Masse an weißen Engländer durchgesetzt und waren nicht untergegangen. Wir waren inzwischen ein Teil dieser Stadt und hatten uns selbst nicht verloren.

»Ich liebe dich, Lauren«, versicherte ich ihr und meine beste Freundin lächelte mich an. Vergessen war es noch nicht, aber es würde gut werden. Irgendwann. Mein Blick glitt zu Valerie, die nachdenklich wirkte und mich nicht direkt ansah. Mein Herz schmerzte, aber ich würde ihr die Zeit geben müssen, die sie brauchte. Ich war nicht in der Position, Forderungen zu stellen, auch wenn ich Angst hatte, ihre Freundschaft und ihre Liebe zu verlieren.

»Tut mir wirklich leid, dass es alles so aus dem Ruder gelaufen ist«, sagte Valerie und ließ dabei offen, ob sie meine Beziehung oder das Damoklesschwert über unserer Freundschaft meinte. Vielleicht beides. Ein einziges riesiges Trümmerfeld, doch als Lauren und Elias die Arme um mich schlangen, fühlte es sich dennoch an, als würde alles wieder gut werden.

Kapitel 34

Ich hatte die Beine angezogen und die Füße auf der Sitzfläche des Stuhls abgestellt, während ich meiner Mutter beim Kochen zusah. Ursprünglich hatte ich meine heutige Laufrunde allein machen wollen, aber dann war ich doch in Crugmeer vor meinem Elternhaus gelandet und hatte mich von Mum in die Arme schließen lassen. Mein Vater arbeitete, aber mir war sowieso nicht danach zu reden. Das hatte Mama schnell verstanden und mich mit einem Kakao an den Küchentisch gesetzt.

Sie sagte nichts dazu, dass ich verschwitzt war, fragte nicht nach Charlie. Und sie bohrte auch nicht, als ich auf die Nachfrage nach Lauren und Valerie nur grummelte. Während Lauren wie auf Glasscherben um mich jerum schlich, ging mir Valerie komplett aus dem Weg. Nur Elias hatte seine Enttäuschung beiseitegeschoben und behandelte mich völlig normal.

Mum summte, während sie den Brotteig knetete und schenkte mir ein Lächeln. Dieser Ort, unsere Küche, hatte stets etwas Beruhigendes gehabt und oft hatten wir zusammen Brot oder Kuchen gebacken. Vermutlich hatte sich da mein zukünftiger Berufsweg bereit angekündigt. Dieses Mal half ich ihr nicht, sondern konzentrierte mich ganz auf das warme Gefühl in meinem Brustkorb.

Hier fand ich das, was ich in den letzten Tagen in den Straßen und Gassen von Pinecrest gesucht hatte, aber gänzlich von dem Gefühl von Vermissen überlagert worden war: Die Liebe zu meiner Heimat, der Grund, warum ich blieb und bleiben wollte.

Es tat gut, diesen großen Teil meiner Persönlichkeit wieder zu spüren und sich nicht länger blind zu fühlen. Mama sah auf, als sie den Ofen schloss. Sie stemmte die Hände in die Hüften, hatte den Kopf leicht geneigt.

Ich lächelte sie an und für einen Moment verharrte sie in ihrer Pose, betrachtete mich prüfend, als könnte sie in meinem Blick all das lesen, was ich selbst noch nicht begriff.

»Noch einen Kakao, Tamani?«

Sie nutzte meinen indischen Zweitnamen so selten, aber es war auch etwas zwischen ihr und mir. Das Gefühl von Heimat in einem Wort.

»Nein, danke. Aber ich hätte gern eine Umarmung«, bat ich leise über das Rauschen der Spülmaschine hinweg. Sie benötigte nur zwei Schritte, dann schloss Mama mich in die Arme, hüllte mich in den Duft von Meer und Kokos. Ich schloss die Augen und lehnte mich gegen ihre Schulter, atmete tief ein.

»Tut mir leid. Ihr wart wirklich süß zusammen«, sagte sie leise.

»Er ist ein guter Kerl.«

Mama nickte und strich mir mit ihren kühlen Fingern über die Wange. »Ich weiß. Es wird besser werden.« Sie küsste mein Haar und löste sich wieder von mir.

»Die gleiche Zeit, die es dauert, über die Vergangenheit zu trauern, hat man zur Verfügung, um die Zukunft zu gestalten.« Sie zwinkerte mir zu und ich rollte meine Augen über dieses indische Sprichwort. Manchmal hatte ich das Gefühl, dass sie mir ihre Kultur durch diese Weisheiten näherbringen wollte. Nur, dass ich sie viel zu oft nicht verstand.

Ich sah ihr zu, wie sie zurück zur Küchenzeile trat und lauschte den Geräuschen um uns herum. Das Klappern der Schüsseln, das Rauschen des Meeres, die durch das geöffnete Fenster drangen.

Die Postkarte lag schwer in meinen Händen und doch schleppte ich sie seit Tagen mit mir durch die Gegend.

Auf der Vorderseite war ein Bild vom Big Ben aufgedruckt. Klassische Touristenpostkarte, aber genug, damit mir übel wurde. Es könnte von jedem sein, dennoch war nur ein Mensch in meinem Kopf unwiderruflich mit dieser Stadt verbunden.

Meine Hände zitterten nicht mehr, wenn ich sie umdrehte und ich brauchte die schiefe, unsaubere Schrift nicht mehr entziffern. Ich kannte die Worte bereits auswendig.

Liebe Willow,
ich weiß, dass du Abstand brauchst und ich hoffe, dass ich hiermit keine Grenze überschreite. Ich denke jeden Tag an dich und wünsche mir wirklich, dass es dir gut geht. Ich vermisse dich. Falls du irgendwann reden willst, bitte ruf mich an. Zu jeder Tages- und Nachtzeit.
Dein Charlie.

Ich schluckte schwer und tastete blind nach meinem Handy. Mochte sein, dass es dumm war, ganz sicher sogar. Und vielleicht warf es mich zurück an einen Ort, an dem ich nicht mit meinen Schmerzen klarkam. Aber seit ich die Postkarte vor einigen Tagen aus dem Briefkasten gefischt hatte und die Treppe hochgerannt war, damit Zelda sie nicht zu Gesicht bekam, dachte ich darüber nach, ihn anzurufen. Und in dem Haus meiner Eltern fühlte ich mich zum ersten Mal sicher genug. Mein Herzschlag setzte aus und meine Finger zitterten, als sie über seinem Kontakt auf meinem Display schwebten. Ich stand hastig auf, spürte Mamas verwirrten Blick auf mir, aber ich konnte sie nicht ansehen, konnte nichts sagen.

Es klingelte, zweimal, dreimal, viermal und ich erwartete bereits, dass er nicht abnehmen würde.

Barfuß lief ich von der Küche zur Terrassentür. Die Glastür quietschte leise, als ich sie aufschob.

»Willow?« Er klang atemlos und ich lächelte unter Tränen. Die Gefühle übermannten mich, waren allgegenwärtig und in Gedanken versunken entfernte ich mich von der Terrasse, trat in das Gras hinaus, das Papa dringend wieder mähen müsste. Die langen Grashalme strichen über meine nackten Füße und an meinen Waden entlang, hielten mich durch das Kitzeln im Hier und Jetzt, während meine Seele und mein Herz längst zu ihm flogen.

Mein Blick lag auf den Schafwiesen um mich herum, während ich wartete, hoffte, dass er weitersprach. Denn ich schien jede sprachliche Fähigkeit verloren zu haben bei dem Klang seiner Stimme.

»Hast du meine Karte bekommen? Ich hoffe, das war okay.«

»War es.«

»Ich hab viel an dich gedacht in den letzten Wochen.« Seine Stimme zauberte mir eine Gänsehaut auf den gesamten Körper und ich hatte Probleme, wieder klare Gedanken zu fassen. »Wie geht's dir?«, fragte er leise.

Der Wind fuhr durch den Weiler, rüttelte gespickt mit Meersalz an den Fensterläden. Ich schwieg. Ich konnte ihm keine Antwort auf seine Frage geben, solange ich die Antwort selbst nicht kannte.

»Du bist mir wichtig, Willow.«

Ich seufzte leise und presste die Lider zusammen, aber die Wörter drangen in mich ein, rissen die vielen kleinen Wunden wieder auf.

»Ich vermisse dich, Charlie.« Die Worte schmerzten, aber ich konnte sie nicht unausgesprochen lassen.

»Willow. Ich möchte dich so dringend in meinem Leben halten, auch wenn es zwischen uns nicht funktioniert hat.«

Aber konnte ich das? Zurück zu einer Freundschaft gehen, wenn ich längst davon gekostet hatte, wie süß es war, wenn er mich küsste?

»Ich weiß nicht, ob ich schon bereit bin, Charlie.«

Er schwieg wieder und ich schwieg. Keiner von uns beendete das Gespräch, aber als ich mich ins Gras sinken ließ, war ich mir nicht sicher, ob er wirklich noch am anderen Ende der Leitung war.

»Es tut mir leid, dass es so endete. Es war wirklich schön.«

Nicht schön genug, damit er blieb. Auch wenn ich seine Hintergründe langsam verstand.

Ich war selbst schuld an meinem Herzschmerz und das machte mich nur noch wütender.

»Richtige Person zum falschen Zeitpunkt.« Obwohl er leise sprach, war es, als könnte ich es auch ohne Telefon aus London vernehmen.

Falscher Zeitpunkt.

»Für mich nicht«, sagte ich ernsthaft. »Für mich war der Zeitpunkt perfekt. Ich vermisse dich. Ich brauche dich. Ich will dich.«

Keine Ahnung, mit welcher Reaktion ich gerechnet hatte, worauf ich gehofft hatte, als mir diese Worte aus dem Mund purzelten. Die Stille, die daraufhin folgte, zerriss mir mehr das Herz, als Worte es jemals gekonnt hätten.

Ich lauschte den Möwen, dem Meer und den Schafen, während ich doch wieder mit den Tränen kämpfte. Das alles sollte nicht so schwer sein.

»Willow«, flüsterte er, aber ich hörte an seiner Stimme, dass wir uns nicht das geben konnten, was wir uns wünschten.

»Ich hab dich wirklich gern, Charlie. Bitte ruf mich nicht an. Schreib mir keine Karten. Ich melde mich, wenn ich so weit bin.«

Ich spürte die Tränen auf meinen Wangen, als ich aufgelegt hatte und mir die Stille aus meinem Handy plötzlich quälend laut vorkam.

Ich ließ das Smartphone in den Schoß sinken. Der Schlussstrich tat weh, aber vielleicht hatte ich genau das gebraucht. Ich musste die Hoffnung begraben.

Ich hatte gekämpft, aber am Ende verloren und stand nun vor den Trümmern, von denen ich nicht wusste, wie ich sie wieder zu ganzen Teilen zusammensetzen sollte.

Ich hob den Blick und entdeckte Theos Gestalt vor mir.

»Ich hab dich gar nicht bemerkt«, sagte ich verlegen, als er nähertrat.

»Ich wollte nicht lauschen«, sagte er peinlich berührt und fuhr sich durch die dunklen Locken. Es war deutlich, dass er genug gehört hatte. »Willst du drüber reden?«, fragte er und legte den Kopf schief.

Ich seufzte schwer, zuckte dann mit den Schultern.

»Komm, wir gehen ein Stück.« Er hielt mir die Hand hin und zog mich auf die Beine, dann gingen wir schweigend Richtung Klippen. Schmetterlinge flatterten vor uns über den Weg und die Schafe blökten.

Und dann, obwohl ich Theo kaum kannte, brach alles aus mir heraus.

Er lauschte meinen Erzählungen schweigend.

»Klingt so, als opfere er sich, um es allen recht zu machen.«

»Nur mir nicht«, sagte ich düster.

Theo lachte leise und wog den Kopf nachdenklich hin und her. »Ich glaube, er muss begreifen, dass er es seinem Vater nicht schuldig ist, für immer in London zu bleiben.«

»Das kann ich ihm nicht so sagen«, sagte ich leise. Charlie war so ein aufopferungsvoller Mensch, das würde ich ihm niemals zum Vorwurf machen.

»Nein, das muss er selbst begreifen. Es kommt erschwerend dazu, dass er sich hier nicht wohl fühlt … wäre das anders … Das würde seine Beziehung zu seiner Mutter sicher erleichtern und auch eine andere Beziehung wieder möglich machen.« Theo stieß mich mit dem Ellenbogen an.

»Du bist aber weise«, amüsierte ich mich.

»Ich hatte meinen Anteil an Drama im Leben. Ich mische mich nur noch ein, wenn es um die Beseitigung geht.« Er lachte breit und obwohl er nur einige Jahre älter war als ich, bewunderte ich ihn.

»Aber wir sollten dafür sorgen, dass sein Ruf hier reingewaschen und er wieder mit offenen Armen empfangen wird.« Theo blickte grübelnd in die Ferne, während wir uns den Klippen mit langsamen Schritten näherten.

»Wir?«, fragte ich überrascht. Theo hatte mit dem ganzen Chaos nun wirklich nichts zu tun.

»Alvin sagt immer, dass ich mich an Gemeinschaftsprojekten beteiligen sollte, wenn ich so oft hier bin.«

Ich rollte mit den Augen. »Alvin ist nicht gerade ein großer Fan von Charlie«, gab ich zu bedenken.

Theo lachte auf. »Umso besser, dann nervt ihn mein Gemeinschaftsprojekt auch noch.«

»Und wie willst du das anstellen?«, fragte ich und verschränkte die Arme vor der Brust.

»Ich suche mir Verbündete, die die Planung für mich übernehmen. Arbeite schlau, nicht hart.« Er tippte sich an die Stirn und brachte mich erneut zum Lachen. Trotz des Telefonats mit Charlie, schien die Welt ein klein wenig bunter.

»Wollen wir zurückgehen?«, schlug Theo vor, als die Sonne fast gänzlich im Meer untertauchte.

»Ich komme gleich nach«, versprach ich und sah ihm hinterher, wie er zurück zum Haus meiner Eltern ging.

Der Kies knirschte unter meinen Füßen, als ich mich ganz an den Rand des Weges wagte. Unter mir brachen sich die Wellen an den Felsen, kämpften gegen die britische Insel an, die aber nicht nachgab. Vielleicht eines Tages, aber heute trotzte sie den Wassermassen. Ich hob den Blick, bemerkte ein einsames Schiff in der Ferne und die Möwen, die über mir ihre Kreise zogen.

Der Himmel leuchtete blau, grau und orange. Das Meer wurde eins mit dem Himmel und lockte mich in die Ferne.

Nur für einen Moment erlaubte ich mir, die Augen zu schließen und zu träumen, was wäre, wenn.

Viel zu viel hielt mich an diesem Ort, aber in meinen Träumen konnte ich Pinecrest den Rücken zuwenden. Und merkte dann doch immer wieder, dass ich in dieser Kleinstadt viel glücklicher war als in jedem fantastischen Tagtraum.

Kapitel 35

Nacheinander dackelten Alvin, Harry und Theo durch die geöffnete Tür in den Laden. Reichlich spät für ihre sonstigen Routinen, schließlich schloss die Bäckerei innerhalb der nächsten Stunde.

Holly hatte eben nach ihrer Handtasche gegriffen, hielt jetzt aber überrascht inne. »Das ist ein seltener Anblick.«

»Ich weiß«, murrte Alvin, während Harry und Theo breit grinsten.

»Ich will mich mehr in die Gemeinschaft einbringen«, erklärte Theo bedeutungsschwer und Harry kicherte wie ein Schuljunge, als Alvin die Augen verdrehte.

»Und die Gemeinschaft besteht aus Alvin und Harry?«, fragte Holly sichtlich interessiert. Alvin sah aus, als hätte er in eine Zitrone gebissen, aber Harry strahlte so breit, wie er es sonst nur als Weihnachtsmann verkleidet tat.

»Wir haben ein gemeinsames Ziel«, erklärte Theo, immer noch mysteriös und zwinkerte mir zu.

Holly folgte seinem Blick in meine Richtung, stieß dann ein Seufzen aus und schüttelte den Kopf. »Ich will es gar nicht wissen.« Sie klopfte mir auf die Schulter, etwas ruppiger als nötig und verschwand dann aus der kleinen Ladentür. Ich drehte mich wieder zu den drei erwachsenen Männern, die sich verlegen im Laden herumdrückten und nicht so recht mit der Sprache rausrücken wollten. Ich hob fragend die Augenbrauen und riss damit wenigstens Harry aus seiner Vermeidungsstrategie. Er stieß Alvin unsanft in die Seite, der einen Laut ausstieß, der einem tödlich verletzten Tier ähnelte.

»Es tut mir leid, dass ich so gemein zu Charlie war. Das hat er nicht verdient und deshalb helfen ich, Theo und Harry seinen guten Ruf wieder herzustellen.«

»Siehst du! War doch gar nicht so schwer.« Harry klopfte seinem besten Freund auf die Schulter, während ich immer noch versuchte, meine Sprache wiederzufinden.

»Das ist nett?«, sagte ich fragend und griff nach einem Geschirrtuch, nur um meinen Händen etwas zu tun zu geben.

»Wir sind immer nett«, erwiderte Alvin verschnupft.

»Wie wollt ihr das anstellen?«, fragte ich irritiert.

Theo zuckte mit den Schultern und ging bereits rückwärts zurück zur Tür. »Wir sind noch in der Planungs- und Rekrutierungsphase«, erklärte er gewissenhaft.

»Aber wir fanden es wichtig, dass sich Alvin bei dir entschuldigt. Und bei Charlie, sobald es geht.« Harry tippte sich gegen die Wollmütze, unter der bei dem Wetter ein ganz eigener Treibhauseffekt vonstattengehen musste.

»Danke?« Um ehrlich zu sein, fühlte ich mich von diesem Auftritt immer noch überfallen.

Alvin war der letzte, der aus der Tür schlüpfte. »Ich fass es nicht«, grummelte er missmutig und ausnahmsweise ging es uns beiden da ähnlich.

Meine Gedanken drehten sich, als die Stille sich wohlwollend über den Laden legte. Ich hatte es in den letzten Wochen vermieden, über Charlie zu reden, aber dass meine Gedanken immer wieder zu ihm wanderten, das konnte ich nicht verhindern.

Mit eiligen Handgriffen räumte ich alles auf und sehnte mich einfach nur nach dem Ende meines Arbeitstages und danach, die West View Lane verlassen zu können. So sehr ich all das auch liebte, die Zeit verging heute so zähflüssig Teer. Ich löschte das Licht, blickte noch einmal prüfend umher und stieß ein tiefes Seufzen aus.

Morgen würde ich wieder hinter der Kasse stehen und irgendwann würde es leichter werden. Die Nachfragen würden mich nicht mehr stören und die neugierigen Blicke nicht länger aus der Fassung bringen.

Valerie wartete vor der Tür der Bäckerei, als ich abschloss. Der Schlüssel lag schwer in meiner Hand und ich wollte mich am liebsten wieder verstecken. Dann atmete ich tief durch und trat über die Pflastersteine auf sie zu. Ich schob die Hände in die Hosentaschen, während wir uns musterten. In wenigen Tagen war der Marathon, auf den wir schon so lange hin fieberten, doch statt uns zu freuen, kämpften wir mit der Lüge, die ich wie eine Bombe in unsere Freundschaft geworfen hatte.

»Lauren ist heute Nacht im Wohnheim und ich … « Sie stockte. Sie wirkte so verloren. »Ich bin echt sauer auf dich, dass du uns angelogen hast«, beschwerte sie sich. Ich schwieg, weil mir jedes Wort, das ich hätte sagen können, im Hals stecken blieb.

Valerie streckte die Hände nach mir aus, ihre warmen Finger flogen über meine Unterarme, ehe sie mich sanft in ihre Arme zog. »Aber das ändert nichts an unserer Freundschaft. Wir stehen hinter dir. Ich stehe hinter dir. Ich glaube, das habe ich dir noch nicht klar gesagt.«

»Danke, Val. Das habe ich nicht verdient.«

Ihr Haar kitzelte an meiner Nase und sie verstärkte die Umarmung, dass sie beinahe wehtat. »Natürlich hast du das verdient. Wir sind Freunde, Willow. Für immer. Daran ändert die kleine Flunkerei nicht. Du hast uns nicht vorenthalten, was wichtig für uns gewesen wäre. Was zwischen dir und Charlie vorging, war eure Sache. Es tut mir leid, dass ich so lange komisch war.« Als sie sich von mir löste, glitzerten auch in ihren Augen Tränen. »Wir brauchten einen Moment, um es sacken zu lassen. Ich noch länger als die anderen beiden. Aber es ändert nichts. Wir haben dich lieb.«

Ich riss sie wieder in meine Arme. Vielleicht war der Herzschmerz anstrengend, aber ich hatte genug Menschen in meinem Umfeld, die ihn milderten und mir ein Lächeln auf den Lippen zauberten. Selbst wenn ich mich komplett danebenbenahm.

»Und ich werde es auch niemandem erzählen, muss ja keiner wissen«, versprach Valerie grinsend, als sie links und rechts die Straße der West View Lane hinabgeblickt hatte. Ich lächelte unter Tränen, von denen ich selbst nicht wusste, welchen Ursprung sie hatten. Manchmal lagen Freuden und Schmerzenstränen gar nicht so weit auseinander.

Zögerlich legte ich meine Hand auf das Holz, es dauerte einen Moment, ehe ich den Mut fand zu klopfen. Obwohl ich mich so nach meiner Wohnung gesehnt hatte, stand ich nicht vor meiner eigenen Haustür.

Einige Augenblicke blieb es still, dann hörte ich hinter der Tür Schritte. Mein Herz schlug augenblicklich schneller.

»Du bist aber früh … « Anne hielt blinzelnd inne, dann breitete sich ein Lächeln auf ihren Lippen aus. »Willow! Mit dir habe ich nicht gerechnet. Wie geht's dir?«

»Hey Anne, sorry, dass ich störe.« Ich hielt mich an meinen eigenen Händen fest. Schweißnass presste ich die Handballen aneinander, während ich nicht wusste, wohin ich schauen sollte.

»Was kann ich für dich tun?« Aiden war vor ein paar Tagen abgereist und ich hatte mich mehr als einmal dabei erwischt, dass ich an Anne gedacht hatte und ob sie mit dem Alleinsein klarkam. Aber sie strahlte und während sie stand, konnte man nicht einmal erahnen, was für einen schweren Knochenbruch sie hinter sich hatte.

»Ich hab noch einen Pullover bei euch liegen, glaube ich.« Ich verlagerte peinlich berührt das Gewicht von einem Fuß auf den anderen. Annes Lächeln dagegen blieb unverändert. Sie nickte hastig und machte einen Schritt zur Seite.

»Ich hab ihn noch nicht gefunden, aber vielleicht ist er oben in Charlies Zimmer. Da war ich noch nicht drin.« Sie lachte heiter auf und winkte mich über die Schwelle.

Trotz des unangenehmen Bauchgefühls musste ich lachen.

»Lauf ruhig nach oben, du kennst dich ja aus.« Anne tätschelte mir die Schulter und am liebsten hätte ich sie umarmt.

»Danke dir!«

»Willst du einen Tee?«, rief sie mit hinterher, als ich mich bereits abgewandt hatte. Wieder musste ich daran denken, dass ihre beiden Söhne nicht mehr hier waren und sie sich vielleicht einsam fühlte. »Ja, gerne.«

Dann war ich an der ersten Stufe angekommen. Es kam mir wie eine Ewigkeit vor, dass ich mich durch dieses Haus bewegt und diese Treppen erklommen hatte. Wie ein anderes Leben, das mich jetzt in einem Nebel voller Erinnerungen umschloss.

Meine Fingerkuppen glitten über das Geländer und dann war ich auch schon oben angekommen. Als ich die Tür zu seinem alten Kinderzimmer öffnete, roch es immer noch nach ihm und für einen Moment musste ich innehalten und die Augen schließen.

Ich hatte geglaubt, dass ich endlich in der Lage war, meinen Pullover wieder an mich zu bringen. Aber dieser Ort allein brachte mich aus der Fassung. Ich hatte Mühe, meine Beine zu überreden, die letzten Schritte zur Kommode hinzumachen, auf dem mein Pullover lag. Charlie hatte ihn ordentlich zusammengelegt, aber als ich ihn hochhob, war es sein Duft, der mir in die Nase stieg. In diesem Moment dachte ich an den Morgen in der Küche, in dem wir Waffeln gemacht hatte.

Langsam hielt der Herbst Einzug und die lockenden Sonnenstrahlen wurden weniger, genauso wie die Erinnerungen an Charlie immer weiter verblassten. Es war das Klingeln eines Telefons im Erdgeschoss, das mich aus meinen Gedanken riss. Es verjagte die Erinnerung an Charlie und seine Umarmungen und ließ mich allein zurück.

Seufzend ballte ich meine Hand zur Faust und wollte mich wieder abwenden, als mein Blick auf den Schreibtisch fiel. Er war relativ aufgeräumt, nur einzelne Papiere lagen lose darauf. Und eins davon fesselte meine Aufmerksamkeit.

Ich kannte dieses Dokument. Charlie hatte mir die Kopie gezeigt, als wir in diesem Zimmer gestanden und über seine berufliche Zukunft gesprochen hatten. Ohne darüber nachzudenken, streckte ich die Finger nach dem Papier aus.

Es raschelte leise, als ich es an mich nahm. An einem anderen Tag hätte mich dieses Geräusch vielleicht aus meiner Trance gerissen, aber heute konnte ich nur auf die dunklen Buchstaben und Zahlen starren. Die Wahrheit. Schwarz auf weiß.

Kapitel 36

»Was hast du denn da?«

Annes Stimme riss mich aus den Gedanken. Ich hatte nicht gehört, dass sie mir in Charlies Zimmer gefolgt war. Überrascht drehte ich mich um, aber sie lächelte mich verständnisvoll an. Vorsichtig stellte sie die beiden Teetassen ab, dann streckte sie die Hände aus und ich reichte ihr das Blatt Papier, ohne dass sie danach fragen musste.

Sie senkte ihren Blick, dann spiegelte sich deutliches Erkennen in ihrer Miene. »Wir hätten damit die Straßenlaternen plakatieren sollen.«

Ich lachte leise auf. Anne ließ sich auf Charlies Bett sinken und klopfte auf die Matratze neben sich. Ich folgte ihrer stummen Aufforderung. Doch selbst als ich neben ihr saß, blieb sie für eine Weile still. Durch das geschlossene Fenster konnte man das dumpfe Zwitschern der Vögel hören. Mein Pullover lag auf meinen Oberschenkeln und es tat gut an dem Stoff zu spielen, statt immer wieder zu dem Blatt Papier zu blicken.

»Ich glaube aber, es hätte nichts geändert.« Sie seufzte.

»Du meinst, sie hätten ihn trotzdem so scheiße behandelt?« Irritiert musterte ich Anne von der Seite. Unmengen von

Sommersprossen zierten ihre Wangen, wie Sternenbilder den Nachthimmel.

Anne schüttelte sanft lächelnd den Kopf. »Nein. Ich glaube, sogar die West View Lane kann einen Fehler einsehen. Aber ich glaube, Charlie war noch nicht bereit dafür.«

»Wie meinst du das?« Meine Stimme klang kratzig. Ich hatte es in den letzten Wochen so sehr vermieden, über Charlie zu reden, dass es mir jetzt schwerfiel, mich auf das Gespräch einzulassen.

»Ich glaube, es war für ihn leichter, einen weiteren Grund zu haben, aus dem er nicht zurückkommen kann. Einer, der nichts mit mir oder seinem Vater zu tun hat … « Anne legte das Blatt Papier neben sich und sah mich an. »Er war lange Zeit nicht gut auf mich zu sprechen, seit ich mich von seinem Vater getrennt hab. Er hat das nicht gut aufgenommen. Charlie ist ein Harmoniemensch, da seid ihr beide euch ähnlich.«

Anne strich sanft über die Decke. »Ich habe Ellis lange Zeit sehr geliebt, aber mit den Jahren haben wir uns auseinanderentwickelt. Wir wussten beide, dass es vorbei war, aber ich konnte es nicht beenden. Denn auch wenn wir kein Liebespaar mehr waren, so war er mir wichtig.«

Ich verstand den Zwiespalt, in dem Anne sich wiedergefunden hatte.

»Wir haben viel darüber gesprochen und Ellis hat mich davon überzeugt, dass wir uns trennen sollten. Wir stehen noch immer in Kontakt und wir glauben beide nach wie vor, dass es das richtige war. Aber für Charlie war es schwierig. Er war schon immer ein Papakind und dann zu sehen, wie sehr der eigene Held leidet, ist schwer zu ertragen.«

In Annes Augen schimmerten Tränen. »Ich mache ihm keinen Vorwurf.«

Ich stand auf und reichte ihr den Tee, nippte an meiner eigenen Tasse, um nicht antworten zu müssen.

»Ich glaube, es war ganz praktisch für ihn, dass alle so furchtbar waren, weil er sich dann einreden konnte, dass er deshalb nicht zurückkommen kann. Mein Ex-Ehemann versucht Charlie schon seit langer Zeit zu erklären, dass Charlie sein Leben auch außerhalb von London fortführen kann. Aber du kennst ja Charlies Dickkopf.«

Ich lachte wieder auf und zog schniefend die Nase hoch.

»Er hat sich geschworen, seinen Vater nicht im Stich zu lassen und du hast ihn in Versuchung geführt.«

Ich nahm einen großen Schluck Tee, obwohl er mir die Zunge verbrannte. Mein Herz beschritt seinen ganz eigenen Marathon, während Annes Worte wie junge Vögel durch meinen Kopf schwirrten und mit ihren Flügelschlägen für einen Orkan sorgten.

»Er fragt jedes Telefonat nach dir. Und er ruft seit diesem Sommer sehr oft bei mir an.«

In meinem Herz glühte warme Zuneigung. Auch wenn es mit Charlie und mir nicht klappte, so hoffte ich, dass er seine Beziehung zu seiner Mutter wieder aufleben lassen konnte.

»Ich hoffe, es geht ihm gut«, sagte ich leise und stellte die Teetasse ab. »Das hoffe ich wirklich. Es ist nur schade, dass uns so viele Steine im Weg lagen.« Sanft drückte ich Annes Schulter. »Entschuldige, ich muss jetzt gehen.«

Ich hatte die Zimmertür schon erreicht, als Anne mich zurückhielt. »Gib die Hoffnung nicht auf, Willow.«

Ich blickte über die Schulter in ihre Richtung. »Er hat sich entschieden, Anne.«

»Manchmal ändern sich Entscheidungen«, sagte Anne ernsthaft und blickte wieder zu dem Papier neben sich.

»Willow.« Layla erwischte mich, ehe ich das Gartentor von Zelda und Petroc erreichte ich konnte nicht verhindern, dass mir ein entnervtes Stöhnen entwischte. Dieser Tag war verhext.

»Layla«, begrüßte ich sie trotzdem mit einem Lächeln.

»Es tut mir leid, dass ihr euch getrennt habt.« Sie hob die Hand, um meinen Arm zu berühren, aber ich machte einen hastigen Schritt zurück.

»Ach?« Ich zog die Augenbrauen hoch und für einen Augenblick schien ihr Lächeln zu verrutschen.

»Natürlich, Herzschmerz tut immer weh. Aber ich bin froh, dass er dir nichts Schlimmeres antun kann.« Sie seufzte schwer. Ich war mir fast sicher, dass sie diesen Auftritt zu größten Teilen für ihren Ruf machte und weniger für mich, aber das kurbelte meine Wut nur noch mehr an.

»Ich hab gehört, dass du den Laden von Holly übernehmen wirst und stell dir vor, du würdest ihn verlieren, nur weil du nicht auf mich gehört hast und ihm traust.« Sie erschauderte theatralisch und ich presste die Lippen aufeinander.

Layla war eine Schauspielerin durch und durch.

»Erstens bin ich nur Geschäftsführerin, ich kann den Laden nicht einfach verschleudern. Zweitens liebe ich Holly, ich würde für niemanden die *Sweet Tooth Bakery* aufgeben.« Ich senkte die Stimme. »Und drittens weiß ich, dass du lügst, wenn du den Mund aufmachst. Also lass mich endlich in Ruhe.«

Es war schlimm genug, sich mit der Trennung auseinandersetzen zu müssen, aber das hier war die Kirsche auf der Sahnehaube.

Layla starrte mich nur genauso eindringlich an. »Hör auf, mich als Lügnerin zu bezeichnen.« Sie räusperte sich, strich sich die Locken zurück und neigte den Kopf. Layla war eine wunderschöne Frau, aber die Kälte in ihrem Blick brach mit dieser Schönheit, ließ mich erschaudern. »Ich habe es hingenommen, dass du mir den Rücken gefallen bist. Aber glaub mir, ich kann dir das Leben zur Hölle machen.«

Zwei Kinder rannten an uns vorbei, stolperten über die Pflastersteine und lachten. Das strahlende Licht, das Zwitschern der Vögel, all das stand im Kontrast zu dem eiskalten Blick, den sie mir schenkte, aber ich wollte mich nicht mehr wegducken. Es war genug.

»Okay, Layla. Es ist eine Sache, wenn du nicht mit deinem Versagen klar kommst. Und es ist Charlies Sache, wenn er dich gewähren lässt. Aber ich habe keine Lust auf deine Spielchen.« Es war mir egal, dass meine Stimme viel lauter als nötig war. Es war mir egal, dass uns die halbe Nachbarschaft zuhörte. Pinecrest wartete auf den nächsten Klatsch und dieses Mal war ich gewillt, die Hauptrolle zu spielen. Die Gerüchteküche gehörte so sehr zu Pinecrest wie das Meer, die Möwen, die Schafe und das Gefühl von Heimat. Aber ich konnte nach meinen eigenen Regeln spielen.

»Ich hab keinen Bock mehr auf dieses Getue. Du bist eine verdammte Lügnerin. Du hast die Beziehung zu Charlie in den Sand gesetzt und als du finanzielle Probleme hattest, wollte er dir nicht helfen. Weil du ihn betrogen hast. Was ganz nebenbei gesagt, die erste Charakterschwäche von dir ist.«

Ich räusperte mich, aber selbst durch die kleine Pause wurde die Wut in mir nicht schwächer. »Und er mag ein schlechtes Gewissen haben, weil du dein Familienunternehmen verloren hast. Aber ich finde, du hast keinen Cent verdient. Ich bin froh, dass er dir nichts geliehen hat, weil du mehr als deutlich zeigst, dass du es nicht verdient hättest.«

Keine Ahnung, woher ich diese Wut nahm. Aber es tat gut, endlich zu mir und meinen Gefühlen zu stehen. Ich wollte mich nicht länger im Schatten herumdrücken, nur weil ich nicht auffallen wollte.

»Du hast dir alles Schlechte in deinem Leben selbst zuzuschreiben und anstatt mal die Augen aufzumachen, ziehst du alle anderen mit dir in den Dreck. Du tust mir leid.«

Layla öffnete den Mund wie ein Fisch auf dem Trocknen, aber ich war noch nicht fertig.

»Charlies Vater hat für sein Studium gezahlt, nicht du. Also halt den Mund und zieh mich nicht in deine verfluchten Hetzkampagnen rein. Ich ertrage es nicht mehr.«

Meine Finger zitterten, aber ich wusste nicht, ob Wut, Aufregung oder pure Angst der Grund war. Später würde ich mich fragen, welcher Teufel in diesem Moment in mich gefahren war, aber für diesen Augenblick tat es gut. So gut, auch wenn ich schon wieder spürte, dass mir die Tränen in die Augen stiegen. Ich war wirklich nicht gut mit Konfrontationen. Wütend blinzelte ich gegen die Tränen an und sah wieder zu Layla.

Gerne hätte ich sie gefragt, ob sie noch etwas zu sagen hatte, aber mit dem Adrenalin in meinem Blut nahm auch der Mut wieder ab. Um ehrlich zu sein, dachte ich gerade eher daran, mir die Nervosität aus dem Körper zu kotzen.

»Schönen Tag noch, Layla.« Damit wandte ich mich ab und mit einem Mal wurde meine Schritte etwas leichter.

Zeldas lehnte sich aus dem geöffneten Fenster und lächelte mich gutmütig an. »Ich bin stolz auf dich, Willow.«

Ich war auch stolz auf mich. Ich war mutig. Ich war laut. Ich hatte etwas zu sagen.

Kapitel 37

Scheiße, ich sehnte mich nach Pizza. Dieser Gedanke war mir nach etwa 30 Kilometern durch den Kopf geschossen und verfolgte mich seitdem.

Inzwischen schmerzte mein Körper, aber so furchtbar es auch war, so schön fühlte es sich an, zu wissen, dass das Ziel in greifbarer Nähe war. Es war machbar, schaffbar und deshalb war der Schmerz nur halb so schlimm. Ich kämpfte nicht mehr um eine gute Zeit, sondern gegen meinen Körper.

In den letzten Wochen hatte ich so vieles geschafft, von dem ich bisher geglaubt hatte, dass es mir unmöglich war. Ich hatte meine Stimme gefunden, meinen Mitmenschen die Stirn geboten und ich hatte der Liebe eine Chance gegeben. All das war viel gruseliger und anstrengender als ein Marathon. Zumindest versuchte ich mir das mit jedem Meter einzureden. Jahrelang hatte ich mich versteckt, hatte nicht noch mehr auffallen wollen, als ich es mein ganzes Leben eh schon getan hatte, aber damit war Schluss. Man durfte mich sehen, hören. Und ich würde allen erzählen, dass ich diesen verfluchten Marathon bewältigt hatte.

Ich würde niemandem erzählen, dass es auch die Gedanken an Charlie waren, die mich antrieben.

Und es war auch die Wut, die schwerer wog als meine Beine, die sich mit jedem Meter geschwollener anfühlten. Die Wut auf meine Mitmenschen und auf mich, weil wir Layla all das hatten durchgehen lassen.

Der Marathon lief eine kurvenreiche Straße entlang, die sich an der wilden Küste von Cornwall wand. Vor mir erstreckte sich der endlose Atlantik, dessen Wellen tosend gegen die schroffen Klippen schlugen. Der Wind brachte die salzige Meeresluft mit sich, spielte mit meinen Haaren und kühlte den Schweiß auf meiner Haut.

Der Himmel war wolkenverhangen, aber dann blitzte die Sonne wieder hervor und tauchte die Umgebung in ein goldenes Licht. Der September verabschiedete sich so langsam und mit jedem Schritt zum Ziel hin, schien auch der Herbst näher zu rücken. Der perfekte Abschluss eines anstrengenden, chaotischen und emotionalen Sommers.

Aber, o Mann, ich sehnte mich nach Pizza. Und einer Couch. Und einer Dusche. Am besten alles gleichzeitig, und zwar in der Sekunde, in der ich über das Ziel taumelte.

Mein Atem stach inzwischen und egal wie sehr ich versuchte, Sauerstoff in meine Lungen zu saugen, mein Körper schien sich mir zu verweigern.

Nur noch ein paar Meter mehr, ein paar Minuten und ich hatte meinen ersten verfluchten Marathon geschafft.

Meine Schritte wurden unsauber und ich musste meine ganze Konzentration investieren, um nicht zu stolpern.

Valerie und ich waren gemeinsam losgelaufen, hatten uns kurz vor dem Start an den Händen gehalten. Irgendwann hatte ich sie aber aus den Augen verloren und keine Ahnung, ob sie vor und hinter mir war. Nun fanden wir uns wieder. Wie zwei Magneten. Unsere Schritte synchronisierten sich. Ich machte keinen allein, sondern mit einem meiner liebsten Menschen der Welt.

In der Ferne ragte das Ziel vor uns auf. Am Straßenrand hatten sich viele Menschen versammelt und ihr Jubel trieb mich an. Der Zieleinlauf von Trevone war bunt geschmückt und Musik plärrte aus großen Lautsprechern. Ich blickte in Valeries Gesicht, die strahlte und das Tempo ein letztes Mal anzog. Ich wollte nicht schneller werden und doch folgte ich ihren Schritten, stolperte hinter ihr zum Ziel, während mein Brustkorb protestierte und die Muskeln in meinen Oberschenkeln krampften. »Ich schaff das.« Meine Stimme klang nicht nach mir und ich glaubte auch nicht, dass Valerie mich hörte. Aber ich wollte es aussprechen, mir klar machen, dass ich dieses Versprechen an mich selbst einhielt.

Ich schaffte es.

Ich fühlte mich nicht magisch besser, als wir das Ziel überquerten oder anhielten. Meine Beine schmerzten immer noch, ich bekam keine Luft und die Tränen der Anstrengung liefen mir über die Wangen. Aber eine Sache war doch anders: Ich war glücklich. Eine große Blase des Glücks hatte mich eingehüllt und trotz der Tränen lachte ich Valerie an. Wir hatten einen verdammten Marathon bewältigt. Wir hatten diese Schnapsidee umgesetzt.

»Scheiße, Willow. Wir haben es geschafft!«

»Ich brauch Pizza«, stöhnte ich und lachte auf, als Valerie grinsend den Kopf schüttelte. Mit einem Mal waren meine Beine weich und zittrig, am liebsten hätte ich mich hier und jetzt auf den Boden gelegt und geschlafen, aber ich war noch gänzlich damit beschäftigt, meine Atmung zu regulieren. Neben uns hockte ein Sanitäter bei einem Teilnehmer und ich hustete. Kurz vor dem Ziel waren wir an immer mehr Läufern vorbei gekommen, die unfreiwillig zu Spaziergängern geworden waren und sicherlich machten auch einige kurz vor dem Ziel schlapp. Bis eben hatte ich selbst noch geglaubt, dass ich mich zu ihnen gesellen würde. Aber jetzt hatten wir es geschafft und das sogar in einer akzeptablen Zeit. Natürlich nicht so gut, dass wir vorne mitspielten, aber das hatte keine von uns beim ersten Versuch auch nur in Betracht gezogen.

»Ich bin so stolz auf euch!«, rief Lauren und fiel erst Valerie, dann mir um den Hals. Ich spürte ihre Lippen auf meiner feuchten Wange, während mein Herz so stark klopfte, als könnte es jeden Moment aus meinem Brustkorb springen. Elias stand neben ihr, einen Milchshake in der Hand und strahlte über beide Wangen, als wäre er es, der den Marathon bezwungen hatte. Ich sehnte mich nach etwas Warmem zu trinken, obwohl ich schwitzte. Der kühle Wind, der vom Meer aus in die Küstenstadt getragen wurde, hatte das Laufen einfach gemacht, aber jetzt wusste ich nicht, ob ich schwitzte oder fror.

»Wir haben eine Überraschung für euch«, erklärte Lauren breit grinsend. Ich blickte müde zu Valerie, die ebenso uninformiert wirkte wie ich.

»Muss ich Angst haben?«, fragte Valerie nach einigen weiteren Atemzügen lauernd.

Lauren boxte ihrer Verlobten in die Seite. »Natürlich nicht.«

»Vielleicht ein bisschen«, mischte sich Elias ein und lachte dröhnend, als wir alle mit einem Stöhnen antworteten. »Aber ich schwöre euch, ihr wollt dafür geduscht sein.«

»Ich will eigentlich nur aufs Sofa«, jammerte ich und ließ mich nun doch zu Boden sinken.

Lauren protestierte und wies Elias an, mich wieder auf die Beine zu bringen. Wofür brauchte man Feinde, wenn man solche Freunde hatte?

Girlanden mit bunten Fähnchen waren über der West View Lane gespannt worden und flatterten fröhlich im Wind. Kinder mit bunten Luftballons tanzten über das Kopfsteinpflaster und vor der *Sweet Tooth Bakery* war ein langes Buffet aufgebaut worden, bei dem alle Restaurants der Straße etwas beigesteuert hatten und das sogar über die Entfernung hinweg einladend duftete. Die Klänge von fröhlicher Folkmusikerfüllte die Luft. Theo hatte sich mit seiner Geige den Hobbymusikern angeschlossen und zusammen stimmten sie ein Lied an, zu dem sich ein kleines Mädchen im Kreis drehte.

Am Ende der Straße, halb auf der Kreuzung zum Hafen hin, stand ein kleines Karussell, dessen Pferde sich in gemächlichem Tempo drehten. Die hellen Lichter des Karussells blinkten fröhlich, und das Lachen der Kinder mischte sich unter das leise Summen der Musik.

Jemand hatte ein Banner von einer Hausfassade zur nächsten gespannt, sodass der Stoff wie ein Tor zur West View Lane wirkte.

»Herzlichen Glückwunsch, Valerie und Willow!«

»Eurer Ernst?« Valerie lachte auf. In der Straße wuselten die Ladenbesitzer und Einheimischen, die man sonst eher am

Hafen traf. Harriet schenkte Wein aus und Gwenna sah Juno dabei zu, wie sie mit den kleinen Kindern durch die Gasse tobte.

Harry und Alvin standen bei den Musikern und grinsten selbstzufrieden. Etwas in dem Ausdruck der drei Männer ließ mich befürchten, dass hinter diesem Straßenfest mehr steckte, als ich auf den ersten Blick erahnen konnte.

»Tamani!« Meine Mutter riss mich in ihre Arme. »Ein Marathon! Ich bin so stolz auf dich.«

Ich löste mich lachend, während Valerie von Holly in den Arm genommen wurde. Anne stand neben meiner Mutter und strahlte mich an.

»Wieso machen wir deshalb ein Fest?«

»Wir hatten schon lange kein ordentliches Straßenfest mehr«, sagte Anne schulterzuckend, dann grinste sie verschmitzt. »Und ich glaube, die West View Lane hat so einiges wieder gut zu machen.«

Ich runzelte die Stirn, doch Anne antwortete nicht, sondern deutete mit dem Daumen hinter sich die Straße hinab. In der Mitte des West View Lane spannte ein weiteres Banner über der Straße. »Entschuldigung, Charlie.« Ich blieb ruckartig stehen.

»Was soll das?«, fragte ich alarmiert, weil ich genau spürte, wie die Hoffnung in meinem Brustkorb wuchs und ich musste diesen Funken ersticken, ehe er zu einem Waldbrand wurde und mich verschlang.

Mein Vater legte einen Arm um mich. »Ich glaube Teresa, Alvin, Jack und einige andere hatten ein wenig wieder Gutmachung zu leisten.«

»Und ich hatte ein gutes Druckmittel, um sie daran zu erinnern.« Anne zwinkerte mir verschwörerisch zu.

Ich begriff nicht, doch ehe ich nachfragen konnte, wurde ich von Holly in eine Umarmung gezogen. Sie flüsterte etwas und es brauchte einen Moment, bis ich ihre Worte begriff. Ich blinzelte einmal, zweimal und sie wiederholte es, dieses Mal etwas lauter. »Er ist hier.«

Ich musste nicht fragen, von wem sie sprach. Ich löste mich aus der Umarmung und sah mich um. Es dauerte keine Sekunde, bis ich ihn unter den Umstehenden erkannte.

Die Hände in den Hosentaschen vergraben, den Kopf leicht schief gelegt. Meine Atmung setzte für einen Herzschlag aus. Er umrundete Jack und Gladys, doch ehe er auch nur im Ansatz näher an uns herantreten konnte, lenkte Alvin mich von meinem Starren ab.

»Wir haben uns bei ihm entschuldigt«, krähte er stolz und deutete auf Charlie, der unweit von uns stehen geblieben war und mir einen verzweifelten Gesichtsausdruck zuwarf. Obwohl Gwenna ihn ansprach, konnten wir die Augen nicht voneinander lösen. So nah und doch so weit entfernt.

»Dank einer kleinen Leihgabe von Anne konnten wir einigen Leuten nahe legen, sich die unnötigen Sprüche in Zukunft zu sparen«, erklärte Harry.

Anne zuckte unverbindlich mit den Schultern. »Als Alvin, Harry und Theo mit ihrer Idee zum Straßenfest auf mich zukamen, habe ich ihnen die Unterlagen gegeben, die du bei Charlie gefunden hast.« Sie zwinkerte mir erneut zu und bei mir fiel endlich der Groschen.

»Das ist toll«, stotterte ich und starrte wieder zu Charlie. Als könnte ich irgendwem zuhören, solange dieser Mann einen Steinwurf von mir entfernt war.

»Und dann haben wir ihn eingeladen zum Fest und die Banner gebastelt. Frankie hat mir geholfen«, erklärte Alvin und der Stolz in seiner Stimme, zauberte mir ein Lächeln auf die Lippen.

»Ellis ist auch mitgekommen«, erklärte Anne. Vielleicht war ich die Einzige, die wusste, was es für Charlie bedeutete, dass sein Vater nach Pinecrest zurückgekehrt war, wenn auch nur für ein Fest. Es schien ein Schlussstrich unter der Vergangenheit zu sein, die die Burtons in den letzten Monaten im eisernen Griff gehalten hatte.

»Das nenne ich mal ein Geschenk fürs Beenden eines Marathons«, kommentierte Valerie schräg hinter mir und kicherte, während mein Blick wieder einmal wie am Gummiband gezogen zurück zu Charlie schnellte. Obwohl er sich weiterhin mit Gwenna unterhielt, lag seine Aufmerksamkeit bei mir. Nur auf mir.

»Es tut mir leid, Valerie. Für dich haben wir nur eine Kleinigkeit.« Verschämt überreichte Harry ihr eine Medaille, die die Kinder der Surfschule immer im Anschluss an den jährlichen Abschlusswettbewerb ausgehändigt bekamen.

Aber Valerie strahlte. Sie verbeugte sich, ließ sich die Medaille mit viel Tamtam über den Kopf ziehen und strahlte in meine Richtung, ehe sie die Medaille zu den Lippen führte und darauf biss wie eine Olympia-Siegerin.

Lachend schüttelte ich den Kopf.

»Sie hat mit mir ja eh längst den Hauptgewinn«, informierte Lauren beleidigt die Umstehenden. Die Gruppe lachte, aber ich fiel nur halbherzig ein.

»Willst du mit ihm reden?«, fragte Valerie, die meine Gedanken genau lesen konnte, und legte die Hand auf meine.

Ich wollte den Kopf schütteln, nicken, weglaufen und ihn in meine Arme ziehen.

»Ich weiß es nicht«, antwortete ich, weil es das Einzige war, was meinen Zwiespalt in Worte fassen konnte. Und doch zog mich alles zu ihm. Der Drang, ihm wieder nah zu sein, war stärker als jede Angst, die mit seinem Anblick in mir aufgekocht war. Vielleicht würde es mir einmal mehr das Herz brechen, aber der Gedanke an ihm vorbeizugehen, ohne mit ihm zu sprechen, fühlte sich falsch und weitaus schmerzhafter an als jedes Wort, das er sagen könnte.

»Willow.« Mit langsamen Schritten trat er näher, als wüsste er ebenso wenig wie ich, was er hier eigentlich tat.

»Herzlichen Glückwunsch«, gratulierte er mir fast tonlos.

Ich zitterte, unsicher ob meine Reaktion seinem Anblick oder dem Wind geschuldet war. »Danke.«

»Ich wusste einfach, dass du es schaffst.« Er schob die Hände in die Hosentaschen, nur um sie danach direkt wieder herauszuziehen.

Es beruhigte mich, dass er so nervös war und meine Finger zitterten nur leicht, als ich die Strähnen hinter die Ohren strich, die sich aus meinem Zopf gelöst hatten.

»Ich weiß, dass du an mich geglaubt hast. Hab beim Laufen dran gedacht.«

Er sah überrascht auf, aber seine Miene wurde weicher, als er mein Lächeln bemerkte. Er machte noch einen Schritt auf mich zu. Zu gern würde ich mir einreden, dass die Gänsehaut auf meinen Armen nicht seiner Nähe geschuldet war, aber ich wusste, dass ich mich selbst belog.

Die anderen waren einige Meter weggegangen, um uns die nötige Ruhe zu geben, aber trotzdem kam mir die West View

Lane gerade zu voll, zu laut und stickig vor. Nicht einmal der Pizzageruch, nach dem ich mich 42 Kilometer lang gesehnt hatte, konnte das jetzt ändern.

»Ich hab dich vermisst«, sagte er leise, als er ganz nah vor mir stand. Ich hatte mir nicht eingestehen wollen, wie sehr mich unsere kurze, gemeinsame Zeit noch beschäftigte, aber jetzt konnte ich mich dem Kribbeln und dem Feuer nicht länger verwehren.

»Ich dich auch«, erwiderte ich, doch trotzdem wartete ich auf das *aber*. Auf die Worte, die die Hoffnung in meinem Herzen wieder verstummen ließ. Und wie leicht diese Hoffnung wieder aufgeflammt war, nur durch seine Anwesenheit. Ich wollte mir nichts darauf einbilden, dass er hier war. Dabei hatte sich mein Herz längst von den selbst auferlegten Spielregeln verabschiedet und veranstaltete seinen ganz eigenen Marathon. Ich betrachtete Charlies Bartstoppel und die dunkelblonden Haare, die etwas kürzer waren als das letzte Mal, als wir uns gesehen hatten. Er trug einen grauen Pullover, sah damit genauso aus, wie ich mir einen erfolgreichen, angehenden Arzt vorstellen würde. Ich vermisste den Anblick von ihm direkt nach dem Aufstehen, wenn sein Haar zu allen Seiten abstand und er nur ausgeleierte T-Shirts trug. Ich vermisste die Version von Charlie, die für einige Wochen nur mir gehört hatte. War es albern, dass mir diese Zeit so viel bedeuteten oder brauchten manche Menschen nur wenige Augenblicke, um sich unwiderruflich einen Teil des Herzens zu stehlen? Vielleicht war das zwischen uns schnell, intensiv, ungewöhnlich gewesen. Aber es hatte sich echt angefühlt und genauso echt und wahrhaftig fühlte es sich jetzt an, als er die Lippen aufeinanderpresste, ehe er die nächsten Worte aussprach.

»Es tut mir leid.«

Ich schloss die Augen, lauschte in mein Innerstes, erwartete, dass es mir jetzt besser gehen würde, aber da war nichts. Ich war noch immer zum Zerreißen gespannt, seine Worte hatten mir keine Linderung verschafft.

»Willow?«

Ich hielt es noch zwei Herzschläge aus, dann riss ich die Augen wieder auf, sah ihn direkt an. Seine Augen wirkten wie ein Fenster in seine Seele. Erinnerungen an mein Herzklopfen, unsere Küsse und sein Lachen eingeschlossen in dem vertrauten Bernstein.

Ich wusste nicht, was ich sagen sollte. Meine Kehle war trocken und mein Kopf so leer, wie es nicht einmal das Laufen schaffte. Ich wollte seinen Worten glauben. Ich wollte, dass es genug war. Ich wollte, dass es reichte.

Ich wollte ihn.

Neben uns erzählten sich Ladeninhaber lachend Geschichten, Kinder rannten über die Straße, in der Luft lag der Duft von Backwaren, Wein und Pasta. Musik wurde von den Hausfassaden zurückgeworfen und untermalten die hörbare Freude in der West View Lane. Anne und Ellis standen einträchtig nebeneinander und unterhielten sich leise, während sie uns immer wieder Blicke zuwarfen.

»Scheint so, als hätten alle etwas vor mir begriffen«, sagte Charlie heiser und senkte den Blick zu Boden.

»Und was?«

»Dass ich ihn nicht vor seiner Krankheit retten kann. Er ist in Therapie und Aiden ist in London, falls Dad einsam ist. Aber er hat mir klar gemacht, dass ich ihn nicht beschützen kann und muss.« Charlie räusperte sich. »Das bringt mich zum nächsten Punkt.«

Ich wollte ihn so gern berühren und an mich drücken und stattdessen schlang ich die Arme um meinen eigenen Oberkörper. Ich musste mich halten, mich selbst zusammen halten, weil es im Charlies Macht stand, ob es mich am heutigen Tag wieder zerriss. Aber als ich ihm in die Augen blickte, wusste ich, dass ich mein Herz trotz allem an einen guten Menschen verloren hatte. Er brach es nicht leichtsinnig und ebenso wenig war er heute aus einer Laune heraus hier. Charlie tat alles aus Überzeugung, weil er glaubte, es sei das Richtige. Blieb nur zu hoffen, dass er es nicht nur für mein Herz tat, sondern auch, weil er das Richtige für ihn war.

»Gehen wir ein Stück?«, fragte er verlegen.

»Ich weiß nicht, ob ich noch gehen kann.« Auch wenn alle meine Sinne auf Charlie ausgerichtet waren, die Schmerzen im ganzen Körper und die Sehnsucht nach meinem Bett war allgegenwärtig.

»Ich kann dich auch tragen«, witzelte er und weckte damit die Schmetterlinge in meinem Bauch aus ihrem Winterschlaf.

Kapitel 38

Wir kamen unter der alten Kiefer zum Stehen. Sie streckte ihre Äste in den Himmel, schirmte uns von den Schäfchenwolken, der Abendsonne und dem lauen Wind ab. In ihrer Rinde waren Versprechungen an die Liebe geritzt, von denen wohl kaum noch einer wusste, ob sie alle eingehalten wurden. Der Sommer ging zu Ende, aber er würde auf ewig mit Charlie verknüpft sein.

Charlie wirkte unsicher und seine Augen huschten unruhig hin und her, ohne irgendetwas direkt zu fixieren. Seine rechte Hand tastete nach seiner Zigarettenpackung in der Hosentasche und an dieser Bewegung war etwas so Vertrautes, dass ich grinste. Ein zittriges Lächeln legte sich ebenfalls auf seine Lippen.

»Ich würde so gern zurück an diesen Tag gehen und meine Entscheidung ändern. Ich denke daran, wenn ich wach bin und manchmal träume ich davon. Ich hab einen Fehler gemacht. Du bist mehr wert als die Angst und mein schlechtes Gewissen, auf das ich an diesem Tag gehört habe.«

Ich hatte so sehr auf diese Worte gehofft, doch nun konnte ich sie kaum glauben. Meine Gefühle überrollten mich wie die Wellen, die unruhig an der Küste brachen.

Doch Charlie gab nicht auf. »Ich will eine Lösung finden, Willow. Ich kann nicht einfach wieder gehen. Es war ein Fehler, dass ich Pinecrest verlassen habe, ohne das mit uns wieder in Ordnung zu bringen.«

Ich wollte endlich die Arme nach ihm ausstrecken, aber wir schuldeten es uns, zunächst ehrlich über alles zu sprechen. Kein Schweigen mehr.

»Ich werde hierbleiben.« Es tat gut, das zu sagen, es zu meinen. Nicht wie damals, als ich darüber nachgedacht hatte, für ihn alles aufzugeben.

Ein Lächeln glitt über Charlies Lippen und brachte mein Herz zum Explodieren. Noch mehr vermisste ich nur das Lachen, das ich niemals vergessen wollte und jetzt doch nur noch eine blasse Erinnerung war. Wie viel man vergaß, wenn man einige Wochen voneinander getrennt war. Was für Verräter die menschlichen Erinnerungen waren. Sie hielten an den Dingen fest, die schmerzten, aber die guten, die süßen, die schönen Erinnerungen verschwanden genauso schnell wie ein Duft. Als hätte jemand das Fenster geöffnet und all das, an dem man unbedingt hatte festhalten wollen, wurde mit der Brise nach draußen getragen.

»Ich hab so viel zu sagen und irgendwie weiß ich nicht wie«, durchbrach Charlies Stimme die Stille. »Scheiße, ich bin ziemlich verschossen in dich.«

Seine Worte trafen mich tief im Herzen. Ich rieb mit den Händen über meine Oberarme, dabei war mir nicht kalt. Aber irgendwas musste ich tun. Ich ließ mich auf die Bank unter der Kiefer sinken, spürte, wie meine Muskeln mir innerlich dankten.

Charlie setzte sich neben mich, jetzt den Blick fest auf mich geheftet.

»Ich hab mich in dich verliebt. Und das weiß ich schon ziemlich lange.«

Mein Blick glitt zu meinen Fußspitzen, die sich in den Kies gegraben hatten.

»Aber das hat mir auch Angst gemacht. Ich wollte nie, wirklich nie, in Pinecrest bleiben. Dann bist du aufgetaucht und wir haben so getan, als wären wir ein Paar. Weißt du noch, als wir uns fast geküsst hatten, bevor Gladys uns unterbrochen hat?«

Ich nickte, atemlos, tonlos.

»Da wusste ich es. Obwohl ich niemandem in Pinecrest trauen wollte, konnte ich mich nicht von dir fernhalten. Dein Lachen, die Art, wie du den Kopf schief legst, wenn ich was Blödes sage, deine Stimme. Ich konnte an nichts anderes denken und da wusste ich, dass ich schon zu tief drin war.«

Ich wollte schreien und lachen, aber stattdessen drehte ich meinen Kopf und sah ihn an. Ich biss mir von innen auf die Lippen, in der Angst, dass ich sonst weinen würde. »Aber es hat nicht gereicht«, unterbrach ich ihn bitter. »So weit waren wir schon, Charlie.«

Er stöhnte. »Ja und Nein. Ich war gern in Pinecrest. Du hast es schöner gemacht, aber selbst, wenn du nicht da warst, war es irgendwie schön.« Er zuckte mit den Schultern. »Aber ich hab mir eingeredet, dass ich hier nicht glücklich sein darf.«

»Hat sich das geändert?«, fragte ich zaghaft.

»Pinecrest hat sich heute alle Mühe gegeben, mir das Gegenteil zu beweisen. Sogar Teresa hat sich entschuldigt, allerdings bin ich mir sicher, dass Mum und Alvin sie gezwungen haben.«

Ich grinste und wollte am liebsten nach seiner Hand greifen, die in seinem Schoß lag. Ich dachte an das Fest, die Entschuldigungen, die Mühe, die sich Alvin, Harry und Theo gemacht hatten.

»Alvin wird noch dein größter Fan.«

»Vielleicht, ja. Aber ich bin auch Mum dankbar, dass sie sich einbringt, obwohl ich so distanziert zu ihr war.« Charlie fuhr sich durch die Bartstoppeln. »Es tut mir leid, dass sich erst andere einmischen mussten. Es tut mir leid, dass ich meine Probleme über unsere Beziehung gestellt habe. Das war falsch von mir.« Er blickte zum Horizont und betrachtete den Mond, der sich langsam ans Firmament kämpfte.

»Du bist niemandem etwas schuldig«, sagte ich in die Stille, ohne ihn anzusehen.

»Ja, ich weiß. Aber ich hab Zeit und Abstand gebraucht, um das zu verstehen. Ich wünschte, ich hätte all diese Erkenntnisse schon an deiner Seite gehabt. Ich hab viel nachgedacht in den letzten Monaten, in denen wir getrennt waren. Es war einfacher abzuhauen, als zuzugeben, dass ich mich mit meinem Dickkopf verrannt habe.« Er zog die Schultern hoch, doch er wich meinem Blick nicht aus, als ich mich vom Mond losriss. »Es ist so viel leichter, es nicht zu versuchen, als zu scheitern. Ich hab Dad, Layla und die bissigen Kommentare vorgeschoben, weil ich beschlossen habe, dass Pinecrest Unglück bedeutet. Und als es plötzlich das Gegenteil war, konnte ich mich nicht drauf einlassen.«

Er wollte das hier wirklich geradebiegen. Ich horchte in mich hinein, versuchte zu ergründen, ob ich ihm diese Chance geben wollte, aber alles, was ich hören konnte, war mein pochendes Herz und mein flacher Atem. Immer noch am Rennen, ohne zu wissen, ob ich das Ziel erreichen wollte.

»Du bist stark, Charlie. Allein dieses Gespräch, sich all das einzugestehen ist unfassbar stark.« Vor einigen Wochen noch hätte ich mich als schwachen Menschen bezeichnet, aber dann dachte ich an mein letztes Gespräch mit Layla und vielleicht steckte in jedem von uns ungeahnte Stärke.

»Aber ich habe es satt, Angst zu haben und ein Dickkopf zu sein. Ich will nicht mehr weglaufen.« Er stand auf und nahm meine Hand. Es prickelte, als sich unsere Finger berührten, und erinnerte mich an ein bekanntes Gefühl. Das Gefühl von dem ersten Schwimmgang im Jahr, wenn das Meer so kalt war, dass es schmerzte und man dennoch mit dem Kopf unter Wasser tauchte. Der Moment, wenn man wieder die Oberfläche durchbrach und endlich atmen konnte. Frei atmen konnte.

Zum ersten Mal seit Stunden schien meine Lunge ihre ganzen Kapazitäten wieder auszuschöpfen. Mein Herz hatte seinen Marathon beendet und über mich legte sich eine Ruhe, nach der ich schon im Ziel gesucht hatte.

Ich hob den Blick, spürte das zittrige Lächeln auf meinen Lippen, doch Charlie blieb still. Er hob die freie Hand, strich mir das Haar hinter das Ohr.

»Du bist so schön, Willow. Manchmal glaube ich, dass du nicht echt bist.«

»Nicht echt?«

»Weiß nicht. Du bist so sanft, so aufmerksam, so liebevoll. Und dann habe ich immer das Gefühl, als würdest du nur mich sehen. Ich hab dich so vermisst. Den Duft nach Vanille und Zimt in deinen Haaren.«

Früher einmal, da hatten die Leute mich exotisch genannt, besonders, anders als die anderen Frauen und ich hatte jedes dieser Komplimente aus tiefster Seele gehasst. Aber Charlies Worte waren wie Balsam für die Seele. Ich hatte das Gefühl, dass er mich sah. Vielleicht war das Liebe, wenn man sich gesehen fühlte.

»Ich vermisse dich.« Das tat ich immer noch.

Seine Finger hielten an meiner Wange inne und Charlie schlug die Augen nieder.

»Ich weiß nicht, was ich hiervon erwarten soll, Charlie.«

»Ich will dich nicht verlieren.«

»Unsere Gefühle für einander waren nie das Problem!« Meine Stimme nahm zum Ende des Satzes hin eine verzweifelte Tonlage an. Ich konnte diese Trennung kein zweites Mal durchmachen. Das würde ich nicht ertragen. Mir war es gut gegangen, bis er plötzlich vor mir gestanden hatte. Er hatte nicht das Recht, mein Herz einmal mehr zu zertrümmern, weil sich die Zukunft gegen uns stellte.

Charlie lächelte trotz meiner Worte und jagte damit einen Schauer über meinen Körper. Ich konnte nicht erklären, was dieser Mann mit mir machte, aber mein Kopf war mit einmal mehr leer gefegt. Er löste sich von mir und sofort war mir kalt.

»Du hast dich für mich mit Layla angelegt.«

Ich wollte widersprechen und betonen, dass ich das in erster Linie für mich selbst getan hatte, aber er hatte recht. Zu einem großen Teil hatte ich es auch für ihn getan.

»Ich hab dich vermisst, Willow. Aber ich hab auch den Strand vermisst, die Möwen, die West View Lane. Die Schafe. Plötzlich kam mir London so grau vor. Und dann kam Aiden zurück und mein Dad hat mir die Leviten gelesen, dass ich nicht dafür lebe, um auf ihn aufzupassen. Und auf einmal hatte ich das Gefühl, ich könnte eine Entscheidung für mich selbst treffen.«

Ich starrte ihn an, öffnete die Lippen, ohne einen Ton herauszubringen.

»Als ich vor den Unterlagen für das Foundation-Programm saß, musste ich meine favorisierten Orte angeben. An dem Tag hab ich nicht an dich gedacht. Es war kein Herzschmerztag.« Seine Finger fuhren hauchzart über meine Handrücken. »Kennst du diese Tage, an denen Liebeskummer in den Hintergrund rückt und man denkt, man hätte es überwunden, nur damit er am nächsten Tag umso schlimmer zurückkommt?«

Ich nickte atemlos, konnte den Blick nicht von ihm abwenden, von seinen Bernsteinaugen, von seinen Lippen, von dem Glänzen, das von ihm ausging.

»Als ich den Zettel ausgefüllt hab, war einer dieser guten Tage. Ich dachte, dass ich mein Leben wieder im Griff habe. Und trotzdem stand da Cornwall ganz oben auf der Liste, als ich fertig geschrieben hatte.«

Ich blinzelte und holte zittrig Luft. »Aber … «

»Ich weiß nicht, Willow. Das war nicht nur wegen dir, natürlich hattest du einen Anteil, aber nach meinem Gespräch mit Dad und als mein Kopf klar wurde, habe ich mich gefragt, warum ich mich so gesträubt habe. London ist großartig, aber ich liebe Cornwall. Die Landschaft, das Meer und manchmal sogar die Menschen.«

Seine Fingerspitzen glitten zu meinem Haar, doch ich spürte die federleichte Berührung kaum. Es wurde übertönt von all dem Chaos, das in mir herrschte.

»Ich würde uns gern eine Chance geben. Ich kann nicht versprechen, dass es funktioniert … « Charlies Grinsen flackerte und mit ihm mein Herz. »Aber ich möchte es versuchen. Du bist mir zu wichtig.«

»Es gibt niemals eine Garantie, dass es funktioniert«, gab ich leise zurück und erlaubte mir, dem Kribbeln in meinen Fingern nachzugeben und nach ihm zu greifen. »Aber ich würde es auch gern versuchen.«

Charlie lächelte und zog mich dicht an sich. Als er mich an seine Brust presste, schlang ich die Arme um seinen Hals. »Ehrlich?«

»Ja, ehrlich. Ich will dich nicht verlieren.« Keine Ahnung, ob er hören konnte, was ich in seine Jacke flüsterte, aber es war egal. Er war hier bei mir. Es war okay.

Er atmete tief durch und sein Atem strich wie Wind durch mein Haar. »Scheiße. Ich hatte echt Panik. Mir ist übel.«

Ich stieß ihn gegen die Schulter, obwohl ich meinen Kopf immer noch an seine Brust gebettet hatte. »Sei still. So unromantisch.«

»Nein, warte. Willow.« Er schob mich von sich, fuhr sich mit den Händen durch das Haar und holte tief Luft. »Ich mache gerade ein Praktikum in Truro.«

»Was?« Ich riss die Augen auf. Truro war gerade einmal 45 Minuten von Pinecrest entfernt.

Es war eine Sache zu sagen, dass man der Liebe eine Chance geben wollte, aber diese Chance war mit einem Mal greifbar geworden. Echt.

»Ich wollte es dir erst nicht sagen, um dich nicht zu irgendetwas zu drängen. Aber ich meine es ernst, Willow. Ich will, dass das zwischen uns funktioniert.«

Er rutschte eng an mich heran. Der Wind fuhr kalt über die Klippen, doch das konnte diesen Moment nicht für mich ruinieren. Unweit von uns hüpfte ein kleiner Vogel über den Kiesweg, betrachtete uns mit schief gelegtem Kopf.

»Ich freue mich auf die Zukunft«, wisperte er kaum hörbar und küsste mein Haar.

»Ich hoffe, du machst das nicht nur für mich, Charlie.«

Er hielt inne, dann schob er den Finger unter mein Kinn und zwang mich sanft, ihn anzusehen. »Ich mach das für mich. Weil mich das hier glücklich macht. Weil mich Truro überraschenderweise glücklich macht. Ich wollte erst schauen, ob sich dieser Knoten in meiner Brust wirklich gelöst hat, bevor ich dich überfalle. Und dann hat die West View Lane mich überfallen und mir gezeigt, dass ich nicht mehr warten sollte.«

Er strich sich über den Drei-Tage-Bart, dann glitten seine Hände in meinen Nacken und ich erschauderte.

»Ich bin seit einigen Wochen in Truro und es ist wirklich schön. Ich fühle mich wohl, ich bin in der Nähe von Mum und meine Kollegen sind großartig. Wenn Dad mich braucht, bin ich innerhalb von ein paar Stunden bei ihm. Ich kann sogar meinem kleinen Bruder zwischen den Kursen auf die Nerven fallen. Wenn alles gut läuft, kann ich in Truro für das Foundation-Programm bleiben. Selbst, wenn du mich hier abgewiesen hättest … « Er stockte und grinste schief. »Selbst dann wäre ich in Truro geblieben. Ich bin glücklich dort. Dass du mit der Entwicklung glücklich bist, ist nur ein äußerst angenehmer Nebeneffekt.«

Ich musste kichern. »Ich weiß nicht, ob ich mich geschmeichelt fühlen soll.«

Aber dann war das auch völlig egal, als er mich küsste.

Epilog

»Gartenpartys sind unser Ding, was?«

Ich rollte mit den Augen und drehte mich zu Charlie, der hinter mir aufgetaucht war. »Du bist zu spät.«

»Ich bin pünktlich«, widersprach er und gab mir einen liebevollen Kuss. Eben hatte ich mich noch aufregen wollen, aber jetzt herrschte in meinem Kopf gähnende Leere.

»Tut mir leid, die Schicht hat etwas länger gedauert.«

Ich musterte ihn. Er hatte tiefe Augenringe und wirkte müde, aber als er sich meiner Musterung bewusst wurde, lächelte er mich an. Nach fast zehn Monaten im Royal Hospital in Truro sah man ihn die Anstrengungen des Klinikalltags an. Im Wechsel besuchte ich ihn in Truro oder er fuhr nach der Schicht nach Pinecrest, um bei mir zu übernachten. Charlie hatte seinen Frieden mit diesem Ort geschlossen und sich mit seiner Mutter ausgesprochen und versöhnt. Pinecrest hatte seinen Schrecken verloren. Daran konnte auch Layla nichts mehr ändern, die uns immer noch mit Eiseskälte begegnete.

»Ich hab dich vermisst«, flüsterte er und sein Atem kitzelte auf meiner Haut, als er mir einen weiteren Kuss auf den Hals hauchte. Die Hitze schoss durch meinen Körper und plötzlich wollte ich die Gartenparty möglichst schnell verlassen. Zelda und Petroc hatten zu ihrem Hochzeitstag eingeladen und genau passend dazu, war das Wetter deutlich wärmer geworden. Lange würde es nicht mehr dauern, bis der Sommer wieder Einzug hielt.

Seine Fingerspitzen fuhren über meinen Handrücken. Wir sollten uns den anderen anschließen, aber der Moment der Zweisamkeit war viel zu süß, um sich schon loszureißen. Morgen früh würde wieder die Arbeit rufen und ich wollte diesen Tag bis zur letzten Sekunde ausreizen, ehe das nächste Chaos rief.

Holly hatte sich kaum aus der Bäckerei zurückgezogen. Natürlich nicht. Sie war fast genauso oft im Laden wie vorher auch, nur dass sie ihre Zeit jetzt häufiger vor dem Tresen verbrachte und mich vom weitem mit altklugen Kommentaren beglückte. Aber ich wollte es auch nicht anders. Obwohl ich jetzt ganz offiziell die Geschäftsführerin der *Sweet Tooth Bakery* war, war es schön, dass sie immer noch ihre schützende Hand über mich hielt.

Jetzt grinste sie mich über die Rasenfläche hinweg an und zwinkerte, als sie Mr. Williams den Arm tätschelte. Die West View Lane Inhaber hatte gemeinsam beschlossen, dass wir die Läden heute geschlossen lassen würden, damit wir alle an der Feier teilnehmen konnten.

Ich winkte Holly aus der Ferne zu und Charlie legte den Arm um meine Schulter. Sein Bart kratzte an meiner Haut, als er mir einen Kuss auf die Wange drückte. »Du siehst heute wunderschön aus«, flüsterte er in mein Ohr und zauberte mir eine Gänsehaut auf den Körper.

»Nur heute?«, fragte ich neckend und drehte mich in seiner halben Umarmung. Seine Hände glitten ganz von selbst zu meinen Hüften, während er mich nicht aus den Augen ließ.

»Nein. Nicht nur heute.«

Es brauchte nicht einmal diese Worte, damit das Lächeln fast schmerzhaft auf meinen Lippen lag und das Herz mir bis zum Hals schlug. Es brauchte nur ihn, der mich jeden Tag so ansah, als würde er sich ganz neu in mich verlieben. Jeder dieser Momente, jede Sekunde mit ihm, war ein süßes Versprechen an die Zukunft.

Dieses Mal streckte ich mich und küsste ihn, um ihn dann mit mir zu den anderen zu ziehen. Am Grill standen Alvin und Harry, die sich anfunkelten.

»Schau dir das an!« Harry hielt Alvin ein verbranntes Würstchen vor die rote Allergikernase. »Das ist nicht gegrillt, das ist ein verkohlter Ast! Hast du überhaupt aufgepasst?«

Alvin, der mit verschränkten Armen neben dem Grill stand, sah nicht einmal hin. »Das nennt man Röstaromen, du Banause. Was weißt du schon von gutem Essen?«

Harry schnaubte und wedelte mit der Wurst in der Luft herum. »Röstaromen? Das ist ein verkohlter Klumpen Kohlenstoff! Kein Wunder, dass Frankie dich nie an den Herd lässt.«

»Immerhin hab ich eine Frau«, gab Alvin zurück, während er ein weiteres Würstchen auf das Rost legte. »Deine Versuche Gladys zu umgarnen, sind ja nicht gerade erfolgreich.«

Harry errötete bis unter seine Wollmütze und Frankie, die neben den beiden Streithähnen stand, begann zu lachen. »Gladys also?«

Harry starrte mich und Charlie an. »Kein Wort zu irgendwem!«

»Versprochen.« Ich hob beide Hände, während Charlie versuchte, sein Kichern zu unterdrücken.

»Charlie, du als Arzt, denkst du, dass man das noch gefahrlos essen kann?«, wechselte Harry das Thema, immer noch mit roten Wangen und hielt ihm das Würstchen hin.

»Als Raucher bin ich da nicht so wählerisch«, entgegnete Charlie mit einem Schulterzucken und brach nur die nächste Diskussion vom Zaun, ob Rauchen oder Alvins Würstchen gesundheitsschädlicher waren.

Die Sonne auf der Haut, Charlies Lachen in den Ohren, die ewigen Streitgespräche von Alvin und Harry und das Glitzern des Meeres am Horizont. Konnte ein Tag schöner werden?

Charlie stand neben seinem Bruder und Taylor und stieß mit Bier an, als seine Mutter neben mich trat.

Im Garten war es dunkler geworden und man hatte Lampions entzündet. Layla hatte ich nicht gesehen, aber ich hatte mich kurz mit David unterhalten. Er und Charlie hatten eine seltsame, zarte Freundschaft begonnen und so recht wusste keiner der Beteiligten, wohin es gehen würde, aber ich wollte mich nicht einmischen.

Eine Möwe kreischte über uns und trug den Duft von Salz, Meer und Algen mit sich, als ich den Kopf in Annes Richtung wandte.

»Ich bin so froh, wie sich alles entwickelt hat.« Sie hatte den Blick auf Charlie gerichtet, der gerade lachte. Und wie er lachte. Er hatte die Hand auf Taylors Oberarm gelegt und strahlte über das ganze Gesicht, so breit, dass er heller leuchtete als jede Lichterkette in diesem Garten.

Bald war seine erste Rückkehr nach Pinecrest zwölf Monate her. Ein Jahr voller Chaos und Wendungen. Mit allem, was geschehen war, kam es mir viel länger vor. Wir hatten unseren Eltern nicht erzählt, dass wir am Anfang unserer Beziehung gelogen hatten. Meine Gefühle für ihn hatten damals schon in meinem Brustkorb gepocht und ich hatte entschieden, dass das reichte.

»Ich bin sehr froh, ihn wieder in meiner Nähe zu haben.« Anne strich mir über den Oberarm und ich schenkte ihr ein Lächeln.

»Das glaube ich dir.« Ich erinnerte mich an die Wochen, an denen wir kein Kontakt gehabt hatten und am liebsten wollte ich diese Erinnerung aus meinem Gedächtnis streichen. Charlie glaubte dagegen, dass es zu dem Paar gemacht hatte, das wir heute waren.

Ich wusste nicht, ob er damit recht hatte. Aber die Trennung hatte mich verändert, hatte mir einen Mut geschenkt, den ich vorher nicht an mir gekannt hatte und jetzt nicht wieder verlieren wollte.

Meine Eltern kamen auf uns zu mit Lauren und Valerie im Schlepptau. »Wir verabschieden uns. Viel Spaß euch noch!« Papa küsste meine Wange und drückte mich fest an sich, dann umarmte er meine beiden besten Freundinnen.

»Wir sehen uns spätestens auf eurer Hochzeit«, sagte meine Mutter mit einem breiten Grinsen.

»Darauf kannst du wetten, Samia«, stimmte Lauren zu. »Wir wollen mit euch anstoßen, wenn es so weit ist!«

»Dann lassen wir Tamani aber zu Hause. Die schämt sich wieder nur für uns.«

»Mum!«

Die Gruppe gackerte, dann verabschiedeten sich meine Eltern endgültig. Anne brach mit ihnen auf, damit sie die Strecke nicht allein gehen musste.

Lauren bettete ihren Kopf auf meine Schulter und stieß die Luft zwischen den Lippen aus. »Ich bin so müde. Vielleicht feiern wir unsere Hochzeit nur zu viert, damit die Party nicht so lange geht wie diese hier.« Zelda und Petroc tanzten im Schein der Lampions immer noch auf der behelfsmäßigen Tanzfläche und wirkten nicht so, als würden sie in absehbarer Zeit zum Ende kommen. Juno lag im Gras und schnarchte leise vor sich hin, während Gwenna mit Harriet an der Theke stand und deutlich zu tief ins Glas geschaut hatte.

»Zu viert?«, fragte ich.

Valerie grinste mich über Laurens Afro an und strich sich selbst das verschwitzte Haar zurück. »Lauren, Elias, ich und du.«

»Das ist süß.« Es kostete mich einiges an Mühe, nicht zu gerührt zu klingen.

»Die wichtigsten Menschen meiner Welt«, flüsterte Lauren und stellte sich wieder aufrecht hin. »Vielleicht darfst du Charlie mitbringen, falls ich einen guten Tag habe.«

»Der kann ruhig zu Hause bleiben«, lehnte ich ab und Valerie lachte auf. Zum Glück stand die Lüge nicht länger zwischen uns.

»Habt ihr über mich geredet?«, fragte Elias interessiert, als er zu uns stieß und einen Arm um Lauren schlang.

»Würde uns niemals einfallen«, gab ich grinsend zurück. Ehe Elias zu einer Antwort ausholen konnte, stieß Zelda zu unserer kleinen Gruppe dazu.

»Amüsiert ihr euch?«

»Die Frage ist eher, ob ihr euch amüsiert«, gab ich zurück.

»Das sieht man ja wohl sehr deutlich, wie sehr sich die beiden amüsieren«, mischte sich Elias mit einem dreckigen Grinsen ein und wich aus, als Zelda ihm an den Ohren ziehen wollte.

»Es ist großartig. Wir sind nur müde. Wir verabschieden uns jetzt auch, Zelda. Danke noch mal für die Einladung.« Lauren schloss die Gastgeberin die Arme, dann wandte sich meine Vermieterin wieder in meine Richtung.

»Ich versuche, Charlie vom Bier zu lösen«, sagte ich. »Und dann verschwinden wir auch. Sollen wir morgen zum Aufräumen helfen?«

»Nicht nötig, Liebes.« Zelda lächelte mich an, dann tanzte sie zurück zu Petroc, der sie mit einem Strahlen erwartete.

Charlie drehte sich zu mir um, als ich nur wenige Meter von ihm entfernt war und strahlte mich an.

»Bereit fürs Bett?«, fragte ich und Taylor grölte.

»Schnauze!«, wies Charlie seinen Kumpel an und gab ihm einen unsanften Klaps gegen den Hinterkopf. Dieser lachte und ich musste ebenfalls grinsen. »Hundemüde«, antwortete Charlie auf meine Frage, leerte sein Bierglas mit einem Zug und stellte es auf der Theke hinter sich ab. Taylor winkte uns zum Abschied zu und steuerte das Gartentor an. Langsam leerte es sich um uns herum.

Charlie zog seine Zigarettenpackung aus der Jackentasche, zerknautscht und leer. Er stieß ein Grummeln aus und steckte sie zurück in die Tasche.

»Rauchen ist eh ungesund, Herr Doktor«, stichelte ich und hoffte, dass er mit den Augen rollte, aber stattdessen grinste er verschmitzt.

»Ich liebe dich, weißt du das?«

Ich zog eine Grimasse. »Bist du betrunken?«

Charlie ging voraus zu der kleinen Haustür. »Stocknüchtern!«

»Du hast Bier getrunken!«

»Fast stocknüchtern«, korrigierte er sich selbst, und obwohl ich sein Gesicht nicht sehen konnte, wusste ich, dass er grinste. Ich fröstelte unter dem Frühlingswind, der durch unser Haar fuhr und ich schmeckte das Salz auf den Lippen. Cornwall war so wundervoll, an sonnigen Tagen genauso wie in unruhigen Nächten wie heute.

Ich schüttelte lächelnd den Kopf. »Ich liebe dich auch.«

Seine Hand schob sich in meine und war mir so herrlich vertraut. Erinnerte mich an zu Hause, an den Strand und an den Blumenladen. An die *Sweet Tooth Bakery*. Eine Möwe kreischte über uns, als ich mich im Schein der Lichterketten zu ihm wandte. Charlie küsste mich sanft und das Lächeln auf seinen Lippen galt allein mir. Vielleicht war das der schönste Anblick, den Cornwall zu bieten hatte.